MIRA®

Der Preis dieses Bandes versteht sich einschließlich der gesetzlichen Mehrwertsteuer.

Umwelthinweis:
Dieses Buch wurde auf chlor- und säurefreiem Papier gedruckt.

Linda Lael Miller

In einer zärtlichen Winternacht

MIRA® TASCHENBUCH
Band 25625
2. Auflage: Dezember 2012

MIRA® TASCHENBÜCHER
erscheinen in der Harlequin Enterprises GmbH,
Valentinskamp 24, 20354 Hamburg
Geschäftsführer: Thomas Beckmann

Titel der nordamerikanischen Originalausgaben:

A Creed Country Christmas

erschienen bei: HQN Books, Toronto
Deutsche Erstveröffentlichung

The McKettrick Way

erschienen bei: Silhouette Books, Toronto

Published by arrangement with
HARLEQUIN ENTERPRISES II B.V./S.àr.l.

Konzeption/Reihengestaltung: fredebold&partner gmbh, Köln
Umschlaggestaltung: pecher und soiron, Köln
Redaktion: Mareike Müller
Titelabbildung: Harlequin Enterprises S.A., Schweiz;
John Hall Photography
Autorenfoto: © by Harlequin Enterprises S.A., Schweiz
Satz: GGP Media GmbH, Pößneck
Druck und Bindearbeiten: CPI – Ebner & Spiegel, Ulm
Printed in Germany
Dieses Buch wurde auf FSC®-zertifiziertem Papier gedruckt.
ISBN 978-3-86278-472-1

www.mira-taschenbuch.de

Linda Lael Miller

Ein Cowboy zum Verlieben

Roman

Aus dem Amerikanischen von
Tess Martin

MIRA®

Für Jean Woofter
in Liebe und Dankbarkeit

1. KAPITEL

Stillwater Springs, Montana
20. Dezember 1910

Der Ladentresen von Willands Gemischtwarenladen, in dem es nach Sattelleder und Holzrauch duftete, schien zu schwanken, als Juliana Mitchell mit angehaltenem Atem davorstand.

Der Brief war *endlich* angekommen.

Der Brief, auf den Juliana gewartet, den sie sehnlichst erhofft und nach dem sie, ihren Stolz herunterschluckend, immer wieder gefragt hatte. Gleichzeitig hatte sie sich schrecklich vor ihm gefürchtet.

Ihr Herz machte einen schmerzhaften kleinen Satz, während sie den Umschlag aus Mr Willands ausgestreckter Hand nahm. Die Handschrift, ein geneigtes Gekrakel in schwarzer Tinte, gehörte definitiv ihrem Bruder Clay. Der Brief war in Denver abgestempelt worden.

In der Ferne kündigte der vom Schnee gedämpfte Pfiff die Ankunft des Zuges aus Missoula an, der nur einmal in der Woche unterwegs in Richtung Süden durch die Stadt fuhr.

Juliana spürte die Anwesenheit ihrer vier Schützlinge, die an der Ladentür warteten, weil sie wussten, dass sie hier nicht gern gesehen waren. Sie drehte sich vom Tresen und Mr Willands missbilligendem Blick weg, bevor sie das beeindruckende rote Wachssiegel aufbrach.

Bitte, Gott, betete sie stumm, bitte!

Nachdem sie einmal tief Luft geholt und sie langsam wieder ausgestoßen hatte, biss Juliana sich auf die Lippe und nahm das gefaltete Papier aus dem Kuvert.

Ihr wurde schwer ums Herz, ihr Blick verschwamm.

Das Geld, das sie so dringend brauchte und um das sie ihren Bruder gebeten hatte, war nicht in dem Umschlag. Geld, das von Rechts wegen ihr gehörte, ein Teil des Vermögens, das ihre Großmutter ihr hinterlassen hatte. Sie konnte also keine Zugtickets für sich und die vier Kinder kaufen. In das indianische Schulheim, in dem sie alle in den letzten zwei Jahren gelebt hatten, konnten sie auch nicht zurück, da es sich nicht mehr im Besitz des Staates befand. Das kleine, aber robuste Gebäude war an einen Bauern verkauft worden, der seine Kühe darin unterbringen wollte.

Die Hitze aus dem bollernden Ofen in der Mitte des Geschäfts, die sie nach der Kälte draußen noch als so angenehm empfunden hatte, raubte ihr jetzt die Luft zum Atmen.

Trotz allem spürte sie kurz eine verrückte Hoffnung in sich aufsteigen. Vielleicht war doch nicht alles verloren, vielleicht hatte Clay der Post nur nicht vertraut und das Geld telegrafisch angewiesen. Womöglich wartete es genau in diesem Augenblick im Telegrafenamt etwas weiter die Straße hinunter auf sie.

Als sie begriff, dass sie sich an einen Strohhalm klammerte, begannen ihre Augen zu brennen. Schnell blinzelte sie die Tränen weg und zwang sich zu lesen, was ihr älterer Bruder und Vormund geschrieben hatte.

Meine liebste Schwester,

ich hoffe, du bist wohlauf.
Nora, die Kinder und ich sind bei guter Gesundheit. Deine Nichte und dein Neffe fragen immerzu nach dir, so wie auch bestimmte andere Leute.
Ich bedauere, dass ich dir das Geld, um das du mich gebeten hast, nicht guten Gewissens zukommen lassen kann, aus Gründen, die dir wohlbekannt sein dürften …

Juliana zerdrückte das teure Pergamentpapier in der Hand. Ihr wurde übel vor Enttäuschung und dieser frustrierenden Hilflosigkeit, die sie immer verspürte, wenn sie mit ihrem Bruder zu tun hatte.

„Geht es Ihnen gut, Miss?“, hörte sie eine Männerstimme fragen, leise aber deutlich.

Erschrocken schaute Juliana auf. Direkt vor ihr stand ein großer Mann. Seine Haare und Augen waren dunkel, die runde

Hutkrempe und die Schultern seines langen Mantels mit Schnee bestäubt.

Während er höflich auf ihre Antwort wartete, nahm er den Hut ab, hängte ihn an die Lehne eines Holzstuhls und lächelte.

„Mein Name ist Lincoln Creed", sagte er ein wenig ruppig, aber trotzdem freundlich. Er streckte ihr die Hand entgegen, nachdem er seinen Lederhandschuh abgestreift hatte.

Juliana zögerte, ergriff dann doch seine Hand. Schließlich wusste sie, wer er war. Die Creeds besaßen die größte Rinderfarm in diesem Teil des Staates und den *Stillwater Springs Courier*. Sie kannte seinen Bruder Weston, dem die Tageszeitung gehörte. Außerdem hatte sie die Witwe Creed ein paarmal getroffen, die Matriarchin der Familie. Lincoln selbst aber war sie bisher nie begegnet.

„Juliana Mitchell", erwiderte sie mit einer perfekten Mischung aus Bescheidenheit und Höflichkeit. Sie hatte immerhin eine gute Erziehung genossen. Schließlich war sie in einem der vornehmsten Häuser in Denver aufgewachsen, hatte importierte Seide und Samt sowie modische Hüte getragen und sich in Kutschen mit livrierten Fahrern und Lakaien fortbewegt.

Wenn sie nur daran dachte, errötete sie vor Scham.

So hatte sie gelebt, bevor sie in Ungnade gefallen war. Bevor Clay sie als Nachlasspflegerin des Vermögens ihrer Großmutter so gut wie enterbt hatte.

Lincolns Blick fiel auf den Brief. „Schlechte Nachrichten?" Mit den hohen Wangenknochen und dem rabenschwarzen Haar sah er aus, als würde indianisches Blut durch seine Adern fließen.

Der Zug pfiff noch einmal triumphierend. Er war pünktlich in den wackligen kleinen Bahnhof am Stadtrand eingefahren. Die Passagiere würden aus- und einsteigen. Post und Fracht würde auf- und abgeladen werden. Anschließend würde die Lok wieder aus dem Bahnhof tuckern, eine Reihe ratternder Waggons im Schlepptau.

Es dauerte eine volle Woche, ehe der nächste Zug kam.

Bis dahin blieb Juliana und den Kindern nichts anderes übrig, als auf die Barmherzigkeit der Stadtbewohner zu hoffen. In einer größeren Stadt hätte sie sich vielleicht an die Kirche wenden können, aber Stillwater Springs hatte keine. Die Gläubigen trafen sich sporadisch in dem nur für Weiße zugelassenen Schulgebäude, wenn der Wanderprediger in der Stadt war.

Juliana schluckte. Am liebsten hätte sie geweint, doch sie war wild entschlossen, sich nicht gehen zu lassen. „Ich fürchte, es sind wirklich schlechte Nachrichten“, gestand sie zögerlich.

Mr Creed umfasste sanft ihren Ellbogen, schob sie zu einem der leeren Holzstühle vor dem großen Ofen und drückte sie darauf. „Ist jemand gestorben?“, fragte er.

Benommen schüttelte Juliana den Kopf.

Was sollte sie bloß tun? Ohne Geld konnte sie keine Zugfahrkarten für sich und die Kinder kaufen, geschweige denn eine Unterkunft bezahlen.

Mr Creed blickte zu den Kindern, die mit dem Rücken zu ihr aufgereiht vor dem Schaufenster mit dem dürren, trotzdem prächtig geschmückten Christbaum warteten. Sehnsüchtig betrachteten sie das hübsche Spielzeug, das an den Zweigen hing und unter dem Baum lag.

„Ich schätze, Sie sind die Lehrerin der indianischen Schule“, mutmaßte er.

Mr Willand, der Besitzer des Gemischtwarenladens, räusperte sich laut.

Julianas Herz zog sich zusammen, während sie die Kinder betrachtete. Mr Willand ließ sie ebenfalls nicht aus den Augen. Wie so viele Menschen ging er davon aus, dass sie bei der erstbesten Gelegenheit etwas klauen würden – einfach weil sie Indianer waren. Inzwischen gelang es ihr, dieses diskriminierende Verhalten einigermaßen zu ignorieren.

„Ja“, antwortete sie. „Oder zumindest war ich das. Doch die Schule ist jetzt geschlossen.“

Lincoln Creed fixierte Mr Willand eindringlich, dann nickte er langsam. „Ich fand es schade, das zu hören.“

„Seit du letzte Woche hier warst, Lincoln, ist kein Brief gekommen“, meldete sich Willand geradezu hämisch zu Wort. Die

Luft in dem überhitzten kleinen Laden schien vor gegenseitiger Abneigung zu knistern. „Schätze, du könntest noch hier warten, ob der Zug etwas gebracht hat, aber du hast mit den ganzen Zeitungsannoncen wohl einfach nur dein Geld zum Fenster rausgeworfen."

„Jedem tut es leid, Mr Creed", sagte Juliana leise, „dennoch ist offenbar niemand bereit zu helfen."

Abgelenkt von Mr Willands Kommentar, antwortete Lincoln nicht sofort.

Juliana stand auf. Doch als sie daran dachte, wie aussichtslos ihre Situation war, sank sie schwerfällig wieder auf den Stuhl. Alle Kraft war aus ihren Beinen gewichen. Vielleicht weil sie die zwei Meilen von der Schule in die Stadt mit all ihrer Habe in einer abgewetzten Tasche zu Fuß gegangen war. Die Kinder hatten ihre geschnürten Bündel unter den Arm geklemmt. Jetzt lagen sie zusammen mit ihrer Tasche auf dem Gehsteig vor dem Gemischtwarenladen.

„Es wird einen Sturm geben, Miss … Mitchell", meinte Lincoln Creed. „Und es ist kalt und wird immer kälter, außerdem wird es bald dunkel. Da ich draußen kein Fahrzeug gesehen habe, gehe ich davon aus, dass Sie zu Fuß in die Stadt gekommen sind. Meine Kutsche steht vor der Tür. Es wäre mir eine Freude, wenn ich Sie und die Kinder irgendwohin bringen könnte."

Irgendwohin bringen? Wir können nirgendwohin.

In Stillwater Springs gab es ein Hotel und mehrere Pensionen, doch selbst wenn Juliana Geld gehabt hätte, um eine Unterkunft zu bezahlen, hätte niemand die Kinder aufgenommen.

Sie hatten sich sehr beeilt, um Stillwater Springs noch vor der Abfahrt des Zugs zu erreichen. Und die ganze Zeit über hatte Juliana verzweifelt und wider besseres Wissen an das Geld von Clay geglaubt. Auf dem Weg in die Stadt waren sie immer wieder aufgehalten worden: Little Daisy war gestürzt und hatte sich dabei ein Knie aufgeschlagen. Eine riesige Schafherde hatte die Straße überquert und ihnen den Weg versperrt. Außerdem hinkte Theresa wegen ihres kaputten Fußes.

„Miss Mitchell?“, unterbrach Lincoln ihre Gedanken.

Mr Willand knallte irgendetwas so laut auf den Tresen, dass Juliana zusammenfuhr. „Rühr bloß nichts an!“, schrie er dabei.

Joseph, mit vierzehn der älteste von Julianas Schülern, zog sofort die Hand zurück, die er sehnsüchtig ausgestreckt hatte.

„Verdammtes diebisches Indianerpack ...“, fluchte Mr Willand.

Der arme Joseph war ganz bleich geworden. Seine Schwester Theresa begann zu zittern, während die beiden kleinsten Kinder, der vierjährige Billy-Moses und die ein Jahr jüngere Daisy, zu Juliana stürzten und sich furchtsam an ihren Rock klammerten.

„Der Junge hat überhaupt nichts getan, Fred“, sagte Lincoln ruhig. „Kein Grund, die Stimme zu erheben oder ihn gar zu beschuldigen.“

Mr Willand wurde puterrot. „Hast du eine Lebensmittelbestellung aufzugeben?“, fragte er finster.

Lincoln schüttelte den Kopf. „Ich bin nur vorbeigekommen, um zu sehen, ob Post für mich da ist. Hab's nicht früher geschafft bei dem Wetter.“ Er hielt inne, dann wandte er sich an Juliana. „Am besten bringe ich Sie jetzt da hin, wo Sie hinwollen.“

„Wir können nirgendwohin, Mister“, erklärte Joseph, der noch immer in der Nähe des Schaufensters stand, nun jedoch darauf bedacht war, die Hände sichtbar an den Seiten zu halten. Da er selten sprach, vor allem zu Fremden, erschrak Juliana beinahe über die unvermutete Äußerung des Jungen.

Verwirrt runzelte Lincoln die Stirn. „Wie bitte?“

„Vielleicht kommen wir im Diamond Buckle Saloon unter“, schlug Theresa vor, wobei sie entschlossen ihr Kinn vorreckte. „Wenn wir für unseren Unterhalt arbeiten.“

„Diamond Buckle?“, wiederholte Lincoln fassungslos.

Juliana befürchtete, in Tränen auszubrechen, wenn sie etwas sagte, und das konnte sie sich nicht leisten. Wenn sie nicht stark blieb, würden die Kinder auch noch den letzten Rest Hoffnung verlieren.

„Mr Weston Creed hat doch gesagt, er würde mir zeigen, wie man Lettern setzt“, wandte sich Joseph an Juliana. „Bestimmt könnte ich in einem Hinterzimmer der Redaktion schlafen, und zu essen brauche ich nicht viel. Dann müssten Sie sich um mich keine Sorgen mehr machen, Miss Mitchell." Dabei warf er einen besorgten Blick auf seine Schwester und schluckte schwer. Im Gegensatz zu Theresa war er alt genug, um zu wissen, welche Gefahren in einem Etablissement wie dem Diamond Buckle auf ein junges Mädchen lauerten.

Mit erhobenen Händen bat Lincoln um Ruhe.

Nun starrte jeder ihn an, auch Juliana, die inzwischen die kleine Daisy auf ihren Schoß gezogen hatte.

„Ihr alle", rief er den Kindern zu, „sammelt jetzt ein, was euch gehört, und bringt es in meine Kutsche. Dort findet ihr auch Decken. Wickelt euch warm ein, denn es sind drei Meilen bis zur Ranch, und aus Nordwesten bläst ein eisiger Wind."

Juliana schob Daisy sanft vom Schoß, um aufzustehen, hielt das Mädchen aber dicht an ihrer Seite. „Mr Creed, wir können keinesfalls …" Ihre Stimme brach.

„Wie mir scheint, haben Sie keine große Wahl. Ich biete Ihnen und den Kindern einen Platz zum Bleiben an, Miss Mitchell. Nur so lange, bis Sie wissen, was Sie als Nächstes tun sollen."

„Willst du wirklich, dass diese Wilden unter demselben Dach wohnen wie deine kleine Gracie?", stieß Mr Willand entsetzt aus. Er durchquerte den leeren Laden und schubste Joseph zur Seite, um sich persönlich davon zu überzeugen, dass in der Schaufensterauslage nichts fehlte.

Wieder schien die Luft zu knistern.

Lincoln machte einen Schritt auf den Ladenbesitzer zu.

Instinktiv griff Juliana nach seinem Arm, um ihn aufzuhalten. Selbst durch den schweren Stoff seines Mantels spürte sie die stählerne Härte seiner Muskeln – offenbar versuchte er mit aller Macht, seine Wut in Schach zu halten.

„Die Kinder sind an solche Bemerkungen gewöhnt", sagte sie sanft. „Sie wissen, dass sie keine Wilden sind."

„Geht schon mal zur Kutsche", erwiderte Lincoln. Er befreite sich nicht aus Julianas Griff, starrte allerdings weiter in Willands tiefrotes Gesicht. „Alle."

Die vier Kinder warfen Juliana einen Blick zu, die dunklen glänzenden Augen voller Fragen.

Sie nickte.

Als sie zur Tür rannten und sie aufrissen, erklang das fröhliche Bimmeln der kleinen Glocke. Selbst Daisy, die ihre Finger eben noch in ihren Rock gekrallt hatte, sauste hinter den anderen her. Nachdem sie ihren Mantel fester zusammengezogen und die Kapuze aufgesetzt hatte, folgte Juliana ihnen nach draußen.

Lincoln sah ihr hinterher. Er hatte seinen Hut an einen der Holzstühle gehängt und griff jetzt nach ihm. „Es gibt genug Trauer und Kummer in der Welt“, meinte er zu dem Ladenbesitzer, „auch ohne Narren wie Sie, die alles nur noch schlimmer machen.“

Willand reagierte vollkommen ungerührt, blieb aber lieber hinter dem Tresen, für den Fall, dass er sich schnell durch die Hintertür verziehen musste. „Warten wir mal ab, was *Mrs* Creed dazu sagt, wenn Sie mit einer Horde Rothäute vor ihrer Tür auftauchen ...“

Mit etwas mehr Schwung als nötig setzte Lincoln den Hut auf den Kopf. Seine Frau Beth war vor zwei Jahren an einem Fieber gestorben, also bezog Willand sich wohl auf seine Mutter. Cora Creed wäre in der Tat überrascht gewesen, plötzlich fünf Gäste an ihrem Tisch zu entdecken – wenn Lincoln sie nicht kurz zuvor am Bahnhof abgesetzt hätte, und zwar mit so viel Gepäck, dass ein einziger Waggon dafür vermutlich nicht ausreichte. Sie war auf dem Weg nach Phoenix, wo sie gern den Winter bei ihren Verwandten verbrachte.

„Wenn es geht, komme ich morgen zurück“, erklärte er, während er bereits auf die Tür zusteuerte. Bei dem Sturm, der aufzog, konnte er es nicht mit hundertprozentiger Sicherheit sagen. Außerdem musste er seine Rinderherden füttern. „Um zu sehen, ob heute mit dem Zug irgendwelche Post kam.“

„Mein Junge ist schon auf dem Weg zum Bahnhof, wie immer, und er wird jede Minute mit dem Postsack zurück sein“, entgegnete Willand widerwillig. „Da kannst du genauso gut noch warten.“

Lincoln ging zum Fenster. Miss Mitchell verfrachtete gerade ihre ungewöhnliche Kinderschar in die Kutsche. Ein warmes Gefühl stieg in ihm auf, ein winziges Lächeln umspielte seine Mundwinkel.

Seit fast einem Jahr suchte er nun schon per Annonce eine Gouvernante für seine siebenjährige Tochter Gracie und eine Haushälterin für sie beide. Erfolglos. Darum hatte er beschlossen, wieder zu heiraten, und da er wusste, dass er keine Frau so lieben konnte wie Beth, war er nicht allzu wählerisch.

Juliana Mitchell mit ihrer weiblichen Figur, den indigoblauen Augen und dem kupferroten Haar, das unter ihrer Haube hervorlugte, nahm ihren Beruf unverkennbar sehr ernst. Immerhin war sie nach Schließung der indianischen Schule geblieben, um sich um die Kinder zu kümmern. Nicht viele Lehrerinnen wären so engagiert gewesen.

Das sprach für ihren Charakter, und was ihr Äußeres betraf, konnte sie es auf jeden Fall mit jeder Frau aufnehmen, die sich möglicherweise auf seine Annonce gemeldet hatte.

Während er das Spielzeug in der Auslage betrachtete, das Willand noch vor Weihnachten zu verkaufen hoffte, fiel sein Blick auf eine kleine Metallbox unter dem Baum, die halb von einer Flagge verdeckt war. Er streckte die Hand danach aus und stellte fest, dass es sich um Wasserfarben handelte, ähnlich wie die, die Gracie zu Hause hatte.

Hatte der Junge die Box so sehnsüchtig angestarrt, als Willand seinen Anfall bekam?

Aus irgendeinem Grund, den er nicht näher benennen konnte, war Lincoln davon überzeugt.

Er hob die flache Blechkiste so hoch, dass Willand sie sehen konnte, bevor er sie in die Innentasche seines Mantels steckte. „Setz das auf meine Rechnung.“ Dann schlug Lincoln den Kragen seines Mantels gegen die Kälte hoch und trat aus dem Gemischtwarenladen auf den hölzernen Gehsteig.

Die Kinder saßen schon hinten in der Kutsche, alle außer dem ältesten Jungen in raue Wolldecken eingemummelt, die Lincoln im Winter immer dabei hatte. Juliana Mitchell wartete auf ihrem Sitz, den Rücken gerade aufgerichtet, das Kinn erhoben, und versuchte, vor Kälte nicht mit den Zähnen zu klappern.

Nachdem Lincoln gerade seinen Mantel zugeknöpft hatte, knöpfte er ihn nun wieder auf, bevor er neben sie kletterte. Schneeflocken fielen langsam vom grauen Himmel. Er nahm die Zügel in die Hand und löste die Bremse. Die Straßen der Stadt waren verlassen – die Leute bereiteten sich auf den Schneesturm vor, den sie wahrscheinlich genauso wie Lincoln bereits in ihren Knochen spürten.

Da er wusste, dass sie zu stolz wäre, um seinen Mantel anzuziehen, schlüpfte er aus seinem rechten Ärmel, drückte Juliana fest an seine Seite und hüllte sie in den Stoff.

Sie versteifte sich, wehrte sich aber nicht.

Er ließ die Pferde lostraben, den Blick fest auf die verschneite Straße gerichtet. Bis sie die Ranch erreichten, würde es bereits dunkel sein, doch die Pferde kannten den Weg.

Juliana Mitchell fühlte sich warm und weich an seiner Seite an. Er hatte ganz vergessen, wie es war, eine Frau zu beschützen. Die Erinnerung daran tat weh, wie verfrorene Gliedmaßen, die langsam wieder auftauten.

Beth war nun schon eine Weile gegangen, und auch wenn er nicht gerade stolz darauf war, so hatte er sich im letzten halben Jahr ein oder zwei Mal drüben in Choteau oder in Missoula mit lockeren Frauenzimmern vergnügt.

Was er jetzt empfand, war natürlich etwas ganz anderes. Obwohl diese Frau ganz offensichtlich das Glück verlassen hatte, war sie eine echte Lady. Ihre Herkunft konnte sie selbst in ihren fadenscheinigen Kleidern nicht verleugnen – schon gar nicht vor einem Rancher, der feinste Rinder und Pferde züchtete.

Minuten später, als sie über die Straße rumpelten, entspannte Juliana sich allmählich an seiner Seite, bis ihm klar wurde, dass sie eingeschlafen war. Bestimmt war sie sehr erschöpft. So traurig, wie sie nach dem Lesen des Briefs aufgesehen hatte, musste etwas sehr Enttäuschendes darin gestanden haben.

Zumindest wusste er, dass niemand gestorben war, denn das hatte er sie sofort gefragt.

Lincoln versuchte sich vorzustellen, was sie so aus der Fassung gebracht hatte, auch wenn ihn das selbstverständlich überhaupt nichts anging.

Vielleicht war sie mit dem Verfasser des Briefes verlobt gewesen, und er hatte sich jetzt für eine andere entschieden.

Seine Schulter begann zu schmerzen, weil er seinen Arm in einem unnatürlichen Winkel um Juliana gelegt hatte, doch das interessierte ihn nicht. Wenn er nicht so ein praktisch veranlagter Mensch gewesen wäre, hätte er die Pferde sogar an der Ranch vorbeigelenkt, nur damit sie sich noch ein wenig länger an seiner Schulter ausruhen konnte.

Der Wind wurde schärfer, der Schnee fiel heftiger. Als er hinter sich zu den Kindern blickte, saßen sie stoisch auf ihren Plätzen, eingepackt in ihre Decken.

Fast eine Stunde war vergangen, da kamen endlich die Lichter der Ranch in Sicht. Dunkelgolden glühten sie in der Finsternis.

Lincolns Herz begann höher zu schlagen, so wie immer, wenn er die letzte Biegung der Straße nahm und sein Heim sah, das etwas weiter oben auf ihn wartete.

Sein Heim.

Er war in diesem großen, einstöckigen Blockhaus mit seinen Steinkaminen als dritter Sohn von Josiah und Cora Creed zur Welt gekommen. Micah, der Erstgeborene, hatte die Ranch schon lange verlassen und ein eigenes Haus unten in Colorado gebaut. Weston, der nächste in der Linie, lebte in der Stadt, in einer Wohnung über dem Diamond Buckle Saloon, wo er den *Courier* herausbrachte – sofern er nüchtern genug war, um die Druckerpressen zu bedienen.

Zwei Jahre jünger als Wes war Lincoln nur einmal von zu Hause weggegangen, um das College in Boston zu besuchen und danach bei einem Anwalt in die Lehre zu gehen – Beth' Vater. Sobald er selbst hatte praktizieren können, hatte er Beth geheiratet, sie mit nach Hause auf die Stillwater Springs Ranch genommen und sie mit all der Leidenschaft geliebt, die ein Mann für eine Frau empfinden konnte.

Für ein Mädchen aus der Stadt hatte Beth sich erstaunlich schnell an das einsame Leben auf einer Ranch in Montana gewöhnt, und falls sie Boston jemals vermisst hatte, so hatte sie es nie gesagt. Sie hatte ihm Gracie geschenkt, und zusammen waren sie glücklich gewesen.

Jetzt ruhte sie auf dem kleinen Friedhof hinter den Obstbäumen, so wie Josiah und der vierte Creed-Bruder Dawson.

Dawson. Manchmal war es sogar noch schmerzhafter, an seinen Tod zu denken, als daran, wie Beth gestorben war.

Juliana richtete sich gähnend auf, und er ahnte, dass sie sich für ihr vertrauliches Anlehnen schämte.

„Wir sind fast da", verkündete er gerade laut genug, dass sie ihn verstehen konnte.

Sie entgegnete nichts, richtete sich aber noch etwas mehr auf und wollte sich von ihm lösen, was allerdings sein Arm und der Mantel verhinderten.

Als sie das Gatter mit dem gebogenen Schild erreichten, wollte Lincoln absteigen, doch Joseph war schneller. Er schob den Riegel zurück, stieß das Tor weit auf, und Lincoln fuhr die Kutsche hindurch.

Sein Vater und Tom Dancingstar hatten das Holz für das Schild geschnitten und glatt gehobelt, die Buchstaben hineingemeißelt und dann mühselig mit glühenden Schürhaken vertieft. Lincoln betrachtete die Worte immer voller Dankbarkeit und Stolz.

Stillwater Springs Ranch.

Er ließ die Pferde halten, während der Junge das Gatter wieder schloss und zurück in die Kutsche sprang. Die Tiere waren begierig darauf, in den Stall zurückzukehren, wo Heu, Wasser und Wärme sie erwarteten.

Tom stand schon bereit, um ihm beim Abspannen der Pferde zu helfen. Nach eigener Aussage zum Teil Lakota Sioux, zum Teil Cherokee und zu einem Teil Teufel, arbeitete er schon vom ersten Tag an auf der Ranch. Den Namen Tom hatte er sich selbst gegeben, weil seiner Ansicht nach keine weiße Zunge in der Lage war, seinen wirklichen Geburtsnamen auszusprechen.

Er lächelte, kaum dass er Juliana sah, und sie erwiderte sein Lächeln.

Zweifellos kannten sie einander.

War Lincoln am Ende der Einzige in der Gegend, der die Lehrerin der indianischen Schule nicht gekannt hatte?

„Bringen Sie die Kinder ins Haus“, sagte Lincoln zu Juliana. Fast fühlte es sich an, als ob sie beide seit Jahren verheiratet wären und diese Kinder ihre gemeinsamen wären. „Tom und ich kommen nach, sobald wir hier fertig sind.“

Er hob die zwei kleineren Kinder aus der Kutsche. Mit verschlafenem Blick und noch immer in ihre Decken gehüllt stolperten sie ein wenig, verdutzt, dass sie sich auf einmal in einem Stall befanden, umgeben von Pferden und einer Milchkuh.

„Ich kümmere mich um die Pferde“, meinte Tom. „Auf dem Feuer steht ein Eintopf, und Gracie sucht schon seit Sonnenuntergang die Straße nach dir ab.“

Als er an seine blonde, blauäugige Tochter dachte, musste Lincoln lächeln. Klüger als drei Richter und ein ganzer Haufen Geschworener zusammen tendierte Gracie ein wenig zur Ängstlichkeit. Da sie ihre Mutter mit nur fünf Jahren verloren hatte, sorgte sie sich um ihren Vater, wenn er nicht in ihrer Nähe war.

Eine so große Ranch wie Stillwater Springs bedeutete natürlich viel Arbeit. Lincoln war viel unterwegs und musste Gracie dann der Obhut seiner Mutter oder Rose-of-Sharon Gainer, der hochschwangeren Frau eines Hilfsarbeiters, überlassen.

Joseph hielt den Blick auf Tom gerichtet.

„Kann ich hierbleiben und helfen?“, fragte er.

„Darf ich“, korrigierte Juliana ihn und schenkte ihm ein Lächeln. „Ja, Joseph, du darfst.“

Sie beugte sich vor und hob, müde wie sie war, das kleine Mädchen auf den Arm. Lincoln nahm den kleinen Jungen.

„Das ist Daisy“, erklärte ihm Juliana. „Und der Junge, den Sie tragen, heißt Billy-Moses.“ Das Mädchen, das vorgeschlagen hatte, im Diamond Buckle für ihren Unterhalt zu arbeiten, zog schüchtern den Kopf ein und drückte sich etwas fester an die Hüfte ihrer Lehrerin. „Und die Dritte im Bunde ist Theresa."

Sie ließen Tom und Joseph zurück. Am Eingang vom Stall streifte Lincoln seinen Mantel ab und legte ihn Juliana um die Schultern. Er schleifte am schneebedeckten Boden. Lächelnd raffte sie mit ihrer freien Hand den Stoff und hielt ihn hoch.

Im Haus war es warm, und es duftete nach Toms Wildfleischeintopf. Laternen erleuchteten den Raum. Gracie, die vor dem Ofen im Schaukelstuhl saß und so tat, als hätte sie nicht ungeduldig auf Lincolns Rückkehr gewartet, versteifte sich, kaum dass sie bemerkte, dass er nicht allein war.

Ihre kornblumenblauen Augen weiteten sich, und ihre Lippen formten ein perfektes O.

Daisy und Billy-Moses starrten sie an, wahrscheinlich nicht weniger erstaunt als sie.

„Gracie", sagte Lincoln überflüssigerweise, „wir haben Besuch."

Inzwischen hatte sich Gracie von dem Schreck erholt, sprang aus dem Schaukelstuhl und schaute zu Juliana. „Hast du auf eine der Annoncen von meinem Dad geantwortet? Wirst du Gouvernante, Hausmädchen oder seine Frau?"

Ihr Vater zuckte zusammen.

Juliana war ziemlich verblüfft, versuchte aber, sich nichts anmerken zu lassen.

„Ich bin Miss Mitchell", stellte sie sich freundlich vor. „Und das sind meine Schüler – Daisy, Billy-Moses und Theresa. Außerdem ist da noch Joseph, aber er hilft gerade Mr Dancingstar mit den Pferden."

„Dann sind Sie eine Gouvernante!", schrie Gracie jubilierend. Da Lincoln ihr nicht erlaubte, den weiten Weg in die Schule in Stillwater Springs zu gehen, hatte sie Angst, niemals eine richtige Schulausbildung zu bekommen.

„Miss Mitchell ist unser Gast, Gracie. Sie hat auf keine meiner Annoncen geantwortet", erklärte Lincoln.

Das dämpfte Gracies Stimmung sichtlich, allerdings nur kurz.

Wie die meisten Creeds gab sie nicht so schnell auf, wenn sie sich einmal etwas in den Kopf gesetzt hatte.

Nachdem Tom und Joseph aus dem Stall gekommen waren, pumpten sie Wasser in das Becken, um sich zu waschen, und setzten sich dann zu den anderen an den Tisch. Gracie, die bereits gegessen hatte, wirbelte herum, um Eintopf, Brot und Butter zu servieren und Milch aus dem großen Topf, der auf der Hintertreppe stand, zu schöpfen.

Seine Tochter wollte, dass Miss Mitchell sich wohlfühlte, stellte Lincoln lächelnd fest. Sie sollte bleiben und ihr alles beibringen, was sie wissen wollte – und das war nicht wenig. Zu Weihnachten hatte sie sich nicht etwa eine Puppe oder einen Kreisel gewünscht, wie es die meisten kleinen Mädchen getan hätten – nein, Gracie wollte ein Wörterbuch.

Wes machte oft Witze darüber, dass seine Nichte, sobald sie alt genug wäre, um allein in die Stadt zu fahren, den *Courier* übernehmen könnte. Und dass er dann bis an sein Lebensende mit großer Begeisterung nur noch Zigarren rauchen und Poker spielen würde.

Soweit Lincoln wusste, tat sein Bruder ohnehin nicht viel mehr als Zigarren rauchen und Poker spielen – von seiner Vorliebe für Whiskey und der skandalösen Liebesaffäre mit Kate Winthrop einmal abgesehen, der zufälligerweise das Diamond Buckle gehörte.

Gracie betete ihren Onkel Weston an – und Kate.

Juliana konnte während des Abendessens kaum noch die Augen offen halten. Darum führte Lincoln sie sofort nach dem Essen in das geräumige Zimmer seiner Mutter. Sie, Daisy und Billy-Moses konnten sich das große Bett teilen.

Joseph schlief mit Tom zusammen in einer kleinen Kammer in der Küche, und Theresa sollte bei Gracie im Zimmer übernachten.

Doch Gracie war noch nicht ins Bett gegangen. Mit hellwachen Augen sah sie zu, wie ihr Vater den lauwarmen Kaffee trank, der noch vom Tag übrig war.

„Geh zu Bett, Gracie", meinte er.

Tom trödelte am Herd herum und trank ebenfalls Kaffee. Er lächelte, als Gracie sich nicht von der Stelle rührte.

„Ich kann jetzt unmöglich schlafen", erwiderte sie ernsthaft. „Ich bin zur Gänze viel zu aufgeregt."

Lincoln seufzte. Gracie ging ihm gerade mal bis ans Knie, klang aber manchmal wie ihre Großmutter. „Weihnachten ist erst in fünf Tagen", sagte er. „Viel zu früh, um jetzt schon wegen der Geschenke nervös zu werden."

„Ich bin nicht wegen *Weihnachten* aufgeregt", erklärte sie mit der übertriebenen Geduld, die sie auch irgendeinem Dorftrottel gegenüber angeschlagen hätte. „Du wirst Miss Mitchell heiraten, und dann kann ich immer mit Billy-Moses und Daisy spielen ..."

Tom lachte in seinen Kaffeebecher.

Obwohl auch Lincoln selbst durchaus schon an eine Ehe mit der Lehrerin gedacht hatte, war er damit wohl etwas zu voreilig gewesen. „Gracie, Miss Mitchell ist nicht gekommen, um mich zu heiraten. Sie saß in der Stadt fest, weil die indianische Schule geschlossen worden ist. Deshalb habe ich sie und die Kinder mit nach Hause genommen."

„Muss ich sie immer noch Miss Mitchell nennen, wenn ihr verheiratet seid? Dann heißt sie doch Mrs Creed, oder? Es wäre aber auch sehr albern, wenn ich herumliefe und ständig Mrs Creed zu ihr sagen würde."

„Gracie?"

„Was ist denn?"

„Geh zu Bett", wiederholte Lincoln.

„Ich habe doch schon gesagt, dass ich zu aufgeregt bin."

„Und *ich* habe gesagt, dass du zu Bett gehen sollst."

„Ach, um Himmels willen", protestierte Gracie verstimmt. Trotzdem stand sie auf, verabschiedete sich von Tom und stellte sich auf die Zehenspitzen, um Lincoln auf die Wange zu küssen.

Ihm wurde ganz warm ums Herz. Ihre blauen Augen, die ihn so sehr an Beth erinnerten, funkelten, als sie zu ihm hinaufsah. Dann spiegelte sich in ihnen ein ernster Ausdruck.

„Sei freundlich zu Miss Mitchell, Dad", forderte sie ihn auf.

„Steh auf, wenn sie den Raum betritt, und rücke ihr den Stuhl zurecht. Wir wollen doch, dass es ihr hier gefällt und sie bei uns bleibt."

Weil seine Kehle wie zugeschnürt war und seine Augen brannten, konnte Lincoln nicht antworten.

„Kommst du noch, um mit mir zu beten?", fragte Gracie so wie jeden Abend.

Die Gebete variierten immer ein wenig, aber manche Zeilen davon blieben gleich.

Bitte pass auf meinen Dad auf und auch auf Tom. Ich hätte gern einen eigenen Hund, einen, der mir Stöckchen bringt, und ich möchte in die Schule gehen, damit ich nicht dumm bleibe ...

Lincoln nickte. Obwohl er ihre Bitte noch nie abgeschlagen hatte, fragte sie jeden Abend aufs Neue.

Kaum hatte sie das Zimmer verlassen, stellte Tom seine Tasse in das Spülbecken und verschränkte die Arme vor der Brust. „Laut dem jungen Joseph", sagte er, „haben er und seine Schwester Verwandte in North Dakota – eine Tante und einen Großvater. Sobald sie genug Geld gespart haben, will er mit Theresa nach Hause fahren."

Als Lincoln sich jetzt von seinem Stuhl erhob und die Lampen herunterdrehte, fühlte er sich viel älter als fünfunddreißig. Tom kümmerte sich in der Zwischenzeit um das Feuer im Kamin.

Diese ausgedehnten Gesprächspausen zwischen ihnen waren ganz normal. Tom hatte Lincoln immer näher gestanden als sein eigener Vater. Josiah Creed war ein harter Brocken gewesen. Weder Lincoln noch Wes waren nach seinem Tod besonders traurig gewesen – das hatten sie Micah, dem Ältesten, und ihrer Mutter überlassen.

„Hat der Junge zufällig erzählt, wie er und das Mädchen auf diese Schule außerhalb von Stillwater Springs gekommen sind?"

Tom richtete sich auf. Sein Profil wirkte im Schein der letzten Laterne grimmig. „Die Regierung hat beschlossen, dass es für ihn und seine Schwester besser wäre, die Lebensweise der Weißen zu lernen", erklärte er. „Daher haben sie die beiden vor ein paar Jahren aus dem Reservat in North Dakota geholt und sie in verschiedenen, sogenannten Einrichtungen untergebracht. Seit dem Tag haben sie ihre Familie nicht mehr gesehen. Jetzt hatten sie das Glück, gemeinsam in eine Schule zu kommen, und Juliana hat ihnen geholfen, einen Brief zu schreiben. Das ist inzwischen sechs Monate her, und sie haben tatsächlich eine Antwort bekommen.“ Tom brach ab und schluckte sichtlich, seine Stimme wurde heiser. „Die Familie will sie wiederhaben, Lincoln.“

Einen Moment lang stand Lincoln nachdenklich in dem dämmrigen Licht. „Dann werde ich sie zu ihnen schicken. Ich setze sie nächste Woche in den Zug.“

Schließlich antwortete Tom, wobei der Kummer all seiner Vorfahren in seiner Stimme lag. „Sie sind Kinder. Sie sollten diese Reise nicht allein machen.“

Wieder schwiegen die beiden Männer einvernehmlich. Dann sagte Lincoln: „Du willst mit ihnen fahren.“

„Jemand sollte es tun“, erwiderte Tom. „Damit ihnen nichts geschieht. Außerdem kann sich vieles geändert haben, seit der Brief gekommen ist.“

Lincoln dachte über seine Worte nach und nickte. „Was ist mit den Kleinen?“, fragte er, ohne seinen Freund anzusehen. „Daisy und Billy-Moses?“

„Sie sind Waisen“, entgegnete Tom, und Traurigkeit senkte sich über den dunkler werdenden Raum wie ein schweres Gewicht. „Schätze, Miss Mitchell hat vor, sich so lange um sie zu kümmern, bis sie ein neues Zuhause für sie gefunden hat.“

Bis sie ein neues Zuhause für sie gefunden hat. Als ob es sich bei den Kleinen um streunende Hunde oder Katzen handelte.

Mit einem weiteren Nicken wandte er sich ab.

Es war Zeit, zu Bett zu gehen.

Doch er bekam kein Auge zu. Einerseits wegen der Notlage, in die die vier unschuldigen Kinder geraten waren, andererseits weil er wusste, dass Juliana Mitchell direkt auf der anderen Seite der Wand im Bett lag.

2. KAPITEL

Die Matratze fühlte sich wie eine Wolke an, wie mit Federn von Engelsflügeln gefüllt, doch Juliana fand keinen Schlaf. Daisy ruhte arglos an ihrer rechten Seite und lutschte an ihrem winzigen Daumen, während Billy-Moses sich auf der linken Seite fest an sie geschmiegt und in ihr Nachthemd verkrallt hatte. Der Stoff war noch immer halb gefroren, nachdem er den ganzen Tag in ihrer Tasche in der Kälte gelegen hatte.

Juliana lauschte den Geräuschen im Haus, hörte das Knarren einer Bodendiele oder des Holzdachs, das Öffnen und Schließen einer Tür etwas weiter den Korridor hinunter. Wahrscheinlich war Lincoln Creed gerade in sein Zimmer gegangen oder in das seiner Tochter, um ihr noch einen Gutenachtkuss zu geben. Ob er wohl auch ein freundliches Wort für Theresa übrig hatte, die so hungrig nach Zuneigung war? Oder richtete er seine ganze Aufmerksamkeit auf seine kleine Tochter?

Gracie war ein entzückendes Kind, hübsch wie eine Puppe mit den langen Wimpern, den goldenen Ringellocken und der rosa angehauchten Porzellanhaut. Im Vergleich zu anderen Kindern höchst privilegiert – zumal im Vergleich zu ihren vier Schützlingen –, wirkte sie ein wenig altklug, schien aber kein verzogener Fratz zu sein. Sie hatte die Neuankömmlinge auf der Stillwater Springs Ranch mit großer Neugier beäugt, später hatte sie für die Kinder Milch in Becher geschöpft und sie ihnen sogar an den Tisch gebracht.

Juliana versetzte es ein Stich ins Herz. Gracie hatte einen starken, liebevollen Vater, ein Zuhause, und sie war gesund. Doch hinter all diesen Vorzügen lauerte eine Einsamkeit, die für ein so junges Mädchen untypisch war. Gracie hatte ihre Mutter sehr früh verloren, und niemand verstand den Schmerz darüber besser als Juliana selbst. Sie war sechs gewesen, als ihre Mutter an Schwindsucht gestorben war. Julianas Vater, halb wahnsinnig vor Trauer, hatte seine beiden Kinder zwei Wochen nach der Beerdigung bei der Großmutter abgegeben und sich in die Trunksucht gestürzt.

Ihr drei Jahre älterer Bruder Clay hatte sich nach dem Tod der Mutter von einem fröhlichen, verschmitzten Jungen zu einem ernsten Mann entwickelt, scheinbar über Nacht. Auf diese Weise hatte Juliana nicht nur ihre Eltern, sondern auch ihren Bruder verloren.

Julianas Großmutter Victoria Martson war bereits Witwe, als ihre einzige Tochter starb. Sie liebte ihre beiden Enkel Juliana und Clay bedingungslos. Und sie hatte ihnen alles ermöglicht, was in ihrer Macht stand – Hauslehrer, Musikunterricht und in Julianas Fall den Besuch eines Mädchenpensionats, wo sie jedoch vor allem lernte, mit Männern Konversation zu betreiben, elegant Tee einzuschenken und beim Gehen ein Buch auf dem Kopf zu balancieren. Nachdem sie das erkannt hatte, wechselte sie heimlich auf die sogenannte *Normal School* und ließ sich zur Lehrerin ausbilden. Clay besuchte währenddessen ein College in San Francisco.

Juliana wohnte weiterhin mit ihrer Großmutter in Denver und besuchte jeden Tag den Unterricht. Dabei ließ sie die alte Dame in dem Glauben, dass sie weiterhin an der Perfektionierung ihres gesellschaftlichen Auftretens arbeitete. In Wahrheit wartete sie die ganze Zeit darauf, dass ihr eigenes Leben endlich begann.

Trotz allem wusste Juliana sehr wohl, wie gut es ihr ging. Für sie wurde gesorgt, sie konnte schöne Kleider tragen und bekam eine Ausbildung, von der die meisten jungen Frauen nur träumen konnten. Und doch war da immer eine kindliche Sehnsucht in ihrem Herzen, die Sehnsucht nach ihrer schönen, lachenden Mom.

Nach dem Schulabschluss – ihre Großmutter war nur wenige Wochen zuvor an Herzversagen gestorben – begann sie ihre berufliche Laufbahn mit großen Hoffnungen, krempelte die Ärmel hoch und stürzte sich in die Arbeit. Die kühle Missbilligung ihres Bruders ignorierte sie zunächst. Er wollte, dass sie seinen Geschäftspartner John Holden heiratete, und er verwaltete das Vermögen ihrer Großmutter. An dem Tag, an dem Juliana John den Verlobungsring zurückgab und stattdessen eine Stelle an einer

Schule für indianische Jungen in einer kleinen Stadt in Colorado annahm, enterbte er sie.

Also verließ Juliana Denver mit nichts als ein paar schlichten Kleidern und einigen wenigen persönlichen Habseligkeiten im Gepäck. Clay ging sogar so weit, sie mit den Worten, *sie könne gern zurückkommen, wenn sie wieder bei Verstand wäre*, aus dem Elternhaus zu verbannen.

Für Clay bedeutete „bei Verstand sein" nichts anderes als eine lieblose Ehe mit einem Witwer einzugehen, der über zwanzig Jahre älter war als sie und zwei Töchter in Julianas Alter hatte.

Es waren gehässige Töchter, die ständig abfällige Bemerkungen über Juliana machten und ihre künftige Stiefmutter als Eindringling betrachteten, der es auf den Schmuck ihrer verstorbenen Mutter, ihr Haus und ihren Vater abgesehen hatte.

Bei dem Gedanken daran biss Juliana sich auf die Unterlippe, ihre Augen brannten ein wenig. Ohne Eleanor und Eugenie wäre sie mit John vielleicht sogar zufrieden gewesen, wenn auch nicht glücklich. Er war ein freundlicher, belesener Mann, bei dem sie sich sicher gefühlt hatte.

Doch irgendwann erkannte sie, dass sie in ihm einen Vater sah und keinen Ehemann, was sie John auch erklärte. Er reagierte zwar enttäuscht, aber verständnisvoll und wünschte ihr eine glückliche Zukunft.

Clay hingegen war außer sich vor Wut geraten. Sein sonst so attraktives Gesicht war so hart wie Stein geworden, als sie ihm von der aufgelösten Verlobung erzählt hatte.

In den sechs Jahren, die seitdem vergangen waren, hatte er sich ein wenig versöhnlicher gezeigt – wahrscheinlich weil seine Frau Nora immer wieder ein gutes Wort für Juliana einlegte. Er schrieb regelmäßig Briefe, lud Juliana sogar ein, ihn zu besuchen, und bot an, ihr die Kleider und Bücher nachzuschicken, die sie zurückgelassen hatte. Doch bei allem, was die Erbschaft betraf, blieb er unnachgiebig.

Selbst als John Holden vor einem Jahr ganz unerwartet gestorben war und damit als möglicher Ehemann für Juliana für immer ausschied, gab er nicht nach. Dann, nachdem sie Monate gebraucht hatte, um all ihren Mut zusammenzunehmen und ihn um einen bescheidenen Bankwechsel zu bitten, da ihr Gehalt sehr gering war, hatte Clay mit Worten geantwortet, die bis heute an Julianas Stolz nagten. „Ich werde nicht zusehen, wie du Geld zum Fenster rauswirfst, um Schuhe und Schulbücher für eine Meute rothäutiger Waisen und Herumtreiber zu kaufen", hatte er geschrieben.

Bei der Erinnerung schnürte sich ihr noch immer die Kehle zusammen.

Clay würde erst aufhören, sie zu bestrafen, wenn sie nicht mehr unterrichtete und einen Mann heiratete, der seine Zustimmung fand. Dann – und nur dann – würde er nachgeben. Das war die traurige Wahrheit.

Was für eine Närrin sie gewesen war, ihn abermals um Geld zu bitten, damit sie Joseph und Theresa sicher nach Hause schicken und sich so lange um die beiden Kleinen kümmern konnte, bis sie ein anständiges Zuhause für sie gefunden hatte.

Dass Julianas Vorgesetzter Mr Philbert, der Beauftragte des *Bureau of Indian Affairs*, davon ausging, dass die vier Schüler schon längst zusammen mit den älteren Schülern zu ihrer alten Schule in Missoula zurückgeschickt worden waren, erschwerte die Situation zusätzlich. Früher oder später würde Mr Philbert erfahren, dass sie seine Befehle nicht nur missachtet, sondern ihn auch noch angelogen hatte. Zumindest teilweise.

Als offizieller Repräsentant der amerikanischen Regierung konnte der Mann sie wegen Kindesentführung einsperren und Daisy und Billy-Moses in eine andere Institution einweisen lassen, irgendwo weit weg, wo sie im besten Fall einfach nur vernachlässigt werden würden. Juliana, die in mehreren solcher Einrichtungen gearbeitet hatte, wusste, dass nur die wenigsten Erzieher in der Lage waren, über die Hautfarbe ihrer Schützlinge hinwegzusehen.

Um sich Mr Philbert und seine unvermeidliche Reaktion aus dem Kopf zu schlagen, dachte sie an ihre Schüler, von denen sie sich hatte verabschieden müssen: Mary Rose, siebzehn und selbst kurz davor, die *Normal School* zu besuchen, Ezekiel, sechzehn, der die Schule beenden und dann zu seinem Stamm zurückkehren wollte. Und dann war da noch Angelique, ebenfalls siebzehn wie ihre Cousine Mary Rose, süß und bescheiden und schrecklich verliebt in einen Jungen, den sie in Stillwater Springs kennengelernt hatte.

Halb Blackfoot und halb weiß hatte Blue Johnston sie ein paarmal besucht. Er war ein hübscher, sympathischer junger Mann mit blitzendem Lächeln und der Aussicht auf einen Job als Viehtreiber auf einer Ranch außerhalb von Missoula. Obwohl Juliana das junge Paar im Auge behalten und Angelique wiederholt vor den Gefahren der körperlichen Liebe gewarnt hatte, war es den beiden immer wieder gelungen, sich zusammen aus dem Staub zu machen.

Insgeheim hatte Juliana befürchtet, dass Angelique und ihr Prinz bei der erstbesten Gelegenheit zusammen weglaufen und heiraten würden. Und diese Gelegenheit hatte sich möglicherweise vor einer Woche ergeben, als Angelique und die anderen in den Zug gestiegen waren, um nach Missoula zurückzukehren. Falls ihre Befürchtungen sich bewahrheiten sollten – oder bereits hatten –, würde Mr Philbert in Wutgeschrei ausbrechen, sich aber innerlich die Hände reiben, da er nun eine Sorge weniger hätte.

Schritte auf dem Flur rissen Juliana aus ihren Gedanken. Wieder wurde eine Tür geöffnet und geschlossen, dann war alles still.

Das ganze Haus schien sich zur Ruhe zu betten. Nur Juliana nicht.

Sanft löste sie sich von den schlafenden Kindern und stieg aus dem Bett.

Die Eiseskälte prallte gegen ihren Körper wie die Druckwelle nach einer Explosion. In dem Zimmer stand zwar ein kleiner Ofen, doch darin brannte kein Feuer.

Zitternd durchquerte sie das Zimmer und fand zu ihrer Erleichterung Streichhölzer, Zeitungspapier, Anmachholz und größere Holzstücke in einem Korb. Mit tauben Fingern öffnete sie die Ofentür und machte Feuer.

Die beißende Kälte des Bodens drang durch die Sohlen ihrer nackten Füße, das einzige, große Fenster war mit Eisblumen bedeckt. Das silberne Leuchten deutete darauf hin, dass der Mond sich hinter den schneebeladenen Wolken hervorgekämpft hatte – vielleicht war der Sturm schon vorbei.

Juliana schlich lautlos auf und ab, bis der Raum sich allmählich erwärmte, dann angelte sie Clays zerknitterten Brief aus der Tasche ihres Morgenmantels. In dem Lebensmittelladen war sie zu verzweifelt gewesen, um das Schreiben zu Ende zu lesen. Jetzt, hellwach im Haus dieses wohltätigen Fremden, glättete sie das Papier mit der flachen Hand.

Da sie keine Lampe anzünden wollte, um die Kinder nicht zu wecken, die so friedlich in ihren Federbetten schliefen, kniete Juliana sich neben das Feuer, öffnete die Ofentür wieder einen Spalt und las im Licht der flackernden Flammen den Rest des Briefs.

> *Bald wirst du sechsundzwanzig, Juliana, und bist noch immer unverheiratet. Nora und ich machen uns natürlich große Sorgen um dein Wohlergehen, ganz zu schweigen von deinem guten Ruf …*

Juliana musste sich mit aller Macht zwingen, den Brief nicht wieder zu zerknüllen und direkt ins Feuer zu werfen.

Clay fuhr in seiner typischen direkten Art fort, zu erklären, dass sie sich für ein Leben in Einsamkeit und Altjungfernschaft entschieden hätte und für einen Skandal sorgen würde, wenn sie weiterhin fernab ihrer Familie lebte. Er fragte sich, welches Beispiel sie damit für ihre kleine Nichte Clara abgab.

Der Brief schloss mit dem unmissverständlichen Befehl, nach Denver zurückzukehren und im Haus ihres Bruders ein Leben „in Bescheidenheit und Ehrfurcht“ zu führen.

Kein zärtliches Wort. Unterschrieben hatte er mit: *Es grüßt C. Mitchell.*

„C. Mitchell“, wisperte Juliana. „Nicht Clay. Nicht dein Bruder. Nein, C. Mitchell.“

Sie faltete den Briefbogen sorgfältig zusammen, hielt ihn einen Moment in der Hand und schleuderte ihn dann in den Ofen. Ausdruckslos starrte sie die orangenen Flammen an, die das Papier wellten und die Ecken schwärzten. Ihre Augen wurden durch die heiße Luft trocken und brannten. Zwischen ihr und Clay konnte es keine Versöhnung geben.

Sosehr sie ihren Bruder noch immer liebte – denn irgendwo hinter dieser harten Fassade musste der Junge von früher stecken –, *konnte* sie einfach nicht nach Hause fahren. Natürlich würde sie die kleine Clara und deren Bruder Simon gern einmal kennenlernen. Und Nora hatte sie immer gemocht, diese gutherzige Frau, die niemals die absolute Autorität ihres Ehemannes anzweifelte. Doch Clay würde Juliana wie eine arme Verwandte behandeln, ihr ein paar Pennys abzählen, damit sie sich ein Paket Haarnadeln kaufen konnte, jede ihrer Handlungen beobachten und kritisieren und sie am Abendbrottisch mit den Blicken niederzwingen, wenn sie es wagte, eine eigene Meinung zu äußern.

Nein! Unter diesen Umständen konnte sie keinesfalls nach Hause zurückkehren. Damit würde sie sich endgültig und vollkommen geschlagen geben, und all ihre Lebenslust würde langsam verdorren.

„Missy?“ Das kam von Daisy. Das Kind konnte Julianas Namen nicht aussprechen und nannte sie immer so. „Missy, bist du da?“

„Ich bin hier, Liebling“, versicherte Juliana ihr leise, schloss die Ofentür und stand wieder auf. „Ich bin hier.“

Das allein reichte dem Mädchen, es drehte sich mit einem leisen Murmeln zur Seite und fiel wieder in tiefen Schlaf.

Trotz des Feuers war es noch immer kalt im Raum. Schnell kletterte Juliana zurück ins Bett und zog zitternd die Bettdecke und die ausgebleichten Quilts bis ans Kinn.

Billy-Moses bewegte sich unruhig und verkrallte sich wieder in ihrem Nachthemd.

Daisy kuschelte sich ebenfalls fest an sie.

Juliana starrte zur Decke hinauf, betrachtete den Tanz der

Schatten und dachte weiter über die Kinder nach. Irgendwann würde es ihr gelingen, Joseph und Theresa mit dem Zug zu ihrer Familie in North Dakota zu schicken.

Aber was war mit Billy-Moses und Daisy? Sie konnten nirgendwohin gehen außer in ein Waisenhaus oder eine sogenannte „Schule".

In optimistischeren Momenten glaubte Juliana manchmal daran, ein freundliches Paar zu finden, das diese klugen, schönen Kinder mit Begeisterung adoptieren würde.

Aber dies war kein optimistischer Moment.

Die Armut grassierte unter den Indianern, viele konnten ihre eigenen Kinder nicht ernähren und schon gar nicht die verlorenen Schafe, die „Herumtreiber", wie Clay und andere sie gern nannten.

Eine Träne lief über Julianas Wange und kitzelte ihre Schläfe. Sie schloss die Augen, versuchte, nicht an die Zukunft zu denken, und wartete darauf, endlich, endlich einzuschlafen.

Es war knackig kalt.

Lincoln hatte noch vor der Abenddämmerung einen Arm voller Holz hereingetragen und in den großen Kamin direkt gegenüber seinem viel zu großen, viel zu leeren Bett gelegt, so wie er es im Winter immer tat. Auch in Gracies Zimmer hatte er ein knisterndes Feuer gemacht, damit sie und Theresa es schön warm hatten. Er wusste, dass Kinder bei dieser Kälte schnell krank wurden. Doch heute Nacht machte er sich nicht die Mühe, seinen Kamin anzuzünden.

Er riss sich die Kleider herunter, selbst die lange Winterunterwäsche, und glitt nackt unter die Bettdecke. Als das eiskalte Leinen seine Haut berührte, fluchte er leise. Nachts vermisste er Beth am meisten, wenn er an ihr leises Lachen und die Wärme ihres Körpers dachte, wie sie sich an ihn geschmiegt und wie sie sich zärtlich geliebt hatten.

Heute war es anders.

Heute konnte er nicht aufhören, über Juliana nachzudenken. Ihr kupferrotes Haar, die Augen so blau wie feuchte Tinte auf dem weißesten Papier und die Art, wie sie sich auf der Heimfahrt unter seinem Mantel an ihn gelehnt hatte.

Wahrscheinlich hatte er darum kein Feuer gemacht. Er bestrafte sich selbst für den Betrug an Beth, der viel tiefer ging als die kurze Erleichterung, die er sich bei den Dance-Hall-Mädchen in anderen Städten verschaffte. Allmächtiger Gott, er hatte vorhin sogar das kleine bronzegerahmte Foto seiner verstorbenen Frau auf Gracies Nachttisch studieren müssen, um sich an ihr Gesicht zu erinnern. Die Erinnerungen an ihre Augen, ihre Nase und die Form ihres Munds hatten sich wie trockene Blätter im Wind zerstreut, kaum dass er im Gemischtwarenladen den ersten Blick auf Juliana geworfen hatte.

Beth hätte die Sache mit den losen Frauen bestimmt verstanden.

Und selbst eine per Katalog bestellte Ehefrau.

Doch genau hier, auf diesem Bett, ihre Hände umklammernd, hatte er ihr geschworen, sie für immer und ewig zu lieben, bis er neben ihr zu Grabe getragen wurde.

Lincolns Augen schmerzten, als er daran dachte, wie tapfer sie gewesen war. Wie sie bei seinem feierlichen Schwur gelächelt hatte, trotz ihrer schweren Krankheit, und ihn gebeten hatte, sein Herz nicht zu verschließen. Um Gracies und um seiner selbst willen.

Aber das hatte sie natürlich nicht so gemeint. Sie hatte immer Romane über Liebe, Mut und vornehme Opferbereitschaft gelesen, das war alles. Als Frau mit vergleichsweise wenig Schwächen war Beth jedoch manchmal äußerst besitzergreifend gewesen. Ihre Eifersucht war bereits aufgelodert, wenn er vor einer Frau, die jünger als sechzig war, den Hut gezogen oder ihr Lächeln erwidert hatte.

Er war völlig vernarrt in seine Frau und ihr immer treu gewesen. Doch Beth' reicher Vater hatte eine Geliebte gehabt, woraufhin ihre Mutter sich vollkommen von der Welt abgekapselt hatte und krank geworden war. Obwohl es ohnehin kaum eine Gelegenheit dazu gegeben hatte, war Beth ein oder zwei Mal in Tränen ausgebrochen, davon überzeugt, dass es nur eine Frage der Zeit wäre, bis Lincoln ihrer überdrüssig würde und etwas Abwechslung von seinem Ehealltag wünschte.

Natürlich hatte er sie getröstet, ihre Tränen weggeküsst, sie geliebt und ihr aus Städten wie New York und San Francisco und Boston kleine, aber teure Geschenke kommen lassen, die er sich eigentlich gar nicht leisten konnte. Schließlich fielen die Preise für Rinder immer weiter in den Keller. Dazu kamen eine Mutter, die das Geld noch immer ausgab, als ob sie nach wie vor reich wären, und sein Bruder Wes, der die Ranch fast in den Ruin getrieben hätte, nachdem Lincoln zum Studieren nach Boston gegangen war.

Nein, dachte er kopfschüttelnd, und ein grimmiger Zug legte sich um seinen Mund. Die Hände hinter dem Kopf verschränkt und steif wie ein Stock, wartete er darauf, dass die Leintücher sich aufwärmten. Beth hatte das, was sie nur Stunden vor ihrem Tod gesagt hatte, nicht so gemeint, sondern nur eine Szene aus ihren Liebesromanen nachgespielt, die sie schluchzend gelesen hatte, bis ihre Augen ganz geschwollen und ihre Nase rot gewesen war. Sie war so jung gewesen und hatte geglaubt, dass eine echte Dame eben auf diese Art und Weise starb.

Ohne den scharfen Schmerz in seiner Brust und das Brennen in den Augen hätte Lincoln vielleicht bei der Erinnerung an die Anfangszeit seiner Ehe gelächelt. Oft genug war er abends aus dem Stall oder von der Ranch zurückgekommen und hatte seine Frau tränenüberströmt mit einem dicken Buch gegen die Brust gedrückt vorgefunden.

„Sie starb mit einer Rose zwischen den Zähnen!“, hatte Beth dabei einmal gerufen und offenbar über die Heldin ihres Romans gesprochen, den sie die ganze Zeit vor dem Feuer im Wohnzimmer gelesen hatte.

Seine Mutter, die im Schaukelstuhl Socken gestopft und die beiden wissen lassen hatte, dass sie solchen Unsinn überhaupt nicht schätzte – genauso wenig wie aufmüpfige Ehefrauen –, hatte etwas vor sich hin gemurmelt, den Kopf geschüttelt und dann missbilligend mit der Zunge geschnalzt.

„*Irgendjemand* sollte langsam mal anfangen, das Abendessen

zu kochen", hatte Cora Creed dann noch geschnaubt, bevor sie in die Küche stolziert war.

Beth, die ihr kurzes Leben lang immer von Bediensteten umsorgt worden war, konnte weder kochen noch nähen oder ein Bett beziehen. Was Lincoln im Gegensatz zu seiner Mutter aber überhaupt nicht störte.

Er lächelte nur, küsste Beth auf die Stirn und sagte so etwas wie: „Ich hoffe, sie hat darauf geachtet, nicht auf die Dornen zu beißen. Die Lady in dem Buch, meine ich."

Lachend hatte Beth mit dem dicken Wälzer nach ihm geschlagen.

Jetzt, allein in seinem Bett, in dem Gracie und zwei weitere Kinder gezeugt worden waren, die nicht lange genug gelebt hatten, um auch nur einen Atemzug zu tun, seufzte Lincoln schwer.

Schon bald war die Nacht vorbei, und morgen lag ein langer Tag vor ihm, hart und kalt. Tom, er und die paar Hilfsarbeiter, die auf der Ranch überwinterten, mussten Waggonladungen Heu auf die Viehweiden schaffen und ein Loch in den zugefrorenen Bach hacken, damit die Tiere trinken konnten.

Was er jetzt brauchte, war so viel Schlaf, wie er nur bekommen konnte.

Juliana war schon immer eine Frühaufsteherin gewesen und stand bereits lange vor Tagesanbruch auf.

Und doch brannte bereits ein Feuer im Ofen des Wohnzimmers, als sie durch das noch dunkle Haus in Richtung Küche ging. Das Haus war sehr männlich eingerichtet. Schwere dunkle und schlichte Möbel, hartes Leder, kein Nippes, keine Häkeldeckchen, keine Nähkörbe.

Vielleicht hatte Lincolns Mutter – die, wie Gracie merklich erleichtert beim Abendessen erklärt hatte, auf Reisen war – ihre Sachen ordentlich weggepackt. Soweit Juliana sehen konnte, hatte die Frau keine Spur hinterlassen, sogar ihr Zimmer, in dem Juliana und die Kinder die Nacht verbracht hatten, schien völlig unberührt.

In der Küche trat Juliana ins Licht der Laterne. Lincoln stand vor einem kleinen Spiegel und einer Schüssel, das Gesicht eingeschäumt, und rasierte sich. Er trug Hose, Stiefel und ein langärmliges wollenes Unterhemd. Die Hosenträger hingen zu beiden Seiten herunter.

Er war zwar schicklich gekleidet, doch diese frühmorgendliche Stille und das Licht der Kerosinlampe bargen etwas so Intimes, dass Juliana wie angewurzelt stehen blieb und scharf Luft holte.

Lächelnd tauchte er sein Rasiermesser ins Wasser und führte es dann geschickt unter dem Kinn und am Hals entlang.

„Morgen“, begrüßte er sie.

Inzwischen hatte Juliana ihre Fassung zurückgewonnen, zumindest halbwegs. „Guten Morgen“, entgegnete sie einigermaßen steif.

„Der Kaffee ist fertig“, verkündete Lincoln. „Bedienen Sie sich. Tassen finden Sie auf dem Regal in der Speisekammer.“ Er deutete mit dem Daumen auf eine schmale Tür.

Eilig steuerte Juliana in die angezeigte Richtung, froh, sich mit etwas beschäftigen zu können. Sie kam mit zwei Tassen zurück, was schließlich nur höflich war. Nachdem sie Lincoln Kaffee eingeschenkt hatte, ging sie mit einer Tasse zu ihm. Und wieder war es, als hätte sie ihre Zunge verschluckt, was sie merklich nervös machte.

Er lachte, wusch sich das Gesicht in der Schüssel, langte nach einem Handtuch und trocknete sich ab. Sein pechschwarzes, zerzaustes Haar glänzte im Schein der Lampe. „Danke“, sagte er und nahm die Tasse aus ihrer Hand entgegen.

In diesem Moment kam Tom herein, seine bronzefarbene Haut von der Kälte poliert. Hinter ihm tauchte Joseph mit einem Eimer dampfender frischer Milch auf.

Juliana lächelte erleichtert, als wäre sie aus einer wirklich gefährlichen Situation gerettet worden.

„Du bist aber früh auf“, sagte sie zu dem Jungen. In der Schule war Joseph morgens ständig zu spät zum Frühstück gekommen und hatte sich dann durch die erste Unterrichtsstunde gegähnt.

„Tom brauchte Hilfe", erklärte Joseph feierlich.

Weil sie wusste, weshalb Joseph sich so eifrig bemühte, verspürte Juliana einen leichten Stich im Herz. Er hoffte auf einen Job, um genug Geld für sich und Theresa zu verdienen, damit sie nach Hause fahren konnten. Mit etwas Glück würde das *Bureau of Indian Affairs* sie in Ruhe lassen.

„Wir können hier immer Hilfe gebrauchen", sagte Lincoln.

Daraufhin warf Juliana ihm einen Blick zu und erwiderte: „Joseph hat heute Unterricht."

Etwas von der Milch schwappte über den Rand des Eimers, als Joseph ihn hart in der Spüle abstellte. Seine schmalen Wangen röteten sich.

„Unterricht?", fragte Lincoln.

Gracie kam ins Zimmer gestürzt. Sie trug ein dünnes Wollkleid und hohe geknöpfte Schuhe und zog an der einen Hand Daisy und an der anderen Billy-Moses hinter sich her. Beide Kinder starrten sie an, als ob sie noch nie zuvor so eine erstaunliche Kreatur erblickt hätten. Und wahrscheinlich war es so.

„Unterricht?", zwitscherte Gracie mit weit aufgerissenen Augen. „Wo? Wann?"

Juliana stemmte die Hände in die Hüften. Sie hatte ihr Haar noch nicht frisiert, es hing in einem langen Zopf über ihre Schulter. „Hier", erklärte sie. „Am Küchentisch, gleich nach dem Frühstück."

Joseph stöhnte auf.

„Kann ich auch etwas lernen?", fragte Gracie atemlos. „Kann ich, bitte?"

„Darf ich", korrigierte Juliana sie. „Und ich wüsste nicht, warum du dich nicht zu uns gesellen solltest."

„Bringen Sie mir das Rechnen bei?", sprudelte Gracie hervor, die Wörter purzelten fast übereinander, so aufgeregt war sie. „Ich bin nicht besonders gut im Rechnen. Ich kann aber lesen. Und ich verspreche, ganz still zu sitzen und immer gut zuzuhören und mich mit der Hand zu melden, wenn ich etwas sagen möchte ..."

„Gracie", unterbrach Lincoln sie.

Seine Tochter ließ Daisy und Billy-Moses los, um zu ihrem Vater herumzuwirbeln. „Ach Papa", platzte sie heraus. „Du wirst es mir doch nicht verbieten, oder?"

Lincolns Lächeln wirkte ein wenig gezwungen. „Nein", sagte er. „Ich werde es dir nicht verbieten. Aber Miss Mitchell wird bald wieder gehen, und ich möchte nicht, dass du dann traurig bist."

Seine Worte hätten Juliana nicht so erschüttern dürfen – schließlich sagte er nur die Wahrheit. Sie würde wirklich bald abreisen, wenngleich es ihr nach wie vor ein Rätsel war, wie sie das anstellen sollte. Plötzlich fühlte sie sich ein wenig kurzatmig, so wie an dem Tag, als Clay ihr gesagt hatte, dass sie nicht länger in dem Herrenhaus in der Pine Street erwünscht war.

In Gracies Augen schimmerten Tränen, und Juliana wusste, dass sie echt waren. Am liebsten hätte sie das Kind in die Arme genommen, so wie sie es bei Daisy oder Billy-Moses getan hätte, wenn sie jemals geweint hätten. Was die kleinen stoischen Wesen aber nie taten.

„Ich möchte einfach etwas lernen, solange ich kann, Papa", erklärte sie.

Tom unterbrach das Gespräch, indem er Wasser in das Waschbecken pumpte und sich die Hände mit einem unförmigen Stück gelber Seife wusch. „Ich kümmere mich mal um das Frühstück." Er sah Juliana an. „Wir könnten Josephs Hilfe heute gut brauchen, falls Sie ihn lassen."

Der Junge wirkte so hoffnungsvoll, dass Juliana schlucken musste.

„Na schön, aber dann liest du mir nach dem Abendessen vor", willigte sie ein.

Sein Lächeln wärmte sie wie ein Sonnenstrahl. „Ich kann das gut, Sie brauchen sich keine Sorgen machen."

„Nun", erwiderte Juliana. „Ich brauche mir keine Sorgen *zu* machen, Joseph."

Als Juliana sich wieder an Gracie wandte, sah sie, dass das Mädchen sich schniefend an Lincoln drückte, die Arme um seine schmale Taille geschlungen. Die Tränen waren versiegt.

„Santa Claus bringt mir zu Weihnachten ein Wörterbuch“, verkündete Gracie. Sie blickte zu ihrem Vater auf. „Glaubst du, dass er meinen Brief bekommen hat, Papa? Er wird mir doch keine Puppe oder so etwas schenken, nur weil du schon ein Wörterbuch auf deinem Schreibtisch liegen hast und er vielleicht denkt, dass ich das auch benutzen könnte? Deines ist *alt* – viele Wörter stehen nicht einmal drin.“

Lachend zupfte Lincoln an einer Locke seiner Tochter. „Ich bin sicher, dass Santa Claus deinen Brief bekommen hat, Liebling.“

„Wer ist das?“, wollte Theresa wissen, die mit ungekämmtem Haar ins Zimmer trat. Juliana fragte sich, ob Lincoln genauso mit ihr gebetet hatte wie wahrscheinlich mit Gracie. Und ob er ihr eine gute Nacht gewünscht hatte.

„Du weißt nicht, wer Santa Claus ist?“, fragte Gracie verblüfft.

„Darüber sprechen wir später“, versprach Juliana, „wenn wir nach dem Frühstück zusammen mit dem Unterricht beginnen.“

„Ich könnte ein Gedicht aufsagen“, schlug Gracie vor. „Ich weiß alles über Santa Claus.“

„Gracie“, sagte Lincoln.

„Aber das stimmt doch, Papa, ich habe Mr Moores Gedichte tausendmal gelesen.“

„Es gibt Maisbrei“, beschloss Tom laut. „Und vielleicht etwas Wurst.“

„Wie bitte?“, fragte Lincoln.

„Zum Frühstück“, erläuterte Tom mit einem kleinen Lächeln. Dann drehte er sich zu Joseph um. „Kannst du mit der Milchschleuder umgehen?“

Der Junge nickte. „Wir hatten in der Schule eine Milchkuh. Eine Zeit lang zumindest.“

Bisher hatte immer Theresa den Rahm von der Milch getrennt, weil Joseph das als „Frauenaufgabe“ betrachtet hatte. Mary Rose und Angelique hatten hinterher abwechselnd die Butter geschlagen.

Doch dann war die Kuh krank geworden und gestorben,

und Mr Philbert hatte keine weitere Kuh bei der Regierung angefordert.

Traurigkeit und Wut überwältigten Juliana, was sich offenbar auf ihrem Gesicht abzeichnete, denn zu ihrer völligen Überraschung legte Lincoln eine Hand auf ihre Schulter.

Die Berührung jagte einen glühenden Schauer durch ihren Körper, beinahe wäre sie zusammengezuckt. An seinem Blick sah sie, dass er es bemerkt hatte.

„Setzen Sie sich“, bat er. Seine Augen blitzten belustigt auf, als sie errötete. „Ich hole Ihnen einen Kaffee.“

3. KAPITEL

Der Himmel war klar, zum Herzerweichen blau, die Sonne glitzerte auf den Schneefeldern der Gebirgsausläufer und den schneebedeckten Bäumen. Das Wasser des Bachs schimmerte unter den Eisschichten, die Rinder – mehr als einhundert – brüllten ungeduldig nach der ersten Ladung Heu. Lincoln saß im Sattel und zog den Hut tief ins Gesicht, um sich gegen das blendende Licht zu schützen.

Er sah, wie Joseph hinten auf den Schlitten kletterte – der Schnee war zu hoch für einen Planwagen –, während Tom damit beschäftigt war, die beiden riesigen Pferde zu besänftigen.

Ben Gainer, der über den Winter auf der Ranch blieb, weil seine Frau Rose-of-Sharon demnächst ihr erstes Kind bekommen sollte, ritt auf einem gefleckten Pony und mit einer Schaufel in der Hand neben Lincoln her.

„Am besten breche ich mal das Eis am Bach auf", sagte Ben.

Lincoln nickte und schwang sich aus dem Sattel. *Die Dinge waren da, um erledigt zu werden*, wie sein Vater immer gesagt hatte. Wenn die Tiere nicht hungrig waren, dann hatten sie Durst, und sie waren nicht klug genug, um Schnee zu fressen oder das Eis mit ihren Hufen aufzubrechen, damit sie an das darunterliegende Wasser gelangten. Er ging zum Schlitten und nahm eine der Spitzhacken herunter, die Tom aufgeladen hatte.

Als er begann, an einigen Stellen des Bachs auf das dicke Eis einzuhacken, wünschte er sich nicht zum ersten Mal, dass er sich für ein leichteres Leben entschieden hätte. Beth' Vater hatte ihm immerhin die Partnerschaft in seiner Bostoner Anwaltskanzlei angeboten.

Wenn ich in Boston geblieben wäre, würde Beth vielleicht noch leben – und die beiden Kinder auch, dachte er. *Und Gracie könnte eine richtige Schule besuchen.*

Hätte er die Ranch seinem unfähigen Bruder Wes überlassen, wäre sie schon längst Geschichte. Seine Mutter hätte kein Heim mehr, und Tom Dancingstar hätte sein Land verlassen und in einer Welt leben müssen, die ihn nicht nur vollkommen unterschätzte, sondern vor allem verachtete. Und das nur, weil er Indianer war.

Lincoln hatte sich zwischen Pest und Cholera entscheiden müssen, und falls er den falschen Weg gewählt hatte, konnte er es jetzt nicht mehr ändern. Die Ranch machte ihn nicht zu einem reichen Mann, aber zumindest hatte er sie mit jeder Menge harter Arbeit und typisch Creed'scher Entschlossenheit wieder in die schwarzen Zahlen gebracht.

Doch welchen Preis hatte er dafür gezahlt!

Tom gesellte sich mit einer weiteren Hacke zu ihm und schickte Ben und Joseph zurück zum Heuschuppen, wo die beiden anderen Helfer, Art Bentley und Mike Falstaff, darauf warteten, den Schlitten neu zu beladen.

„Du siehst heute Morgen ziemlich schlecht gelaunt aus", stellte Tom fest.

„Harte Arbeit", erwiderte Lincoln, ohne seinen Freund anzusehen.

„Du arbeitest, seit du neun bist. Ich glaube nicht, dass es daran liegt."

Lincoln unterbrach die Arbeit, um kurz Atem zu holen, dann seufzte er. Ein paar Rinder, die das Wasser gewittert hatten, tauchten hinter ihm auf. „Bestehst du darauf, zu plaudern?"

Tom lachte. Die Rinder drückten sich an ihnen vorbei, um zum Bach zu gelangen. Die beiden Männer gingen ein paar Schritte am Ufer entlang, um ihnen den Weg freizumachen. „Irgendwas treibt dich um, so viel steht fest. Und ich schätze, es ist Miss Juliana Mitchell."

„Ich habe mir vielleicht den einen oder anderen Gedanken über sie gemacht", räumte Lincoln ein. Gleichzeitig ärgerte er sich, und das war sonst überhaupt nicht seine Art. Er begann wieder, die Axt zu schwingen.

Tom legte eine Hand auf seinen Arm. „Sie braucht ein Heim, dem sie Wärme schenken kann. Du brauchst eine Frau und Gracie eine Mutter. Warum bringst du es nicht hinter dich und hältst einfach um Julianas Hand an?"

Mit aller Wucht hieb Lincoln die Axt nach unten und spürte

eine gewisse Befriedigung, als das Eis splitterte.

„So einfach ist das nicht“, sagte er nach einer Weile.

„Nicht?“

„Ich bezahle dich für deine Arbeit und nicht für deine Ratschläge in Liebesdingen.“

„Darum geht es?“ Tom sah ihn von der Seite an, seine Augen blitzten amüsiert. „Um Liebe?“

„Nein, verdammt noch mal“, fauchte Lincoln.

Doch Tom ließ nicht locker. „Du bist ein junger Mann, Lincoln. Du brauchst eine Frau. Gracie braucht eine Mutter und Geschwister. Wenn du bereit bist, eine Fremde von irgendwoher anreisen zu lassen und ihr einen Ehering an den Finger zu stecken, warum kann es dann nicht Juliana sein?“

„Ich hoffte ursprünglich auf eine Gouvernante oder Haushälterin“, erklärte Lincoln. „Zu heiraten wäre nur der letzte Ausweg.“

„Na schön“, beharrte Tom. „Juliana ist Lehrerin. Sie wäre eine fantastische Gouvernante. Und vielleicht sogar eine ganz anständige Haushälterin.“

„Sie würde aber nicht hier draußen auf der Ranch bleiben wollen“, behauptete Lincoln. „Sie ist ein Stadtmädchen – das sieht man daran, wie sie sich bewegt, und das hört man daran, wie sie spricht.“

„Beth war auch ein Stadtmädchen, aber ihr hat es auf der Ranch gefallen.“

Lincoln musste sich zusammenreißen, um die Axt nicht so weit von sich zu schleudern, dass sie auf der anderen Seite des Bachs im Schnee landete. Manchmal redete Tom tagelang kein einziges Wort, und jetzt plapperte er auf einmal los wie eine alte Jungfer beim Teekränzchen.

„Warum? Warum ist das etwas anderes, Lincoln? Vielleicht weil du denkst, du könntest Gefühle für Juliana entwickeln?“

Darauf antwortete Lincoln nicht, weil er nicht antworten konnte. Sein Hals war wie zugeschnürt, außerdem stieß ihn gerade eine Kuh von hinten an und schubste ihn beinahe in das eiskalte Wasser.

„Ich habe Beth geliebt", sagte er nach langer Zeit, weil Tom sowieso nicht nachgeben würde.

„Das weiß ich. Aber Beth ist tot, und du lebst. Gracie lebt. Das Kind ist einsam, Lincoln. Manchmal tut es mir im Herzen weh, sie nur anzusehen. Und dir geht es auch nicht viel besser."

„Mir geht es gut. Es gibt Schlimmeres, als einsam zu sein."

„Ach ja? Willst du vielleicht behaupten, dass du nachts nicht in deinem Bett liegst und dir wünschst, eine Frau bei dir zu haben?"

Wieder konnte Lincoln nichts sagen.

Doch zum Glück schien diese Gesprächsrunde damit beendet zu sein. Tom ging wieder an die Arbeit, und eine weitere Ladung Heu kam an, das Joseph und der junge Ben den Rindern hinwarfen, um gleich darauf wieder zurückzufahren und mehr zu holen.

Gegen Mittag schickte Lincoln die ganze Mannschaft zum Mittagessen zurück in die Baracken und kümmerte sich um ein paar der Dinge, die auch noch erledigt werden mussten: Holz hacken, Pferdegeschirr ausbessern und Ställe ausmisten. Die Winterarbeit konnte schrecklich beschwerlich sein, gleichzeitig hatte die Jahreszeit aber auch ihre Vorzüge. Wegen der kurzen Tage ließ sich endlich der fehlende Schlaf aufholen, und man saß vor dem Ofen und erzählte sich Geschichten.

Ben sorgte sich ständig um seine Frau. Er befürchtete, ihr oder dem Baby könnte etwas zustoßen, und er wäre nicht da, um zu helfen.

Diese Möglichkeit bestand immer. Beth hätte bei der ersten Fehlgeburt verbluten können, wenn Cora nicht in der Nähe gewesen wäre. Lincolns Mutter war auf die hintere Veranda gerannt und hatte die eiserne Glocke mit solcher Kraft angeschlagen, bis sie es draußen auf der Ranch gehört hatten und nach Hause geritten waren.

Wenn Beth nun aber allein mit der damals erst zweijährigen Gracie zu Hause gewesen wäre?

Lincoln stellte einen Fuß in den Steigbügel und schwang sich auf den Pferderücken. Er war damals in die Stadt gejagt, um einen

Arzt zu holen, doch letztlich war es Tom gewesen, der die Blutung gestoppt hatte. Als Lincoln mit dem Arzt zurückkam, hatte Cora das leblose Baby – einen Jungen – bereits gebadet und in ein Tuch gehüllt.

Lincoln hatte sich mit seinem Sohn im Arm auf den Schaukelstuhl in der Küche gesetzt und geweint, bis er ihn bei Sonnenaufgang auf den Friedhof hinter dem Obstgarten brachte. Dort hob er ein winziges Grab aus und bettete das Kind zur Ruhe. Achtzehn Monate später erlitt Beth eine zweite Totgeburt, eine Tochter.

Auch an dem Tag hatte er geweint, allerdings nicht vor seiner verzweifelten Frau. Tom und Wes hatten sich um die Beerdigung gekümmert, und es verging über einen Monat, bevor der Pfarrer vorbeikam, um am Grab die Gebete zu sprechen.

Weil es keinen Sinn hatte, sich über etwas den Kopf zu zerbrechen, das längst vorbei war, schob Lincoln die Erinnerungen zur Seite. Doch sie verfolgten ihn wie Geister, als er sein Pferd nach Hause lenkte. Am östlichen Himmel ballten sich Wolken zusammen, prall gefüllt mit Schnee.

Morgen würde es noch schwieriger werden, die Rinder zu füttern. Die Kälte würde trotz der schweren Lederhandschuhe in seine Hände eindringen, und sehr wahrscheinlich würde der Bach wieder zufrieren.

Aus dem Küchenfenster drang Licht. Lincoln klappte den Mantelkragen hoch, zog den Kopf ein, um sich gegen den Wind zu schützen, und beschleunigte das Tempo.

Gracie wartete bereits an der Hintertür auf ihn, ihr Gesicht leuchtete wie eine Laterne, ihre Augen waren riesig. „Ich lerne das Einmaleins!“, schrie sie. „Und ich habe ein Gedicht über Santa Claus aufgesagt!“

Er beugte sich lächelnd nach unten, um Gracie einen Kuss auf den Kopf zu geben, dann schob er sie zurück in die Wärme der Küche. Die Schiefertafeln und Bücher, die Juliana morgens nach dem Frühstück auf dem Tisch ausgebreitet hatte, waren verschwunden. Juliana stand am Herd, rührte in dem Hirscheintopf vom Vorabend und lächelte ihm scheu zu. Mit einem Schlag wurde ihm klar, dass sie nicht nur eine Frau, sondern eine schöne Frau war. An ihr wirkte der ausgeblichene Nesselstoff ihres Kleids wie feinste Seide. Am liebsten hätte er ihr feurig rotes Haar angefasst.

Stattdessen hängte er seinen Hut an den Haken, schlüpfte aus dem Mantel und hängte ihn daneben. „Schule für heute vorbei?"

Sie nickte. „Wir haben viel gelernt", sagte sie leise.

Wieder lächelte Lincoln seine Tochter an. „Das habe ich schon gehört. Wo sind die anderen?"

„Theresa legt gerade Daisy und Billy-Moses für den Mittagsschlaf hin", antwortete Juliana, offensichtlich erfreut über die Frage. „Joseph ist bei Tom – sie haben wilde Truthähne entdeckt und versuchen, einen großen für das Weihnachtsessen mit nach Hause zu bringen."

Weihnachten. Das hatte er ganz vergessen, dabei rückte das Fest immer näher. Zum Glück hatte er bereits Gracies Wörterbuch besorgt. Um den Rest hatte sich seine Mutter gekümmert. Sie hatte Pfefferminzstangen, Bücher, Puppenkleider und andere Geschenke auf einem Regal oben in ihrem Schrank versteckt und sie ihm gezeigt, bevor sie abgereist war. Außerdem hatte sie ihn ermahnt, ja nicht den Christbaum zu vergessen.

Als ob sie seine Gedanken gelesen hätte, zupfte Gracie an seinem Ärmel. „Bekommen wir einen Christbaum?"

Lincoln fand es albern, einen lebenden Baum einfach so zu fällen. Trotzdem lief er jedes Jahr mit der Axt in den Wald, schlug einen Baum und nagelte zwei Holzscheite kreuzförmig als Ständer zusammen, weil es seinem kleinen Mädchen so viel bedeutete.

„Haben wir nicht immer einen?", gab er zurück.

„Ich dachte, du könntest es dir dieses Jahr vielleicht anders überlegen. Du hast gesagt, das wäre eine sehr *deutsche* Angelegenheit. Was ist deutsch?"

Es war Juliana, die antwortete. „Deutschland ist ein Land wie die Vereinigten Staaten und Kanada. Menschen aus Deutschland sind …"

„Deutsche!", schrie Gracie triumphierend.

„Sehr gut“, sagte Juliana zufrieden.

„Mach einen Mittagsschlaf“, sagte Lincoln zu seiner Tochter.

„Papa, ich schlafe mittags nie. Ich bin doch kein *Baby*.“

„Daisy und Billy-Moses auch nicht“, erwiderte Lincoln. „Nun geh schon.“

Gracie wandte sich an Juliana. „Muss Theresa einen Mittagsschlaf machen?“

In diesem Moment betrat Theresa die Küche. An ihrem funkelnden Blick war deutlich abzulesen, dass sie die letzten Worte gehört hatte. „Komm“, sagte sie zu Gracie. „Legen wir uns einfach ein Weilchen hin und ruhen uns aus. Wir müssen nicht schlafen. Ich lese dir eine Geschichte vor.“

„Ich lese *dir* eine Geschichte vor“, verkündete Gracie.

Daraufhin nickte Theresa lächelnd.

Beth hatte ihrer Tochter mit kaum drei Jahren bereits das Alphabet beigebracht, und danach war Gracie plötzlich in der Lage gewesen, den Mechanismus des Lesens zu verstehen. Es war fast so, als ob das Kind dazu geboren wäre, Bücher zu lesen.

Lincoln verspürte einen Stich, weil er an Beth dachte und gleichzeitig so gern mit Juliana allein in der Küche sein wollte. Er hatte nicht etwa vor, sie zu berühren oder „um ihre Hand anzuhalten“, wie Tom es ihm vorhin am Bach vorgeschlagen hatte. Ihm wurde einfach ganz warm in ihrer Nähe, das war alles. An Stellen, die die Hitze des Ofens nicht erwärmen konnte.

Als Gracie und Theresa verschwunden waren, stand er allerdings nur da, stumm und hilflos.

„Waschen Sie sich die Hände“, sagte Juliana mit abgewandtem Blick. „Sie müssen hungrig sein.“

Wortlos ging er zum Waschbecken, pumpte etwas Wasser hinein und seifte sich die Hände ein. Es war ein hartes Stück Seife, hart genug, um einem die Haut aufzureißen, wie seine Mutter sich immer beschwerte.

Juliana füllte für ihn eine Schüssel mit Eintopf. Das war nichts Besonderes, doch Lincoln musste wieder an sein Gespräch mit Tom denken.

Er zog sich einen Stuhl heran und setzte sich an den Tisch.

„Haben Sie schon gegessen?“, fragte er, weil er wollte, dass Juliana sich zu ihm setzte.

Sie nickte. „Kaffee?“

„Sie müssen mich nicht bedienen, Juliana“, antwortete er.

„Unsinn.“ Sie kam mit einem dampfenden Becher zum Tisch. „Sie geben uns ein Dach über dem Kopf und Essen, ich möchte nur meine Dankbarkeit zeigen.“ Etwas in ihren Augen blitzte auf. „Allerdings werde ich Ihnen nicht die Stiefel putzen, Mr Creed.“

„Ich schätze, Sie suchen nicht zufällig eine Stelle als Haushälterin?“ Kaum nachdem er das ausgesprochen hatte, hätte er sich am liebsten die Zunge abgebissen. Juliana Mitchell machte vielleicht gerade eine schwere Phase durch, doch sie war keine Bedienstete, auch wenn sie ihm Kaffee eingeschenkt und den Eintopf vom Vorabend aufgewärmt hatte.

Zumindest setzte sie sich zu ihm, das war schon einmal ermutigend.

„Ist das ein Angebot?“, fragte sie beinahe schüchtern.

„Würden Sie es denn annehmen?“

„Mein Bruder würde wahrscheinlich hier aufkreuzen und mich an den Haaren zurück nach Denver schleifen“, sagte sie beinahe etwas reumütig.

„Ihr Bruder?“ Ja, du Idiot, höhnte eine ungeduldige Stimme in seinem Kopf. *Du wirst ja wohl wissen, was ein Bruder ist. Du hast schließlich selbst zwei davon, drei, wenn man den armen Dawson dazurechnet, der auf dem Friedhof direkt neben Pa liegt.*

Eine bezaubernde Röte legte sich auf Julianas Wangenknochen. Lincoln versuchte sich vorzustellen, wie diese Frau Böden schrubbte, Teppiche ausklopfte, Hemden bügelte und Nachttöpfe ausleerte. Es war ihm einfach nicht möglich. Auch wenn ihr Kleid sicher schon bessere Tage gesehen hatte, lag etwas Aristokratisches, etwas fein Geschliffenes in ihrer Haltung – selbst wenn sie nur auf einem Stuhl saß.

„Clay findet es schon schrecklich genug, dass ich Lehrerin geworden bin“, erklärte sie, nachdem sie eine Zeit lang unbehaglich geschwiegen und mehrfach geschluckt hatte. „Bisher lässt er mich in Ruhe, aber er würde einen Tobsuchtsanfall bekommen, wenn ich einen Haushalt führen würde, ohne verheiratet zu sein ..."

Sie brach ab und errötete noch mehr. Jetzt war sie es, die sich am liebsten die Zunge abgebissen hätte, vermutete Lincoln.

„Und wenn Sie eine Stelle als Gouvernante hätten?", fragte er vorsichtig und legte den Löffel zurück in die Schüssel, obwohl er halb verhungert war.

Sie zuckte unglücklich mit den Schultern. „Ich schätze, das würde er immer noch besser finden, als in einer indianischen Schule zu unterrichten."

Lincoln hätte gern ihre Hand genommen und sanft gedrückt, um sie zu trösten, unterließ es aber. „Tun Sie denn alles, was Ihr Bruder sagt?", fragte er überrascht.

„Nein", erwiderte sie und sah ihn endlich an. Er hatte sie mit dieser Frage nicht kritisieren wollen, und zu seiner großen Erleichterung schien sie das zu wissen. „Sonst wäre ich jetzt eine reiche Witwe in Denver."

Abwartend sah er sie an.

„Clay wollte, dass ich seinen Geschäftspartner heirate. Und ich hatte mich schon damit abgefunden, obwohl ich zu der Zeit noch die *Normal School* besuchte. Aber dann starb meine Grandma, ich machte meinen Abschluss und wollte das, was ich gelernt hatte, auch anwenden."

Da gab es noch mehr, das spürte Lincoln, aber er wollte sie nicht drängen. Die Situation erschien ihm zu heikel. Langsam, damit sie ihre Fassung zurückgewinnen konnte, blickte er hinunter auf seine Schüssel, tauchte den Löffel in den Eintopf und begann zu essen.

„Und Clay, diesem Freundchen, würde es nicht gefallen, wenn Sie als Gouvernante arbeiteten?", fragte er, nachdem etwas Zeit vergangen war.

Sie lachte leise, wahrscheinlich, weil er ihren zweifellos mächtigen Bruder als Freundchen bezeichnet hatte. „Wahrscheinlich nicht."

„Weshalb? Weil er glaubt, es wäre unter Ihrer Würde?" Wieder meinte er diese Frage nicht verächtlich.

„Nein", entgegnete Juliana bitter. „Er glaubt, es wäre unter *seiner* Würde, und er sorgt sich sowieso schon um meinen Ruf. Für Clay ist das Unterrichten von anderer Leute Kinder – speziell *indianischer* Kinder – ungefähr so schlimm wie das Servieren von Drinks in einem Saloon."

Wieder wartete Lincoln ab. Hier entwickelte sich etwas, und das musste man einfach geschehen lassen.

„Es hat angefangen zu schneien", bemerkte Juliana mit einem wehmütigen Blick aus dem Fenster.

„Was werden Sie also tun?", fragte Lincoln. „Wenn Sie weiterreisen, meine ich."

Sie seufzte. Sah ihn an. „Ich weiß es nicht", gestand sie.

„Ich schätze, wir könnten heiraten", sagte Lincoln.

Juliana öffnete den Mund, schloss ihn dann wieder.

„Sie haben ja gehört, was Fred Willand gestern im Gemischtwarenladen gesagt hat", fuhr er mit heiserer Stimme fort. „Ich suche seit über einem Jahr per Annonce eine Haushälterin oder Gouvernante. Und da ich damit keinen Erfolg hatte, würde ich mich nun auch mit einer Ehefrau zufrieden geben."

Da musste Juliana lachen. Ihre Augen glitzerten, und sie schlug die Hand vor den Mund, um sich selbst zum Verstummen zu bringen.

„Ich meinte nicht direkt ‚zufrieden geben' ..."

„Doch, das meinten sie", widersprach sie und sah ihn freundlich an. „Sie haben Gracies Mutter sehr geliebt, oder?"

„Ja", gab Lincoln zu.

„So sehr, dass in Ihrem Herzen kein Platz für eine andere Frau ist", vermutete Juliana. „Darum würden Sie lieber eine Fremde heiraten, eine Frau, die auf eine Zeitungsanzeige antwortet. Denn dann müssten Sie für diese Person keine Gefühle aufbringen."

Was sie sagte, klang nicht nach einem Vorwurf. Wahrscheinlich trafen ihn ihre Worte nur so sehr, weil sie so sehr der Wahrheit entsprachen.

„Und diese Person müsste keine Gefühle *für mich* aufbringen", antwortete er.

„Aber Sie erwarten von ihr, mit Ihnen das Bett zu teilen?“

„Früher oder später schon. Das ist schließlich Teil des Ehelebens, nicht wahr?“

Juliana stützte einen Ellbogen auf den Tisch und legte das Kinn in ihre Handfläche. Sie hätten genauso gut über den Preis für Schweinefleisch diskutieren können, so ruhig und sachlich war sie. „Vermutlich“, räumte sie ein.

Bevor sie das Thema weiter vertiefen konnten, stürmten Tom und Joseph durch die Hintertür herein, mit Schnee und breitem Grinsen im Gesicht.

„Das Weihnachtsessen liegt vor der Tür“, sagte Tom. Dann, als sein Blick zwischen Juliana und Lincoln hin und her wanderte, wurde er etwas ernster.

Joseph, der viel zu jung und zu stolz auf seine Leistung war, merkte nicht, dass sie die beiden bei etwas Wichtigem unterbrochen hatten. „Wir haben zwei Truthähne geschossen“, verkündete er triumphierend. „Tom hat sie schon ausgenommen, aber wir müssen sie noch rupfen und wahrscheinlich etwas Schrot aus dem herauspicken, den ich geschossen habe.“

Seine Lehrerin zuckte zusammen.

Doch Lincoln lächelte, schob seinen Stuhl zurück und stand auf, um seine Schüssel in die Spüle zu stellen.

„Nehmt euch von dem Eintopf“, sagte er.

„Und dann wirst du mir vorlesen“, meinte Juliana an Joseph gewandt.

Der Junge zog ein langes Gesicht, lächelte aber gleich wieder. Eine Abmachung war eben eine Abmachung.

„Nachdem ich die Truthähne gerupft habe?“, fragte er.

„Nachdem du die Truthähne gerupft hast“, gab Juliana mit einem liebevollen Seufzen nach. „Aber du wirst diese armen toten Viecher nicht ins Haus schleppen, um das zu tun.“

Dieser Befehl klang sehr nach einer Hausfrau, was Lincoln gut gefiel, auch wenn er es nicht zeigte. Die Idee einer Heirat hatte sich in seinem Kopf genauso eingenistet wie in Julianas, und das reichte zunächst einmal.

Joseph grinste. „Wissen Sie noch, Miss Mitchell, wie Sie letzte

Weihnachten versucht haben, diesen Truthahn, den eine Farmersfrau uns geschenkt hat, zu braten und dabei so viel Rauch entstanden ist, dass wir alle Türen und Fenster aufreißen mussten?"

„Vielen Dank, Joseph, dass du mich daran erinnerst."

Tom schmunzelte.

Der Schnee fiel jetzt schneller und in dickeren Flocken. Im Schneegestöber entdeckte Lincoln seinen Bruder Wes, der heraufgeritten kam, einen Packesel mit einem riesigen Tannenbaum auf dem Rücken hinter sich herziehend.

„Ich fasse es nicht", murmelte er leise lachend, dann eilte er zur Hintertür, wo er kurz stehen blieb, um seinen Mantel überzuwerfen.

Wes trug keinen Hut, Schneeflocken hatten sich auf seinem braunen Haar gesammelt und bedeckten seine Wimpern. Sein Grinsen war so weiß wie der zugeschneite Weg, und selbst aus zehn Schritten Entfernung konnte Lincoln Whiskey und Zigarren in seinem Atem riechen.

„Ma sagte, sie würde mir das Fell über die Ohren ziehen, wenn Gracie keinen Christbaum bekommt", rief Wes fröhlich. „Und hier bin ich."

Lachend schüttelte Lincoln den Kopf. „Ist dir einmal in den Sinn gekommen, dass es einen weiteren Schneesturm geben könnte und tiefe Nacht sein wird, bis du zurück in der Stadt bist?"

„Ich habe genug Alkohol intus, um ein Erfrieren auszuschließen", antwortete Wes. Er holte eine Flasche aus der Tasche seines verschlissenen Mantels und nahm den Korken zwischen seine perfekten Zähne. „Genau genommen brauche ich aber erst noch ein, zwei Schluck, bevor ich zurück nach Hause reite."

Dann stieg er ab, ging zu dem Esel und löste die Schnüre, mit denen der Christbaum befestigt war. Der satte Duft von Tannennadeln erinnerte Lincoln an ihre Kindheit. Sie waren zwar nicht dazu erzogen worden, an Santa Claus zu glauben, aber überall im Haus waren frische grüne Zweige verteilt gewesen. Und am Weihnachtsmorgen hatten ein paar bescheidene Geschenke für sie auf dem Frühstückstisch gelegen.

„Willst du da nur rumstehen“, brummte Wes, „oder hilfst du mir vielleicht, den Baum ins Haus zu schaffen?“

„Er ist noch zu nass“, sagte Lincoln und klang jetzt selbst wie eine Hausfrau. „Wir bringen ihn erst mal in den Holzschuppen, damit er etwas trocknen kann.“

„Wie du meinst, kleiner Bruder“, rief Wes umgänglich, dabei war er zehn Zentimeter kleiner als Lincoln und nur zwei Jahre älter. „Als ich bei Fred Willand vorbeigegangen bin, um zu sehen, ob es Post für dich gibt – es gibt keine –, sagte er mir, dass du hier draußen eine Frau bei dir hättest. Die hübsche Lehrerin aus der indianischen Schule.“

Bevor er darauf antwortete, griff Lincoln nach dem ziemlich großen Baum. Ein Wunder, dass der arme alte Esel nicht unter dem Gewicht zusammengebrochen war. Er würde ein ganzes Stück absägen müssen, damit der Baum überhaupt ins Wohnzimmer passte. „Fred Willand“, sagte er schließlich durch die Zweige hindurch, „klatscht wie ein altes Waschweib.“

Wes lachte. „Zum Teufel“, rief er. „Ohne Fred wüsste ich gar nicht, wie es dir geht. Du kommst ja nie im Saloon oder der Zeitungsredaktion für ein kleines Schwätzchen vorbei.“

„Ich habe keine Zeit für kleine Schwätzchen“, erklärte Lincoln. Obwohl er wegen Wes’ Unfähigkeit beinahe die Ranch verloren hätte, liebte er seinen Bruder. Nach Dawsons Tod hatte der Vater seine Trauer an seinem zweiten Sohn ausgelassen, während Lincoln, der Dawsons Platz als jüngster Sohn übernommen hatte, seinem Vater möglichst aus dem Weg gegangen und dafür Tom Dancingstar überallhin gefolgt war.

Wes sah auf, sein Blick war jetzt ernst. „Ma ist fort“, sagte er. „Es ist ganz friedlich, das kann ich sogar hier draußen spüren.“

Ihre Mutter hielt nichts davon, dass Wes trank und rauchte und Poker spielte. Außerdem hielt sie nichts von der Frau, die er liebte, was sie bei jeder sich bietenden Gelegenheit sehr deutlich machte. Darum kam Wes nie zu Besuch, wenn seine Mutter da war.

Lincoln zerrte den riesigen Baum hinter sich her zum Holzschuppen. „Komm rein und iss etwas von Toms Hirscheintopf“, rief er über seine Schulter. „Ist wahrscheinlich schon Wochen her, dass du was Anständiges in den Magen bekommen hast.“

„Ich lasse mir doch nicht die Gelegenheit entgehen, eine gut aussehende Frau unter die Lupe zu nehmen.“

Als Lincoln wieder aus dem Holzschuppen herauskam, sah er, dass Wes das Pferd und den Esel einfach hatte stehen lassen. Er führte sie in den Stall, sattelte das Pferd ab und gab beiden Futter und Wasser. Dann striegelte er sie so, wie er es zuvor mit seinem eigenen Pferd gemacht hatte.

Er tat all diese Dinge, die sein Bruder hätte tun sollen, aber es machte ihm nichts aus. Denn Wes tauchte zu den unmöglichsten Zeiten mit den unmöglichsten Geschenken auf.

Obwohl Juliana sich nichts anmerken ließ, war sie ein einziges Nervenbündel, und nicht nur, weil Lincoln Creed ihr kurz zuvor am Küchentisch beinahe einen Heiratsantrag gemacht hatte. Viel mehr erschütterte sie, dass sie vielleicht sogar Ja sagen würde, falls er es wirklich tun sollte.

John Holden wäre ein absolut passender Mann für sie gewesen, trotz seiner abscheulichen Töchter. Doch ihn hatte sie abgewiesen. Auch andere Männer hatten ihr in den vergangenen Jahren den Hof gemacht, aber auch diese hatte sie immer enttäuscht. Denn wenn sie jemals heiratete, dann nur aus wilder leidenschaftlicher Liebe. Sie wollte von den Füßen gerissen, von der Lust überwältigt werden!

Und Lincoln hatte etwas in ihr geweckt, ein grundlegendes Bedürfnis, das konnte sie nicht abstreiten. Aber wilde leidenschaftliche Liebe? Nein.

Auf der anderen Seite wusste sie, dass er ein netter großzügiger Mann war. Dass er hart arbeitete, ein liebevoller Vater war und Menschen nicht nach ihrer Hautfarbe beurteilte. Und dass er morgens, wenn er sich rasierte, seine Hosenträger baumeln ließ.

Bei der Erinnerung an die Hosenträger musste sie lächeln, gerade in dem Moment, in dem Tom ihr Weston Creed vorstellte und Gracie vor Begeisterung quietschend in die Küche raste, um sich in die Arme ihres lachenden Onkels zu werfen.

Er wirbelte sie herum. „Ich habe dir einen Christbaum mitgebracht. Dein Dad schafft ihn gerade in den Schuppen, damit er trocknen kann. Und was bekommst du dieses Jahr von Santa Claus?"

Gracie antwortete nicht sofort, stattdessen fing ihre Unterlippe an zu beben. „Ich hoffe, er kommt nicht", gestand sie nach einer Weile aufgewühlt.

Weston wirkte ehrlich überrascht, wobei Juliana vermutete, dass alles, was er je sagte und tat, ein wenig übertrieben war. „Warum solltest du dir so etwas wünschen?"

„Weil er nicht weiß, dass die anderen hier sind", erwiderte sie den Tränen nahe. „Und ich möchte keine Geschenke, wenn Billy-Moses und Daisy und Joseph und Theresa nichts bekommen."

Juliana ging das Herz auf. Falls Lincoln ihr tatsächlich einen Heiratsantrag machen sollte, würde sie ihn vielleicht wirklich annehmen. Sie liebte ihn nicht – aber in seine Tochter war sie schon jetzt ganz vernarrt.

4. KAPITEL

Als Lincoln ins Haus kam, stand Wes mitten in der Küche und hielt eine völlig aufgelöste Gracie in den Armen.

„Nun“, erklärte Wes seiner Nichte feierlich, „dann müssen wir Santa Claus eben möglichst schnell Bescheid geben.“

„Weihnachten ist doch schon in vier Tagen“, murmelte Gracie. „Und der Zug fährt erst wieder *nächste* Woche durch Stillwater Springs. Wie sollen wir ihm da noch rechtzeitig schreiben?“

Lincoln und Juliana wechselten einen Blick. Lincoln sah neugierig aus, Juliana wehmütig.

„Daddy! Können wir Santa Claus ein Telegramm schicken?“

„Wie bitte?“, fragte Lincoln verblüfft.

„Er wird den anderen keine Geschenke bringen, weil er gar nicht weiß, dass sie hier sind!“, erklärte sie ihm verzweifelt.

Etwas regte sich tief in seinem Herzen, und nicht nur, weil er so nah bei Juliana stand, dass ihre Schultern sich fast berührten. Wann war er überhaupt zu ihr hinübergegangen?

Er dachte an die Geschenke im Schrank seiner Mutter und die Wasserfarben, die er gestern spontan im Gemischtwarenladen gekauft hatte. „Oh, das habe ich bereits getan“, log er.

Aber Gracie war nicht nur großzügig, sondern auch unglaublich klug. Sie runzelte die Stirn, als Wes sie sanft auf dem Boden absetzte. „Wann?“, fragte sie skeptisch.

„Gestern in der Stadt“, erwiderte ihr Vater. „Sobald feststand, dass wir Besuch haben werden, bin ich direkt ins Telegrafenamt gegangen und habe dem alten Herrn eine Depesche geschickt.“

Während Gracie über diese Behauptung nachdachte, wurden ihre Augen immer größer. Zum Glück entschied sie sich, ihrem Vater zu glauben, und begann zu strahlen. „Dann ist ja alles gut“, sagte sie.

„Natürlich wird wahrscheinlich jeder etwas weniger bekommen als sonst“, fügte Lincoln hinzu. „Es sind schwere Zeiten, das weißt du.“

Doch seine Tochter blieb gelassen. „Ich will nur das Wörterbuch“, verkündete sie. „Damit ich alle Wörter lernen kann, die es gibt.“

Am liebsten hätte Lincoln sie hochgehoben, so wie Wes es zuvor getan hatte, aber das wäre vielleicht ein wenig zu viel des Guten gewesen, also sagte er nur leise: „Ich bin stolz auf dich, Gracie Creed.“

Neben sich hörte er Juliana leise schniefen, doch als er sie ansah, lächelte sie. Ihre Augen glänzten allerdings verräterisch.

Als sie merkte, dass er sie beobachtete, wandte sie sich schnell ab und füllte die Reste des Eintopfs aus dem Kessel in eine große Schüssel und bugsierte den ganz offensichtlich entzückten Wes zum Tisch.

Sie forderte ihn nicht einmal auf, sich die Hände zu waschen, was Lincoln vielleicht geärgert hätte, wenn er nicht die ganze Zeit gedacht hätte, was für einer wundervollen Tochter Beth das Leben geschenkt hatte.

Obwohl Wes seine Freundin Kate liebte und ihr vom ersten Tag an treu gewesen war – zumindest soweit Lincoln wusste –, verfolgten seine bernsteinbraunen Augen jede von Julianas Bewegungen. Und als er seinen Bruder anblickte, funkelten sie belustigt.

Er weiß es, verdammt. Wes weiß, dass Juliana es mir angetan hat, und mit dieser Tatsache wird er mich später gnadenlos aufziehen.

„Du solltest besser hier übernachten“, sagte er laut zu seinem Bruder, obwohl das im Moment das Letzte war, was er wirklich wollte. „Es wird noch heftig schneien.“

Wes schüttelte den Kopf und setzte sich so hin, dass Gracie auf seinen Schoß klettern konnte. „Ich muss zurück. Ein Pokerspiel.“

Es dauerte nicht lange, bis er gegessen und sich verabschiedet hatte. Auch das war typisch Wes. Er fühlte sich seit Dawsons Tod nicht mehr wohl in diesem Haus. Einmal hatte er Lincoln gestanden, dass er ständig damit rechnete, dass ihr ermordeter Bruder ihm von hinten auf die Schulter tippte.

Gracie lief los, um die anderen Kinder zu suchen, und Tom

und Joseph waren noch immer draußen und rupften die Truthähne. Ohne Juliana anzusehen, zog Lincoln seinen Mantel über und folgte Wes in die Kälte.

Auf halbem Weg zum Stall begann Wes zu lachen und den Kopf zu schütteln, dann pfiff er leise durch die Zähne. Er zögerte nicht eine Sekunde, als er weder sein Pferd noch seinen Esel vor der Tür entdeckte. Er wusste, dass Lincoln sich um alles kümmerte, was er unerledigt ließ.

„Was ist so lustig?“, fragte Lincoln verdrossen, weil er die Antwort sowieso schon kannte.

„Du“, rief Wes fröhlich. „Jedes Mal, wenn du diese Lehrerin angesehen hast, hätte ich am liebsten deine Zunge wie einen Teppich zusammengerollt und zurück in deinen Mund geschoben.“

Er war zu dickköpfig, um auf Wes’ gutmütige Stichelei einzugehen.

Jetzt lachte Wes laut und schlug Lincoln hart auf den Rücken, während sie durch den Schnee stiefelten.

„Sie ist übrigens auch ganz begeistert von dir“, fuhr er fort. „Ich dachte, das sollte ich dir besser sagen, da du ein wenig schwer von Begriff bist, was Frauen betrifft.“

„Während ausgerechnet *du* ein Experte bist?“, knurrte Lincoln. Er klappte wieder seinen Kragen hoch. Verdammt, es war kälter als am Nordpol.

Wieder lachte Wes. „Wenn du mir nicht glaubst, dann frag doch Kate“, erwiderte er leichthin.

Zufälligerweise mochte Lincoln Kate sehr gern, auch wenn sie ein „leichtes Mädchen“ war, wie seine Mutter es ausdrückte, aber er hatte nicht vor, ihr Fragen zu stellen – und schon gar nicht so persönliche.

Er schwieg, bis sie den Stall betreten hatten, in dem es jetzt fast dunkel war. Beide Männer kannten jeden Zentimeter und mussten nicht erst darauf warten, dass sich ihre Augen an die Dunkelheit gewöhnten.

„Danke“, sagte Lincoln unbeholfen. „Für den Baum, meine ich.“

Wes sattelte sein Pferd. „Das habe ich für Gracie getan. Soll ich bei Willand anhalten und ein paar Geschenke für die anderen Kinder besorgen?"

Das Angebot rührte Lincoln. „Nein", entgegnete er mit rauer Stimme. „Ma hat genug Geschenke hiergelassen; sie reichen."

Wes nickte. „Das ist gut."

„Ich schätze, du hast Ma kürzlich getroffen?", fragte Lincoln vorsichtig. Ihre Mutter war ein heikles Thema. Lincoln konnte damit umgehen, dass sie ein wenig anstrengend war, während Wes noch immer zu hoffen schien, dass sie sich irgendwann änderte. „Ich habe sie zum Bahnhof gebracht, aber von dir war weit und breit nichts zu sehen."

Diesmal klang Wes' Lachen freudlos. „Sie hat Fred Willands Sohn Charlie mit einer Nachricht in die Redaktion geschickt. Natürlich hätte ich mir mit dem Papier höchstens eine Zigarre angesteckt, wenn es nicht um Gracie gegangen wäre."

Wes würde sich genauso wenig ändern wie Cora. Beide warteten darauf, dass der andere seine Fehler einsah und Buße tat wie ein reuiger Sünder in der Kirche. Doch das würde wohl erst geschehen, wenn die Hölle gefror.

„Findest du es falsch, dass ich Gracie an Santa Claus glauben lasse?", wechselte Lincoln das Thema.

Wes ließ den Steigbügel herunter und zerrte einmal kurz an dem Sattel, um sich zu versichern, dass er fest saß. Dann schwang er sich hinauf. „Sie ist noch ein Kind", sagte er. In der Dunkelheit konnte Lincoln sein Gesicht nicht sehen. „Kinder müssen an etwas glauben, solange sie können. Ich lasse den Esel für ein oder zwei Tage hier, falls es dir nichts ausmacht."

Lincoln nickte, trat einen Schritt vor und versuchte, einen besseren Blick auf das Gesicht seines Bruders zu erhaschen, doch umsonst. Er hielt das Pferd an den Zügeln fest. „Glaubst du an irgendetwas, Wes?", fragte er dann, selbst erstaunt darüber, wie wichtig ihm die Antwort war.

Sein Bruder seufzte. „Ich glaube an Kate. Ich glaube an Poker und Whiskey und den heiligen Wert einer guten Zigarre. Ich glaube an Gracie, und – verdammt, ich sollte langsam wieder nüchtern werden – ich glaube, dass du ein gutes Urteilsvermögen hast, kleiner Bruder. Nutze es. Lass diese Lehrerin nicht wieder gehen.“

„Ich kenne sie erst seit gestern.“

„Vielleicht ist das ja lang genug“, antwortete Wes.

Als Lincoln die Zügel losließ, salutierte Wes einmal übermütig, bevor er zur Stalltür ritt und unter der Tür den Kopf einzog.

„Reib dein Pferd ab, wenn du wieder in der Stadt bist“, rief Lincoln seinem Bruder hinterher. „Binde es nicht einfach an dem Pfosten vor dem Saloon an.“

Keine Antwort. Vielleicht hatte Wes ihn nicht gehört.

Höchstwahrscheinlich aber doch. Vermutlich hielt er es einfach nicht für nötig, seinem Bruder zu antworten.

Die Truthähne hatte Tom mit Bindfäden umwickelt und hoch oben in einen Baum gehängt, damit sie kalt blieben, aber nicht von Wölfen oder Kojoten gefressen wurden. Von ihrem Platz an der Spüle aus sah Juliana durch das Fenster, wie die blassen Körper im Wind schaukelten.

Sie war sicher, nie mehr im Leben Hunger zu haben.

Hinter ihr, am Tisch, paffte Tom eine Maiskolbenpfeife. Der Tabak duftete nach Kirschen. Joseph las mühselig und mit eintöniger Stimme drei Seiten eines Charles-Dickens-Roman vor. Die anderen Kinder hatten es sich im Wohnzimmer in der Nähe des Kamins bequem gemacht. Als Juliana das letzte Mal nach ihnen gesehen hatte, hatten Theresa und Gracie Dame gespielt, während Daisy eine von Gracies Puppen untersuchte und Billy-Moses Holzklötze aufeinanderstapelte, um sie umzuwerfen und erneut zu stapeln.

Der Nachmittag zog sich dahin, und Juliana fragte sich, wann Lincoln wohl zurückkommen würde und wann sie die Möglichkeit hätten, unter vier Augen zu sprechen, und ob sie anfangen sollte, das Abendessen zu kochen oder nicht.

Es war ja nicht so, dass sie nicht kochen *wollte*. Als junges Mädchen war es ihr nicht erlaubt gewesen, sich in der Nähe der Küche aufzuhalten. Der Koch wollte nicht, dass ihm Kinder in die Quere kamen. Und in jeder Schule, in der sie bisher unterrichtet hatte, hatte es einen gemeinsamen Speisesaal gegeben.

Sie dachte wieder an den verbrannten Weihnachtstruthahn, an den Joseph sie erinnert hatte. Etwas davon hatten sie retten können, indem sie um die verkohlten Stücke herumgegessen hatten. Danach hatten Theresa und Mary Rose sich um das Essen gekümmert. Wahrscheinlich hatten sie es satt, Haferbrei und gekochte Bohnen zu essen, das einzige Gericht, das Juliana nach dem Studium eines alten Kochbuchs zustande brachte.

Ein schnappendes Geräusch ließ sie zusammenfahren. Hastig drehte sie sich um.

Joseph hatte den Charles-Dickens-Roman zugeklappt. „Fertig", verkündete er. „Kann ich … *darf* ich nun rausgehen und Tom bei der Arbeit helfen?"

Juliana blinzelte. Joseph hätte genauso gut vom Etikett eines Medizinfläschchens vorlesen können. Sie hatte keine Ahnung, über welche Wörter er gestolpert war oder ob er den Faden verloren und von vorn hatte beginnen müssen, so wie es bei ihm oft der Fall war.

Also beschloss sie, so zu tun, als ob.

„Erzähl mir, was in der Geschichte geschehen ist", sagte sie.

„Nancy wurde von diesem Kerl Bill Sykes zu Tode geprügelt."

Also hatte er aus *Oliver Twist* vorgelesen.

„Er war böse", erklärte Tom ernsthaft. „Dieser Sykes, meine ich."

„Das war er in der Tat", stimmte Juliana zu. „Dann kannst du jetzt bei der Arbeit helfen, Joseph."

Tom erhob sich seufzend. „Meinst du, du könntest beim nächsten Mal am Anfang anfangen?", fragte er den Jungen. „Ich würde gern wissen, wie es dazu kam, dass dieses arme Mädchen in so eine Klemme geraten ist."

Wäre diese Bitte von Juliana gekommen, hätte Joseph geschmollt. Doch jetzt strahlte er und rief: „Klar!"

„Wann?", fragte Tom, während er schon auf die Hintertür zusteuerte, die Pfeife noch immer zwischen den Zähnen.

„Vielleicht nach dem Abendessen", schlug Joseph vor.

Abendessen. Wieder wurde Juliana nervös.

Tom lachte in sich hinein. Dieser Mann konnte höchstwahrscheinlich keine Romane lesen – aber *Gedanken*, die konnte er lesen.

„Ich brate ein paar Eier, wenn wir im Stall fertig sind", sagte er zu Juliana. „Und Mrs Creed hat im Herbst etwas Bärenfleisch eingemacht – das schmeckt gemischt mit Bratkartoffeln verdammt gut."

Bärenfleisch? Das erschien Juliana ungefähr so ansprechend wie die nackten Truthähne draußen am Baum, doch es gelang ihr, das Gesicht nicht zu verziehen.

„Sie haben genug zu tun", sagte sie so selbstsicher wie möglich. „Ich kann die Eier auch braten."

„Nein, können Sie nicht", krähte Joseph freundlich. „Wissen Sie noch, als ..."

„Joseph!"

Der Junge zuckte mit den Schultern. Ein kalter Wind fegte herein, als er und Tom nach draußen gingen.

Kaum waren sie verschwunden, da sauste Juliana ins Wohnzimmer und rief Theresa zu sich.

Gehorsam ließ Theresa das Damespiel und Gracie stehen.

„Schnell", wisperte Juliana merkwürdig angespannt. „Zeig mir bitte, wie man Eier brät!"

Als Lincoln mit einem Arm voll Feuerholz hereinkam, standen Juliana und Theresa nebeneinander am Herd. Es duftete nach allem Möglichen – Eiern, in Zwiebeln gedünsteten Kartoffeln und nach irgendeiner Art von Fleisch. Gracie war damit beschäftigt, den Tisch zu decken.

Sein Magen knurrte. Es war schon einige Stunden her, dass er den Eintopf gegessen hatte.

„Wo warst du, Papa?", fragte Gracie. Es fehlte nicht viel, und sie hätte die Frage gesungen und im Takt dazu getanzt. „Bist du mit Onkel Wes den ganzen Weg in die Stadt geritten, damit er sich nicht im Schnee verirrt?"

Lincoln schüttelte lächelnd den Kopf. „Wes' Pferd kennt den Weg", antwortete er. Tatsächlich war er in der Hütte der Gainers gewesen, um den spindeldürren Weihnachtsbaum zu bewundern, den Ben für seine hochschwangere Frau aufgestellt hatte, und um eine Tasse dünnen Kaffee zu trinken. Und um nicht zurück nach Hause zu müssen, wo Juliana war.

Seine Tochter nickte weise. „Das ist ein gutes Pferd", erklärte sie.

Lincoln trug das Holz durch den Flur zu Julianas Tür. Heute Nacht wollte er nicht wach liegen, weil er sich Sorgen machte, dass ihr und den beiden Kindern kalt sein könnte.

Wahrscheinlich würde er trotzdem wach liegen, aber aus einem anderen Grund.

Er hatte sich zu einem verdammten Narren gemacht mit seinem ganzen Gerede über Gouvernanten und Haushälterinnen und – er schluckte schwer bei der Erinnerung – Ehefrauen.

Im Zimmer angekommen, legte Lincoln das Holz ab und beugte sich vor, um die Ofentür zu öffnen. Dann fegte er mit einem kleinen Besen die Asche in einen Eimer, zerknüllte Zeitungspapier und schichtete Anmachholz auf. In etwa einer Stunde wäre es in dem Zimmer angenehm warm.

„Lincoln?"

Erschrocken drehte er den Kopf. Juliana stand in der Tür und sah aus wie ein rothaariger Engel, der seine Flügel unter einem einfachen Kleid verbarg. Sein Herz begann wie wild zu klopfen.

„Abendessen ist fertig", sagte sie.

Wieder die Worte einer Ehefrau. Er mochte den Klang. Lächelnd schloss er die Ofentür und richtete sich zu seiner vollen Größe auf. „Danke", sagte er.

Sie verharrte auf der Türschwelle, kam weder herein noch ging sie hinaus.

Lincoln gefiel die Vorstellung, wie entrüstet seine Mutter bei diesem Anblick wäre. So prüde, wie sie war, hätte sie einen hysterischen Anfall bekommen, weil die beiden sich in unmittelbarer Nähe eines Betts befanden – und zu allem Überfluss war es auch noch ihr eigenes Bett.

„Noch etwas?", fragte er.

Juliana schluckte, blickte weg und zwang sich dann sichtlich, ihn wieder anzusehen. „Wegen der Geschenke – die Kinder würden das verstehen. Sie sind sowieso nicht daran gewöhnt, dass Weihnachten ein großes Theater veranstaltet wird, und ..."

Da öffnete Lincoln lächelnd den Schrank seiner Mutter und winkte Juliana zu sich.

Zögernd folgte sie ihm.

Er deutete auf das oberste Regal. Spiele. Puppen. Bücher. Zwei Gummibälle. Eine hübsche Haarbürste mit passendem Kamm. Genug Süßigkeiten, um die Zähne aller Kinder im Staat Montana zu ruinieren.

Bei dem Anblick weiteten sich ihre Augen.

„Da ist genug", erklärte er. „Mein Bruder Micah wohnt sehr weit von hier entfernt in Colorado, darum sieht Ma seine Söhne nie. Wes hat nie geheiratet, und soweit wir wissen, hat er auch keine Kinder. Also bleibt nur Gracie übrig, und Ma hat sie vom ersten Tag an verwöhnt."

Juliana trat einen Schritt zurück, damit Lincoln die Schranktür wieder schließen konnte. „Das gefällt Ihnen nicht?"

„Was?"

Sie wurde wieder einmal rot. Sehr bezaubernd.

„Dass Ihre Mutter so viele Geschenke für Gracie kauft."

Darüber dachte er einen Moment nach, dann schüttelte er den Kopf. „Nein", sagte er. „Wahrscheinlich nicht. Aber es scheint ihr nicht zu schaden – Gracie, meine ich –, und meine Mutter ist eine ziemlich energische Frau. Es ist meistens besser, ihr ihren Willen zu lassen."

Als Nächstes machte Juliana einen Schritt auf den Ofen zu, entweder um sich zu wärmen, oder um etwas Abstand zu ihm zu gewinnen. Was sie dann sagte, warf ihn völlig aus der Bahn.

„Das *Bureau of Indian Affairs* wird mich wahrscheinlich ins Gefängnis stecken."

„Weshalb?“, stieß er gepresst aus.

„Ich sollte die Kinder nach Missoula in eine andere Schule schicken“, erklärte Juliana. „Joseph und Theresa haben eine Familie, ein Heim, Menschen, die sich nach ihnen sehnen. Daisy und Billy-Moses würden wahrscheinlich in einem Waisenhaus landen. Ich konnte das einfach nicht ertragen.“

Sanft legte er ihr eine Hand auf die Schulter und versuchte, den Schauer zu ignorieren, der ihn bei der Berührung durchfuhr. „Ich werde die Fahrkarten für Joseph und Theresa bezahlen“, erklärte er. „Aber woher wollen Sie wissen, dass das *Bureau* sie nicht wieder aus ihrer Familie herausreißt?“

Dankbarkeit und Erleichterung zeichneten sich auf ihrem Gesicht ab. „Die Mühe werden sie sich nicht machen“, erwiderte sie im Brustton der Überzeugung. „Das würde zu viel Zeit in Anspruch nehmen und zu viel kosten.“

„Die beiden Kleinen – sie haben niemanden?“

„Nur mich. Ich hätte sie nicht so lieb gewinnen dürfen – davor wurde ich immer gewarnt, bevor ich anfing, zu unterrichten. Aber ich konnte einfach nicht anders.“

Lincoln kam eine Lösung in den Sinn – immerhin war er Anwalt –, doch es wäre verfrüht, jetzt schon davon anzufangen. Wie von allein löste sich seine Hand von ihrer Schulter und legte sich an Julianas Wange. Sie wehrte sich nicht.

„Nach Weihnachten“, sagte er sehr leise, „werden wir einen Weg finden, die Sache in Ordnung zu bringen. Und in der Zwischenzeit warten zwei Truthähne im Baum auf uns, ein Christbaum und …“, er deutete auf den Schrank, „… genügend Geschenke, um Santa Claus stolz zu machen. Vergessen wir alles andere fürs Erste.“

Sie blickte zu ihm. „Sie sind ein bemerkenswerter Mann, Lincoln Creed. Ein bemerkenswerter Mann mit einer bemerkenswerten Tochter.“

Ein wenig unbehaglich und zugleich erfreut entgegnete er: „Wir sollten jetzt besser zu Abend essen.“

Juliana lächelte. „Das denke ich auch.“

Das Abendessen war eine laute Angelegenheit mit so vielen Menschen um den Tisch. Und zu Julianas Überraschung – sie zwang sich zu probieren, um den Kindern ein gutes Beispiel zu geben – stellte sich das Bärenfleisch als äußerst köstlich heraus.

Tom und Joseph wuschen ab, während Gracie sich in den Schaukelstuhl hockte und mit hoch über dem Boden baumelnden Füßen fehlerfrei aus *Oliver Twist* vorlas.

Während Juliana das Feuer im Ofen für die Nacht löschte, warf sie Tom einen verstohlenen Blick zu und stellte fest, dass er mit großem Interesse lauschte.

Gracie las so lange, bis sie einschlief – Billy-Moses und Daisy lagen schon längst im Bett, Lincoln hatte sie ins Schlafzimmer getragen, auf jedem Arm ein Kind. Tom wirkte etwas enttäuscht, sodass Joseph das Buch sanft aus Gracies Fingern löste und dort weiterlas, wo sie aufgehört hatte.

Juliana hob Gracie aus dem Schaukelstuhl, und ein kleiner Schmerz fuhr in ihr Herz, als der Kopf des Kindes auf ihre Schulter sank.

Im Gang traf sie auf Lincoln. Sie dachte, er würde ihr Gracie abnehmen, doch stattdessen trat er zur Seite und sah ihr stumm hinterher, wie sie seine Tochter ins Bett brachte. Auf dem Nachttisch brannte eine Lampe, und Theresa, den Kopf in ein dickes Kissen gelehnt, las eines von Gracies vielen Büchern.

Juliana stellte Gracie auf die Füße, half ihr aus dem Kleid und ins Nachthemd. Halb schlafend murmelte Gracie etwas und schloss die Augen, während Juliana sie zudeckte und auf die Stirn küsste.

Lächelnd nahm sie Theresa das Buch aus der Hand, küsste sie ebenfalls und löschte das Licht; sie war sich die ganze Zeit im Klaren, dass Lincoln sie von der Tür aus beobachtete.

Wieder trat er zur Seite, um sie vorbeizulassen, und lächelte, als sie in dem kühlen Luftzug erschauerte und die Arme um sich schlang.

„Ich möchte Ihnen etwas zeigen", sagte er.

Neugierig ließ sie sich von ihm ans Ende des Flurs führen, wo er eine Tür öffnete, eintrat und eine Lampe entzündete. Weiches

Licht ergoss sich über den Boden zu Julianas Füßen. Sie zögerte einen Moment, dann folgte sie ihm und hielt den Atem an, als sie die Badewanne mit dem Dampfkessel darüber entdeckte, der Wärme und den Duft von Holz im Raum verteilte.

So einen Luxus hatte Juliana nicht mehr genossen, seit sie das Haus ihrer Großmutter in Denver verlassen hatte. Damals hatte sie Gaslicht und warmes Wasser als selbstverständlich betrachtet. Seither aber musste sie sich mit Schwamm und Waschschüssel begnügen und hin und wieder mit einem heimlichen Bad im Waschzuber.

„Im Frühjahr habe ich vor, eine Kommode und ein Waschbecken hineinzustellen", erklärte Lincoln scheu. „Und es heißt, dass es in ein paar Jahren in Stillwater Springs Strom geben soll."

Juliana war überwältigt. Mit einer Hand auf dem Herzen lehnte sie sich an den Türrahmen. Er drückte sich an ihr vorbei, ihre Körper berührten sich kurz.

Eine wohlige Hitze pulsierte tief in Julianas Innerem.

Ohne ein weiteres Wort zog Lincoln sich zurück. Sie ließ das Wasser einlaufen und holte ihr Nachthemd und den Morgenmantel aus dem warmen Zimmer, in dem Daisy und Billy-Moses tief und fest schliefen.

Das Bad war ein einziges Wunder. Ein Geschenk. Juliana ließ sich mit geschlossenen Augen ins Wasser gleiten. Nachdem das Wasser kühl geworden war, kletterte sie hinaus, trocknete sich ab und schlüpfte in Nachthemd und Morgenmantel. Sie sah Licht unter der Tür des Zimmers, in dem vermutlich Lincoln schlief. Und wenn es nicht so schamlos gewesen wäre, hätte sie sachte an die Tür geklopft und sie weit genug geöffnet, um „vielen Dank" zu flüstern.

Stattdessen ging sie auf leisen Sohlen zurück in die Küche.

Joseph las noch immer aus *Oliver Twist* vor, er saß inzwischen am Tisch, und Tom hörte noch immer zu, während er seine Pfeife rauchte und in die Ferne starrte, als ob er die Geschichte vor seinen eigenen Augen sehen konnte.

Geräuschlos zog Juliana sich wieder zurück.

In dieser Nacht schlief sie tief und fest.

Bei Tagesanbruch hörte es auf zu schneien, doch als Lincoln sich den Weg zum Stall bahnte, reichte ihm der Schnee bis zu den Knien. Selbst den Zugpferden würde es schwerfallen, sich durchzukämpfen. Die Rinder aber brauchten Futter, und das bedeutete, dass er den Schlitten anspannen und ihn mit Heu beladen musste.

Hoffentlich hatte Wes es sicher bis nach Hause geschafft. Aber das würde er erst herausfinden, wenn die Straßen wieder passierbar waren.

Er dachte über Juliana nach und wie sie sich über die Badewanne gefreut hatte. Seine Mutter hatte darauf bestanden, dass dieses Ding aufgestellt wurde. Sie war es leid gewesen, Wasser auf dem Herd zu erhitzen und in der Küche zu baden, immer in der Furcht, dass ein Mann hereinkommen und sie im „Evakostüm“ sehen könnte.

Seinerzeit hatte er das als albern abgetan, als reine Geldverschwendung, doch dann hatte Beth ihm wenige Monate vor ihrem Tod erzählt, dass sie in Boston auch eine Badewanne gehabt hätte und sie manchmal vermisste.

Also ritt Lincoln noch am selben Tag in die Stadt und gab bei Willand's Gemischtwarenladen eine Bestellung auf. Wochen später, als das moderne Wunder mit dem Zug aus Denver gekommen war, in einer Kiste, groß genug, darin einen Konzertflügel unterzubringen, war die halbe Stadt hinauf auf die Ranch gekommen, um zuzusehen, wie die Wanne abgeladen und im kleinsten Zimmer aufgestellt wurde.

Ehemänner zogen Lincoln zur Seite und beschwerten sich, dass ihre Frauen nun auch so eine höllische, neumodische Vorrichtung haben wollten.

Er äußerte sein Mitgefühl, erklärte aber, dass eine Badewanne mit Dampfkessel ein geringer Preis für ein friedliches Eheleben wäre. Himmel, allein der ungläubige Ausdruck auf Julianas Gesicht war es schon wert gewesen.

Sofort schlug das schlechte Gewissen zu wie eine geballte Faust. Eilig betrat er den Stall und zündete eine Laterne an. Er hatte die Badewanne für Beth gekauft, nicht für Juliana.

Die Kuh schnaubte, sie wollte gemolken werden.

Lincoln streichelte sie besänftigend zwischen den Ohren und gab ihr Heu zu fressen. Sobald er die Pferde und Wes' Esel gefüttert hatte, begann er, Wasser aus dem Brunnen zu schöpfen, um die Wassertröge zu füllen.

Erst dann hatte er Zeit, die Kuh zu melken. Anschließend kehrte er mit einem Eimer in der Hand zurück zum Haus. Inzwischen schneite es wieder.

Einen Moment lang fühlte sich Lincoln bis auf die Knochen erschöpft. Die Viehwirtschaft war immer ein hartes Geschäft, immer ein Risiko, doch bei solchem Wetter war die Arbeit geradezu grausam.

Als er Juliana in der Küche erblickte, wie sie gerade Kaffee kochte, ging es ihm sofort besser.

Tom war nirgends zu entdecken, und das war so ungewöhnlich, dass Lincoln sich Sorgen machte. Gerade als er Juliana fragen wollte, ob sie ihn gesehen hatte, kam Tom aus seinem Zimmer direkt neben der Küche. Er stopfte sich sein Sackleinenhemd in die Hose.

„Zu viel gelesen", sagte er. „Dieser Junge, Oliver, hat mich wach gehalten."

Lachend goss sich Lincoln einen Becher Kaffee ein. „Was gibt es zum Frühstück?", fragte er. „Schleimsuppe?"

Tom wirkte verdutzt, doch Juliana lächelte. „Wie wäre es mit Haferbrei?", schlug sie strahlend vor.

„Keine Schleimsuppe?", zog Lincoln sie auf.

Sie lachte. „Sie haben meinen Haferbrei noch nicht probiert."

Die Schleimsuppe wäre, wie sich herausstellte, die bessere Wahl gewesen.

Joseph, der ziemlich zerknittert am Frühstückstisch erschien, schnitt eine Grimasse, sowie er den Brei sah. „Ist nicht noch etwas von dem Bärenfleisch übrig?", fragte er traurig.

Tom war der Einzige, der eine zweite Schüssel Haferbrei akzeptierte.

Als die drei Männer das Haus verließen, stießen sie auf Ben Gainer. Er wirkte äußerst besorgt. Seine Sommersprossen zeichneten sich gegen seine bleiche Haut ab, und das braunrote Haar stach unter seinem Hut nach allen Seiten heraus. „Rose-of-Sharon fühlt sich heute Morgen gar nicht gut“, informierte er die anderen.

„Dann solltest du besser bei ihr bleiben“, meinte Tom ruhig.

„Ich habe ihr vorgeschlagen, dass du nachschaust, ob das Kind schon unterwegs ist, aber sie sagte …“ Ben wurde knallrot. Er wandte den Blick ab und wirkte noch trostloser als zuvor.

Sie alle wussten, was Rose-of-Sharon Gainer gesagt hatte. Sie wollte nicht, dass ein Indianer sie untersuchte, egal wie schlecht sie sich fühlte.

„Ist schon gut, Ben“, sagte Tom. „Wenn es schlimmer wird, kannst du Joseph auf die Ranch schicken, um mich zu holen.“

Verdrossen stampfte Ben auf, um die Blutzirkulation in den Füßen anzuregen, und nickte. Sein Atem malte kleine Wölkchen in die Luft. „Bei dem vielen Schnee kann ich nicht in die Stadt reiten, um den Arzt zu holen.“

Joseph wandte sich an Tom. „Komme ich denn nicht mit dir? Auf die Ranch?“

„Das kann Mike machen. Du bleibst hier und hilfst Art dabei, den Schlitten mit Heu vollzuladen.“

Der Junge schien protestieren zu wollen, überlegte es sich dann aber anders. Seufzend stapfte er zum Stall.

Eine halbe Stunde später warfen sie die erste Heuladung vom Schlitten. Die Rinder standen eng zusammengedrängt, um sich gegenseitig zu wärmen und so gut es ging gegen den Wind abzuschirmen. Die Luft, die sie ausatmeten, stieg über ihnen auf wie Rauch aus einem Kamin.

Der Bach war halb zugefroren, aber er floss.

Sie holten eine weitere Ladung Heu und ritten zurück. Tom suchte die Umgebung nach Wolfs- oder Kojotenspuren ab, konnte aber keine entdecken.

Als sie das nächste Mal zum Stall zurückfuhren, kam ihnen Joseph schon entgegen, bis zur Hüfte im Schnee und mit beiden Armen winkend.

Lincoln beschlich ein unangenehmes Gefühl.

Der Junge schrie etwas, das Lincoln nicht verstehen konnte. Aber das spielte keine Rolle. Irgendetwas stimmte nicht, das war alles, was er wissen musste.

Er trieb die Zugpferde noch härter an, während Tom vom Schlitten sprang und durch den tiefen Schnee auf den Jungen zueilte.

5. KAPITEL

Lincoln hörte die Schreie bereits, als er die Pferde bei Joseph ließ, damit er sie abspannen und in den Stall bringen konnte. Er folgte Tom so schnell er konnte in die kleine Hütte. Als er einen kurzen Blick zum Haupthaus warf, entdeckte er Gracie und Theresa, die mit besorgten blassen Gesichtern am Fenster standen.

Die Hütte hatte nur neun Quadratmeter, somit war es unmöglich, die in den Wehen liegende Frau auf dem Bett zu übersehen. Juliana saß neben Rose-of-Sharon, hielt ihre Hand und sprach besänftigend auf sie ein. Allein ihr Anblick beruhigte Lincoln ein wenig.

Ben dagegen war überhaupt nicht zu beruhigen.

Er lief vor dem Bett auf und ab und fuhr sich bei jedem Schritt verzweifelt durch die Haare. Er sah wie ein Wilder aus, wie ein Einsiedler aus dem Hochwald, der sich in diesem neuen Umfeld nicht zurechtfand.

„Geh in unser Haus“, befahl Tom dem jungen Ehemann. „Du bist uns hier keine große Hilfe.“

Ben biss die Zähne zusammen, starrte seine weinende, schwitzende Frau an und wirkte, als wollte er jemanden niederschlagen. Doch dann beugte er sich über Rose-of-Sharon, küsste sie auf die Stirn und tat, was ihm gesagt worden war. Fahrig zog er seinen Mantel an, ging ohne ein Wort oder einen Blick an Lincoln vorbei und schloss mit einem leisen Knall die Tür hinter sich.

Lincoln, der nicht wusste, ob er bleiben oder sich Ben an die Fersen heften sollte, verharrte an der Tür und betrachtete den kleinen, armseligen Christbaum, der mit bunten Wollfäden und ungeschickt ausgeschnittenem Papierschmuck behängt war. Zwei in braunes Papier gewickelte und mit grobem Garn zugebundene Päckchen lagen darunter.

„Atme ganz langsam, Rose-of-Sharon“, hörte er Juliana sagen. So weich und ruhig ihre Stimme auch klang, ihre Sorge konnte sie nicht ganz verbergen.

Lincoln versuchte selbst, langsamer zu atmen, weil er das

für eine gute Idee hielt.

Rose-of-Sharon, ein hübsches Ding mit glänzend braunem Haar, war längst nicht mehr in der Lage, sich gegen die Hilfe eines Indianers zu wehren. „Kommt … kommt der Arzt bald?“, fragte sie nach einem langen erstickten Stöhnen, das einem in den Ohren schmerzte.

Inzwischen war der Schnee so tief, dass selbst die Zugpferde es kaum geschafft hatten, sich ihren Weg zu bahnen.

„Ja“, log Tom, krempelte die Ärmel auf und neigte den Kopf leicht in Julianas Richtung. „Er ist ganz sicher schon unterwegs.“

Juliana und Tom mussten ein wortloses Signal ausgetauscht haben, denn Juliana nickte und hob die Bettdecke an.

Das Leintuch und Rose-of-Sharons Nachthemd waren dunkelrot.

Lincoln wandte den Blick ab und machte sich daran, ein Feuer in dem kleinen Ofen zu entzünden, der zugleich zum Kochen und Heizen diente. Weil die Fugen zwischen den Holzstämmen der Wände dicht waren, würde der Raum warm bleiben.

Rose-of-Sharon kreischte auf, ihre Stimme kratzte an Lincolns Innerstem wie eine scharfe Kralle. Einen Moment lang lag Beth in diesem Bett und nicht Ben Gainers junge Frau.

Er fragte sich erneut, ob er nicht besser gehen sollte, so wie Ben, aber irgendetwas hielt ihn zurück. Er würde nur gehen, wenn Tom ihn dazu aufforderte, ansonsten beschloss er zu bleiben und zu tun, was er konnte, was vermutlich nicht gerade viel war.

„Stell Wasser auf den Herd“, hörte er Tom hinter sich sagen. „Und dann hol mir meinen Medizinbeutel aus dem Haus.“

Lincoln nickte – sprechen konnte er nicht –, fand einen Wasserkessel, ging nach draußen, um ihn mit Schnee zu füllen, weil der Eimer leer war, und stellte ihn auf den Herd. Dann lief er mit dem Eimer zum Brunnen, um ihn mit Wasser zu füllen, und trug ihn wieder in die Hütte. Anschließend stapfte er zum Haus, verärgert, dass er nur langsam vorankam. In der Küche stellte er fest, dass alle Kinder und Ben sich am Tisch versammelt hatten und auf ihre Hände herabschauten.

Aus irgendeinem Grund traf ihn dieser Anblick mitten ins Herz, einen Moment lang konnte er sich nicht rühren. Als es ihm endlich gelang, den Bann zu brechen, rannte er in Toms Zimmer, das eigentlich nicht viel mehr als eine Kammer war, und zog den ihm so vertrauten Lederbeutel unter dem Bett hervor. Josephs Schlaflager, zusammengebaut aus gefalteten Decken und Leintüchern, lag zerknittert in einer Ecke.

Als er den Raum wieder verließ, wäre er beinahe mit Ben zusammengestoßen.

„Rose-of-Sharon?“, stieß Ben mit heiserer Stimme aus, seine Augen lagen tief in den Höhlen.

„Es ist noch zu früh, um mehr zu wissen“, sagte Lincoln und ging an ihm vorbei.

„Ich mache mich auf den Weg zum Arzt.“ Ben folgte ihm zur Hintertür.

Lincoln drehte sich um. „Nein“, sagte er. „Du wirst es nie bis in die Stadt schaffen, und selbst wenn, wird der alte Doc Chaney bei diesem Wetter keinen Schritt vor die Tür wagen.“

„Meine Frau könnte sterben!“

Lincoln sah an ihm vorbei direkt in Gracies Augen. Sie war bleich vor Entsetzen, zweifellos dachte sie an den Tod ihrer eigenen Mutter. Er wäre so gern zu ihr gegangen, um ihr zu versichern, dass alles gut gehen würde.

Das Problem war nur, dass er das nicht wusste.

„Ja“, erwiderte er ernst, weil es jetzt nichts mehr zu sagen gab als die reine Wahrheit. „Sie könnte sterben. Aber es ergibt trotzdem keinen Sinn, wenn du irgendwo zwischen hier und Stillwater Springs erfrierst, egal ob sie stirbt oder nicht. Davon abgesehen, wenn Rose-of-Sharon und das Baby überleben, dann brauchen sie dich.“

Ben dachte einen Moment über diese Worte nach, schluckte hart und nickte dann widerwillig.

Lincoln stürzte aus der Tür und watete mühsam durch den Schnee zur Hütte zurück. Der Riemen des Medizinbeutels schnitt scharf in seine Schulter.

Juliana hatte noch nie in ihrem ganzen Leben solche Angst gehabt. Gleichzeitig war sie merkwürdig ruhig, als ob ein anderes Ich in ihr die Lehrerin zur Seite geschoben und die Kontrolle übernommen hätte.

Die Szenerie glich einem Albtraum mit all dem Blut und der armen Rose-of-Sharon, die brüllte, als ob ihr Innerstes zerreißen würde.

Kaum war Lincoln endlich zurück, nahm Tom ihm den Beutel aus der Hand und fischte mit feierlichem Gesicht ein Säckchen mit seltsamen Brandzeichen heraus. Mit seinen blutverschmierten Händen reichte er es Juliana und bat sie, etwas von den Samen darin unter Rose-of-Sharons Zunge zu legen.

Zitternd gehorchte sie.

„Nicht schlucken", befahl Tom dem Mädchen. „Das wird in ein paar Minuten den Schmerz lindern, und dann werden wir dafür sorgen, dass dieses Kind geboren wird."

„Muss ich sterben?", fragte Rose-of-Sharon mit flehender Stimme, ihr Blick jagte unruhig zwischen Juliana und Tom hin und her. Sie sah so klein und jung aus – nicht älter als fünfzehn. Für Mädchen ihrer Herkunft war es üblich, so jung zu heiraten. „Wird mein Baby sterben?"

Tom antwortete mit seinem indianischen Akzent, bei dem gewisse Silben kaum betont wurden. „Nein", sagte er mit solcher Überzeugungskraft, dass Juliana zu ihm aufblickte. Sein Gesicht wirkte entschlossen, ruhig und unerschütterlich. „Aber es könnte eine Weile dauern. Sie müssen jetzt so tapfer wie nur möglich sein."

Rose-of-Sharon biss sich fest auf die Unterlippe, dann nickte sie, ihre Haut glänzte vor Schweiß, und sie suchte Julianas Blick. Halt mich fest, schienen ihre Augen zu sagen. *Und lass nicht los.*

„Ich bin hier", erwiderte Juliana in demselben Ton, den sie bei den Kindern anschlug, wenn sie krank waren oder nachts Angst bekamen. Sie drückte Rose-of-Sharons kleine Hand. „Ich bin genau hier, Rose-of-Sharon, und ich werde nicht weggehen."

Diese Worte, so ruhig ausgesprochen, standen im absoluten

Gegensatz zu ihren wahren Gefühlen. Wenn es nach ihr ginge, wäre sie aufgesprungen und hinaus in den Schnee gerannt, um tief Luft zu holen und sich dann die Lunge aus dem Leib zu schreien.

Was hielt sie davon ab?

Sicherlich die Notwendigkeit, zumindest zum Teil. Und Toms ruhige Selbstsicherheit. Aber vor allem blieb sie, weil sie wusste, dass Lincoln hier war, sie spürte deutlich seine Anwesenheit.

Er wirkte so stark und unerschütterlich wie die Berge, die sich in der Ferne in den Himmel aufrichteten.

Als das Wasser kochte, bat Tom um eine Schüssel, dann forderte er Lincoln auf, noch mehr Wasser zu erhitzen. Juliana wusch Rose-of-Sharon und half ihr in ein frisches Nachthemd, während Tom die beschmutzten Leintücher wechselte.

Zwischen den klagenden Schreien, wenn ihr Körper sich mit aller Macht anspannte, ruhte Rose-of-Sharon sich mit geschlossenen Augen aus. Ihre blassen Lippen stießen ununterbrochen stumme Gebete oder Verwünschungen aus.

Das Licht wurde schwächer, schattig.

Lincoln entzündete die Lampen und verließ die Hütte, um nach den Kindern zu sehen und sich um die Tiere im Stall zu kümmern.

Juliana, so beschäftigt sie auch sein mochte, wagte kaum zu atmen, bis er wieder zurück war.

Tief in der Nacht war es dann endlich so weit. Zu erschöpft, um noch zu schreien, wurde Rose-of-Sharon von Krämpfen geschüttelt, sie verdrehte die Augen, den Körper in einem unmöglichen Winkel nach oben gewölbt.

In diesem Moment kam das Kind zur Welt, ein winziges, bläulich angelaufenes Wesen, bewegungslos und stumm.

Tom nahm den kleinen Körper in seine Hände.

War das Kind tot? Juliana wartete mit angehaltenem Atem, und sie fühlte, dass es Lincoln genauso erging.

Und dann lächelte Tom, nahm eines der Leintücher und wickelte das Kind in eine saubere Ecke des Stoffs. „Willkommen, kleiner Mann“, sagte er. „Willkommen.“

Der Junge begann leise zu schreien. Leise, aber voller Leben und Kraft.

Tränen liefen Juliana über die Wangen.

Rose-of-Sharon, so erschöpft sie auch war, schien von innen zu leuchten wie eine Madonna. Sie streckte die Hände nach ihrem Kind aus.

„Holt Ben", murmelte sie. „Bitte, holt meinen Ben."

Ein kalter Wind fegte in den Raum, als Lincoln loslief, um den Wunsch des Mädchens zu erfüllen. Juliana versuchte, Mutter und Kind so gut es ging dagegen abzuschirmen. Wenige Minuten später kam Lincoln mit dem frischgebackenen Vater zurück.

Ben näherte sich dem Bett langsam, völlig verzaubert, als könnte er seinen eigenen Augen nicht trauen.

„Sieh ihn dir an", sagte Rose-of-Sharon, die mit letzter Kraft ein zittriges Lächeln zustande brachte. „Komm, und sieh dir deinen Sohn an, Ben Gainer."

Mit einem Mal schien der Raum sich zu drehen, dann wurde es schwarz um Juliana. Sie merkte kaum, wie sie aus dem Stuhl neben dem Bett gehoben und fest in ihren Mantel gehüllt wurde. Starke Arme hielten sie.

Lincolns Arme.

„Ich muss hierbleiben", stieß sie aus und versuchte, sich blinzelnd gegen die Erschöpfung zu wehren, die sie von einer Sekunde auf die andere überwältigt hatte. „Sie brauchen …"

„Psssst", brachte Lincoln hervor.

Selbst draußen in der bitteren Kälte nahm sie seine Wärme wahr, als er sie durch den Schnee ins Haus trug. Eine einzige Lampe brannte mitten auf dem Küchentisch, doch der Raum war leer. Wie spät war es?

„Die Kinder …?"

„Theresa hat sie schon vor Stunden ins Bett gebracht", erklärte Lincoln. Er machte keine Anstalten, sie wieder abzusetzen. Stattdessen trug er sie durch das Haus, den Flur hinunter in ein Zimmer ein paar Türen von ihrem eigenen entfernt.

Dort legte er sie aufs Bett und deckte sie zu.

Sie versuchte, bei Bewusstsein zu bleiben, doch diese seltsame Dunkelheit begann schon wieder, sie zu verschlucken.

Allerdings registrierte sie seine Bewegungen. Er zog ihr die Schuhe aus, öffnete eine Schublade.

„Lincoln?“ Verzweifelt versuchte sie, sich aus der Schwärze zu kämpfen, nur um erneut von ihr verschlungen zu werden.

Sie spürte, wie er den Raum verließ, spürte, wie er – nach einer scheinbaren Ewigkeit – zurückkam, hätte aber nicht sagen können, welcher ihrer Sinne dafür verantwortlich war. Sie schien sich auf nichts konzentrieren zu können, sie schlief nicht, aber sie war auch nicht richtig wach.

Wieder hob Lincoln sie hoch und trug sie, eingehüllt in die Decke, aus dem Zimmer. Wann hatte sie sich zum letzten Mal so geborgen gefühlt? Bestimmt nicht mehr seit ihrer frühen Kindheit, als sie noch zwei liebende Eltern und einen Bruder gehabt hatte.

„Wohin …“

„Psssst“, beruhigte er sie.

Das Geräusch von laufendem Wasser und der weiche Dampf, der ihre Wangen berührte, ließ sie ein wenig aufschrecken. Lincoln stellte sie auf die Füße, hielt sie mit einem Arm fest und streifte ihr mit der anderen Hand die Kleider ab.

Er zog sie aus.

Doch auf einmal kam ihr das wie das Normalste der Welt vor. Sie verspürte keine Angst, keine Abwehr.

Er half ihr in die Wanne. Die Wärme des Wassers, diese lindernde, herrliche Wärme hüllte sie ganz und gar ein. Natürlich, dachte sie, während sie sich einfach treiben ließ, ich bin in Rose-of-Sharons Blut getränkt.

Ihr Kleid war mit Sicherheit ruiniert, aber sie konnte es nicht entbehren.

Tränen stiegen ihr in die Augen.

„Mein Kleid“, flüsterte sie verzagt. In diesem Moment trauerte sie um so viel mehr als nur um das Beste ihrer drei Kattunkleider. Um ihre Mutter. Ihren Vater. Um Grandma und Clay. Sie hatte sie alle verloren, und sie könnte es nicht ertragen, noch mehr Menschen zu verlieren.

„Es gibt andere Kleider“, sagte Lincoln, hob sie wieder hoch und trocknete sie mit einem groben Handtuch ab. Dann zog er ihr ein Nachthemd über den Kopf. Es fühlte sich weich an und duftete – nach Rosenwasser und Talkumpuder –, und es war nicht ihres.

Einen Arm um ihre Taille geschlungen, führte er Juliana hinaus auf den Flur und wieder an dem Zimmer vorbei, das sie mit Billy-Moses und Daisy teilte.

„Die Kinder", protestierte sie.

„Theresa ist bei ihnen", erklärte er.

Er brachte sie in sein Zimmer – ein leichter, unkeuscher Schauer durchfuhr sie bei der Erkenntnis – und legte sie in sein Bett.

Sie begann vor Müdigkeit und Erleichterung zu weinen, weil da draußen in der winzigen Hütte die Trauer so nah gewesen und doch vorbeigezogen war. Für heute.

Lincoln setzte sich auf den Rand der Matratze und streifte sich die Stiefel von den Füßen. Im nächsten Moment lag er neben ihr unter der Bettdecke, vollkommen angekleidet, und hielt sie fest. In diesem Moment wusste Juliana nur zwei Dinge: Jetzt war es endgültig um sie geschehen, und sie würde sterben, wenn er sie losließ.

Er ließ sie nicht los. Mehrmals in dieser Nacht wachte sie auf, jedes Mal mehr bei Sinnen, und immer spürte sie seine Arme um sich und seine warme Brust an ihrer Wange.

Als sie das nächste Mal die Augen öffnete, schaute sie Lincoln direkt ins Gesicht. Alle Erschöpfung war verschwunden. Bald würde der Tag anbrechen.

„Da wir nun schon eine Nacht das Bett geteilt haben", sagte er sehr vernünftig, als ob er dieses Problem seit Stunden hin und her gewälzt und endlich die Lösung gefunden hätte, „finde ich, dass wir auch gleich heiraten können."

Juliana starrte ihn an, die Augen so weit aufgerissen, dass es beinah wehtat. „Heiraten?"

Er lächelte nur.

Sie schluckte. „Aber … bestimmt …"

Mit einem Quietschen wurde die Tür aufgestoßen. „Papa?",

ertönte Gracies Stimme. „Theresa kann Miss Mitchell nicht finden und ...“

Juliana wollte sich die Decke über den Kopf ziehen und sich verstecken, aber dafür war es zu spät. Gracie, flink wie eine Elfe, stand bereits neben dem Bett.

„Oh“, sagte sie mit vergnügt unschuldiger Stimme. „*Da* sind Sie!“

„Gracie ...“, begann Lincoln.

Doch Gracie schnitt ihm das Wort ab: „Theresa!“, brüllte sie. „Ich habe Miss Mitchell gefunden. Sie ist hier im Bett von meinem Pa!“

Ein lautes Stöhnen kam über Julianas Lippen.

Lincoln lachte. „Miss Mitchell muss dir etwas sagen, Gracie.“

„Was denn?“, fragte Gracie neugierig.

Juliana holte tief Atem und stieß ihn dann langsam wieder aus. „Dein Vater und ich werden heiraten“, verkündete sie.

„Dann bekomme ich eine Mom?“, schrie Gracie begeistert. „Das ist noch besser als ein *Wörterbuch*!“

„Du gehst jetzt wieder zurück ins Bett“, befahl Lincoln seiner Tochter.

Sie gehorchte überraschend bereitwillig, drehte sich um und tanzte regelrecht auf die Tür zu.

„Das“, flüsterte Juliana empört, „war wirklich *sehr* hinterhältig.“

Er setzte sich auf, die Kleidung zerknittert, schwang die Beine aus dem Bett und beugte sich vor, um die Stiefel anzuziehen. Dabei summte er leise vor sich hin, es klang aber eher nach einem unterdrückten Gelächter.

„Sobald der Schnee etwas geschmolzen ist, werde ich nach jemandem schicken, der uns trauen kann. Vielleicht der Friedensrichter, denn der Pfarrer kommt nur vorbei, wenn ihm gerade der Sinn danach steht“, erklärte er, als ob sie überhaupt nichts gesagt hätte.

Natürlich hätte sie protestieren können, doch aus irgendeinem Grund tat sie das nicht.

Lincoln legte noch etwas Holz nach, bis das Feuer knisternd

prasselte. „Schlaf noch ein bisschen“, sagte er. „Ruh dich aus.“

Die Bettdecke bis zum Kinn gezogen, lag Juliana da und dachte darüber nach, was eben geschehen war. Sie hatte einen Heiratsantrag angenommen – gewissermaßen. Es war vollkommen anders verlaufen, als sie es sich immer vorgestellt hatte, und zwar sowohl als junges Mädchen wie auch als erwachsene Frau.

Das war alles nicht richtig.

Es war schrecklich unromantisch.

Warum also verspürte sie so eine sonderbare Freude, warum hatte sie das unbändige Bedürfnis, zu singen?

Es gelang ihr nicht, noch einmal einzuschlafen. Die Kinder waren schon auf, Juliana hörte ihre Stimmen und Schritte. Davon abgesehen, hatte sie sich ausreichend ausgeruht.

Sie musste sich ankleiden, irgendetwas mit ihrem Haar anstellen und dann hinüber zur Hütte gehen, um nach Rose-of-Sharon und dem Baby zu sehen. Wenn nun das Feuer ausgegangen war und die beiden sich erkälteten?

Ihr Kleid, das wahrscheinlich sowieso niemand mehr retten konnte, war verschwunden. Ein hübsches blaues Hauskleid aus Wolle lag am Fußende des Betts. Lincoln musste es dort hingelegt haben. Wahrscheinlich hatte dieses Kleid seiner Frau gehört, denn es wirkte nicht matronenhaft genug für seine Mutter. Im Gegensatz zu dem Nachthemd, das sie trug.

Kurz überlegte sie, eines ihrer anderen beiden Kleider anzuziehen, allerdings waren sie beide an den Nähten ausgefranst und vielfach ausgebessert – und nicht annähernd warm genug für diese winterlichen Temperaturen.

Zaghaft berührte Juliana den schönen blauen Wollstoff, öffnete die vorderen Knöpfe und schlüpfte hinein. Davon abgesehen, dass das Kleid an der Brust etwas zu eng war, passte es bemerkenswert gut.

Die Kinder hatten sich bereits in der Küche versammelt. Sie saßen am Tisch und starrten sie verwundert an, als ob ihr in der Nacht Hörner gewachsen wären. Lincoln machte Frühstück – Eier und Pfannkuchen –, und Tom kam gerade durch die Hintertür herein und trat sich den Schnee von den Schuhen ab.

Bei seinem Anblick vergaß Juliana ihre Verlegenheit. „Rose-of-Sharon?“, fragte sie. „Wie geht es ihr? Und dem Kind?“

Toms strahlte sie an. „Ihr geht es gut und dem kleinen Mann auch. Aber ich schätze, sie hätte nichts gegen etwas weibliche Gesellschaft einzuwenden.“

Juliana nickte, dann schaute sie die Kinder an. „Heute findet kein Unterricht statt“, erklärte sie. Alle außer Gracie wirkten erfreut. „Und ich erwarte von euch, dass ihr euch benehmt.“

Sie alle nickten feierlich. Ihre Augen waren riesig; ob wegen des blauen Kleids oder der Tatsache, dass sie die Nacht in Lincolns Schlafzimmer verbracht hatte, was bereits jeder in diesem Haus zu wissen schien, konnte sie nicht sagen.

Suchend blickte sie sich nach ihrem Mantel um, dann ging ihr auf, dass der wahrscheinlich genauso beschmutzt war wie ihr Kleid.

„Nimm meinen“, bot Lincoln ihr an.

Nach einem kurzen Zögern zog Juliana den langen und überraschend schweren schwarzen Mantel vom Haken und streifte ihn über. Sie versank beinahe darin. Mit einer Hand hob sie den Saum an, damit er nicht auf dem Boden schleifte.

Ob Lincoln in die Stadt reiten würde, um den Friedensrichter zu holen, jetzt, wo das Wetter sich gebessert hatte? Ein köstlicher Schauer durchfuhr sie, während sie auf die Hütte der Gainers zusteuerte. Hinter dem einzigen Fenster brannte Licht. Rauch kräuselte sich aus dem Rauchabzug.

Natürlich konnte sie sich weigern, Lincoln zu heiraten. Obwohl sie in seinem Zimmer geschlafen hatte, in seinem Bett, um genau zu sein, war nichts Ungehöriges geschehen. Er hatte sie nicht einmal geküsst.

Tief errötend versuchte sie, die Erinnerung an das Bad aus ihren Gedanken zu verbannen. Er hatte sie ausgezogen, hatte sie nackt gesehen, hatte sie *gewaschen*. Zu diesem Zeitpunkt war sie zu erschöpft gewesen, um sich zu wehren. Die Ereignisse waren ihr nicht … *real* vorgekommen.

Jetzt aber konnte sie nachträglich spüren, wie glitschig die Seife gewesen war, wie heiß das Wasser, wie zart Lincolns Hände, gerade so, als würde es in diesem Augenblick geschehen. Sie beschleunigte ihre Schritte, doch vor ihren Gefühlen konnte sie nicht davonlaufen.

Welche Erleichterung, als Ben Gainer die Tür öffnete, um sie von einem Ohr zum anderen grinsend zu begrüßen.

„Rose-of-Sharon hat schon nach Ihnen gefragt“, begrüßte er sie.

Juliana eilte in die Hütte, damit er die Tür so schnell wie möglich wieder schließen konnte. Ein Feuer brannte im Kamin. In der Hütte war es behaglich warm, es duftete nach Kaffee und frisch gebackenen Brötchen. Selbst der armselige dürre Christbaum schien in neuem Glanz zu erstrahlen. Rose-of-Sharon saß von Kissen gestützt aufrecht im Bett und stillte gerade ihr Kind hinter einem drapierten Tuch.

Das Gesicht des Mädchens schien von innen zu leuchten, was Juliana einen neidvollen Stich versetzte.

Ben nahm ihr Lincolns Mantel ab und bot ihr Kaffee und Brötchen an. Tom hätte sie gebacken, erklärte er. „Ich komme zurück, sobald wir die Rinder gefüttert haben“, fügte er hinzu, warf seinen Mantel über und verließ die Hütte.

Juliana, halb verhungert, schenkte sich eine Tasse Kaffee ein und nahm sich ein noch dampfendes Brötchen vom Herd. Dann setzte sie sich wie vergangene Nacht auf den Stuhl neben dem Bett.

Als Rose-of-Sharon das Kind zu Ende gestillt hatte, knöpfte sie das Nachthemd zu, nahm das Tuch herunter und zeigte Juliana ihren Sohn. Er war in eine hübsche, gehäkelte Decke gehüllt.

Er kam Juliana unfassbar klein vor, beängstigend zerbrechlich. Seine Haut war beinahe durchsichtig.

„Möchten Sie ihn halten?“, fragte Rose-of-Sharon, als Juliana ihr Brötchen aufgegessen und die Krumen von dem blauen Kleid gewischt hatte.

Größer noch als ihre Angst, dem Kind wehzutun, war ihr Wunsch, es in den Armen zu halten. Ihr Herz begann schneller zu schlagen, als sie es nahm.

„Meine Mom hat mir diese Decke geschickt“, meinte Rose-of-Sharon. „Aus Cheyenne. Ben sagt, er würde uns im Frühjahr nach Wyoming bringen, damit wir vor unseren Familien mit dem Baby angeben können.“

Der Junge bekam Schluckauf. Er wog nicht mehr als eine Feder. „Haben Sie ihm schon einen Namen gegeben?“

Rose-of-Sharon lächelte. „Ich wollte ihn Benjamin nennen, nach seinem Daddy, aber Ben will davon nichts hören. Er hat seinen Namen nie besonders gemocht. Also haben wir einen aus der Bibel genommen – Joshua.“

„Joshua“, wiederholte Juliana leise. Sie erinnerte sich an die Bibelstelle, in der von dem Einsturz der Mauern von Jericho erzählt wurde. „Das ist ein guter, starker Name.“

„Joshua Thomas Gainer“, sagte Rose-of-Sharon.

Erstaunt blickte Juliana auf.

„Ja“, fuhr Rose-of-Sharon fort. „Nach Tom Dancingstar. Hat Ben Ihnen erzählt, dass ich seine Hilfe nicht wollte, weil es nicht angemessen ist, sich als weiße Frau von einem Indianer versorgen zu lassen?“

Juliana sagte nichts, schüttelte aber den Kopf. Das hatte Ben ihr nicht erzählt, und sie war froh darüber.

„Wenn Joshua ein Mädchen geworden wäre“, fuhr Rose-of-Sharon jetzt etwas sanfter fort und streckte die Arme nach ihrem Kind aus, „hätte ich mich für Ihren Namen entschieden.“ Sie runzelte die Stirn, und Juliana, die Joshua nur zögerlich wieder zurückgab, musste an Angelique und Blue Johnston denken. Ob die beiden inzwischen verheiratet waren? „Aber wie ist Ihr Name überhaupt?“

„Juliana“, erwiderte sie lachend.

„Das ist ein sehr schöner Name.“

„Danke. Rose-of-Sharon aber auch.“

Die junge Frau errötete ein wenig. „Ich bin Ihnen zu Dank verpflichtet. Das Schlimmste war für mich, so weit weg von meiner Mom zu sein – oder zumindest dachte ich das, bevor die Wehen einsetzten.“

Lächelnd steckte Juliana die Bettdecke um Rose-of-Sharon

und das Baby fest. „Mit der Zeit werden Sie die Schmerzen vergessen."

„Aber noch nicht", rief Rose-of-Sharon und erschauerte ein wenig. „Mir tut alles weh."

„Ruhen Sie sich etwas aus", sagte Juliana sanft.

„Und wenn ich mich im Schlaf aus Versehen auf Joshua lege?", fragte Rose-of-Sharon ängstlich. „Er ist doch so winzig."

„Ich passe auf, dass das nicht geschieht", versprach Juliana. Es gab keine Wiege, aber sie entdeckte eine kleine Kommode in einer Ecke der Hütte, zog eine Schublade heraus, polsterte sie mit einer zusammengefalteten Steppdecke aus und stellte sie neben das Bett, wo Rose-of-Sharon sie sehen und erreichen konnte. Dann bettete sie das Baby vorsichtig hinein.

Da es keine weiteren Decken mehr gab, nahm Juliana eines von Bens dicken Flanellhemden, um den kleinen Joshua damit zuzudecken.

Zufrieden schlief Rose-of-Sharon ein. Und Juliana saß still und nachdenklich neben ihr.

Um halb zwei am Nachmittag kamen die Männer zurück, durchgefroren und mit vom Wind geröteten Gesichtern. Ben übernahm die Pflege seiner Frau und seines Sohns.

Juliana schlüpfte in Lincolns Mantel. Vor der Hütte begann er, vorsichtig die Knöpfe zu schließen, dann ließ er seine nach Heu duftenden behandschuhten Hände nah an ihrem Gesicht auf dem Kragen liegen.

„Tom wird in die Stadt reiten und den Friedensrichter aufsuchen", erklärte er. „Wenn du einverstanden bist."

Sie hatte noch nicht genug Zeit gehabt, um sich in diesen Mann zu verlieben – jedenfalls nicht über beide Ohren –, aber sie respektierte ihn. Sie *mochte* ihn.

War das genug?

Sie erkannte ihre eigene Stimme nicht wieder, als sie antwortete. „Ich bin einverstanden."

Da lächelte er so unerwartet und so umwerfend, dass sie fast in Ohnmacht gefallen wäre.

„Gut", sagte er heiser. „Das ist gut."

Plötzlich sank ihre Stimmung. „Dieses … dieses Kleid …“

„Beth’ Mutter hat ständig ganze Kisten voller Kleider geschickt“, meinte er. „Beth hat dieses hier nie getragen.“

Juliana ließ die Worte einen Moment auf sich wirken, dann nickte sie.

Lincoln nahm ihre Hand. „Lass uns den Christbaum aufstellen“, sagte er lachend, „bevor Gracie mich umbringt.“

Während Juliana und die Kinder Schachteln mit Christbaumschmuck aus einem kleinen Abstellraum neben dem Wohnzimmer holten, ging Lincoln in den Schuppen, um den Baum hereinzubringen. Joseph wich ihm nicht von der Seite.

Der Baum war so groß, dass sie ihn beide durch die Tür schleifen mussten. Die Äste verströmten diesen herrlichen Duft, den Juliana schon immer mit Weihnachten verband.

Billy-Moses und Daisy starrten den Baum staunend an, sie standen eng aneinandergeschmiegt und hielten sich an den Händen. Juliana musste an Mr Philbert denken und wusste plötzlich mit absoluter Gewissheit, dass er sich bald auf die Suche nach ihnen machen würde.

Ihre Augen füllten sich mit Tränen.

Vermutlich war sie bis dahin schon Mrs Lincoln Creed, und mit einem Ehemann an ihrer Seite war es unwahrscheinlich, dass sie verhaftet werden würde. Doch wenn Mr Philbert ihr Daisy und Billy-Moses wegnahm, konnte er ihr auch gleich das Herz herausreißen.

„Juliana?“

Überrascht stellte sie fest, dass Lincoln direkt vor ihr stand. Er berührte sie am Ellbogen und gab ihr einen Kuss auf die Stirn. „Lass sie ihr Weihnachtsfest haben“, sagte er.

Entweder war er unglaublich einfühlsam, oder er hatte die Sorge in ihrem Gesicht gesehen.

Sie wischte sich mit dem Handrücken über die Augen und nickte.

Es dauerte den ganzen Nachmittag, bis der Christbaum fertig geschmückt war. Welch herrlichen Anblick er bot mit dem feinen, mundgeblasenen Schmuck in allen Formen und Farben und dem glitzernden Lametta. Selbst Juliana, die aus ihrer Kindheit in dem Herrenhaus in Denver weitaus größere Bäume kannte, ergriff eine gewisse Ehrfurcht.

Als die Dämmerung hereinbrach, kam Tom zurück; er trug ein großes weißes Paket unter einem Arm.

Juliana, die gerade Kartoffeln schälte und fieberhaft überlegte, was sie sonst noch für das Abendessen vorbereiten sollte, konnte nicht umhin, an ihm vorbeizusehen, ob er den Friedensrichter mitgebracht hatte.

Zugleich erleichtert und enttäuscht stellte sie fest, dass er allein gekommen war.

Er lächelte, als hätte er schon wieder ihre Gedanken gelesen, dann legte er das Paket auf dem Tisch ab. „Hühner", erklärte er. „Schon fertig zerteilt und bereit für die Pfanne."

Ein wenig verlegen erzählte Juliana ihm, dass sie morgens nach Rose-of-Sharon und dem Baby gesehen hätte und es beiden gut ging. Tom sah glücklich aus.

Er nahm Schmalz und eine große Bratpfanne aus dem Schrank und wälzte die Hühnerteile in einer Schüssel Mehl, während Juliana die Kartoffeln zu Ende schälte und zum Kochen aufsetzte. Sie arbeiteten nebeneinander in einvernehmlichem Schweigen.

Der Duft nach brutzelndem Hühnerfleisch lockte die Kinder schnell in die Küche.

„Wir brauchen heute einen Teller mehr", verkündete Tom, als Theresa Teller und Besteck abzählte. Seine dunklen Augen funkelten Juliana an. „Für den Pfarrer. Er ist gerade draußen im Stall bei Lincoln."

Beinahe hätte sie laut nach Luft geschnappt, doch im selben Moment wurde die Hintertür aufgestoßen. Lincoln kam herein, gefolgt von einem sehr dicken weißhaarigen Mann in strenger, schwarzer Kleidung mit Priesterkragen.

Aus hellblauen Augen blickte er Juliana freundlich an, und er eilte mit ausgestreckter Hand auf sie zu.

„Das muss die Braut sein!", sagte er mit dröhnender Stimme.

Juliana wurde feuerrot. Nervös und ohne Lincoln anzusehen, schüttelte sie dem Reverend die Hand.

„Heute Morgen, als ich in Papas Schlafzimmer kam …“, begann Gracie strahlend.

Theresa hielt ihr gerade noch rechtzeitig den Mund zu.

Der Reverend wandte sich an Tom. „Rieche ich da etwa Brathähnchen?“

Tom nickte lachend.

„Da komme ich ja genau richtig“, stieß der Reverend begeistert aus.

In diesem Moment schlich sich Daisy an die Seite des großen dicken Mannes und zupfte an seinem Ärmel. „Bist du Santa Claus?“, fragte sie, erschrocken über ihre eigene Courage.

Der Reverend brach in schallendes Gelächter aus. Daisy zuckte zusammen, wich aber nicht zurück.

„Gott segne dich, mein Kind“, rief der Pfarrer. „Niemand hat diesen alten Bibelstreiter je mit Santa Claus verwechselt!“

„Das ist Reverend Dettly“, erklärte Gracie beflissen. „Santa Claus trägt immer Rot.“

„Sie bleiben doch über Nacht, nicht wahr, Reverend?“, fragte Lincoln, während er dem Pfarrer den Mantel abnahm. „Es ist bereits dunkel und mächtig kalt, trotz des Tauwetters.“

„Ich schätze mal, ich lege mich einfach ins Heu im Stall“, erwiderte Reverend Dettly. „Den Bauch mit Toms Brathähnchen gefüllt, wird mir sicher nicht kalt werden.“

„Bestimmt finden wir ein Bett für Sie“, sagte Juliana schüchtern.

Der Pfarrer lächelte sie an. „Ich möchte niemanden aus seinem Bett vertreiben. Wenn ein Stall gut genug für unseren Herrn war, dann ist er ganz sicher auch für mich gut genug.“

6. KAPITEL

Als das Abendessen fertig war, füllte Tom eine Schüssel, brachte sie in Rose-of-Sharons und Bens Hütte und kam kurz darauf zurück. Alle saßen bereits um den Tisch versammelt. Reverend Dettly wartete geduldig darauf, sein Dankgebet zu sprechen.

Juliana saß rechts neben Lincoln. Sie hatte ein flaues Gefühl im Magen – einerseits vor Hunger, andererseits vor Aufregung. Bald war sie seine Frau, Mrs Lincoln Creed. Erwartete er, dass sie danach sofort sein Bett teilte, oder würde er ihr Zeit geben, um sich erst einmal an die neue Situation zu gewöhnen?

Brauchte sie Zeit, um sich daran zu gewöhnen?

Der Reverend räusperte sich, breitete die Arme aus und schloss die Augen, um das längste und überschwänglichste Gebet zu sprechen, das Juliana je gehört hatte. Sie senkte die Lider; den Kopf artig nach unten geneigt, dachte sie an die Berge von Hühnchenfleisch in der dicken Soße, die kalt wurden. Doch der Pfarrer sprach immer weiter, dankte Gott für alles Mögliche, von den keimenden Samen unter dem Schnee bis zu den Wildtieren in den sie umgebenden Bergen. Als bei irgendjemandem der Magen laut und andauernd knurrte, lachte Dettly und sagte fröhlich mit donnernder Stimme: „Amen!“

„Gott sei Dank“, stimmte Lincoln ihm zu.

Juliana stieß ihn mit dem Ellbogen an.

Während des Essens schien es zwei Julianas zu geben – eine saß neben Lincoln am Tisch, lachte und redete und genoss das herrliche Essen, die andere stand abseits, am Rande des Laternenlichts, rang nervös die Hände und sorgte sich.

„Nun“, der Reverend wandte sich nach seiner dritten und offensichtlich letzten Portion an Juliana, „wie ich höre, soll hier eine Hochzeit stattfinden. Ich kenne unseren Lincoln, seit er gerade mal über den Wassertrog schauen konnte, aber ich denke nicht, dass ich je die Bekanntschaft der Braut gemacht habe.“

Ziemlich angespannt erwiderte Juliana seinen klaren blauen Blick, der zwar freundlich, dennoch durchdringend war. Sie nannte dem Pfarrer ihren Namen, was Tom sicher schon lange zuvor getan hatte, und erklärte, dass sie bis zur Schließung der indianischen Schule als Lehrerin gearbeitet hatte.

„Sie sehen gesund und robust aus", stellte der Pfarrer fest, als ob sie ein Rind wäre, das er ersteigern wollte.

Doch Juliana fühlte sich nicht beleidigt. „Ich habe auch gute Zähne", bemerkte sie amüsiert.

Reverend Dettly lachte, aber dann wurde sein Blick ernst. „Sind Sie wirklich bereit dazu, Miss Mitchell? Die Ehe ist eine ernste Sache. Sie ist für die Ewigkeit. Es gibt keinen Grund, etwas zu überstürzen."

Bedeutete, keine andere Wahl zu haben, dasselbe, wie bereit zu sein? Juliana wusste es nicht. Sie hatte das Gefühl, dass ihr um die Brust immer enger wurde und ihr Herz gleich zerspringen würde. Sie bekam kaum genügend Luft, um zu antworten.

„Ich bin gewillt, Mr Creed zu heiraten", antwortete sie.

Selbst wenn sie nicht verhaftet wurde, würde Mr Philbert bestimmt dafür sorgen, dass sie nie mehr eine Anstellung als Lehrerin bekam. Zurück nach Denver konnte sie nur zu Clays Bedingungen, was bedeutete, dass sie mehr oder weniger wie eine Gefangene leben würde. Sie stellte sich vor, wie sie Jahr für Jahr merkwürdiger würde, bis sie schließlich ihr Leben halb verrückt auf dem Dachboden verbringen müsste.

Bei der Vorstellung erschauerte sie.

Die Kinder waren ungewöhnlich still. Juliana hörte die große Uhr an der Wand nicht ticken, obwohl sie vorhin erst auf einen Stuhl gestiegen war, um sie mit einem Messingschlüssel aufzuziehen.

„Sehr schön", erwiderte der Reverend offensichtlich zufrieden. „Dann wollen wir mal." In so entlegenen Gegenden wie Stillwater Springs in Montana, wo Einsamkeit und harte Arbeit an der Tagesordnung waren, hatte er sicher schon aus weitaus unromantischeren Gründen Ehen geschlossen.

„Sobald wir das Geschirr abgewaschen haben …", entgegnete Juliana und sah auf den Tisch.

„Vergiss das Geschirr", sagte Lincoln, nahm ihre Hand und

zog sie auf die Füße. Mit diesen Worten zerrte er sie mehr oder weniger ins Wohnzimmer. Die Kinder und Tom folgten im Gänsemarsch, während Reverend Dettly die Nachhut bildete.

Lincoln stand mit dem Rücken zum Weihnachtsbaum, Juliana neben sich. Plötzlich kam sie sich vor, als ob sie unter Wasser wäre oder in einer dieser hübschen Glaskugeln schweben würde, in denen es schneite, wenn man sie schüttelte. Dettly förderte ein kleines, abgenutztes Gebetsbuch aus seiner Anzugjacke zutage und räusperte sich geräuschvoll.

Die Zeremonie war erstaunlich kurz. In ihren Ohren pochte es dumpf, Juliana antwortete immer dann, wenn Lincoln ihre Hand drückte. Der Reverend musste die Fragen mehrfach wiederholen.

Es gab weder Ringe noch Blumen.

Das Kleid, das Juliana trug, hatte ein zu enges Mieder und gehörte einer anderen Frau.

Und trotz allem fühlte sie sich zuversichtlich, wenn nicht sogar glücklich.

Reverend Dettly erklärte sie zu Mann und Frau, und Juliana ging davon aus, dass es das war. Bis Lincoln sie zu sich umdrehte, ihr Gesicht in beide Hände nahm und sie so genüsslich küsste, dass sie sich fest an sein Hemd klammern musste, um nicht in Ohnmacht zu fallen.

Danach starrte sie in das Gesicht ihres Ehemanns, vollkommen überwältigt von ihren Empfindungen. Funken schienen zwischen ihnen zu sprühen, sie hatte das Gefühl, sich völlig neu zu spüren, beschämend körperlich einerseits, aber es ging sogar noch weiter bis in Winkel ihres Geistes und ihrer Seele, die sie nie zuvor wahrgenommen, geschweige denn erforscht hatte.

Der Boden schwankte unter ihren Füßen, der Himmel über ihr schien zu erzittern.

Sie hatte sich verändert.

Alles hatte sich verändert.

Lincoln runzelte die Stirn, er wirkte verblüfft und ein wenig besorgt. „Geht es dir gut?“, erkundigte er sich sanft.

Sie nickte. Schüttelte den Kopf. Sackte ein wenig zusammen,

als ob sie gleich ohnmächtig werden würde. Dabei wurde sie nie ohnmächtig, abgesehen von gestern Nacht, aber da hatte sie auch bei einer komplizierten Geburt assistiert. Lincoln schlang einen Arm um sie.

„Juliana?"

„Ich … wir sind … verheiratet", stieß sie ein wenig dümmlich hervor.

Er lächelte. „Ja."

Gracie zupfte an ihrem Kleid. „Darf ich dich jetzt Mom nennen?"

Juliana schwirrte der Kopf. Sie blickte Lincoln an, doch er schien sie zu nichts zu drängen, nichts von ihr zu erwarten. Sie waren einander fremd. Lincoln hatte aus Vernunft geheiratet, Juliana aus Verzweiflung. Wenn sie nun in einem Monat oder Jahr feststellten, dass sie nicht miteinander leben konnten? Gracie wäre am Boden zerstört.

Doch als sie in die hoffnungsvollen Augen des Mädchens schaute, konnte Juliana einfach nicht widerstehen. „Ja, Liebling", sagte sie zärtlich. „Wenn du mich Mom nennen willst, darfst du das. Aber du hattest eine andere Mutter – war sie nicht deine *Mom*?"

„Kann man denn nur eine Mom haben?", fragte Gracie beunruhigt.

Darauf wusste Juliana keine Antwort. Sie und Gracie wandten sich fragend an Lincoln, der ebenfalls einigermaßen ratlos wirkte.

„Meine erste Mama ist gestorben", fuhr Gracie fort. „Ich habe sie lieb gehabt. Sie war hübsch und hat so gut gerochen, aber sie ist gegangen. Ich werde sie erst im Himmel wiedersehen, und das kann noch sehr, sehr lange dauern. Also brauche ich bis dahin eine andere Mom, die sich um mich kümmert."

Obwohl Julianas Augen brannten, lächelte sie. Sie konnte nicht anders. Gracie hatte sie ganz und gar verzaubert. Hoffentlich musste sie dieses Kind niemals enttäuschen. „Abgemacht. Ich werde die beste Mutter sein, die ich sein kann."

Aber Gracie war nicht fertig. Die Hände in die Hüften gestemmt, sagte sie: „Theresa erzählt, dass sie und Joseph nach

Hause nach North Dakota fahren, sobald sie genug Geld für eine Fahrkarte haben. Doch können nicht wenigstens Billy-Moses und Daisy hier bei uns bleiben und auch Creeds werden?"

Juliana schloss die Augen.

„Geh und hilf beim Abwasch", befahl Lincoln seiner Tochter leise.

„Aber du hast mir nicht geantwortet, Papa."

„Geh."

Den Reverend und alle anderen im Schlepptau, verließ sie das Zimmer, und Juliana und Lincoln waren zum ersten Mal als verheiratetes Paar allein. Hinter Lincoln funkelte der Christbaum, etwas Lametta hatte sich in seinem Haar verfangen. Ohne nachzudenken, zupfte sie den Streifen heraus und hängte ihn wieder an einen Ast.

Bisher war es ihr immer wieder gelungen, die Angst um die beiden jüngsten Kinder in ihrer Obhut zu unterdrücken, allerdings hallte Gracies Frage in ihrem Herzen wider. *Können nicht wenigstens Billy-Moses und Daisy hier bei uns bleiben und auch Creeds werden?*

„Was geschieht jetzt?", wollte sie wissen.

Lincoln legte locker den Arm um ihre Hüfte und zog sie näher, um sie auf die Nase zu küssen. „Jetzt", entgegnete er leise, „gehen wir es ganz langsam an. Ich möchte mit dir das Bett teilen, Juliana Creed, das will ich nicht leugnen. Aber ich werde dich nicht um etwas bitten, wofür du noch nicht bereit bist. Darauf gebe ich dir mein Wort."

Juliana Creed. Das war sie jetzt. Erstaunlich, gerade so, als ob sie ihr ganzes Leben lang eine Person gewesen wäre und sich plötzlich in eine andere verwandelt hätte. Als sie zu Lincoln aufsah, fragte sie sich, ob das, was sie empfand – eine verrückte Mischung aus Sehnsucht und Wehmut und unzähligen anderen Dingen, die sie nicht benennen konnte –, Liebe sein könnte.

Aber das war natürlich unmöglich. Sie kannte Lincoln erst seit ein paar Tagen. Wie hätte sie in so kurzer Zeit lernen sollen, ihn zu lieben?

„Ich … ich bin nicht sicher, wann ich bereit sein werde, Lincoln", gestand sie. „Ich habe noch nie … Ich meine, John und ich haben nicht … hätten niemals …"

Sanft strich er über ihren langen Zopf, um dann spielerisch daran zu zupfen. „Wir lassen uns Zeit, Juliana", wiederholte er, dann blitzte es in seinen blauen Augen auf. „Allerdings nicht *allzu viel* Zeit."

Ein köstlicher Schauer durchfuhr sie, bis sie sich daran erinnerte, was sie von anderen Frauen gehört hatte.

„Was hast du?", erkundigte sich Lincoln.

„Wird es wehtun?", fragte sie und errötete.

Zärtlich strich er mit den Fingerrücken über ihre Wange. „Beim ersten Mal vielleicht ein wenig. Doch ich werde sehr vorsichtig sein, Juliana. Versprochen."

Und sie glaubte ihm. Vielleicht kannte sie Lincoln Creed nicht besonders gut, aber in mancher Hinsicht war sie sich einfach sicher. Viele Männer hätten Gracie nach dem Tod der Mutter zu Verwandten geschickt – oder sie in ein weit entferntes Mädcheninternat gesteckt. Lincoln aber hatte sie bei sich behalten. Er liebte seine Tochter, das war nicht zu übersehen, aber er verzog sie nicht.

Er hatte eine fremde Frau und vier indianische Kinder mit nach Hause genommen, nur weil sie nicht wussten, wo sie hinsollten. Er war gestern da gewesen und hatte getan, was immer er tun konnte, um einer jungen Frau bei der Geburt ihres ersten Kindes zu helfen, trotz ihrer Schreie und des vielen Bluts. Und jeden Morgen, so bitter kalt es auch sein mochte, stand er vor Tagesanbruch auf und kümmerte sich darum, dass seine Tiere nicht hungerten.

Sie stellte sich auf die Zehenspitzen und küsste ihn auf die Wange. Seine Bartstoppeln kitzelten an ihren Lippen. „Ich bringe jetzt besser Daisy und Billy-Moses zu Bett. Macht es dir etwas aus, wenn ich sie zuerst bade?"

„Das ist jetzt auch dein Haus, Mrs Creed. Du musst niemandem um Erlaubnis bitten, wenn du die Badewanne oder alles andere, was mir gehört, benutzen willst."

Ein leicht ungutes Gefühl breitete sich in ihr aus. Sie nahm all ihren Mut zusammen und fragte: „Wo wir gerade von Mrs Creed sprechen. Was wird deine Mutter sagen, wenn sie erfährt, dass du geheiratet hast?"

„Das interessiert mich nicht sonderlich", entgegnete Lincoln leichthin. „Ich schätze, sie wird anfangs ein wenig feindselig sein, aber wenn sie dich erst besser kennt, wird sie dich bestimmt mögen. Wie auch immer, sie kommt erst in ein paar Monaten aus Phoenix zurück – sie hasst das kalte Wetter. Jedes Jahr droht sie damit, für immer in Phoenix zu bleiben, weil es in Stillwater Springs keine ‚Kultur' gibt, wie sie sagt. Ich glaube, sie kommt nur zurück, weil sie befürchtet, Gracie würde ohne sie anfangen, zu fluchen, Tabak zu kauen und Hosen zu tragen."

Bei der Vorstellung musste Juliana lächeln. Eines stand fest: Gracie Creed würde niemals ein gewöhnliches Mädchen werden. „*Ich* finde, dass du und Tom ganz wunderbar für Gracie sorgt."

Lachend zupfte er noch einmal an ihrem Zopf. „Ich werde jetzt das Feuer im Boiler anmachen, damit du warmes Wasser für das Bad hast", sagte er und verließ das Zimmer.

Juliana sah ihm hinterher, bis er im Flur verschwunden war, dann ging sie in die Küche.

Tom und der Reverend spülten das Geschirr, während Joseph laut aus *Oliver Twist* vorlas. Theresa wischte den Tisch mit einem nassen Lappen ab, und Gracie, Daisy und Billy-Moses spielten neben dem Ofen mit den Alphabet-Klötzchen.

„So heißt du", sagte Gracie gerade und legte die Klötzchen so hin, dass sie den Namen *Daisy* ergaben.

Daisy starrte die Klötze verständnislos an. Schließlich war sie erst drei.

„Leg *Bill*", drängte Billy-Moses sie.

„Zeit für euer Bad", unterbrach Juliana sie.

Daisy, die gern badete, sprang umgehend auf. Auf Billy-Moses' kleinem Gesicht hingegen zeichnete sich Entsetzen ab.

„Ich will nicht baden", jammerte er und verschränkte die Arme vor der Brust.

Reverend Dettly drehte sich lächelnd um, Schaum tropfte von seinen riesigen Händen. Juliana dachte auf einmal, dass er wahrscheinlich ein sehr einsames Leben führte, so wie er von Ort zu Ort reiste und im Stall anderer Leute übernachtete. Zweifellos genoss er Abende wie diese mit Kindern um sich herum und mit gutem Essen.

„Die Frage ist nicht, was du willst, Billy-Moses“, erklärte Juliana bestimmt. „Du *wirst* jetzt ein Bad nehmen und dann ins Bett gehen. Punkt.“

„Schläfst du heute Nacht wieder in Papas Zimmer?“, fragte Gracie unschuldig. Dieses Mal konnte Theresa ihr nicht schnell genug den Mund zuhalten.

Um nichts in der Welt hätte Juliana dem Reverend in die Augen sehen können. „Ja“, erwiderte sie nur, weil es nichts anderes zu sagen gab.

Lincoln musste erst Wasser pumpen, es in den Dampfkessel über der Badewanne füllen und dann erhitzen. Als es endlich so weit war, badete Juliana zuerst Daisy und brachte sie ins Bett, danach machte sie sich auf die Suche nach Billy-Moses.

Inzwischen hatte Reverend Dettly sich in den Stall zurückgezogen. Tom und Joseph waren auch schon in ihrem Zimmer verschwunden, nur Lincoln saß noch am Tisch und las Zeitung.

„Hast du …“, begann sie.

„Er versteckt sich in der Speisekammer hinter der Mehltonne“, verriet Lincoln, während er seine Braut musterte. Das Vorderteil des schönen blauen Kleids war durchgeweicht, und Strähnen hatten sich aus ihrem Zopf gelöst.

„Ach, Himmelherrgott“, rief Juliana und steuerte auf die Speisekammer zu. Normalerweise ließ sie sich nicht leicht ärgern, aber es war ein langer, ereignisreicher Tag gewesen, und er war noch nicht vorbei.

Er lehnte sich vor, griff nach ihrer Hand und hielt sie fest. Dann stand er auf. „Lass mich mal. Mach dir eine Tasse Tee. Ma mag dieses Zeug, irgendwo hier muss eine Dose mit Tee herumstehen.“

Erleichtert sank Juliana auf einen Stuhl.

„Bill“, rief Lincoln und näherte sich der Speisekammer. „Schluss mit dem Theater. Es ist Zeit, dich von deiner Schmutzschicht zu befreien.“

Der Junge tauchte in der Tür der Speisekammer auf, immer noch schmollend. „Joseph musste auch nicht baden“, protestierte er.

„Ich schätze, morgen wird auch er nicht drum herumkommen“, meinte Lincoln fröhlich. Dann beugte er sich herunter, hob Billy-Moses hoch und trug ihn durch die Küche.

Billy-Moses kreischte begeistert auf und schlug zum Spaß mit Händen und Füßen um sich. Juliana hatte ihn noch nie so fröhlich erlebt.

Kaum war sie allein, verschränkte sie die Arme auf der Tischplatte und legte den Kopf darauf.

Mr Philbert würde bald kommen. Sie sah ihn förmlich vor sich, wie er voll selbstgerechtem Zorn auf Stillwaters zueilte. Wie sollte sie dem vierjährigen Billy-Moses oder der dreijährigen Daisy nur erklären, dass er sie weit, weit weg zu vollkommen fremden Menschen bringen würde? Würde er ihr überhaupt die Chance geben, irgendetwas zu erklären?

Sie stand langsam auf, ging zur Spüle und füllte Wasser in den Teekessel. Dann machte sie sich auf die Suche nach der Dose, von der Lincoln gesprochen hatte. Als das Wasser kochte, kam Lincoln wieder zurück in die Küche. Er grinste, sein Hemd war klitschnass.

„Bill ist im Bett“, verkündete er. „Ich habe mit Kälbern gerungen, die weniger störrisch waren als er.“

Juliana lächelte. Das also war der Grund, warum Billy-Moses nicht darum gebeten hatte, seinen ganzen Namen mit den Holzklötzchen zu legen. Er hatte „Bill“ gesagt, weil Lincoln ihn so nannte.

„Danke“, sagte sie, die Hände um die wärmende Teetasse gelegt.

Lincoln schenkte sich einen lauwarmen Kaffee ein und setzte sich zu ihr. „Gern geschehen, Mrs Creed.“

Erneut fand sie den Klang ihres neuen Namens beruhigend, was ihr ein unbehagliches Gefühl bescherte. „Glaubst du, dem Reverend ist im Stall warm genug?“

„Er schläft zwischen zwei Bärenfellen, Juliana, und die Tiere selbst strahlen eine Menge Körperwärme aus. Oft ist es im Stall viel wärmer als im Haus."

Körperwärme. Was für ein verlockendes – und verstörendes – Wort. Sie schaute weg.

Ihr Mann berührte mit seiner von jahrelanger Arbeit schwieligen Hand die ihre. „Vielleicht solltest du zu Bett gehen", schlug er vor.

Sie schluckte, nickte. Schaffte es nicht, ihre Hand unter seiner hervorzuziehen, obwohl er – *weil* er – begonnen hatte, sie sanft mit dem Daumen zu streicheln und damit ein Feuer in ihr entzündete.

War das Leidenschaft, die er mit seiner schlichten Berührung in ihr weckte?

Juliana fühlte sich noch nicht bereit dazu, es herauszufinden.

„Ich komme auch bald", sagte Lincoln.

Sie stand auf.

Auch er erhob sich.

„Juliana?"

Ihre Blicke trafen sich.

„Hab keine Angst", versuchte er sie zu beruhigen.

Wie sollte ich keine Angst haben? John hatte ihr während der kurzen und langweiligen Verlobungszeit höchstens einmal die Hand getätschelt oder sie hastig auf die Wange geküsst. Aufregenderes war nicht geschehen.

Wieder nickte sie, dann drehte sie sich um und ging.

Lincoln hatte keine Lust, noch länger Zeitung zu lesen. Der *Stillwater Springs Courier* erschien einmal die Woche, vorausgesetzt Wes kam dazu, die Artikel zu schreiben und den Text zu setzen. Oft genug war das nicht der Fall, aber wenn er etwas zu sagen hatte, dann schrieb er sehr gute, sarkastische Artikel. Lincoln las sie mit großem Vergnügen. Himmel, sogar einige der Todesanzeigen waren witzig, und seine Kolumne hielt die ganze Stadt in Atem.

Seufzend schob Lincoln die Zeitung zur Seite und stand auf. Er trug seine und Julianas Tasse zum Spülbecken. Dann stand er da und starrte durch das Fenster an seinem eigenen Spiegelbild vorbei in die Dunkelheit.

Schneeflocken schwebten vom Himmel. Er fragte sich, ob sie liegen bleiben oder bis morgen früh geschmolzen sein würden.

Er fühlte sich ruhelos. Einerseits war er nicht müde genug, um sich jetzt neben Juliana hinzulegen und seine Finger bei sich zu behalten. Er hatte eine Ehefrau gewollt – eine Frau, die sein Bett teilte, ihm weitere Kinder gebar und Gracie eine liebevolle Mutter war –, doch keine, die sein Herz berührte. Nein, so etwas hatte er nicht geplant.

Resigniert wandte er sich zur Tür, nahm Hut und Mantel vom Haken und verließ leise das Haus.

Er lief am Plumpsklo vorbei, an der Hütte der Gainers, an den Schlafbaracken. Die Nachtluft war kalt, sie schien durch ihn hindurch zu fegen wie ein unerbittlicher Wind.

Für seinen Weg brauchte Lincoln keine Laterne. Obwohl der Mond hinter den Wolken verborgen war, spendete er doch genug Licht, und der Schnee glitzerte. Davon abgesehen, lebte er seit seiner Geburt auf dieser Ranch. Er hätte auch mit geschlossenen Augen alles gefunden, was er suchte.

Er gelangte zur Obstplantage – vor Jahren, als sie Jungen gewesen waren, hatten er, Micah, Wes und Dawson geholfen, die Apfel- und Birnbäume zu pflanzen. Hinter der Plantage lag der kleine Friedhof, wo sein Vater, sein Bruder, die beiden verstorbenen Babys und Beth begraben waren.

Achtlos ging er an Josiah Creeds Grab vorbei und auch an Dawsons, obwohl er seinen Bruder noch immer sehr liebte.

Beth' Grab war mit einem Steinengel verziert. Lincoln wischte den Schnee von Schultern und Flügeln. Dann ging er in die Hocke und fuhr sich mit dem Unterarm über das Gesicht. Wie oft war er schon hierhergekommen, um mit Beth zu sprechen? Und immer schien es noch mehr zu geben, was er ihr erzählen wollte.

Dabei war sie nicht einmal hier.

Gracie glaubte daran, dass ihre Mutter im Himmel war.

Lincoln aber wusste einfach nicht, wohin tote Menschen

gingen oder ob sie überhaupt irgendwohin gingen. Höchstwahrscheinlich endete die Reise einfach nur in einer Holzkiste unter der Erde, doch das würde er Gracie natürlich niemals sagen.

„Ich habe heute geheiratet", begann er. Obwohl er sich albern vorkam, hatte er das Bedürfnis, die Worte laut auszusprechen. „Ihr Name ist Juliana, und Gracie ... Gracie möchte sie Mom nennen."

Wenn dieses Grab so etwas wie ein Tor zwischen dieser und der nächsten Welt gewesen wäre, hätte Beth sich bereits zurückgekämpft und wäre aus ihrem Sarg gestiegen, um ihm eine Ohrfeige zu verpassen. Er stieß ein heiseres Lachen aus.

„Ich habe dich geliebt", sprach er ernst weiter. „Und ich werde dich wahrscheinlich immer lieben. Aber ich bin viel zu einsam, Beth, und Gracie auch. Ich möchte neben jemandem aufwachen, ich möchte, dass jemand auf mich wartet, wenn ich nach einem langen Tag auf der Ranch nach Hause komme. Ich möchte, dass Gracie von einer Frau erzogen wird, damit sie nicht eines Tages Zigarren raucht, so wie Ma befürchtet. Ich weiß, dass du mich nicht hören kannst und dass es dir nicht gefallen würde, was ich sage, wenn du mich hören könntest. Aber ich musste es einfach loswerden."

Als er sich wieder aufrichtete, fragte er sich, was er eigentlich erwartet hatte. Eine Antwort? Beth' Geist, der ihn von seinem Versprechen erlöste, niemals sein Herz an eine andere Frau zu verschenken?

Hinter sich hörte er einen Ast knacken – und beinahe rechnete er schon mit jenem Geist, obwohl er sofort wusste, dass es Tom war. Wenn der alte Indianer nicht gehört hätte werden wollen, dann hätte Lincoln ihn auch nicht gehört.

Wortlos wartete Lincoln darauf, dass sein Freund näher kam.

„Sie ist nicht hier, Lincoln", sagte Tom. „Beth ist nicht hier."

„Glaubst du vielleicht, das wüsste ich nicht?", fragte Lincoln und rieb sich den Nacken. „Aber wo *ist* sie, Tom? Beim großen Manitu? Oder da unten in diesem Loch?"

„Warum tust du dir das an?", fragte Tom. „Warum stehst

du hier in der Kälte und Dunkelheit herum, wo du doch eine hübsche Braut hast, die im Haus auf dich wartet? Ist es, weil du nicht damit gerechnet hast, Gefühle für Juliana zu entwickeln?"

„Ich finde Juliana schön", antwortete Lincoln knapp. „Sie ist klug und mutig, und ich will sie. Aber das ist auch schon alles, was ich fühle, Tom. Ich habe meine Frau geliebt."

„Deine Frau ist tot."

„Was du nicht sagst."

Mit zusammengebissenen Zähnen und blitzenden Augen hob Tom eine Hand und schlug Lincoln so hart vor die Brust, dass er taumelte. „Lass Beth gehen." Es klang fast wie ein Knurren. „Juliana hat es nicht verdient, dasselbe durchzumachen wie deine Mutter."

„Was zur Hölle soll das denn schon wieder heißen?"

„Das soll heißen, du verdammter Idiot, dass dein Pa deine Mutter aus ziemlich den gleichen Gründen geheiratet hat wie du Juliana. Er und Micah waren allein, nachdem seine erste Frau gestorben war, und er wollte, dass der Junge eine neue Mutter bekam. Er hat Cora nie geliebt und nie aufgehört, um seine arme verstorbene Mary zu trauern. Damit hat er deiner Mutter das Leben zur Hölle gemacht."

Fassungslos öffnete Lincoln den Mund. Er brauchte eine Sekunde oder länger, bis er ihn wieder schließen konnte. Nie zuvor hatte er diese Geschichte gehört. Jetzt begriff er, warum Cora sich die Namen von Micahs vier Söhnen nie merken konnte, warum sie nie zu ihnen nach Colorado fuhr oder wenigstens ab und zu einen Brief schrieb. Vielleicht erklärte das sogar, warum Micah sich in einen anderen Staat verdrückt hatte, sobald er alt genug gewesen war.

„Warum erzählst du mir das ausgerechnet jetzt?", fragte er bitter, während seine Gedanken wild durcheinanderwirbelten. Micah war der Sohn seines Vaters, aber nicht seiner Mutter? In diesem Moment verstand er genau, was die Leute immer meinten, wenn sie sagten, ihnen würde der Boden unter den Füßen weggezogen.

„Weil du es wissen musst."

„Wäre schön gewesen, wenn das mal jemand erwähnt hätte, bevor Micah für immer abgehauen ist." Lincoln kämpfte gegen den alten Schmerz an. „Ich habe ihn immer so bewundert. Er hat nicht einmal Auf Wiedersehen gesagt. Eines Tages war er einfach verschwunden."

„Micah ist nicht gegangen, weil er sich nicht mit Cora verstanden hat, sondern weil er es schon immer in sich hatte, zu gehen."

„Und weil seine Familie in Colorado lebt", vermutete Lincoln.

„Ja", sagte Tom.

Als er spürte, wie sich etwas in ihm löste, seufzte Lincoln laut. „Dann muss ich mich wohl nicht länger fragen, was schiefgelaufen ist. Weiß Wes davon?"

„Ja, er weiß es."

„Bin ich der Einzige, der keine Ahnung hatte?"

„Reg dich ab, Lincoln. Wes ist etwas älter als du. Er hat einfach mehr mitbekommen, das ist alles."

„Und jetzt wirst du mir gleich sagen, meine Ma wäre so einsam gewesen, dass du sie trösten musstest und ich in Wahrheit *dein* und nicht Josiah Creeds Sohn bin." Einen Moment lang hielt Lincoln die Luft an, weil er beinahe hoffte, es wäre so.

Tom ballte eine Hand zur Faust. Er sah aus, als wollte er Lincoln niederschlagen. „Wenn du mein Sohn wärst", stieß er dann hervor, „hätte ich schon vor langer Zeit Anspruch auf dich erhoben. Keine Frau hat einen Mann jemals mehr geliebt als deine Ma deinen Vater. Sie hat ihm drei gesunde Jungen geschenkt und den einen, den er mit in die Ehe gebracht hat, liebevoll aufgezogen. Als Dawson umgebracht wurde, hat Josiah behauptet, es wäre ihre Schuld, weil jemand aus ihrer Familie abgedrückt hätte. Bis zu seinem Tod hat er nie mehr ein freundliches Wort zu ihr gesagt."

Einen Moment lang schloss Lincoln die Augen, dann atmete er langsam aus. „Aber *du* hast meine Mutter all die Jahre geliebt, nicht wahr, Tom? Deshalb bist du geblieben."

„Ich bin geblieben, weil ich bleiben wollte", erwiderte Tom kühl.

Wortlos gingen sie nebeneinander zurück zum Haus.

Theresa, Billy-Moses und Daisy schliefen tief und fest in Mrs Creeds Bett. Darauf bedacht, sie nicht zu wecken, deckte Juliana sie zu und legte noch etwas Holz im Ofen nach.

Danach sah sie nach Gracie, die ebenfalls schon schlief. Ihr wurde ganz warm ums Herz, so sehr liebte sie dieses Kind einer anderen Frau bereits. Es war gefährlich, so viel für das Mädchen zu empfinden, genau wie für Daisy und Billy-Moses, für Theresa und Joseph.

Leise schlich sie hinaus in den Flur.

In Lincolns Zimmer zündete sie eine Lampe an, zog sich langsam aus, nahm ihr Nachthemd aus ihrer Tasche und streifte es über. Dann, tief Luft holend, schlug sie die Decken zurück und stieg ins Bett.

Lincoln hatte versprochen, so lange zu warten, bis sie bereit war, sich ihm hinzugeben. Das hätte ihr die Angst nehmen sollen, aber davor fürchtete sie sich ja nicht. Viel mehr Angst machte ihr das eigene unbändige Verlangen, sich ihm mit Haut und Haaren auszuliefern.

Als er leise ins Zimmer kam, brachte er den Duft von frischer Luft, Schnee und Kiefernholz mit herein. Während sie vorgab zu schlafen, beobachtete sie durch halb geschlossene Augen, wie er zuerst einen Hosenträger herunterließ und dann den anderen.

„Ich weiß, dass du wach bist", sagte er. „Die meisten Menschen halten nämlich nicht den Atem an, während sie schlafen."

Leise stöhnend öffnete sie die Augen.

Nachdem Lincoln sie einen Moment lang betrachtet hatte, streckte er lachend die Hand nach der Lampe aus, um das Licht zu löschen. „Rutsch mal rüber, Mrs Creed. Ich werde etwas mehr als nur einen Zentimeter von der Matratze brauchen."

Juliana drückte sich mit klopfendem Herzen näher an die Wand. Lincoln würde sie zu nichts zwingen, das wusste sie. Er würde sie erst berühren, wenn sie es ihm erlaubte.

Sie musste sich einfach nur entspannen.

Aber das gelang ihr nicht. Was sagten verheiratete Eheleute zueinander, wenn sie ins Bett gingen?

Er fuhr fort, sich auszuziehen. Lieber Gott, schlief dieser Mann etwa nackt? Er schien nicht der Typ Mann zu sein, der ein Nachthemd trug.

Krampfhaft versuchte sie, ihre Gedanken zu beruhigen, doch auch das funktionierte nicht. Stattdessen zerstreuten sie sich in alle Richtungen wie erschreckte Hühner, gackernd und mit den Flügeln schlagend.

Und natürlich spürte sie kurz darauf seine nackte Haut neben sich, seine Wärme, noch immer vermischt mit der Kühle der Nachtluft.

Er seufzte tief. „Gute Nacht, Juliana."

Beide lagen lange schlaflos in der Dunkelheit, keiner von ihnen sagte ein Wort, und die ganze Zeit achteten sie darauf, sich möglichst nicht zu berühren.

Juliana hätte erleichtert sein sollen.

Stattdessen biss sie sich hart auf die Unterlippe und hoffte, dass er sie nicht weinen hörte.

7. KAPITEL

Am nächsten Morgen verabschiedete Lincoln sich von Reverend Dettly und ritt anschließend hinaus auf die Ranch. Seine Muskeln schmerzten nach der langen, angestrengten Nacht, in der er Juliana so sehr gewollt, aber nicht angefasst hatte. Er sah Wes den Hügel hinaufreiten. Die Rinder waren bereits gefüttert. Lincoln war mit seinem Pferd allein hier und fragte sich nicht zum ersten Mal, ob diese Viecher all die Mühe überhaupt wert waren.

„Ich wollte meinen Esel abholen“, verkündete Wes. „Tom sagte, dass du hier draußen bist.“

Da, wo seine Satteltaschen hätten sein sollen, hingen dicke Bündel. Zweifellos handelte es sich um Geschenke für Gracie und die anderen Kinder. Wes und Kate, die selbst keine Kinder hatten, waren Weihnachten und an Geburtstagen immer außerordentlich großzügig.

Lincoln schwieg. Wes hatte die ganze Zeit über Josiahs erste Frau, Micahs Mutter, Bescheid gewusst und es nie für nötig befunden, das Thema anzusprechen. Jetzt, nachdem er wahrscheinlich mit Tom gesprochen hatte, würde er bestimmt irgendeine Erklärung parat haben.

„Für Miss Mitchell ist ein Telegramm gekommen“, sagte sein Bruder stattdessen zu seiner Überraschung. „Ich dachte, dass ich es besser herbringe.“

„Sie heißt nicht mehr Miss Mitchell“, erklärte Lincoln nüchtern. „Ich habe sie gestern geheiratet.“

Erfreut lachte Wes auf. „*Darum* habe ich den Reverend auf dem Weg hierher getroffen. Gratuliere, du verdammter Glückspilz.“

„Danke.“ Er sprach das Wort absichtlich mit einem grollenden Unterton aus.

Wes zog einen gelben Umschlag aus der Innentasche seines Mantels. Mit zusammengekniffenen Augen beobachtete er, wie Lincoln das Telegramm einsteckte, ohne auch nur auf den Absender zu sehen.

„Es ist vom *Bureau of Indian Affairs*, Lincoln“, meinte Wes leise.

Das bedeutete natürlich Ärger. In Telegrammen standen selten gute Neuigkeiten. Lincoln wappnete sich gegen das, was kommen würde. Er hatte in den vergangenen Jahren gelernt, sich Problemen zu stellen, wenn sie auftauchten. „Ich hoffe für dich, dass du es nicht gelesen hast“, sagte er brummend.

„Das brauchte ich gar nicht“, entgegnete Wes leichthin. „Der Telegrafist hat es mir verraten. Inzwischen weiß wahrscheinlich die halbe Stadt, dass der Beauftragte für Indianer, Philbert, noch vor Neujahr nach Stillwater Springs zu kommen gedenkt und für jede Menge Unruhe sorgen wird. Die frischgebackene Mrs Creed hat jedenfalls mit Sicherheit ihre Anstellung verloren, was aber nach der Hochzeit und allem ja sowieso egal ist.“

Obwohl er damit gerechnet hatte, traf Lincoln die Ankündigung wie ein Schlag. Er schwankte etwas in seinem Sattel. „Was noch?“, wollte er wissen, wobei er weiterhin dem Blick seines Bruders auswich.

„Er hat vor, die Kinder zurück nach Missoula zu bringen“, stieß Wes aus.

Lincoln schloss die Augen. Sagte nichts.

Bevor dieser Philbert hier auftauchte, würde er Joseph und Theresa bereits in den Zug nach North Dakota gesetzt haben, koste es, was es wolle. Und wenn er sie höchstpersönlich zum Bahnhof in Missoula bringen und ins Zugabteil schaffen musste. Juliana hatte sich bereits auf diesen Abschied vorbereitet – und für die Kinder war es das Beste, bei ihrer Familie zu sein. Bei den beiden Kleinen aber sah die Sache ganz anders aus. Sie waren Waisen. Und Juliana hatte irgendwann die Mutterrolle für Daisy und Klein-Bill übernommen. Sie jetzt gehen zu lassen, wäre bitter für sie und die beiden.

„Tom hat dir das Familiengeheimnis erzählt, wie ich höre“, bemerkte Wes, als Lincoln für seinen Geschmack viel zu lange geschwiegen hatte.

Jetzt drehte Lincoln den Kopf und schaute seinen Bruder geradewegs ins Gesicht. „Warum hast *du* es mir nicht erzählt, Wes?“

„Ma hat mich gebeten, das nicht zu tun", entgegnete Wes ernst.

Doch Lincoln ließ nicht locker. „Seit wann bist du so scharf darauf, zu tun, was Ma will?"

Sein Bruder lächelte dünn und etwas zerknirscht. „Immerhin habe ich einen Weihnachtsbaum gefällt und auf dem Rücken meines Esels hier raufgeschleppt, nur weil sie es mir gesagt hat, oder?"

„Das hast du für Gracie getan."

Seufzend richtete Wes sich einen Moment lang in den Steigbügeln auf, um die Beine zu strecken. „Überwiegend", gestand er schroff und fügte dann hinzu: „Zwischen Ma und mir lief es nicht immer so schlecht, Lincoln. Du weißt doch noch, wie es nach Dawsons Tod war. Sie war fast verrückt vor Kummer. Doc Chaney musste sie mit Laudanum ruhigstellen. Ich war auch ganz schön fertig. Das waren wir alle, aber vor allem Ma hat gelitten. Ich wollte tun, was immer in meiner Macht stand, um ihr zu helfen, und das war weiß Gott nicht viel."

Schweigend ließ Lincoln die Worte auf sich wirken. Er wusste noch, wie seine Mutter in den ersten Wochen nach der Schießerei in manchen Nächten laut geweint hatte und wie sein Vater dann immer aus dem Haus gestürmt war.

Das Sattelleder knirschte leise, als Wes sich mit ernstem Blick ein wenig vorbeugte. „Es gab aber noch einen anderen Grund, warum ich dir nichts davon gesagt habe." Seine Stimme klang jetzt merklich verärgert.

„Und welchen?", fauchte Lincoln, der nicht vorhatte, es seinem Bruder leicht zu machen. Warum auch immer Wes geschwiegen hatte, Lincoln hätte wie jeder andere ein Recht gehabt, die Wahrheit zu erfahren.

„Du neigst dazu, dich an Dinge zu klammern, die du loslassen solltest", sagte Wes. „Auch an Menschen."

„Beth." Lincoln seufzte laut.

„Beth", stimmte Wes ihm zu. Wieder entstand ein langes Schweigen, unterbrochen nur vom Schnauben der Pferde und dem Plätschern des Bachs. „Von uns vier bist du Pa am ähnlichsten, Lincoln. Ein harter Knochen und klüger, als gut für dich oder alle anderen ist. Du hast an diesem Land festgehalten, genauso wie er, und dafür gesorgt, dass es sich bezahlt macht, in guten wie in schlechten Zeiten. Aber du kommst auch in anderer Hinsicht nach dem alten Mann. Wenn ich dir einen Spaten über den Kopf ziehen würde – und das wollte ich öfter als einmal tun –, würde der Spaten kaputtgehen, nicht dein Schädel."

„Das war eine ganz schöne Predigt, Wes."

„Bleib ruhig noch einen Moment auf der Kirchenbank sitzen, ich bin nämlich noch nicht fertig. Jetzt, wo du so jung bist, ist diese Dickköpfigkeit sogar hilfreich. Du hältst sie wahrscheinlich für ‚Entschlossenheit'. Das Problem ist nur, dass sich das mit der Zeit in etwas weitaus weniger Angenehmes verwandeln wird."

So gern Lincoln sich gegen diese Behauptung gewehrt hätte, er konnte es nicht. Denn Wes hatte recht. Um Dawson hatte er ganz normal getrauert, doch seit Beth' Tod hatte er einige Gefühle einfach weggeschlossen, aus Angst, dass sie zu sehr schmerzten.

„Und was schlägst du vor?", fragte er ruhig, um es hinter sich zu bringen. Wes würde es ihm sowieso sagen, er hatte sich ziemlich in Rage geredet.

„Weißt du noch, wie anders Pa war, als wir noch klein waren? Er hat uns auf den Schultern durch die Gegend getragen, und wir durften so ziemlich überall mit ihm hin. Erinnerst du dich, wie er immerzu gelacht hat, selbst wenn er schuften musste wie ein Maultier? Damals hätte er nie geglaubt, dass er uns allen eines Tages den Rücken kehren würde. Aber so war es. Und weißt du warum, Lincoln? Weil er beschlossen hatte, eine tote Frau zu lieben und nicht die lebendige, atmende Frau neben sich. Es hat eine Weile gedauert, aber diese Entscheidung, diese starrköpfige Entscheidung hat sein Herz und seine Seele vergiftet." Wes hielt einen Moment inne, vielleicht wegen der Erinnerungen, vielleicht weil er nach Worten suchte. „Vergessen wir mal Juliana. Sie ist hübscher als Ma, und sie ist viel klüger. Sie kommt schon zurecht, selbst wenn du dumm genug wärst, ihr dein Herz *nicht* zu öffnen. Aber was ist mit Gracie? Sie hat schon jetzt ihren eigenen Kopf, dabei ist sie erst sieben. Was meinst du wohl, wie sie mit sechzehn sein wird? Oder mit achtzehn? Bis dahin wird sie eine Menge Entscheidungen treffen, und ich kann dir garantieren, dass dir einige davon überhaupt nicht gefallen werden. Es ist unvermeidlich, dass ihr zusammenrasseln werdet. Ich schätze, das ist nur normal. Aber wenn du nicht aufpasst, wirst du deine Tochter eines Tages vielleicht genauso behandeln wie Pa uns. Willst du das?"

Lincolns Hals war wie zugeschnürt. Er schüttelte den Kopf.

Wes war nun doch die Puste ausgegangen. Er trieb sein Pferd mit den Stiefeln an und ritt zurück zum Haus, um die Geschenke abzuladen und seinen Esel zu holen.

Und Lincoln, der das Telegramm trotz allem keine Sekunde lang vergessen hatte, wartete einen Moment, bevor er ihm folgte.

Juliana, die Rose-of-Sharon und dem Baby Joshua einen kurzen Besuch abgestattet hatte, überquerte gerade den Hof, als sie sah, wie ihr Schwager seinen Esel aus dem Stall führte. Tom trug prall gefüllte Leinensäcke in den Holzschuppen.

Da sie Weston Creed mochte, ging sie zu ihm, um ihn zu begrüßen.

Er lächelte sie an, doch seine Augen wirkten ernst, fast traurig. „Mein Bruder", sagte er, „ist ein Glückspilz."

Weil sie an Komplimente nicht gewöhnt war, errötete sie. Lehrerinnen bekamen üblicherweise nicht viele zu hören. „Wir haben zwei große Truthähne für das Weihnachtsessen", sagte sie unsicher. „Ich hoffe, Sie schließen sich uns an."

Wes schlang ein Seil um den Hals des Esels, dann schaute er zum Haus. „Ist Kate auch eingeladen?", fragte er und ging, ohne auf die Antwort zu warten, zu seinem Pferd, um das andere Ende des Seils locker um den Sattelknauf zu legen.

„Selbstverständlich", erwiderte Juliana.

„Wissen Sie irgendetwas über sie?", fragte Weston. Obwohl seine Frage fast beiläufig klang, war sie es nicht. Das wusste Juliana.

„Ich vermute, sie ist Ihre Frau."

Sein Lachen klang bitter. „Etwas in dieser Art. Kate gehört der Diamond Buckle Saloon. Sie und ich leben nun schon seit einiger Zeit in Sünde."

„Oh", stieß Juliana aus. Sie fand es faszinierend, so eine schillernde Persönlichkeit kennenzulernen, aber vielleicht hätte sie zuerst Lincoln fragen sollen.

„Ja", bestätigte Weston trocken. „Oh."

Julianas Wangen brannten vor Verlegenheit. Als sie Lincoln gebeten hatte, Daisy und Billy-Moses baden zu dürfen, hatte er gesagt, das Haus wäre nun auch ihr Heim und sie bräuchte nicht um Erlaubnis zu bitten. Hoffentlich meinte er das auch in anderer Hinsicht so.

„Wir werden etwa gegen zwei Uhr essen", verkündete sie. Da sie den Truthahn nicht zubereiten würde, konnte sie wegen der Uhrzeit nur raten. „Aber egal wann Sie und Kate ankommen, wir werden uns freuen, Sie zu sehen."

Dann ging Wes um das Pferd herum und blieb direkt vor Juliana stehen. Sein Mund, sinnlich wie der von Lincoln, war leicht verzogen. „Ist Ihnen klar, Mrs Creed, dass in dem Moment, in dem Kate einen Fuß über die Schwelle setzt und meine Mutter davon erfährt, vermutlich die Decke einstürzen wird?"

Ohne Cora Creed je getroffen zu haben, hatte Juliana ein wenig Angst vor ihr. Doch sie war keine Frau, die sich von ihren Ängsten aufhalten ließ, wenn sie etwas für richtig hielt. Mit erhobenem Kinn entgegnete sie: „Ich schätze, dieses Risiko müssen wir dann eben eingehen."

Wieder lachte Lincolns Bruder. „Mutige Worte. Und ich glaube fast, Sie meinen sie so."

„Ich sage nie etwas, wenn ich es nicht so meine, Mr Creed."

„Nenn mich Wes." Jetzt grinste er.

„Nur wenn du mich Juliana nennst."

Er beugte sich vor, um sie auf die Stirn zu küssen. „Willkommen im Leben meines Bruders, Juliana. Weiß Gott, er braucht dich."

In diesem Moment sah sie Lincoln langsam auf das Haus zureiten. Bei seinem Anblick begann ihr Puls zu rasen.

„Warum sagst du so etwas?“, fragte sie.

Seufzend schenkte Wes ihr ein trauriges Lächeln. „Er hat viel verloren. Beth natürlich und zwei Kinder. Pa und unseren Bruder Dawson. Er ist ein guter Mann, aber er ist auch – nun, er ist mächtig vorsichtig, was Gefühle betrifft.“

Auch sie war immer vorsichtig gewesen, bis sich Daisy, Billy-Moses und andere Schüler fast unbemerkt in ihr Herz geschlichen hatten.

Wes schwang sich auf sein Pferd. Nachdem er einen Blick in Lincolns Richtung geworfen hatte, sagte er: „Ich verschwinde jetzt. Wir hatten eine kleine Auseinandersetzung, mein Bruder und ich, die sicher weitergehen würde, wenn ich noch bliebe.“ Er drückte die Stiefel in die Flanken seines Pferds. „Falls es keinen weiteren Schneesturm gibt, kommen Kate und ich Weihnachten.“

Juliana lächelte, obwohl sie die Erwähnung der „kleinen Auseinandersetzung“ etwas besorgte. „Kommt nicht zu spät“, sagte sie.

Nach einem letzten Nicken ritt Wes los. Zuerst wehrte sich der Esel ein wenig, dann trottete er gehorsam hinter dem Pferd her.

Obwohl die Sonne schien, war es kalt. In den Mantel ihrer Schwiegermutter gehüllt, wartete Juliana auf ihren Ehemann.

Als er vor dem Stall hielt, schritt sie auf ihn zu, zunächst langsam, dann mit schnelleren Schritten. Und noch bevor sie ihn erreicht hatte, platzte sie mit ihrem Geständnis heraus. „Ich habe Wes und Kate zum Weihnachtsessen eingeladen“, rief sie atemlos.

Genau wie Wes betrachtete er sie mit einem traurigen Lächeln. „Und hat er die Einladung angenommen?“

Sie nickte stumm.

Da lachte er und legte einen Steigbügel über den Sattel, um den Gurt lösen zu können. „Nun, Mrs Creed, dann ist dir etwas gelungen, was ich bisher nicht geschafft habe. Ich konnte Kate nie überreden, einen Fuß auf diese Ranch zu setzen, geschweige denn mit uns zusammen zu essen. Und wenn sie nicht kommt, kommt Wes auch nicht.“

Juliana ging auf ihn zu. „Irgendetwas stimmt nicht. Was ist los?“

Er schwieg sehr lange, bevor er in seine Manteltasche griff und den kleinen gelben Umschlag hervorzog.

Als Juliana ihn sah, spürte sie, wie ihr das Blut aus den Wangen wich. Sie war wie gelähmt. Mit bebenden Händen nahm sie das Kuvert entgegen und versuchte, das Siegel aufzubrechen.

„Wes hat das Telegramm aus der Stadt mitgebracht“, erklärte Lincoln.

Juliana begann am ganzen Körper so heftig zu zittern, dass sie Lincoln den Umschlag wieder zurückgab. „Bitte“, flüsterte sie, „lies du.“

Lincoln zog die Handschuhe aus, öffnete den Umschlag und las. Dann sagte er: „Es ist vom *Bureau of Indian Affairs. – Miss Mitchell, Sie sind hiermit entlassen. Ich komme spätestens am 1. Januar nach Stillwater Springs. Dann werden Sie alle in Ihrer Obhut befindlichen Schüler zur Unterbringung in entsprechenden Institutionen übergeben.* – Unterschrieben mit: *R. Philbert.*“

Reglos stand Juliana da, dabei wollte sie nur noch davonrennen.

Lincoln fasste sie an den Schultern, das Telegramm noch in einer Hand, und sah sie durchdringend an. „Atme, Juliana“, befahl er ihr leise.

Ihre Gedanken begannen zu kreisen, gleichzeitig waren sie schmerzhaft klar. Mr Philbert hatte angekündigt, wann er nach Stillwater Springs reisen wollte. Das konnte auch bedeuten, dass er früher kommen würde, damit sie keine Möglichkeit hatte, zu fliehen.

„W…was sollen wir tun?“, stotterte sie.

„Als Erstes muss ich Joseph und Theresa nach Missoula bringen und in den Zug setzen. Und was Daisy und Bill betrifft – ich habe darüber nachgedacht, was Gracie gestern sagte. Jetzt, wo wir verheiratet sind, könnten wir sie adoptieren. Dann wären sie Creeds und könnten bei uns bleiben.“

Juliana war nur froh, dass er sie festhielt, sonst hätten ihre Knie ganz sicher nachgegeben.

„Das würdest du tun?“, wisperte sie erstaunt. Garantiert gab es keinen zweiten Mann wie ihn auf der ganzen Welt.

„Ja.“

„Warum?“

„Für sie. Für Gracie. Aber vor allem für dich.“ Sanft dirigierte er sie in Richtung Haus. Dabei sagte er nah an ihrer Wange: „Geh rein, bevor du dir in der Kälte noch den Tod holst. Ich komme nach, sobald ich das Pferd versorgt habe.“

Mit einem vorsichtigen Schritt stellte Juliana fest, dass ihre Beine wieder ihren Dienst taten.

Die Kinder, die ihre Schulaufgaben erledigt hatten, bedrängten Tom gerade, sie zum Spielen hinauszulassen. Juliana erlaubte es ihnen unter der Bedingung, dass sie sich so warm wie möglich einpackten und keinen Lärm in der Nähe der Hütte der Gainers machten, weil Rose-of-Sharon und das Baby Ruhe brauchten.

Es brach ein großes Chaos los, als sich alle auf die Suche nach ihren Mänteln machten. Gracie war so aufgeregt, dass sie kaum stillhielt, während Juliana ihr einen Wollschal über den Kopf legte und fest unter dem Kinn verknotete. Für die anderen Kinder trieb Tom Strickmützen auf. Schließlich stürzten sie aus der Tür.

Nachdem sie gegangen waren, sagte Tom unvermittelt: „Du bist so weiß wie Neuschnee, Juliana. Warum? Was ist geschehen?“

Stockend erzählte sie ihm von dem Telegramm.

Toms Gesicht wurde hart, während er zuhörte. „Was hat Lincoln dazu gesagt?“

„Er will Joseph und Theresa so schnell wie möglich in Missoula in den Zug setzen.“ Die Adoption erwähnte sie nicht, da sie noch immer nicht sicher war, ob sie Lincoln richtig verstanden hatte.

Tom nickte. „Missoula ist ungefähr einen halben Tagesritt von hier entfernt, wenn das Wetter hält. Und wenn nicht, wird Philbert es vermutlich auch erst in die Stadt schaffen, wenn die Straßen frei sind.“

In diesem Moment trat Lincoln ein. Ohne ein Wort zu sagen,

sah er von Juliana zu Tom und hängte Hut und Mantel auf seine typische Art an den Haken. Sein Gesichtsausdruck war finster.

„Ich bringe Joseph und Theresa nach Missoula", erklärte Tom. „Und fahre mit ihnen nach North Dakota, um sicherzugehen, dass sie gut ankommen und ihre Familie auch wirklich auf sie wartet."

Auf einmal wirkte Lincoln traurig, doch er nickte. „Ich bin an meinem Schreibtisch", sagte er zerstreut. An der Tür zum Wohnzimmer drehte er sich noch einmal um. „Du wirst doch zurückkommen, Tom?"

Tom lächelte nicht. „Ich komme zurück", antwortete er sehr leise.

Später, als die Kinder erschöpft vom Spielen wieder hereinkamen, mit glänzenden Augen und glühenden Wangen, kochte Juliana ihnen heißen Kakao in einem schweren Eisentopf. Anschließend machte sie sich auf die Suche nach Lincoln, weil sie das Bedürfnis hatte, in seiner Nähe zu sein.

Er saß an seinem Tisch in einer Ecke des Wohnzimmers, umgeben von dicken Büchern, jedes einzelne aufgeschlagen. Als sie sich näherte, tauchte er gerade seinen Federhalter ins Tintenfass und schrieb etwas auf.

Sie stellte einen Becher heißen Kakao neben ihn.

„Danke", sagte er knapp.

Julianas Finger kribbelten. Am liebsten hätte sie Lincoln den Nacken und die Schultern massiert, unterließ es aber. Obwohl er ihr Ehemann war, kam es ihr zu intim und sogar ein wenig schamlos vor, ihn zu berühren, selbst auf so unschuldige Weise.

Allerdings wollte sie auch nicht wieder gehen, genauso wenig wie sie sich nach einem Marsch durch einen Schneesturm von der Wärme eines Ofens hätte losreißen können.

„Wenn du hierbleiben möchtest, Juliana, dann setz dich bitte", lud er sie freundlich ein, ohne von seinen Papieren aufzusehen.

Sie sank auf die Kante eines Sessels, verschränkte die Finger und wartete.

„Alles wird gut werden, Juliana", versprach er ihr nach einer Weile und seufzte dabei leise.

Da kannte er Mr Philbert aber schlecht. „Vorhin am Stall, da glaubte ich dich sagen zu hören …“, begann sie vorsichtig.

Er wartete.

„Ich glaubte dich sagen zu hören, dass du Daisy und Billy-Moses adoptieren möchtest.“

Lincoln lächelte. „Das habe ich tatsächlich gesagt, Juliana.“

Sie umklammerte die Armlehnen. „Aber wie?“

„Ich bin Anwalt“, antwortete er und deutete auf die Bücher. „Ich stelle gerade die Unterlagen zusammen.“

„Das hast du gar nicht erwähnt. Dass du Anwalt bist, meine ich.“

„Ich habe dir eine ganze Menge noch nicht erzählt“, entgegnete er schlicht. „Dazu war nicht genug Zeit.“

Sie stand auf, setzte sich aber gleich wieder. „Du könntest … du könntest Schwierigkeiten bekommen, wenn du Joseph und Theresa nach North Dakota schickst“, brachte sie besorgt hervor.

„An Schwierigkeiten bin ich gewöhnt. Genau genommen mag ich die Herausforderung.“

„Ich brauchte etwas zu tun“, gestand sie.

Lincoln öffnete eine Schreibtischschublade und fischte ein zweites Tintenfass und einen Federhalter heraus. Beides reichte er ihr, zusammen mit einen Stapel Papier. „Schreib deinem Bruder“, schlug er vor. „Erzähl ihm, dass du jetzt verheiratet bist und dass ich ihm, wenn er nicht hierherkommt, bald einen Besuch abstatten werde.“

Die Vorstellung, dass Clay und Lincoln sich gegenüberstehen würden, behagte ihr zwar nicht, doch sie nahm Tinte, Füller und Papier entgegen und ging damit zurück in die Küche. Tom und Joseph waren nicht da, Theresa, Gracie, Daisy und Billy-Moses saßen im Kreis auf dem Boden und vergnügten sich mit einem ramponierten Kartenspiel.

Sie setzte sich an den Tisch, öffnete das Tintenfass und wartete auf die Inspiration. Nach einer Viertelstunde hatte sie noch nicht mehr geschrieben als „Lieber Clay“. Schließlich hörte sie aus schierer Frustration auf, nach passenden Worten zu suchen, tauchte den Federhalter in die Tinte und begann.

Da du dir seit Langem wünschst, mich gut und sicher verheiratet zu sehen, freue ich mich, dir mitteilen zu können, dass ich gestern, am 22. Dezember, mit Mr Lincoln Creed aus Stillwater Springs den Bund der Ehe geschlossen habe …

Sie fuhr fort, Lincoln, Gracie, das Haus und alles, was sie bisher von der Ranch gesehen hatte, zu beschreiben, wünschte ein gesegnetes Weihnachtsfest und ein erfolgreiches neues Jahr. *Du meine Güte, bald ist schon 1911! Wo ist nur die Zeit geblieben?*

Als sie fertig war, hatte sie drei Seiten geschrieben. Sie schloss mit „Ergebenst, Juliana Mitchell Creed", wartete, bis die Tinte getrocknet war und faltete den Brief sorgfältig zusammen. Ihre Unruhe war in Erleichterung übergegangen. Sie konnte nicht voraussehen, wie Clay auf das Schreiben reagieren würde, wenn überhaupt. Allerdings änderte das nichts an ihrem Gefühl, einen Gipfel erklommen und eine neue Form von Freiheit gewonnen zu haben.

Der Rest des Tages verlief ruhig.

Die jüngeren Kinder hielten ohne großes Theater ihren Mittagsschlaf.

Theresa las in einem Schaukelstuhl vor dem Ofen ein Buch.

Irgendwann wurde Juliana wieder unruhig, und da sie nicht erneut zu Lincoln ins Wohnzimmer gehen wollte, schlüpfte sie in den geborgten Mantel ihrer Schwiegermutter, lief zu der Hütte der Gainers und klopfte leise. Ben öffnete die Tür und flüsterte, dass Rose-of-Sharon und das Baby schliefen. Juliana versuchte, sich ihre Enttäuschung nicht anmerken zu lassen. Lächelnd versprach sie, später noch einmal wiederzukommen.

Sie ging in den Stall und sprach mit der Kuh und den Pferden, anschließend schlich sie sich in den Holzschuppen, um einen Blick in die Säcke mit den Geschenken zu werfen, die Tom hier versteckt hatte, bekam jedoch sofort ein schlechtes Gewissen und ging wieder.

Obwohl sie inzwischen vollkommen durchgefroren war, wollte sie nicht ins Haus zurück. Also steuerte sie auf die Obstplantage zu. Die Bäume waren knorrig mit nackten Ästen.

Juliana blieb stehen, um die Hand auf einen dicken Baumstamm zu legen. Im nächsten Sommer würde er Früchte tragen, und vielleicht konnte Tom ihr bis dahin das Einkochen beibringen.

Als sie aus den Augenwinkeln einen Engel erblickte, glaubte sie zuerst, eine Halluzination zu haben. Doch dann begriff sie, dass er auf einem kleinen Friedhof stand.

Der Steinengel wachte über die letzte Ruhestätte von Bethany Allan Creed.

Juliana wurde schwer ums Herz. Beth. Lincolns erste Frau. Gracies Mutter. Vorsichtig, um ihr Kleid nicht zu beschmutzen, ging sie in die Hocke und wischte etwas Schnee von dem Grab.

„Ich werde sehr gut auf die kleine Gracie aufpassen", hörte sie sich sagen. „Sie ist so klug und so hübsch und so lieb. Ich war schon in der ersten Sekunde ganz verzaubert." Ein Windhauch, weder kalt noch warm, fuhr in Julianas Haar. „Ich verspreche dir etwas, Beth, hier und jetzt. Gracie wird dich nicht vergessen, wird nie vergessen, dass du ihre richtige Mutter bist."

Hinter ihr knackte ein Zweig.

Erschrocken sprang Juliana auf.

Lincoln stand ein paar Schritte entfernt. Er trug seinen Hut und den langen schwarzen Mantel. Aus dieser Entfernung konnte sie seinen Gesichtsausdruck nicht erkennen.

Als ob sie bei etwas Verbotenem ertappt worden wäre, konnte sie sich weder rühren noch etwas sagen.

Langsam kam Lincoln auf sie zu. Als sie sein Gesicht richtig sah, stellte sie fest, dass es ausdruckslos war. Kein Ärger, aber auch kein Lächeln.

„Hier draußen treiben sich manchmal Wölfe herum, Juliana", sagte er. „Und im Sommer fallen die Bären über die Obstbäume her. Es ist viel zu gefährlich, hier allein herumzuspazieren."

Juliana hatte Mühe, zu sprechen, weil ihr Hals noch immer wie zugeschnürt war. „Du musst deine Frau sehr geliebt haben", sagte sie und berührte vorsichtig einen Engelsflügel.

„Beth' Vater hat ihn geschickt", erwiderte er. „Für seine Tochter musste es immer das Beste sein. Wobei er es allerdings nicht für nötig gehalten hat, in die Wildnis Montanas zu reisen, um ihr die letzte Ehre zu erweisen oder seine Enkelin kennenzulernen."

Darauf wusste Juliana nichts zu entgegnen. Und wahrscheinlich wäre ihr auch nichts Vernünftiges eingefallen.

„Ich habe Beth geliebt", fuhr er fort. „Das Merkwürdige aber ist, dass ich, wenn ich sie heute zum ersten Mal treffen würde, vielleicht nicht mehr tun würde, als meinen Hut zu ziehen."

Ohne nachzudenken, streckte sie eine Hand nach ihm aus und war erleichtert, als er nicht zurückwich.

„Wie meinst du das?", fragte sie sanft.

„Ich meine damit, dass ich damals ein anderer Mann war", antwortete er.

Obwohl sie noch immer verwirrt war, hakte sie nicht weiter nach. Es war besser, ihm einfach zuzuhören.

„Damals waren mir andere Dinge wichtig als heute."

Sie wartete ab, die Hand noch immer auf seinem Arm.

Lange blieb Lincoln stumm. Als er das Schweigen brach, klang seine Stimme heiser. Er erzählte ihr, wie er nach Boston gegangen war, um Jura zu studieren, und welch furchtbares Heimweh er gehabt hatte. Und wie er Beth in der Kanzlei seines Vaters kennengelernt hatte.

Dann erzählte er ihr von Gracies Geburt und den beiden Kindern, die sie verloren hatten – einem Jungen und einem Mädchen. Sie hatten ihnen keine Namen gegeben. Jetzt wünschte er, sie hätten es getan, weil sie dann eine Identität gehabt hätten, egal wie kurz.

Juliana sah nicht weg, obwohl sie spürte, wie eine Träne über ihre Wange lief.

Viel später nahm er ihre Hand und führte sie nach Hause.

Tom hatte Abendessen gekocht – Bärenfleischhaschee. Überrascht stellte Juliana fest, dass sie großen Hunger hatte. Wahrscheinlich lag es an der frischen Luft.

Nach dem Essen spülte sie das Geschirr allein ab, während Theresa die jüngeren Kinder ins Bett brachte. Tom und Lincoln setzten sich mit Joseph an den Tisch, um die Reise nach North Dakota zu planen.

Juliana lauschte dem Gespräch und wusste schon jetzt, dass sie Joseph und Theresa sehr, sehr lange vermissen würde. Doch sie gehörten zu ihrer Familie – sie hätten ihren Eltern niemals weggenommen werden dürfen.

Als sie fertig war, hängte sie das Geschirrtuch zum Trocknen auf und verließ die Küche.

Gracie war zu Daisy und Billy-Moses ins Bett geschlüpft. Theresa saß im Schneidersitz auf dem Fußende der Matratze und las ihnen – ausgerechnet – aus dem *Sears Roebuck*-Katalog vor.

Einen Moment verharrte Juliana unbemerkt in der offenen Tür, während die Kinder verzückt den Beschreibungen von Tellern, Teetassen und Besteck lauschten. Die Worte, das erkannte Juliana, spielten dabei gar keine Rolle. Es war die Stimme eines anderen menschlichen Wesens, die sie so fesselte.

Leise zog sie sich zurück. In Lincolns Zimmer füllte sie frisches Wasser aus dem Krug in die Porzellanschüssel und putzte sich die Zähne mit Backpulver. Dann wusch sie sich das Gesicht, öffnete ihren Zopf, bürstete ihr Haar und flocht es wieder.

Ihr Nachthemd fühlte sich kalt an, sie hängte es über den Raumteiler direkt vor dem Ofen, in dem Lincoln kurz vor dem Essen ein Feuer entzündet hatte.

Sie knöpfte das blaue Kleid auf, zog es über den Kopf, schlüpfte aus den Schuhen und rollte ihre Strümpfe herunter. Anschließend öffnete sie die Schnüre des Unterkleids und ließ es auf den Boden fallen.

Nur noch in Mieder und Pumphose stand sie da, als die Tür aufgestoßen wurde und Lincoln hereinkam.

Bei ihrem Anblick blieb er wie angewurzelt stehen.

Sie stellte sich vor, dass das Feuer hinter ihr die Unterwäsche durchsichtig machte. Doch so verlegen sie auch war, sie tat nichts, um sich zu bedecken.

Lincoln wollte gerade wieder rückwärts aus dem Zimmer gehen.

„Warte“, sagte Juliana. „Geh nicht. Bitte.“

Also schloss er die Tür hinter sich. Der Konflikt, der sich auf seinem Gesicht abzeichnete, hätte amüsant sein können, wenn sie sich nicht so große Sorgen um ihr wild schlagendes Herz gemacht hätte. Er öffnete den Mund, um etwas zu sagen, brachte aber keinen Ton heraus.

„Du hast mich gebeten, es dir zu sagen, wenn ich bereit bin." Mit zitternden Fingern begann sie, die winzigen Schleifen zu lösen, die ihr Mieder vorn zusammenhielten.

„Und?", stieß er heiser hervor.

„Ich bin bereit."

8. KAPITEL

Lincoln lehnte sich an die geschlossene Tür, schüttelte den Kopf und seufzte. „Da bin ich mir nicht so sicher“, erwiderte er. „Dass du bereit bist, meine ich.“

Wies er sie ab? Sofort hörte Juliana auf, die Schleifen ihres Mieders aufzuziehen. Erstarrt und verletzt stand sie vor ihm und platzte ohne nachzudenken mit ihrer größten Angst heraus.

„Willst … willst du mich nicht, Lincoln?“

„Oh, und *wie* ich dich will.“

„Aber warum …“

„Mein Bruder hat heute ein paar Dinge zu mir gesagt, über die ich nachdenken muss“, erklärte Lincoln ruhig. „Außerdem hast du in der letzten Zeit viel durchgemacht. Ich möchte nicht, dass du glaubst, das tun zu müssen. Und auch nicht, dass du es hinter dich bringen willst.“

„Es hinter mich bringen?“ Sie war verblüfft, aber wahrscheinlich klang sie eher verärgert.

„Beim ersten Mal kann es schmerzhaft für eine Frau sein. Und noch schmerzhafter, wenn du dich mir aus den falschen Gründen anbietest.“

Das klang nach einem typischen Anwalt, der Beweise gegen etwas sammelte, das sie in Wahrheit doch beide wollten.

„Was für falsche Gründe?“, fragte sie, darauf bedacht, leise zu sprechen, damit die Kinder sie nicht hörten.

Vorhin hatte er sie am Grab seiner ersten Frau stehen sehen. Dachte er, dass sie auf diese Weise versuchte, Anspruch auf ihn zu erheben und die Erinnerung an Beth zu verdrängen? Dass sie ihren Körper dazu benutzte, um die andere Frau aus seinem Herzen zu vertreiben?

„Du könntest beispielsweise dafür dankbar sein, dass ich Daisy und Billy-Moses adoptieren und als unsere eigenen Kinder aufziehen möchte.“

Wütend riss Juliana ihr Nachthemd von dem Raumteiler vor dem Feuer und streifte es sich über den Kopf. Die Unterwäsche würde sie später ausziehen, wenn er gegangen war. Doch leider verfing sie sich in einem Ärmel und begann mit den Armen zu schlagen wie ein Huhn in einem Leinensack.

Lincoln lachte. Sie hörte, wie er auf sie zukam. Spürte, wie er ihr Nachthemd zurechtzupfte.

Nachdem er es ihr über den Kopf gezogen hatte, funkelten seine Augen belustigt.

„Wage es bloß nicht, dich über mich lustig zu machen!", fauchte Juliana.

Wieder lachte er, aber sein Griff um ihre Schultern verstärkte sich. „Das würde ich nie tun."

Als ob sie nicht schon gedemütigt genug wäre, traten ihr nun auch noch Tränen in die Augen.

„Hör mal", sagte Lincoln, nachdem er sie zart auf den Kopf geküsst hatte. „Wenn wir einmal miteinander geschlafen haben, gibt es kein Zurück mehr. Es soll sich einfach richtig anfühlen."

Bestürzt starrte sie ihn an. *Wenn wir einmal miteinander geschlafen haben, gibt es kein Zurück mehr.* Hatte er vielleicht vor, die Ehe annullieren zu lassen, weil sie noch nicht vollzogen war?

„Darf ich dich daran erinnern, Mr Creed, dass es *deine* Idee war, zu heiraten?"

„Dessen bin ich mir durchaus bewusst", sagte er freundlich.

„Warum ist es dir dann wichtig, dass es noch ein Zurück gibt?"

Überrascht riss er die Augen auf. „Verdammt, *so* hatte ich das nicht gemeint."

„Ich habe mich dir praktisch an den Hals geworfen", rief sie verärgert. „Da hättest du auch genauso gut einen Eimer eiskaltes Wasser über mich schütten können!"

„Oh!"

„Oh", wiederholte Juliana im selben Ton wie Wes am Nachmittag, als er ihr erklärt hatte, warum Kate nie zur Ranch kam.

Lincoln fuhr sich mit der Hand durchs Haar. „Vielleicht sollten wir einfach noch mal von vorn beginnen …"

„Vielleicht", gab Juliana wütend zurück, „solltest du eine Weile allein sein und darüber nachdenken, was dein Bruder dir heute da draußen gesagt hat."

In seinen Augen flackerte etwas auf, das sie nicht deuten

konnte. „Ich denke, damit habe ich bereits meinen Frieden gemacht.“ Seine Stimme klang mit einem Mal anders. Dunkler, auf eine schroffe Art, die Juliana einen heißen Schauer über den Rücken jagte.

Sie wartete darauf, dass er sich noch weiter erklärte, aber das tat er natürlich nicht. Lincoln war ein Mann, der anderen Menschen nicht leicht vertraute.

Stattdessen legte er eine Hand auf ihre Wange, so wie er es kurz nach der Trauzeremonie getan hatte, und küsste sie.

Schon der Hochzeitskuss hatte sie erschüttert, doch dieser fiel noch viel leidenschaftlicher aus. Juliana schlang die Arme um seinen Hals, stellte sich auf die Zehenspitzen und erwiderte seinen Kuss von ganzem Herzen.

Seine Zunge.

Wie sein Körper sich an ihren schmiegte.

Wie ihr eigener sich ihm entgegenbäumte, bereit, ihn in sich aufzunehmen.

Als er schließlich von ihr abließ, war sie wie betäubt und schwankte so heftig, dass er sie wieder an den Schultern festhalten musste.

Blinzelnd sah sie ihn an.

„*Das*, Mrs Creed, sollte die Frage beantworten, ob ich dich will oder nicht.“

Auf jeden Fall war die Frage beantwortet, ob *sie* ihn wollte oder nicht.

„Dann wirst du mit mir schlafen?“, fragte sie, von Begehren erfüllt.

„Ganz sicher“, erwiderte er, ließ ihre Schultern los und wandte sich ab, um den Raum zu verlassen. Nur ihr Stolz – oder das, was davon noch übrig war – hielt sie davon ab, hinter ihm herzulaufen und ihn anzuflehen, zu bleiben.

„Wann?“, sagte sie mit heiserer Stimme.

Er blieb stehen, ohne sich zu ihr umzudrehen, und neigte nachdenklich den Kopf zur Seite. „Wenn der richtige Zeitpunkt gekommen ist“, erklärte er – und war weg.

Vor Wut und Enttäuschung zitternd stand Juliana einfach nur

da, dann griff sie nach der Bürste, öffnete ihren Zopf und bürstete ihr Haar so heftig, dass es um ihr Gesicht knisterte wie Feuer.

Nachdem sie sich so weit gefasst hatte, dass sie das Zimmer verlassen konnte, sah sie nach den Kindern. Billy-Moses, Daisy und Gracie schliefen aneinander gekuschelt wie kleine Hundewelpen. Theresa lag mit geschlossenen Augen in Gracies Bett.

Gerade als Juliana die Tür zuziehen wollte, sagte Theresa leise: „Miss Mitchell … ich meine, Mrs Creed? Würden Sie sich an mein Bett setzen, nur für einen Moment?"

Juliana ging zu dem Bett, setzte sich auf die Kante und strich mit einer mütterlichen Geste über Theresas dunkles Haar. „Aber sicher", sagte sie sanft. „Hast du Sorgen?"

Ein Mondstrahl tanzte kurz über das Gesicht des Mädchens und war dann wieder verschwunden. „Joseph erinnert sich noch an unsere Familie zu Hause", sagte sie. „Ich auch, irgendwie, aber am meisten erinnere ich mich an die verschiedenen Heime."

Juliana wartete.

„Was ist, wenn wir nach Hause kommen, Joseph und ich, und sie uns aus irgendeinem Grund nicht behalten können? Oder uns doch nicht mehr wollen?"

„Du hast doch den Brief gesehen, den sie geschickt haben. Sie wollen euch."

„Aber vielleicht kommt jemand wie Mr Philbert und bringt uns wieder weg?"

„Ich glaube nicht, dass so etwas geschieht." Das war in der Tat unwahrscheinlich, aber durchaus möglich. „Tom fährt mit euch, das weißt du doch. Er wird sich darum kümmern, dass ihr gut nach Hause kommt, er wird die ganze Zeit auf euch aufpassen."

„Die Leute im Zug könnten gemein zu uns sein. Mr Dancingstar ist immerhin auch ein Indianer."

Auch das war möglich. Juliana wünschte, sie könnte mit ihnen fahren und auf sie aufpassen, aber das ging natürlich nicht. Gracie, Daisy und Billy-Moses brauchten sie – und Lincoln auch, wenn sie Wes Creed Glauben schenken konnte. Außerdem musste sie sich Mr Philbert stellen und die Sachlage ein für alle Mal klären.

„Mach dir keine Gedanken, Theresa", sagte sie. „Alles wird gut gehen. Mr Dancingstar wird auf euch aufpassen."

„Ich wünschte beinahe, ich könnte hier bei Ihnen bleiben, aber ich würde Joseph schrecklich vermissen. Außerdem würde er bestimmt seine Leseübungen vergessen, wenn ich nicht ein Auge auf ihn habe."

Juliana blinzelte die Tränen weg. „Wirst du mir schreiben, wenn ihr zu Hause angekommen seid? Mir von der Reise erzählen und wie es in North Dakota ist?"

Das Mädchen nickte, dann streckte sie beide Arme nach Juliana aus. Eine Weile hielten sie einander fest.

„Und schreiben Sie mir zurück?", fragte Theresa, als sie wieder ins Kissen zurückgesunken war. „Ganz lange Briefe?"

„Ganz lange Briefe", versprach Juliana. Sie beugte sich vor und küsste die glatte Stirn des Mädchens. „Schlaf jetzt, Theresa. Morgen ist Weihnachten."

„Sie glauben doch nicht, dass ich diese ganzen Geschichten über Santa Claus glaube, oder?", flüsterte Theresa. „Ich bin immerhin schon zwölf. Davon abgesehen, sagt Joseph, es wäre alles Humbug und ich sollte nicht viel erwarten."

„Man darf die Hoffnung nicht aufgeben", erwiderte Juliana. „Niemals. Das hält uns am Leben."

„Aber Santa Claus ist doch wirklich nur eine Erfindung?"

Juliana dachte an die Geschenke in Mrs Creeds Schrank. Nichts Besonderes, doch in den Augen eines Kindes, das nie etwas geschenkt bekommen hatte, würden sie sicher glänzen und funkeln wie Aladins Schatz. „Um Santa Claus' Leben ranken sich viele Legenden. Es sind nur Legenden. Aber es gibt noch Menschen auf der Welt, die ein großes Herz haben."

Lincoln gehörte zu ihnen. Wes Creed auch. Und natürlich Tom Dancingstar.

Theresa schloss seufzend die Augen und glitt in ihre Träume.

Als Juliana sicher war, dass sie schlief, küsste sie Theresa noch einmal auf die Wange und ging zurück in den Flur.

Vorhin hatte sie die Schlafzimmertür offen gelassen, jetzt war sie geschlossen.

Juliana hielt kurz inne, dann streckte sie zögerlich die Hand nach dem Türknauf aus.

Vom flackernden Schein des Feuers im Kamin abgesehen, war es dunkel im Raum. Lincoln lag bereits im Bett, er hatte sich mehrere Kissen hinter den Rücken gestopft. Seine Brust war nackt, das sah sie, aber sein Gesicht lag im Dunkeln.

„Ich habe mich schon gefragt, ob du nach unserer ... Diskussion in dieses Zimmer zurückkehrst“, sagte er.

„Ich wüsste nicht, wo ich sonst schlafen sollte“, entgegnete Juliana betont distanziert. Sie war nicht wütend auf Lincoln, nur verwirrt. „Es sei denn, du hättest es lieber, dass ich wie Reverend Dettly im Stall übernachte.“

Lincoln schnaubte leise. „Der Reverend ist ein Mann. Und obwohl er mit Gott auf du und du steht, steckt in seiner Satteltasche direkt neben der Bibel immer ein Gewehr.“

Halsstarrig blieb sie weit entfernt von Lincolns Bett stehen, obwohl sie im Moment nirgends lieber sein wollte als genau dort. „Wenn du streiten willst, solltest vielleicht *du* im Stall schlafen.“ In Wahrheit meinte sie kein einziges Wort ernst – sie dachte das eine, sagte aber das andere. Was war nur in sie gefahren? „Ich war eigentlich schon so weit, dir deine Unhöflichkeit zu verzeihen, Mr Creed, aber jetzt bin ich mir nicht mehr so sicher.“

Da lachte er, dunkel, dröhnend, ganz und gar männlich und nicht gerade höflich. „Das ist aber sehr großzügig von dir, *Mrs* Creed. Vor allem, nachdem ich nur in deinem Interesse gehandelt habe. Wenn sich hier jemand entschuldigen müsste, dann du.“

„Du hast in deinem eigenen Interesse gehandelt, nicht in meinem!“, erwiderte sie vorwurfsvoll.

Er klopfte neben sich auf die Matratze. „Komm ins Bett, Juliana. Ich bin müde und kann nicht schlafen, wenn du dastehst, als hättest du einen Stock verschluckt.“

Da ihre Seite des Betts an der Wand war, hätte sie über ihn klettern müssen, um dort hinzugelangen, vielleicht hätte sie sogar ganz und gar ungraziös die Beine über ihm spreizen müssen. So etwas würde sie keinesfalls tun.

„Juliana", sagte Lincoln.

„Du könntest wenigstens aufstehen, damit ich mit einem winzigen Rest von Würde deinem Befehl gehorchen kann."

Wieder lachte er, diesmal aber leise. „Soll ich wirklich die Bettdecke zurückschlagen und aufstehen?", neckte er sie. „Unter diesen Umständen bekommst du vielleicht etwas zu sehen, worauf du nicht gefasst bist."

Wenn sie Lincolns Gesicht nicht sehen konnte, dann konnte er ihres auch nicht sehen, und das war eine Erleichterung, denn sie spürte, dass sie schon wieder rot wurde. Der Fluch der rothaarigen Frauen.

„Ach, Himmelherrgott noch mal!", stieß sie hervor, ging zum Bett und krabbelte über ihn, angestrengt darauf bedacht, dass ihr Nachthemd dabei nicht nach oben rutschte.

Lincoln amüsierte sich köstlich über ihre Bemühungen. Am liebsten hätte sie mitten in der Bewegung innegehalten und mit den Fäusten auf seine Brust getrommelt. Als sie über ihn geklettert war, ließ sie sich auf den Rücken fallen, verschränkte die Arme vor der Brust und starrte an die Decke.

Er rollte auf die Seite, sein Gesicht war nur wenige Zentimeter von ihrem entfernt. „Wie wäre es mit einem Waffenstillstand? Ich wollte dich nicht beleidigen, Juliana."

„Ist das eine Entschuldigung?"

„Zur Hölle, nein, ich entschuldige mich nicht. Ich habe schließlich nichts falsch gemacht."

Sie drehte sich von ihm weg auf die andere Seite.

„Na gut", meinte er grummelnd. „Es tut mir leid."

„Tut es dir nicht!"

Und da küsste er sie wieder. Erst wehrte sie sich, aus purer Sturheit, doch als sein Kuss fordernder wurde, vergrub sie die Finger in seinem Haar. Sie spürte, wie seine Männlichkeit sich hart an ihren Schenkel presste, und allein die Größe ließ sie alarmiert die Augen öffnen. Aber dann durchdrang sie wieder diese seltsame schwere Hitze. Hilflos überließ sie sich ihrer Lust.

„Gott helfe mir", murmelte Lincoln, dann riss er sich mit aller Gewalt von ihr los.

Juliana strich langsam über seinen Rücken, sie genoss das Gefühl der festen Muskeln unter ihren Handflächen.

Lincoln drückte seine Stirn gegen ihre. „Frau", sagte er. „Wenn du damit nicht aufhörst, kann ich für nichts mehr garantieren."

Sie hob den Kopf, knabberte an seiner nackten Schulter und dann an seinem Hals.

Stöhnend legte er sich auf sie, das Gewicht auf den Armen abgestützt, damit er sie nicht erdrückte. „Juliana", brachte er mühsam hervor, doch falls er noch mehr hatte sagen wollen, so blieben ihm die Worte im Hals stecken.

Nun küsste er sie so zart, dass sie einen leisen flehenden Ton von sich gab. Dann schob er mit einer Hand ihr Nachthemd nach oben, über ihre Schenkel, ihre Taille, ihre Brüste – und schließlich über ihren Kopf. Er schleuderte es zur Seite und setzte sich auf. Die Bettdecken glitten hinter ihm zu Boden.

Die Flammen des Feuers tanzten über ihre Haut. Lincoln schien vollkommen gebannt, als er sie betrachtete.

Sanft nahm er ihre Brüste in die Hände und streichelte mit den Daumen über ihre Spitzen. Juliana war vollkommen verloren, längst schon konnte sie keinen klaren Gedanken mehr fassen. Sie ertrug es nicht, noch lange zu warten, nicht seit sie zum ersten Mal dieses schreckliche, herrliche Gefühl in sich spürte – ein Gefühl, als würde sie vor Verlangen vergehen.

Energisch zog Lincoln ihr die Unterwäsche aus und drängte ihre Oberschenkel auseinander.

„Bist du dir sicher, Juliana?", flüsterte er.

Sie nickte.

Langsam glitt er in sie, und es tat tatsächlich weh, aber die Lust war so viel größer und glühender. Mit jeder Bewegung ihrer Körper entflammte sie mehr, bis sie lichterloh brannte. Juliana klammerte sich an Lincoln, keuchend. Mit leise gemurmelten Worten beruhigte er sie.

Sie verzehrte sich nach etwas, wurde fast verrückt, und dann war es plötzlich da. Sie schien aus sich herauszutreten und ihren Körper ganz und gar ihrer Lust zu überlassen.

Ihr Körper schien sich aufzulösen, dann ihr Verstand, und dann schienen sich ihre und Lincolns Seele zu vereinen. Lincoln drückte seine Lippen auf ihre, um ihre Schreie zu dämpfen.

Als es vorbei war – nach einer gefühlten Ewigkeit –, sank Lincoln auf sie und nahm sie fest in die Arme.

Nach langer, langer Zeit fragte er heiser. „Hat es wehgetan?"

„Ja", gab sie zu. Ganz sicher hatte er gespürt, welche Freuden er ihr geschenkt hatte. Sie fühlte sich vollkommen verwandelt und unglaublich lebendig.

„Das tut mir leid."

Juliana drehte sich zur Seite und berührte seine Wange. „Das muss es nicht, Lincoln. Es war das *Wunderbarste*, was ich je erlebt habe."

Lachend küsste er sie. „Wirst du jetzt schlafen?"

Sie kicherte. „Jetzt werde ich schlafen."

Noch immer die Arme um sie geschlungen, schlief Lincoln schnell ein, er atmete tief und langsam. Vollkommen zufrieden lag Juliana im flackernden Licht des Kaminfeuers und staunte über all das, was sie vor dieser Nacht nicht gekannt hatte.

Nachdem Lincoln am nächsten Morgen die Tiere gefüttert hatte, nutzte er das milde Wetter aus, um in die Stadt zu reiten. Im Gemischtwarenladen gab er Julianas Brief an ihren Bruder auf und kaufte Geschenke – einen Ehering für seine Frau, einige Kleider und einen hellgrünen Wollmantel mit Kapuze. Auch für die vier Kinder suchte er Mäntel aus, indem er ihre Größe schätzte, und da er Theresa so oft lesen sah, legte er noch ein dickes Buch auf den Stapel. Außerdem kaufte er ein Steckenpferd mit einer Wollmähne für Bill, eine Spieluhr für Daisy, einen guten Pfeifentabak für Tom und ein paar Geschenke für die Gainers und ihr neugeborenes Kind.

Während Fred Willand alles in Papier einwickelte, schaute Lincoln schnell bei der Zeitungsredaktion vorbei, fand sie verschlossen und steuerte auf den Diamond Buckle Saloon zu.

Da es noch früh am Tag und außerdem Weihnachten war, gab es keine Gäste. Kate mit ihrem zu blonden Haar und ihrem zu tief ausgeschnittenen Kleid saß an einem der Kartentische und trank Kaffee.

„Lincoln!“, rief sie strahlend und wollte aufstehen.

Mit einer Handbewegung forderte er sie auf, sitzen zu bleiben. Nachdem er ihr einen Kuss auf die Wange gegeben hatte, ließ er sich auf einen Stuhl fallen. Wie Wes sah auch Kate immer etwas heruntergekommen aus, aber unter all der Schminke steckte eine bemerkenswert hübsche Frau.

„Ist mein Bruder auch da?“

Kate schnitt eine Grimasse. „Er war lange auf, um ehrlichen Leuten beim Pokern ihr schwer verdientes Geld aus der Tasche zu ziehen. Anschließend hat er einen Artikel darüber verfasst, dass das *Bureau of Indian Affairs* mehr Schaden anrichtet, als Nutzen bringt. Als ich ihn zuletzt gesehen habe, lag er im Bett und schnarchte, was das Zeug hält.“

Darüber musste Lincoln lachen. Wes war immer schon ein Nachtmensch gewesen – er mied das Tageslicht so gut es ging –, während Lincoln, der geborene Viehzüchter, alle Arbeit zwischen Sonnenauf- und Sonnenuntergang erledigte. „Meine frischgebackene Ehefrau hat mir erzählt, dass ihr am ersten Weihnachtstag zum Essen kommt.“

Auf einmal wirkte Kate eingeschüchtert, als ob er sie in eine Ecke gedrängt hätte. „Wes hätte nicht zusagen dürfen.“ Ihre Stimme klang nun dünn und traurig. Sie blickte an ihrem goldenen Seidenkleid mit dem prallen Dekolleté herab. „Ich habe nichts Passendes zum Anziehen.“

„Juliana wäre schrecklich enttäuscht, wenn du nicht kommst. Und Gracie auch. Es spielt keine Rolle, was du anhast, Kate.“

„Was weißt du denn schon? Du bist ein Mann.“

Er seufzte. „Na schön. Bei uns auf dem Dachboden gibt es ganze Truhen voller Kleider. Such dir etwas aus.“

„Beth’ Kleider“, spöttelte Kate, doch ihre haselnussbraunen Augen leuchteten hoffnungsvoll auf. „Lincoln, sie war ein winzig kleines Ding, und das weißt du. Ich würde da nie reinpassen.“

Das war vermutlich richtig. „Wie wäre es dann mit einem Kleid von Ma?“, schlug er vor.

Plötzlich tauchte Wes auf der Treppe auf, das Hemd zerknittert, das Haar vom Schlaf zerzaust. Er warf Lincoln einen finsteren Blick zu, doch Kate kicherte leise.

„Die alte Dame würde wahrscheinlich Zustände bekommen", fuhr Lincoln beschwingt fort.

„Was zum Teufel hast *du* hier zu suchen?", brummte Wes und ließ sich neben Kate auf einen Stuhl fallen. Als er landete, zuckte er zusammen und musste einen Moment die Augen schließen – die Quittung für eine Nacht voller Glücksspiel, Drinks und Zigarren.

„Ich wollte dir nur sagen, dass du gestern recht hattest", sagte Lincoln. Genüsslich beobachtete er, welche Auswirkung diese Bemerkung auf seinen Bruder hatte.

Er öffnete die Augen und kniff sie dann argwöhnisch zusammen. Kate stand auf, um Kaffee aus der Küche zu holen. Lincoln hätte gut darauf verzichten können, doch Wes schien eine Tasse dringend nötig zu haben.

„Augenblick mal", stieß Wes hervor. Er grinste leicht und rieb sich mit den Fingerspitzen die Schläfen. „Du sagtest gerade, dass ich *recht* hatte. Würdest du das auch vor Zeugen wiederholen?"

„Kate war Zeugin", hob Lincoln hervor.

„Das bringe ich auf die Titelseite. Fünf Zentimeter große Schlagzeile. Das größte Ereignis seit dem Mordanschlag auf McKinley. Wenn nicht sogar auf Abraham Lincoln."

Lächelnd nahm Lincoln einen von letzter Nacht übrig gebliebenen Pokerchip in die Hand und drehte ihn zwischen den Fingern. Doch er sah ernst aus, als er sprach, und klang auch so. „Ich liebe Juliana", sagte er. „Und ich habe keinen blassen Schimmer, wie ich ihr das sagen soll."

Wes beugte sich vor, um eine Hand auf Lincolns Schulter zu legen. „Genau so, wie du es Beth gesagt hast", erwiderte er leise. „Sieh ihr in die Augen, mach den Mund auf und sag *ich liebe dich.*"

Lincoln rutschte unbehaglich auf seinem Stuhl herum. Er wünschte, dass Kate schnell mit dem Kaffee zurückkam, damit dieses Gespräch sich in eine andere Richtung entwickelte.

„Du *hast* Beth doch gesagt, dass du sie liebst, oder?", hakte Wes besorgt nach.

„Ich dachte mir, dass sie es weiß", gestand Lincoln. „Durch mein Verhalten, meine ich."

„Weil du für ein Dach über dem Kopf gesorgt hast? Weil du ihr irgendwelchen Tand gekauft und Essen auf den Tisch gebracht hast? Ach du lieber Gott, Lincoln, du bist ja ein noch größerer Trottel, als ich dachte."

Endlich kam Kate mit zwei dampfenden Kaffeebechern und einem strahlenden Lächeln auf dem Gesicht zurück – offenbar hatte er einen Volltreffer gelandet, als er ihr vorgeschlagen hatte, beim Weihnachtsessen ein Kleid seiner Mutter zu tragen –, doch das Gespräch nahm leider trotzdem keine andere Wendung.

Sie stellte die Becher vor ihnen ab, Wes schob seinen Stuhl zurück, ergriff ihre Hand und zog so fest daran, dass sie kichernd wie ein Schulmädchen auf seinem Schoß landete.

„Ich liebe dich, Katie", sagte er.

„Das behauptest du immer", zog Kate ihn auf, wobei sie bis zum Halsausschnitt ihres verblichenen Kleides errötete. „Aber noch hast du keinen goldenen Ring an meinen Finger gesteckt, Weston Creed."

Wes täuschte Überraschung vor. „Würdest du dich wirklich an einen Nichtsnutz wie mich binden wollen?"

„Das weißt du doch", erwiderte Kate sanft. Mit einem Mal klang ihre Stimme wehmütig.

„Dann werden wir das nächste Mal, wenn der Reverend durch die Stadt kommt, eine Hochzeit feiern."

Lincoln war zwar erfreut, wünschte sich aber, woanders zu sein. Das Problem mit Wes war, dass er kein Gespür dafür hatte, was sich schickte und was nicht, doch zumindest war er – alles in allem – aufrichtig.

„Versprochen?", fragte Kate vorsichtig.

„Versprochen", entgegnete Wes, schob sie wieder von seinem Schoß und tätschelte einmal wie zur Betonung ihren Hintern. Dann wirbelte er in seinem Stuhl herum und starrte Lincoln direkt an. „Siehst du, kleiner Bruder? So sagt man einer Frau, dass man sie liebt."

Lincoln schüttelte nur den Kopf. Höchstwahrscheinlich hatte Fred Willand inzwischen seine Geschenke verpackt. Plötzlich hatte er es sehr eilig, zurück zur Ranch zu kommen. Schließlich lag Weihnachten vor der Tür, und dieses Weihnachtsfest würde ein ganz besonderes werden.

Er stand auf. „Du könntest mit mir auf die Ranch reiten", schlug er seinem Bruder vor. „Kate wird sich ein Kleid von Ma ausleihen, sie wird es aber vermutlich etwas ändern müssen."

Da lachte Wes so schallend, dass Kate zusammenzuckte. „Das wird ein Anblick", rief er. „Aber ich treffe dich später auf der Ranch – ich muss noch Stiefel anziehen und mein Pferd satteln, und ich will dich nicht aufhalten."

„Dann bis später." Lincoln nickte ihm zu.

Er hatte ungefähr die Hälfte des Weges hinter sich, vollgepackt mit den Weihnachtsgeschenken, als Wes neben ihm ritt.

Sie sprachen über nichts Wichtiges – davon hatten sie inzwischen genug, außerdem war beinahe Weihnachten –, bis sie den Stall erreichten. Lincoln sattelte sein Pferd ab, Wes nicht.

„Wirst du Kate wirklich heiraten?", fragte Lincoln vorsichtig. Kate wäre bitter enttäuscht, wenn Wes' Heiratsantrag sich als Scherz herausstellen sollte. Und Enttäuschungen hatte Kate in ihrem Leben bestimmt schon genug erlebt.

„Sagte ich das nicht?"

„Du sagst so einiges, Wes."

„Dieses Mal meine ich es so."

„Das hoffe ich", sagte Lincoln, und damit war das Thema für ihn erledigt.

Gracie schoss in die Höhe, als Wes das Haus betrat, und warf sich in seine Arme, während die anderen Kinder sich schüchtern im Hintergrund hielten.

Wes bemerkte sofort, dass Juliana von innen leuchtete. Er warf Lincoln einen wissenden Blick zu, bevor er sie geräuschvoll auf die Stirn küsste.

Danach steuerten die Brüder direkt auf das Schlafzimmer

ihrer Mutter zu und durchsuchten den großen Mahagonischrank nach einem Kleid, das Kate passen könnte, ohne dass sie zu viel abnähen musste. Überwältigt von der Auswahl baten sie schließlich Juliana um Rat, die sich für ein blassrosa Samtkleid mit einer kurzen Jacke, Perlenknöpfen und schmaler Taille entschied.

„Ist 'ne Weile her, dass Ma sich *da* reinquetschen konnte", bemerkte Wes, während er das Kleid vor sich hielt, als wollte er es selbst anprobieren.

„Kate wird es bestimmt gut stehen", entgegnete Lincoln trocken. „Ich persönlich finde, dass du in Blau besser aussiehst."

Juliana nahm Wes das Kleid ab und trug es in die Küche, wo sie es sorgfältig zusammenlegte, in braunes Papier einwickelte und mit dickem Bindfaden verschnürte.

Gracie, die inzwischen herausgefunden hatte, dass ihr heiß geliebter Onkel und Kate am nächsten Tag zum Essen kommen würden, sprach noch ihre ganz *eigene* Einladung aus. „Kommt so früh wie möglich", flehte sie. „Weil Papa uns die Geschenke bestimmt erst auspacken lässt, wenn ihr da seid."

Lachend zog Wes sie an einer Haarsträhne. „Was genau heißt denn *so früh wie möglich*?" Von allen Menschen auf der Welt war Gracie der einzige, für den er morgens früh aus den Federn steigen würde.

Gracie überlegte. „Sechs Uhr."

Wes schnitt eine Grimasse.

„Onkel Wes", rief Gracie energisch. „Es ist *Weihnachten*."

„Ihr könntet heute Abend schon kommen", schlug Lincoln vor. „Und in deinem alten Zimmer schlafen."

Zwar grinste Wes noch immer, doch sein Blick wurde ernst. Zweifellos dachte er daran, wie es gewesen war, als ihr Vater noch lebte, reizbar wie ein alter Bär mit Ohrenmilben.

„Das Bett ist breit genug für dich und Kate", fügte Lincoln hinzu. „Schließlich hast du es dir früher mit Micah geteilt."

„Vielleicht", meinte sein Bruder nachdenklich.

„Sag Ja", befahl ihm Gracie, die Hände in die Hüften gestemmt.

„Vielleicht", wiederholte Wes. Er warf Lincoln einen Seitenblick zu, als wollte er ihn stumm an ihr Gespräch vom Tag zuvor erinnern. Gracie hatte wirklich einen eigenen Kopf und würde sie alle mit zunehmendem Alter ganz schön auf Trab halten.

Danach wurde nicht mehr viel gesprochen. Wes nahm das verpackte Kleid und ritt zurück nach Hause.

Lincoln ging zurück an seinen Schreibtisch, um weiter an den Adoptionspapieren zu arbeiten, und Juliana besuchte die Gainers. Die Kinder, die wegen Weihnachten unterrichtsfrei hatten, jagten sich gegenseitig über den ganzen Hof, bis Juliana sie auf dem Nachhauseweg einsammelte. Wieder kochte sie einen großen Topf Kakao.

Den Rest des Tages war Lincoln in Gedanken halb bei den Adoptionspapieren, halb bei Juliana. Wie sie sich bewegte. Wie sie leise vor sich hin summte und aussah, als wäre sie von innen erleuchtet.

Im Geiste probte er die Worte, die er ihr sagen wollte. *Ich liebe dich.*

Als die Sonne unterging, waren die Kinder wegen Weihnachten so aufgeregt – abgesehen von Joseph, der keinen Hehl aus seiner Geringschätzung machte –, dass sie beim Abendessen kaum ruhig sitzen konnten.

Schneeflocken schwebten am Fenster vorbei, was Lincoln ausnahmsweise einmal nicht störte. Das Geschirr war abgewaschen, die Kinder lagen in ihren Betten und schliefen. Vielleicht taten sie aber auch nur so.

Gerade als Lincoln die Lampen löschen und zu Juliana ins Bett kriechen wollte – worauf er sich schon den ganzen Tag freute –, hörte er eine Kutsche vorfahren.

Feixend streifte er den Mantel über und setzte sich den Hut auf. Schließlich mussten der Wagen abgespannt und die Pferde in den Stall gebracht werden.

Juliana, noch immer angekleidet, kam in die Küche.

„Wes und Kate sind da“, sagte er.

Sie strahlte. „Ich koche eine Kanne Kaffee.“

9. KAPITEL

Am Weihnachtsmorgen herrschte ein fröhliches Chaos. Die jüngeren Kinder rissen ihre Geschenke auf und kreischten vor Entzücken. Juliana beobachtete sie eine Weile lächelnd. Ben und Rose-of-Sharon waren mit dem Baby zum Frühstück gekommen, genauso wie die anderen Rancharbeiter.

Theresa öffnete nacheinander ihre Päckchen, während Joseph noch sein erstes inspizierte – den Wasserfarbenkasten, den Lincoln ihm geschenkt hatte. Die anderen Geschenke ließ er ungeöffnet liegen.

Juliana betrachtete immer wieder bewundernd den goldenen Ehering, den Lincoln ihr letzte Nacht gegeben hatte. Danach hatten sie sich geliebt – Lincoln hatte sich viel Zeit gelassen, um sie zu verwöhnen. Und diese wundervollen Gefühle wirkten noch immer in ihr nach, sobald sie daran dachte – wie kleine Nachbeben.

Sie war genauso unersättlich gewesen wie Lincoln, hatte sich ihm wieder und wieder lustvoll hingegeben.

Aber weder das noch der Ring waren das Schönste in dieser Nacht gewesen. Nachdem sie noch ein paar Stunden mit Wes und seiner schüchternen, aber reizenden Kate am Küchentisch gesessen hatten, hatte Lincoln Juliana ins Zimmer geführt, aufs Bett gedrückt und sich vor sie auf den Boden gekniet. Nach einem nervösen Räuspern hatte er ihr tief in die Augen gesehen und gesagt: „Juliana, ich liebe dich.“

Später beim Essen – Tom waren die Truthähne perfekt gelungen – geschah das Unvermeidliche.

Ein Einspänner hielt im Hof vor dem Küchenfenster. Mr Philbert zerrte heftig an den Zügeln.

Juliana schnappte hörbar nach Luft.

Alle anderen lachten gerade über eine von Wes' Geschichten und hatten nichts bemerkt.

Erst als Lincoln Julianas Gesichtsausdruck sah, drehte er sich in seinem Stuhl um und sah den kleinen Mann absteigen. Jede seiner Bewegungen strahlte selbstgerechte Empörung aus.

„Ist er das?“, fragte Lincoln.

Juliana nickte. Sie befürchtete, in Tränen auszubrechen, wenn sie ihm antwortete.

Mr Philbert kam die Treppe herauf und hämmerte gegen die Tür. Seine Faust war noch immer erhoben, als Lincoln die Tür aufriss.

Alle im Raum verstummten. Daisy und Billy-Moses kletterten auf Julianas Schoß und klammerten sich an sie.

Der Beauftragte für indianische Belange trat mit ausdruckslosem Gesicht an Lincoln vorbei, seine ganze Aufmerksamkeit auf Juliana gerichtet. Seine winzigen blauen Augen funkelten triumphierend hinter den Brillengläsern. Er hatte also tatsächlich die ganze Zeit vorgehabt, früher zu erscheinen, um sie zu überraschen. Tom und Wes erhoben sich.

Kate, die neben Theresa saß, legte schützend den Arm um die Schultern des Mädchens.

Mr Philbert ignorierte sie alle, den Blick unversöhnlich auf Juliana geheftet. Schließlich streckte er anklagend einen tintenverschmierten Zeigefinger aus und rief: „Ich könnte Sie wegen Kindesentführung verhaften lassen!“

„Überlegen Sie gut, was Sie zu meiner Frau sagen“, sagte Lincoln ruhig.

Wes unterbrach ihn. „Setzen Sie sich doch“, bat er freundlich. „Sie sind gern zu unserem Weihnachtsessen eingeladen.“

Es wurde sehr still. Ganz offensichtlich hatte Mr Philbert nicht mit einer Einladung gerechnet.

Wes stand auf, nahm Teller und Besteck aus dem Schrank und bot dem unwillkommenen Gast seinen eigenen Stuhl an.

Perplex nahm Mr Philbert Platz und betrachtete mit unverhohlener Gier das Essen.

Lincoln wechselte einen Blick mit Wes, bevor er sich wieder setzte. Er griff nach Julianas Hand und drückte sie beruhigend.

Tom schaufelte Truthahn, Kartoffelbrei, grüne Bohnen und noch warmes Brot auf Mr Philberts Teller.

Dieser zögerte einen Moment, begann dann aber zu Julianas Überraschung zu essen.

„Meine Frau und ich haben vor, Daisy und Bill zu adoptieren“, sagte Lincoln nach einer Weile. „Ich habe die Unterlagen bereits zusammengestellt und werde sie direkt nach Weihnachten nach Helena bringen.“

Daisy und Billy-Moses blickten Lincoln neugierig, aber ohne zu begreifen, an. Beide vergötterten Lincoln, dem es spielend gelang, die zwei in seine Zuneigung einzuschließen, ohne Gracie auszuschließen.

Den Mund voller Kartoffelbrei, konnte Mr Philbert nicht antworten.

Joseph richtete sich auf. „Ich bringe meine Schwester nach Hause“, sagte er. „Und wenn Sie versuchen, das zu verhindern, werden wir bei der erstbesten Möglichkeit weglaufen.“

Mr Philbert kaute, schluckte. Seine Wangen waren rot, sein gezwirbelter Schnauzbart bebte. Er winkte geringschätzig ab. „Gute Reise“, sagte er. „Ich habe auch so genug Probleme.“

Juliana fiel ein Stein vom Herzen. Waren all diese Kinder, für dessen Leben und Ausbildung er verantwortlich war, denn wirklich nichts weiter als Probleme für ihn? Daisy und Billy-Moses kuschelten sich noch enger an sie, und Gracie stand auf, um sich neben sie zu stellen und Mr Philbert anzustarren.

„Sie haben eine große Nase“, bemerkte sie freundlich.

„Gracie“, murmelte Juliana. „Das reicht.“

„Aber das stimmt doch. Und die Spitze ist rot.“

„*Gracie*“, rief Lincoln mahnend.

Seine Tochter zog sich einen Schritt zurück und drückte sich an Juliana. Sie hatte nicht unhöflich sein wollen, sondern nur eine Beobachtung gemacht.

„Kinder …“, sagte Mr Philbert mit einem langen, leidenden Seufzen, „… sind so anstrengende Wesen.“

Darauf hätte Juliana gern etwas erwidert, doch sie biss sich auf die Zunge. Schließlich musste sie diesem Mann nicht noch weitere Gründe geben, sie zu verabscheuen.

„Nichtsdestotrotz“, fuhr er fort, und es war unübersehbar,

wie sehr er seine Macht über sie alle genoss. „Pflicht ist Pflicht. Adoption hin oder her, ich werde die beiden Kleinen in der Zwischenzeit mit zurück nach Missoula nehmen. Ich bin für sie verantwortlich, verstehen Sie.“

Toms Gesichtsausdruck wurde hart. Er stand auf.

Wes legte ihm beruhigend eine Hand auf die Schulter.

„Aber warum sollten Sie diese Mühe auf sich nehmen, die beiden nach Missoula zu schaffen?“, fragte Lincoln ehrlich verwirrt. „Ihnen geht es hier gut, sie gehören zur Familie.“

Während er die Gabel in ein Stück Truthahn stieß, wurde Mr Philberts Gesicht wieder rot. „Nach Aussage des Ladenbesitzers in der Stadt sind Sie und Mr Creed jetzt verheiratet. Ist das wahr, Juliana?“

Er hatte also mit Mr Willand gesprochen und so erfahren, wo sie und die Kinder sich aufhielten.

„Ja, das ist wahr.“

„Wie schrecklich praktisch“, bemerkte Mr Philbert mit einem unfreundlichen Lächeln. „Meinen Sie nicht?“

„Sprechen Sie nicht in diesem Ton mit meiner Mutter“, ermahnte Gracie ihn wütend.

Diesmal wiesen weder Juliana noch Lincoln sie zurecht.

Mr Philbert zog die Augenbrauen hoch, stopfte sich in aller Ruhe das Truthahnstück in den Mund, kaute und schluckte, bevor er antwortete. Das Gesetz war auf seiner Seite. Er hatte die Oberhand, und das sollte offenbar niemand in diesem Raum vergessen.

Daisy, die zwar nicht verstand, was genau vor sich ging, war so verängstigt, dass sie ihr Gesicht in Julianas Mieder drückte und weinte. Ihre kleinen Schultern bebten. Juliana küsste sie auf den Kopf und streichelte ihr kohlschwarzes Haar.

„Ich glaube, bisher habe ich noch nie einen Indianer heulen sehen“, überlegte Mr Philbert laut.

Wieder wollte Tom aufspringen, und wieder hielt Wes ihn davon ab.

„Daisy“, sagte Lincoln mit der sachlichen Stimme eines Anwalts vor Gericht, „ist ein Kind. Sie ist drei Jahre alt. Sie machen ihr Angst, und das kann ich nicht hinnehmen.“

„Ich habe die Befugnis …"

„Genau wie ich", unterbrach Lincoln ihn ruhig. „Dies ist mein Haus. Meine Ranch. Und wenn Sie diese Kinder irgendwohin bringen wollen, brauchen Sie eine gerichtliche Anordnung und die halbe Armee der Vereinigten Staaten, um das durchzusetzen. *Haben* Sie eine gerichtliche Anordnung, Mr Philbert?"

„Nun, das nicht, aber …", stotterte Mr Philbert.

„Dann besorgen Sie sich besser eine. Doch bevor Ihnen das gelingen wird, habe ich bereits in Helena die Adoption durchgesetzt. Dann sind Daisy und Bill im Auge des Gesetzes genauso meine Kinder wie Gracie."

Darüber dachte Mr Philbert einen Moment nach. Schließlich setzte er ein resigniertes Lächeln auf und fragte: „Es gibt nicht zufällig Nachtisch?"

Eine Stunde später, nachdem er sein Mahl mit zwei Obstpastetchen abgeschlossen hatte, überreichte er Juliana einen Scheck über ihr letztes Monatsgehalt und wies sie darauf hin, dass sie ihn bloß nicht als Referenz angeben sollte, falls sie sich jemals wieder als Lehrerin um eine Stelle bewarb.

Und damit war er auch schon verschwunden.

Um kein Risiko einzugehen – für den Fall, dass Mr Philbert seine Meinung änderte –, standen Tom und Lincoln am nächsten Morgen noch früher auf als üblich. Sie spannten den Wagen an, während Juliana Joseph und Theresa beim Packen half. Sobald die beiden zusammen mit Tom den Zug in Richtung Osten bestiegen hatten, wollte Lincoln nach Helena weiterfahren und dem Richter die Adoptionspapiere überreichen.

Juliana wagte kaum zu hoffen, dass das *Bureau of Indian Affairs* sich nicht doch noch einmischen würde. Sie versuchte, sich nichts anmerken zu lassen, doch als sie sah, wie Joseph und Theresa die neuen Mäntel zuknöpften, die Lincoln ihnen zu Weihnachten geschenkt hatte, war sie vollkommen verzweifelt. Natürlich würden die beiden sie und die anderen Kinder vermissen, doch ihre Gesichter glänzten vor Glück. Endlich durften sie nach Hause, dorthin, wo sie wirklich hingehörten.

Nach der Abschiedsumarmung brachte Juliana es nicht fertig, ihnen durch das Fenster hinterherzusehen, wie sie auf den Wagen kletterten. Bestimmt würden ein paar Briefe kommen, zumindest von Theresa, aber wegen der Entfernung war es unwahrscheinlich, dass sie sich jemals wiedersehen würden. Und nach und nach würde der Briefkontakt einschlafen, trotz bester Absichten.

Gracie nahm ihre Hand. „Sei nicht traurig, Mom", sagte sie. „Bitte, sei nicht traurig."

Aber Juliana brach in Tränen aus, als sie Gracie in die Arme nahm.

Lincoln kam noch einmal ins Haus, um sich zu verabschieden. „Ich komme in ein paar Tagen zurück", sagte er. „Ben und die anderen kümmern sich um die Tiere. Falls Philbert hier auftaucht, schicke einen von ihnen in die Stadt, damit sie Wes holen."

Kaum fähig, seinen Worten zu folgen, nickte sie stumm. Der Abschied von Lincoln fiel ihr aus irgendeinem Grund noch schwerer als alles andere.

Er gab ihr einen langen Kuss.

Und dann war auch er fort.

Billy-Moses, der die ganze Zeit still neben dem Ofen gesessen hatte, Klötzchen übereinandergestapelt, wieder umgeworfen und wieder gestapelt hatte, sauste auf einmal zur Tür und warf sich dagegen, während er laut schluchzend versuchte, den Riegel zu öffnen. Juliana lief zu ihm, kniete sich neben ihn und zog ihn in die Arme. Leise murmelnd strich sie über sein Haar.

Er weinte über Theresa, über Joseph und Lincoln, stieß abwechselnd jeden einzelnen Namen aus und schrie vor Kummer. Selbst in Tränen aufgelöst, nahm Juliana den Jungen auf den Arm und trug ihn zum Schaukelstuhl.

Es dauerte lange, bis er sich beruhigt hatte. Juliana schaukelte und streichelte ihn, bis er in einen erschöpften Schlaf fiel.

Gracie stellte sich mit ernstem Gesicht neben sie. „Möchte Billy nicht mein Bruder sein? Möchte er kein Creed werden?"

„Aber natürlich möchte er das. Er vermisst Joseph und Theresa, das ist alles. Und deinen Papa und Tom auch", erwiderte

Juliana lächelnd, die sich inzwischen wieder einigermaßen gefasst hatte.

Gracie nickte feierlich. „Papa hat gesagt, dass er zurückkommt, und Papa hält immer sein Wort."

„Ja. Das stimmt."

Am nächsten Tag kam Wes zur Ranch geritten, um ein Telegramm von Lincoln vorbeizubringen, das er am Morgen aus Missoula abgeschickt hatte. Tom, Theresa und Joseph saßen im Zug und würden in einer Woche in North Dakota ankommen.

Um sich zu beschäftigen, teilte Juliana ihre Zeit zwischen Unterrichtsstunden am Küchentisch, Besuchen bei Rose-of-Sharon und dem Baby sowie dem Studium eines alten Kochbuchs auf, das sie in der Speisekammer gefunden hatte.

Lincoln schickte am nächsten Tag, als er Helena erreicht hatte, ein weiteres Telegramm, in dem er versprach, bald nach Hause zu kommen.

Entschlossen, die Zeit sinnvoll zu verbringen, suchte sich Juliana die Zutaten zum Backen von Maisbrot zusammen, setzte dann allerdings beinahe die Küche in Brand, weil sie zu viel Holz in den Ofen steckte.

Am dritten Tag verschlechterte sich das Wetter. Es schneite so heftig, dass Juliana durch das Küchenfenster nicht einmal bei hellem Tageslicht mehr den Stall sehen konnte. Lincoln wollte mit dem Zug von Helena nach Missoula fahren, dort seinen Wagen und die Pferde beim örtlichen Mietstall abholen und dann zurück zur Ranch fahren. Da sich ein Schneesturm zusammenbraute, machte Juliana sich große Sorgen.

Er könnte sich in dem Sturm verirren und erfrieren.

Um sich abzulenken, beschloss sie, den Christbaum abzuschmücken und die Schachteln oben im Schrank zu verstauen. Als Ben Gainer am Abend zitternd vor Kälte einen Eimer Milch vorbeibrachte, bot sie ihm einen heißen Kaffee an.

Nachdem Ben sich etwas aufgewärmt hatte, schleifte er den großen Weihnachtsbaum vor die Tür. Später würde er zerhackt und als Feuerholz benutzt werden.

Der Sturm hielt die ganze Nacht über an, auch am nächsten Morgen fiel der Schnee noch in wilden Wirbeln vom Himmel. Inzwischen lag er schon so hoch, dass Juliana nur das Fenster hätte öffnen müssen, um sich eine Handvoll davon zu nehmen.

Ben brachte wieder Milch und erzählte, dass er und die anderen Arbeiter selbst mit den großen Zugpferden Schwierigkeiten hatten, das Heu hinaus zu den Rinderherden zu schaffen.

Eine einzige Frage brannte Juliana auf der Seele: *Wo ist Lincoln?*

Sie zwang sich, ruhig zu bleiben. Wahrscheinlich war er in Missoula geblieben, wo er darauf wartete, dass der Schneesturm nachließ. Und sicher hatte er ihr auch ein Telegramm geschickt. Da die Straßen von Stillwater Springs zur Ranch aber nicht passierbar waren, konnte Wes ihr die Nachricht nicht überbringen.

Ihr blieb nichts anderes übrig, als zu warten.

Erneut probierte sie das Maisbrot-Rezept aus, und obwohl es so hart wie ein Pferdehuf wurde, qualmte diesmal wenigstens nicht der ganze Ofen. In warme Milch geweicht, war es sogar ganz genießbar.

Am nächsten Tag spannte Ben Leinen vom Haus zu seiner Hütte und von der Hütte zum Stall. Nur so war er in der Lage, von einer Stelle zur anderen zu finden, ohne sich in dem Schneesturm zu verirren. Die Zugpferde kannten zum Glück den Weg zu der kleinen Baumgruppe, unter der die Rinder Zuflucht gesucht hatten. Sonst hätten die Tiere hungern müssen.

In der fünften Nacht saß Juliana noch lange in der Küche, nachdem die Kinder zu Bett gegangen waren, starrte auf die Uhr und wartete.

Zuerst glaubte sie, sich das Geräusch an der Hintertür nur einzubilden, doch dann rüttelte jemand an dem Riegel. Sie sprang hastig auf, rannte quer durch die Küche und riss die Tür auf.

Der Wind war so eisig, dass er ihr schmerzhaft in die Knochen fuhr, doch das kümmerte sie nicht. Lincoln stand auf der Treppe, in Eis und Schnee gehüllt und anscheinend unfähig, sich zu bewegen.

Juliana schrie auf, zog ihn herein und wuchtete mit aller Kraft die Tür hinter ihm zu, indem sie sich mit ihrem ganzen Gewicht dagegendrückte.

„Lincoln?"

Er sagte nichts und rührte sich auch nicht. Wie hatte er es nur bewerkstelligt, bei diesem Straßenzustand nach Hause zu kommen? Die Pferde und der Wagen hätten den Weg niemals geschafft.

Sie musste den Hut vorsichtig von seinem Kopf lösen, er war festgefroren. Anschließend zog sie ihm den Mantel aus und schleuderte ihn zur Seite.

Kurz überlegte sie, ihn zum Ofen zu ziehen, doch dann fiel ihr ein, dass sie einmal etwas über Erfrierungen gelesen hatte. Es war wichtig, dass er sich langsam aufwärmte.

Seine Kleider waren steif gefroren. Sie rannte ins Schlafzimmer, sammelte alle Decken zusammen, die sie finden konnte, und eilte zurück in die Küche.

Lincoln stand noch immer dort, wo sie ihn zurückgelassen hatte. Seine Lippen waren blau, er klapperte mit den Zähnen.

„Whiskey", flüsterte er heiser.

Juliana lief in die Speisekammer, nahm die Flasche aus dem Regal, goss etwas davon in eine Tasse und hob sie an seine Lippen.

Lincoln erschauerte, doch nun fühlte er sich nicht mehr so steif an, und etwas Farbe kehrte in sein Gesicht zurück.

„Hilf mir aus diesen Klamotten", stieß er hervor. „Meine Finger funktionieren nicht."

Als Erstes zog sie ihm die Handschuhe aus und stellte erleichtert fest, dass es keine Anzeichen von Erfrierungen gab. Allerdings konnten seine Zehen in Mitleidenschaft gezogen worden sein, außerdem geisterte das Schreckgespenst einer Lungenentzündung durch ihre Gedanken.

Sie knöpfte sein Hemd aus und zog es ihm zusammen mit dem Wollunterhemd über den Kopf. Danach hüllte sie ihn in eine der Decken ein. Als er sich auf einen Stuhl sinken ließ, kniete sie sich auf den Boden, um ihm Stiefel und Socken auszuziehen.

Seine Zehen waren wie seine Finger intakt, obwohl er sagte, dass er sie nicht spürte.

Allein das Ausziehen hatte ihn so erschöpft, dass Juliana ihm noch eine Ration Whiskey einflößte, bevor sie ihm die Hose auszog und weitere Decken über ihn legte.

„Wie bist du hierhergekommen?“, fragte sie ihn. „Gütiger Gott, Lincoln, du musst ja stundenlang draußen in der Kälte gewesen sein.“

Erstaunlicherweise hob sich sein rechter Mundwinkel. „Ich bin auf Wes’ Esel hergeritten“, antwortete er langsam. „Gut, dass das Viech Heu und einen warmen Stall schon aus meilenweiter Entfernung riechen kann.“

„Du bist auf Wes’ Esel geritten?“ Wäre sie nicht so glücklich über seine Heimkehr gewesen, hätte sie jetzt einen Wutanfall bekommen. „Lincoln Creed, bist du wahnsinnig? Nachdem du es nach Stillwater Springs geschafft hast – und Gott weiß, wie –, hättest du dortbleiben sollen!“

„Du bist hier“, sagte er. „Gracie, Bill und Daisy sind hier. Und hierher gehöre ich auch.“

„Du hättest erfrieren können! Was hätten wir dann tun sollen?“

Auf diese Frage antwortete er nicht. Stattdessen sagte er: „Du solltest meine Hände und Füße besser in Schnee packen, sonst könnte ich ein paar Finger oder Zehen verlieren.“

Zwar widersprach diese Behandlung all ihren Instinkten, doch sie wusste, wie recht er hatte. Also ging sie mit dem Milcheimer nach draußen und füllte ihn mit Schnee.

Die nächsten Stunden verliefen für Lincoln äußerst schmerzvoll. Es war nach zwei Uhr, als er sagte, dass die Schneepackungen nun reichten. Juliana führte ihn in ihr Zimmer, brachte ihn ins Bett wie ein Kind und stapelte eine Decke nach der anderen auf ihn.

Er zitterte noch immer.

Sie schürte das Feuer, bis es laut prasselte.

Unter seinen Decken lachte Lincoln leise. „Juliana, kein Holz mehr, sonst zündest du noch das ganze Haus an.“

Es blieb ihr nichts anderes mehr zu tun, als in ihr Nachthemd zu schlüpfen und sich neben ihn zu legen. Er zitterte so heftig, dass das ganze Bett wankte, seine Haut war kalt wie Eis.

Juliana schmiegte sich eng an ihn und wärmte ihn mit ihrem Körper. Als er endlich schlief, wachte sie neben ihm, so müde sie auch war, aus Angst, er könnte sterben.

Einige Stunden hielt sie durch, bis sie schließlich die Augen keinen Moment mehr länger offen halten konnte und wegdöste.

Als sie aufwachte, hatte er eine Hand unter ihr Nachthemd geschoben.

„Es gibt da eine Möglichkeit, wie du mich aufwärmen könntest", erklärte er mit funkelnden Augen.

Er war in Sicherheit.

Er war gesund.

Und Juliana war glücklich, sich ihm hingeben zu können.

EPILOG

Juni 1911

Juliana Creed stand in Willands Gemischtwarenladen – unübersehbar schwanger – und las zum zweiten Mal strahlend den neuesten Brief von Theresa. Dann faltete sie ihn sorgfältig zusammen und steckte ihn in ihre Handtasche. Theresa und Joseph besuchten seit ihrer Rückkehr nach North Dakota eine kleine Schule im Reservat und hatten jetzt den ganzen Sommer frei. Joseph hatte auf einer nahe gelegenen Farm eine Arbeit als Melker gefunden, während Theresa ihrer Großmutter bei der Gartenarbeit half.

Juliana blickte sich in dem Laden nach ihren Kindern um.

Billy-Moses – der jetzt meistens nur noch Bill oder Billy genannt wurde – inspizierte gerade eine Spielzeugeisenbahn aus Holz, während Daisy und Gracie sich die Haarbänder, Rüschenkleider und Bücher ansahen.

Da also alle drei in der Nähe waren, wanderten ihre Gedanken zu den Männern. Tom war beim Hufschmied, um ein Pferd beschlagen zu lassen, während Lincoln seinen Bruder in den Redaktionsräumen des *Courier* besuchte.

Die Ehe hatte Weston Creed verändert. Er war, wie Lincoln es bezeichnete, „verdammt nah dran, ein ehrbarer Bürger zu werden." Cora Creed war zur Hochzeit nach Stillwater Springs zurückgekehrt, und auch wenn sie nicht wirklich begeistert darüber war, eine Saloondame als Schwiegertochter zu bekommen, hatte sie sich doch bemerkenswert gesittet benommen.

Cora blieb auch lange genug, um Juliana auf Herz und Nieren zu prüfen. Nachdem sie entschieden hatte, dass Juliana eine gute Ehefrau für Lincoln und Stiefmutter für Gracie abgab, verkündete sie, dass sie für immer zu ihren Cousinen nach Phoenix ziehen würde. Sie wäre zu alt, um ständig hin- und herzureisen.

Obwohl die Atmosphäre zwischen ihr und Juliana anfangs etwas unterkühlt gewesen war, hatte es nicht lange gedauert, bis Juliana ihre Schwiegermutter ins Herz geschlossen hatte. Das lag vor allem an der Tatsache, dass Cora mit Daisy und Billy-Moses genauso liebevoll umging wie mit Gracie.

Vor ihrer Abreise jedoch hatten sich Cora und Juliana in aller Freundschaft darauf geeinigt, dass *eine* Creed-Frau im Haushalt vollkommen genügte.

Die kleine Glocke über der Tür des Gemischtwarenladens klingelte, und Juliana drehte sich rasch um, weil sie mit Lincoln oder Tom rechnete.

Ihr Herz setzte einen Moment aus, als sie Clay erkannte.

Ihre Blicke trafen sich, doch keiner von beiden sagte einen Ton.

Clay verharrte einfach auf der Türschwelle. Er sah gut aus in seinem maßgeschneiderten Anzug. Sein Haar war dunkler als Julianas, eher nussbraun als rot, doch seine Augen hatten dasselbe Blau.

Er nahm seinen eleganten Hut ab. „Juliana", sagte er sehr ernst mit einem leichten Nicken.

„Clay", flüsterte Juliana, rannte zu ihm und warf die Arme um seinen Hals.

Vorsichtig erwiderte er ihre Umarmung, um sie nach einem kurzen Zögern fest an sich zu drücken. „Du siehst gut aus", sagte er mit heiserer Stimme.

Juliana errötete, vollkommen durcheinander vor Glück, und wich weit genug zurück, um ihrem Bruder ins Gesicht sehen zu können. „Als du meinen Brief nicht beantwortet hast, dachte ich schon ..."

Lächelnd betrachtete er ihren ausladenden Bauch. „Du hast doch geschrieben, dass du verheiratet bist, oder?", zog er sie auf.

Sie zeigte ihm den Ehering. „Seit wann bist du schon in der Stadt? Der Zug ist vor drei Tagen angekommen."

„Ich bin im Comstock Hotel abgestiegen und wollte, sobald ich meinen ganzen Mut zusammengenommen hätte, im Mietstall einen Wagen ausleihen, um zur Ranch zu fahren."

„Ach, Clay – du musst doch wissen, dass du immer willkommen bist."

„Das wusste ich nicht", entgegnete er. „Laut meiner Frau habe ich mich wie ein Ungeheuer aufgeführt, seit du dich geweigert hast, John Holden zu heiraten. Und ich fürchte, Nora hat recht."

Julianas Augen wurden feucht. „Ich habe dich vermisst."

Er küsste sie auf die Stirn. „Ich würde gern deinen Mann kennenlernen. In deinem Brief klingt er wie ein echtes Prachtexemplar."

Wieder klingelte die Glocke, und dann war Lincoln da.

Noch immer mit Tränen in den Augen – seit ihrer Schwangerschaft weinte Juliana viel schneller – stellte sie sich neben ihn. Er legte einen Arm um sie, betrachtete Clay zuerst neugierig und dann mit einem Lächeln. „Sie sind bestimmt Clay Mitchell", sagte er. „Bei dieser Augenfarbe müssen Sie einfach ein Verwandter von Juliana sein."

Clay nickte. „Und Sie sind Lincoln Creed."

„Papa!", brüllte Billy, rannte quer durch den Laden und warf sich in Lincolns Arme. Lincoln lachte.

Ganz kurz riss Clay die Augen auf, dann lächelte er wieder.

„Daisy", rief Juliana, „Gracie – kommt und begrüßt euren Onkel Clay."

Ihr Bruder verzauberte die kleinen Mädchen, indem er sich elegant vor ihnen verbeugte. „Meine Damen", begrüßte er sie feierlich, und die beiden kicherten.

Noch immer mit Billy-Moses auf dem Arm, entschuldigte Lincoln sich, um mit Fred Willand über die Lebensmittelbestellung zu sprechen.

„Du kommst doch mit uns auf die Ranch und bleibst ein paar Tage, nicht wahr, Clay?", fragte Juliana.

„Das wäre sehr schön."

Auf dem Heimweg saß Clay neben Juliana. Lincoln hielt die Zügel und Gracie, Billy-Moses und Daisy hüpften wie immer auf dem Rücksitz zwischen den Einkaufskisten auf und ab.

„Ich finde ihn gar nicht so übel", sagte Lincoln viel später, als er und Juliana sich für die Nacht in ihr Zimmer zurückgezogen hatten. Vorher hatten sie und Clay sich stundenlang beim Abendessen unterhalten.

„Jetzt ist er wieder der Clay, den ich von früher kenne", murmelte Juliana erstickt. Die Verwandlung ihres Bruders kam ihr wie ein Wunder vor.

„Ich hatte nie eine Schwester", meinte Lincoln. „Aber ich kann mir vorstellen, dass ich auch ein paar ziemlich engstirnige Vorstellungen darüber hätte, was sie tun soll und was nicht."

Juliana bürstete sich vor dem Spiegel das Haar. „Wir waren so jung, als unsere Mutter starb", sagte sie nachdenklich. Längst hatte sie Lincoln alles über ihre Familie, John Holden, seine Töchter und ihr heimliches Studium erzählt. „Clay ist etwas älter, und wahrscheinlich habe ich einfach von ihm erwartet, dass er stark ist. Und unsere Grandma auch. Dabei war er doch noch ein Kind und genauso verängstigt und verletzt wie ich. Ich will mir gar nicht vorstellen, was er gedacht hat, als unser Vater uns an diesem Tag bei Grandma gelassen hat. Clay wusste im Gegensatz zu mir, dass Dad nicht zurückkommen würde – und das bedeutete, dass er von diesem Moment an der Mann in der Familie war."

Lincoln kam zu ihr und gab ihr einen kleinen Kuss aufs rechte Ohr. Seine Hände liebkosten ihren runden Bauch. „Das Maisbrot, das du zum Abendessen aufgetischt hast, war gar nicht schlecht."

„Das hoffe ich doch. Schließlich übe ich es schon seit sechs Monaten", erwiderte sie lachend.

Er nahm ihr die Bürste aus der Hand, legte sie auf die Kommode und drehte seine Frau zu sich um. „Tom sagt, dass du eines Tages eine wirklich gute Köchin sein wirst."

Tom gab ihr regelmäßig Kochunterricht, und sie machte wirklich große Fortschritte. „Er sagt auch, dass ich es zu sehr will." Sie schlang die Arme um ihn. „Aber was soll ich denn sonst tun? Ich möchte doch meinen Ehemann glücklich machen."

Dieses Mal küsste Lincoln sie auf die Lippen, ein Mal, zwei Mal und ein drittes Mal. „Dein Ehemann ist *sehr* glücklich."

„Ich liebe dich, Lincoln Creed. Immer wenn ich gerade denke, dass ich dich gar nicht noch mehr lieben kann, geschieht etwas, das mich vom Gegenteil überzeugt."

„Ich liebe dich auch." Mit seinen Lippen fuhr er über ihre Wangen herab zum Hals. Dann dirigierte er sie zum Bett und löschte die Lampe.

„Lincoln, du hörst mir nicht zu." Sie war auf köstliche Weise genauso nervös wie in ihrer Hochzeitsnacht.

Er drückte sie behutsam auf die Matratze. „Du hast recht. Ich höre dir nicht zu."

Als er ihren Bauch streichelte und dann langsam das Nachthemd hochschob, erst bist zu den Knien, dann bis zu ihren Schenkeln, schließlich bis zu den Schultern, war Lincoln unsagbar zärtlich. Seufzend hob sie die Arme, damit er ihr das Nachthemd über den Kopf ausziehen konnte.

Juliana stöhnte auf, schloss zufrieden die Augen und gab sich Lincoln ganz und gar hin, mit ihrem Körper, ihrem Herzen und ihrer Seele.

Er streichelte ihre vollen Brüste, küsste und liebkoste die aufgerichteten Spitzen, bis sie heiser seinen Namen flüsterte.

Dann wanderte er tiefer und immer tiefer und spreizte sanft ihre Beine. Juliana schrie leise lustvoll auf, und obwohl sie die Augen fest geschlossen hielt, spürte sie seinen brennenden Blick auf ihrem Gesicht. Sie wusste, dass er sie stumm um Erlaubnis fragte, und sie nickte.

In Lincolns Armen erfuhr Juliana immer wieder eine Erfüllung, die sie sich niemals hätte vorstellen können, und in dieser Nacht war es nicht anders. Auch bevor sie das Kind empfangen hatte, das sie beide sich so sehr wünschten, war er immer vorsichtig gewesen und hatte ihr das Gefühl gegeben, vollkommen in Sicherheit zu sein.

Lange Zeit bewegte er nur seine Finger in langsamen Kreisen, bis Juliana sich vor Lust und Entzücken wand. Sie atmete schneller und schneller, dann überwältigte sie der erste Höhepunkt, süß und zugleich erschütternd. Zu wissen, dass es in dieser Nacht noch mehr davon gab – viel mehr –, vergrößerte nur ihre Leidenschaft.

Als Nächstes verwöhnte Lincoln sie mit den Lippen, und so anstößig das auch sein mochte, Juliana genoss die sinnlichen Empfindungen, die er in ihr auslöste. Wieder stieß sie einen leisen Schrei aus, so leise, dass er die Schlafzimmerwände nicht durchdrang.

Erst nachdem Lincoln davon überzeugt war, dass Juliana aufs Äußerste erregt war, drang er ganz in sie ein, um sie mit herzzerreißender Zärtlichkeit zu lieben.

Sie bewegten sich gemeinsam, bis sie einen weiteren Höhepunkt erreichte, wilder und zugleich intensiver als je davor. Als auch Lincoln schließlich die Kontrolle verlor, öffnete Juliana die Augen und spürte, wie er sich in ihr verströmte.

„Ich liebe dich", flüsterte sie.

Erschöpft und zufrieden legte er sich neben sie. „Und ich liebe *dich*, Juliana Creed."

Auch wenn Juliana mit dem Kochen und der Haushaltsführung noch ihre Schwierigkeiten hatte, so hatte sie doch gelernt, eine kleine Kutsche zu lenken. Deswegen war sie es, die Clay ein paar Tage später zum Bahnhof in der Stadt fuhr.

„Ich habe zwar Augen im Kopf", sagte ihr Bruder lächelnd, als sie vor dem Bahnhof hielten, „aber ich muss es einfach noch aus deinem Mund hören. Bist du glücklich, Juliana?"

Sie küsste ihn auf die Wange. „Wie verrückt."

Er griff in die Innentasche seines Mantels und zog einen dicken Umschlag hervor.

In der Ferne hörte sie den Zug pfeifen. Verwirrt starrte sie den Umschlag an. „Was ..."

„Deine Erbschaft", erklärte Clay. „Mit diesen Dokumenten habe ich dir das Geld überschrieben. Du bist eine reiche Frau, Juliana. Und jetzt, wo ich Lincoln kennengelernt habe, weiß ich, dass es dir gut gehen wird."

Etwas benommen – sie hatte schon so lange nicht mehr an das Geld gedacht – nahm sie den Umschlag entgegen. Dann strahlte sie. „Jetzt können wir eine neue Scheune draußen auf der Ranch bauen", rief sie glücklich. „Für das Heu. Und damit die Rinder sich irgendwo unterstellen können, wenn es schneit."

Clay lachte. „Manche Frauen wünschen sich Diamanten oder schöne Kleider."

Der Zug fuhr in den Bahnhof ein. Bei seinem Anblick wurde Juliana traurig. Sie wollte sich nicht von ihrem Bruder verabschieden, den sie seit so langer Zeit liebte und mit dem sie sich endlich wieder so gut verstand wie früher. „Du wirst uns wieder besuchen, ja? Und Nora und die Kinder mitbringen?"

Zärtlich legte er eine Hand an ihre Wange. „Versprochen. Und ihr seid in unserem Haus immer willkommen, Juliana. Du und Lincoln und eure ganze Brut."

Er stieg aus der Kutsche, zog seinen Koffer unter dem Sitz hervor, sah zu ihr hinauf, zwinkerte und ging davon.

Juliana wartete, bis der Zug abgefahren war, und machte sich dann auf den Heimweg.

Währenddessen hatte Lincoln auf die Kinder aufgepasst. Ben und Rose-of-Sharon saßen am Tisch, Baby Joshua lag in den Armen seiner Mutter. So schwer seine Geburt auch gewesen war, gedieh das Kind doch prächtig.

Als die Gainers gegangen waren, zog Juliana den Umschlag aus der Handtasche und legte ihn auf den Tisch.

„Was ist das?", fragte Lincoln.

„Mach auf", antwortete Juliana fröhlich. „Und lies selbst."

Beim Lesen weiteten sich seine Augen. „Das ist verdammt viel Geld", rief er schließlich. „Du bist eine reiche Frau, Juliana."

„*Wir* sind reich", verbesserte sie ihn.

Erst jetzt fiel ihr auf, wie angespannt er beim Lesen gewesen war. Hatte er wirklich auch nur eine Sekunde lang gedacht, dass sie ihn verlassen würde – jetzt, wo sie eine unabhängige vermögende Frau war?

Sie umarmte ihn. „Ich habe Clay gesagt, dass wir davon als Erstes eine Scheune auf der Ranch bauen werden."

Lincoln lachte leise. „Wo wir gerade von der Ranch sprechen, ich sollte besser hinausreiten. Da gibt es noch ein paar Kälber, die sich mit der Geburt Zeit lassen."

„Wenn du zurückkommst, ist das Abendessen fertig."

Er zwinkerte ihr gut gelaunt zu, und sie schlug ihm sanft auf den Arm.

Kaum war er gegangen, da holte Juliana tief Luft. Es war an der Zeit, sich an einem weiteren Maisbrot zu versuchen.

Aus dem *Stillwater Springs Courier*:

18. September 1911

Der Verleger ist stolz, die Geburt seines Neffen
Michael Thomas Creed zu verkünden.
Willkommen.

– ENDE –

Linda Lael Miller

Hör auf die Stimme deines Herzens

Roman

Aus dem Amerikanischen von
Patrick Hansen

MIRA®

1. KAPITEL

Brad O'Ballivan öffnete die Fahrertür des wartenden Pick-ups, warf seine Gitarre ins Auto und winkte dem Piloten und der Besatzung des Privatjets zu, mit dem er hoffentlich nie wieder fliegen würde.

Als ein kühler Herbstwind über die breite Lichtung fegte, schlug er den Kragen seiner Jeansjacke hoch und zog den Hut noch tiefer ins Gesicht.

Er war zu Hause.

Etwas in ihm reagierte auf das Hochland von Arizona und vor allem auf die Stone-Creek-Ranch. Es war, als würde in ihm eine Stimmgabel zum Schwingen gebracht. Dieses Gefühl hatte er anderswo noch nie gehabt, seit er aufgebrochen war, um seinen Lebensunterhalt mit Musik zu verdienen – nicht auf dem Anwesen mit Seeblick außerhalb von Nashville, nicht am Stadtrand von Hendersonville, nicht in der Villa in Mexiko oder an einem der vielen Orte, an denen er gelebt hatte.

Mit einem kleinen Lächeln sah er dem startenden Jet nach. Dass er sich mit fünfunddreißig und auf dem Höhepunkt seiner Karriere aus der Countrymusikszene zurückgezogen hatte, war bei vielen auf Unverständnis gestoßen. Er hatte das Flugzeug und die großen Häuser verkauft und den Rest verschenkt – bis auf die Gitarre und das, was er am Leib trug. Und ihm war klar, dass er es niemals bereuen würde.

Mit *dem* Leben war er fertig. Und wenn ein O'Ballivan mit etwas fertig war, blickte er nie zurück.

Der Jet zog eine weiße Spur am Himmel, wurde zu einem silbrig glänzenden Punkt und verschwand.

Brad wollte gerade in den Pick-up einsteigen, als er den alten Chevrolet bemerkte, der sich über den holprigen Weg quälte. Er nahm den Hut ab und wartete – halb aufgeregt, halb resigniert.

Der verbeulte Kombi hielt nur wenige Zentimeter von seinen Stiefelspitzen entfernt. Seine Schwester Olivia stellte den Motor ab und stieg aus.

„Du bist wieder da!“ Sie klang verblüfft. Mit neunundzwanzig war sie die älteste von Brads drei jüngeren Schwestern und hatte ihm nie verziehen, dass er fortgegangen war. Sie arbeitete als Tierärztin im nahe gelegenen Stone Creek in einer florierenden Praxis und verbrachte ihre Tage meistens in einem Stall oder auf einer Weide. Sie war praktisch veranlagt und trug ihr dunkles Haar kurz. Ihre Augen waren hellblau.

„Ich freue mich auch, dich zu sehen, Doc“, erwiderte Brad trocken.

Mit einem leisen Aufschrei legte sie die Hände in seinen Nacken und drückte Brad fest an sich. Als sie sich zurücklehnte, sah er Tränen an ihren staubigen Wangen.

„Falls das hier nur ein PR-Gag ist, vergebe ich dir niemals!“ Sie hob den Hut auf, den sie ihm bei der heftigen Umarmung vom Kopf gestoßen hatte, und gab ihn ihrem Bruder.

Sie hat ihren Stolz, dachte er. *Nur ihre Ausbildung hat sie sich von mir bezahlen lassen, jeden anderen Scheck hat sie zurückgeschickt – mit den Worten NEIN DANKE in dicker schwarzer Schrift.*

Lächelnd warf Brad den Hut in den Wagen. „Es ist kein Gag. Ich bleibe jetzt hier und bin bereit, *Wurzeln zu schlagen und etwas zu bewirken*, wie Big John immer gesagt hat.“

Olivia quittierte seine Antwort mit betretenem Schweigen. Brad war auf einer Konzerttournee gewesen, als ihr Großvater vor sechs Monaten an einem schweren Herzinfarkt gestorben war. Er war gerade noch rechtzeitig zur Beerdigung nach Stone Creek zurückgekehrt und – schlimmer noch – gleich danach wieder abgereist, um in Chicago vor ausverkauftem Haus aufzutreten. Selbst das viele Geld, das er im Laufe der Jahre in die Ranch gepumpt hatte, linderte sein schlechtes Gewissen nicht.

Wie viel Geld ist genug? Wie berühmt musst du noch werden? Das hatte Big John ihn immer wieder gefragt. *Komm nach Hause, verdammt. Ich brauche dich, Brad. Deine kleinen Schwestern brauchen dich. Und die Stone-Creek-Ranch braucht dich auch.*

Brad strich sich durch das hellbraune Haar und schaute über

das flache Land. „Läuft der alte Hengst noch frei herum, oder haben die Wölfe und der Stacheldraht ihn schließlich doch zur Strecke gebracht?“

„Hin und wieder sehen wir Ransom“, erwiderte Olivia, „aber immer nur in sicherer Entfernung am Horizont.“

Brad legte seiner Schwester eine Hand auf die Schulter. Der legendäre wilde Hengst faszinierte sie seit ihrer Kindheit. Manche behaupteten, dass das Pferd gar nicht aus Fleisch und Blut bestand, sondern nur ein Fabelwesen war. Andere – zu denen auch Brad gehörte – sahen darin einen Nachkommen eines rätselhaften Vierbeiners, der erstmals im späten neunzehnten Jahrhundert gesichtet worden war.

„Sie versuchen ihn einzufangen“, erzählte sie mit Tränen in den Augen. „Sie wollen ihn zum Zuchthengst machen, um seine Fohlen teuer zu verkaufen.“

„Wer versucht ihn einzufangen, Livie?“, fragte Brad sanft. Es war kalt, er hatte Hunger und ihm graute ein wenig davor, das alte Ranchhaus zu betreten, ohne von Big John begrüßt zu werden.

„Schon gut.“ Olivias Mund wurde schmal. „Es würde dich sowieso nicht interessieren.“

Es war sinnlos, mit ihr zu diskutieren, wenn sie so drauf war. „Danke, dass du meinen Wagen hergebracht hast und mich abholst.“

„Ich habe ihn nicht hergebracht. Das haben Ashley und Melissa getan. Sie sind wahrscheinlich im Haus und hängen Girlanden auf, um dich willkommen zu heißen. Ich bin nur hier, weil ich den Jet gesehen habe und mir dachte, dass irgendein verdammter Filmstar Hirsche jagen will.“

Brad hatte schon ein Bein im Pick-up und drehte sich zu ihr um. „Das gibt es hier?“, fragte er lächelnd. „Filmstars, die zur Jagd in einem Jet einschweben?“

„Das passiert in Montana dauernd.“

Er tippte ihr auf die Nasenspitze. „Wir sind aber nicht in Montana, meine Kleine. Sehen wir uns zu Hause?“

„Später, wenn der Trubel sich gelegt hat.“

Brad stöhnte innerlich auf. Er wollte ebenfalls keinen Trubel, oder was immer die Zwillinge ihm zu Ehren vorbereitet hatten, aber er wollte die beiden auch nicht verletzen. „Bitte, sag mir, dass sie keine Party planen!“, flehte er.

Olivia lächelte spöttisch. „Du hast Glück. Auch wenn du gleich mehrere Grammys gewonnen hast, hier gibt es Wichtigeres zu tun. Bei den McKettricks hat sich Nachwuchs angekündigt, und alle sind in Indian Rock, um mit der werdenden Mutter zu feiern.“

Brad zuckte zusammen. „Nicht Meg“, murmelte er und senkte verlegen den Blick, weil es ihm herausgerutscht war.

Seine Schwester schüttelte den Kopf. „Meg ist zwar zurück, aber noch immer Single. Nein, das Kind bekommt ihre Schwester Sierra.“

Um seine Erleichterung zu verbergen, schloss Brad die Fahrertür und startete den Motor.

Olivia winkte ihm fröhlich zu, bevor sie in ihren Geländewagen stieg und in einer Staubwolke davonfuhr.

Brad wartete, bis die Wolke sich gelegt hatte.

Seine innere Unruhe brauchte dazu länger.

„Lass mich in Frieden!“, flüsterte Meg McKettrick dem Geist des verstorbenen Cowboys zu, der es sich auf dem Beifahrersitz ihres Chevrolet Blazer bequem gemacht hatte. „Geh Keegan oder Jesse oder Rance auf die Nerven!“

„Die brauchen mich nicht“, erwiderte der Geist lächelnd. Er sah nicht aus wie auf den alten Porträts, hatte kein weißes Haar und kein von Falten zerfurchtes Gesicht. Nein, Angus McKettrick war in der Blüte seines Lebens zurückgekehrt, mit breiten Schultern, goldbraunem Haar, leuchtend blauen Augen und dem lässigen Charme, den er seinen männlichen Nachfahren vererbt hatte.

Verärgert parkte Meg zwischen einem Lexus und einem Minivan. Sie stieg aus, riss die hintere Wagentür auf und griff nach dem Päckchen. „Ich habe eine Neuigkeit für dich“, verkündete sie. „Ich brauche dich auch nicht!“

Angus stieg ebenfalls aus und streckte sich. „Das sagst du

so. Aber die sind alle verheiratet, gründen Familien und sorgen dafür, dass die McKettricks nicht aussterben."

„Danke für die Erinnerung", erwiderte Meg und stieß die Autotür zu.

„Zu meiner Zeit wärst du eine alte Jungfer gewesen."

„Zu deiner Zeit vielleicht", erwiderte Meg, ohne die Lippen zu bewegen. Seit Angus McKettricks Geist das erste Mal bei ihr aufgetaucht war, hatte sie eine ganz spezielle Technik entwickelt, um mit ihm zu kommunizieren. Denn für alle anderen war Angus unsichtbar, und niemand sollte glauben, dass sie Selbstgespräche führte. „Aber das hier ist meine Zeit. Ich lebe im einundzwanzigsten Jahrhundert. Frauen definieren sich nicht mehr darüber, ob sie verheiratet sind oder nicht." Sie atmete tief durch. „Weißt du was? Warte doch im Wagen – oder schwing dich aufs Pferd."

Angus ließ sich nicht abschütteln, sondern folgte ihr zum Haus. Wie immer trug er schlammige Stiefel und einen langen staubigen Mantel, unter dem sich der 45er-Colt deutlich abzeichnete. Einen Hut trug er nur, wenn Regen drohte, und davon konnte an diesem milden Oktobertag keine Rede sein.

„Vielleicht liegt es an deiner abweisenden Art", meinte Angus. „Du bist zickig, das ist das Problem. Natürlich muss eine Frau auch Eigenarten haben, das gibt ihr etwas Würze. Aber du hast entschieden zu viele davon, und das kommt bei den Männern nicht gut an."

Meg ignorierte ihn einfach, nahm das in buntes Papier gewickelte Geschenk auf den anderen Arm und läutete an der Haustür ihrer Schwester. Hier kommt die neunzehnte Babyausstattung in neutralem Gelb, dachte sie. *Hätte ich doch bloß die silberne Rassel genommen. Tja, falls Sierra und Travis das Geschlecht ihres ungeborenen Kindes kennen und für sich behalten, dann sind sie eben selbst schuld.*

Die Tür ging auf, und Megs und Sierras Mutter schaute durch den Spalt. „Endlich!", sagte Eve McKettrick und zog ihre Tochter herein. „Du kommst spät. Sierra wird jede Minute hier sein!"

„Sie dürfte wohl kaum überrascht sein, Mom", entgegnete Meg und legte ihr Geschenk zu den anderen, die einander in

Form und Größe verdächtig ähnelten. „Draußen stehen etwa hundert Autos."

Eve schloss die Tür. „Du hast abgenommen und hast dunkle Ringe unter den Augen. Schläfst du genug?"

„Es geht mir gut", log Meg.

„Das glaube ich dir nicht. Am liebsten wärst du doch zu Hause geblieben – im Schlafanzug, ohne Make-up und mit zerzaustem Haar, stimmt's?"

„Jetzt bin ich hier."

Meg streifte die Jacke ab, reichte sie Eve und schlenderte zu einer kleinen Gruppe von Frauen, von denen sie keine einzige kannte, obwohl sie als Kind jeden Sommer in Indian Rock verbracht hatte.

„Es steht in sämtlichen Zeitungen", sagte eine hochgewachsene gertenschlanke Frau, die viel zu viel Schmuck trug. „Brad O'Ballivan macht mal wieder eine Entziehungskur."

Bei dem Namen zuckte Meg zusammen und hätte fast das Glas Bowle verschüttet, das ihr jemand in die Hand gedrückt hatte.

„Unsinn", widersprach eine andere Frau. „Letzte Woche haben dieselben Blätter gemeldet, dass er von Außerirdischen entführt wurde."

„So, wie er aussieht, hat er ganz bestimmt auch Fans auf anderen Planeten!", warf eine dritte ein und seufzte wehmütig.

Meg wollte sich unauffällig entfernen, doch inzwischen versperrte die Gruppe ihr den Fluchtweg. Sie bekam ein flaues Gefühl im Magen.

„Meine Cousine arbeitet drüben in Stone Creek bei der Post", verkündete die nächste Frau. „Sie hat mir erzählt, dass Brad sich die Fanpost zur Ranch der Familie am Stadtrand nachschicken lässt. Also ist er weder in einer Suchtklinik noch auf einem anderen Planeten. Er ist *zu Hause*. Evelyn meint, sie müssen eine zweite Scheune allein für all die Briefe bauen."

Meg rang sich ein Lächeln ab.

Plötzlich drehte sich die erste Frau zu ihr um. „Sie waren doch mal mit Brad O'Ballivan zusammen, nicht wahr, Meg?"

„Das … ist lange her", brachte Meg so gelassen wie möglich hervor, obwohl sie gerade Panik bekam. „Wir waren noch Kinder, und es war eine Sommerromanze …“ Hektisch schätzte sie die Entfernung zwischen Indian Rock und Stone Creek – höchstens vierzig Meilen. *Nicht weit genug.*

„Bestimmt ist Meg mit vielen berühmten Männern ausgegangen“, meinte eine der anderen Frauen. „Schließlich hat sie für *McKettrickCo* gearbeitet und ist mit dem Firmenjet durchs ganze Land geflogen …“

„Damals war Brad noch nicht sehr bekannt“, sagte Meg mit matter Stimme.

„Bestimmt vermissen Sie Ihr altes Leben, oder!?“

Natürlich fiel es Meg noch immer schwer, von Vollgas auf Leerlauf umzuschalten, seit das Familienunternehmen in eine Aktiengesellschaft umgewandelt worden war und sie ihren Job in der Geschäftsleitung verloren hatte. Aber was sie definitiv nicht vermisste, waren die unzähligen Besprechungen und die Sechzigstundenwoche. Geld war nicht das Problem, denn ihr Erbe war schließlich gut angelegt.

Noch während sie nach einer nicht allzu unhöflichen Antwort suchte, ging die Haustür wieder auf.

Sierra kam herein und sah sich erstaunt um.

„Überraschung!“, riefen alle.

Ja, für mich, dachte Meg betrübt, denn Brad O'Ballivan ist zurück.

Brad legte den Gang ein und fuhr zum Fuß des Hügels, wo sich die Straße gabelte – nach links, und er wäre in fünf Minuten zu Hause. Rechts ging es nach Indian Rock, aber dort hatte er nichts verloren, denn er hatte Meg McKettrick nichts zu sagen und wollte sie nie wiedersehen.

Er bog nach rechts ab.

Er hätte nicht erklären können, warum er es tat.

Er fuhr einfach.

Nach einem Moment brauchte er Ablenkung, schaltete das Autoradio ein und suchte, bis er einen Countrymusiksender fand. Seine eigene Stimme drang aus sämtlichen Lautsprechern.

Die Ballade habe ich für Meg geschrieben.

Er stellte das Radio ab.

Fast gleichzeitig läutete das Handy in seiner Jackentasche. Er überlegte, ob er es ignorieren sollte. Es gab einige Leute, mit denen er nicht reden wollte. Aber wenn es eine seiner Schwestern war? Wenn sie Hilfe brauchte?

Er klappte das Handy auf, ohne den Blick von der kurvigen Straße zu nehmen. „O'Ballivan."

„Bist du endlich wieder bei Verstand?", fragte sein Manager Phil Meadowbrook. „Soll ich dir noch mal sagen, wie viel Geld die Leute in Las Vegas bieten? Du meine Güte, sie wollen dir ein eigenes Theater bauen! Es geht um einen Dreijahresvertrag ..."

„Phil?"

„Sag Ja!", flehte Phil.

„Ich habe mich zur Ruhe gesetzt."

„Du bist fünfunddreißig. Kein Mensch setzt sich mit fünfunddreißig zur Ruhe!"

„Dieses Gespräch hatten wir schon, Phil."

„Leg jetzt nicht auf!"

Seufzend nahm Brad den Daumen von der roten Taste.

„Was zum Teufel willst du in Stone Creek in Arizona? Viehjagd? Deinem Pferd was vorsingen? Denk an das Geld, Brad. Denk an die Frauen, die dir ihre Unterwäsche auf die Bühne werfen ..."

„Ich versuche gerade, *nicht* daran zu denken", erwiderte Brad. „Danke für die Erinnerung."

„Okay, vergiss das mit der Unterwäsche. Aber denk wenigstens an das Geld!"

„Davon habe ich bereits mehr, als ich brauche, Phil. Und du auch, also erspar mir das Märchen, dass deine Enkelkinder auf der Straße leben und in den Müllcontainern hinter dem Supermarkt wühlen."

„Das habe ich dir schon mal erzählt, was?"

„Allerdings."

„Was machst du eigentlich gerade?"

„Ich fahre zum *Dixie-Dog-Drive-in*."

„Zum *was?*“

„Auf Wiederhören, Phil.“

„Was willst du im *Dixie-Dog-Drive-in* tun, was du in Music City nicht tun könntest? Oder in Vegas?“

„Das verstehst du nicht“, antwortete Brad, „und ehrlich gesagt, ich kann es dir nicht mal verdenken, denn ich verstehe es selbst nicht.“

Früher hatten Meg und er sich im *Dixie* getroffen, wenn einer von ihnen fort gewesen war. Sie hatten sich dazu nicht verabreden müssen, es hatte einfach so funktioniert. Wahrscheinlich wollte er herausfinden, ob es noch immer klappte.

„Hör zu“, begann Phil, „ich kann die Kasinoleute nicht ewig hinhalten. Im Moment bist du begehrt, aber das wird irgendwann vorbei sein. Ich muss ihnen etwas sagen ...“

„Sag einfach Danke, aber *Nein danke*“, schlug Brad vor und klappte das Handy zu.

Phil rief noch zwei Mal an, bevor er aufgab.

Je vertrauter die Umgebung wurde, desto strenger befahl Brad sich selbst, anzuhalten und umzukehren. Die alten Zeiten waren vorbei, Meg und er hatten sich nicht gerade freundschaftlich getrennt, und außerdem würde sie nicht im *Dixie Dog* auf ihn warten.

Er fuhr weiter.

Vorbei am Schild, das ihn in Indian Rock willkommen hieß, und vorbei am *Road House*, einem bei Einheimischen, Touristen und Truckern beliebten Imbiss. Als er auf die Main Street gelangte, musste er lächeln – bei *Cora's Curl and Twirl* hatte er sich als Jugendlicher die Haare schneiden lassen. Mit gerunzelter Stirn starrte er auf die Buchhandlung daneben. Das Geschäft war neu.

Und wenn das *Dixie Dog* dichtgemacht hatte?

Wenn die Fenster mit Brettern vernagelt waren und auf dem verlassenen Parkplatz Unkraut wucherte?

Und wenn schon.

Brad seufzte. Vielleicht hatten Phil und alle anderen recht – vielleicht war es verrückt, die Sache in Las Vegas abzusagen.

Vielleicht müsste er wirklich bald im Pferdestall sitzen und den Tieren etwas vorsingen.

Er bog um eine Kurve, und da lag das *Dixie Dog* – noch immer geöffnet. Die große Leuchtreklame, ein riesiger Hotdog aus Neonröhren, färbte sich erst rot fürs Ketchup und dann gelb für den Senf. Vor dem Drive-in-Schalter und auf dem Parkplatz standen ein paar Autos.

Brad hielt an einer der Sprechanlagen und kurbelte die Fensterscheibe der Fahrertür herunter.

„Willkommen im *Dixie-Dog-Drive-in*", begrüßte ihn eine fröhliche Mädchenstimme. „Was kann ich für Sie tun?"

Darüber hatte er noch gar nicht nachgedacht. Aber nach einem kurzen Blick auf die erleuchtete Speisekarte kam nur eines infrage. „Einen Dixie Dog ohne Chili und Zwiebeln."

„Kommt sofort. Möchten Sie etwas trinken?"

„Einen Chocolate Shake."

Sein Handy läutete.

Er ignorierte es.

Das Mädchen dankte ihm für seine Bestellung. Etwa fünf Minuten später rollte es auf Inlinern an seine Fensterscheibe heran und brachte ihm das Bestellte. Als es Brad erkannte, wurden die Augen des Mädchens ganz groß, und es ließ das Tablett fallen.

Verdammt. Er hatte ganz vergessen, dass er berühmt war.

Das Mädchen, ein mageres Ding mit zu viel Make-up an den Augen, begann zu weinen. „Tut mir leid!", schluchzte es und bückte sich nach seiner im Staub gelandeten Mahlzeit.

„Kein Problem", sagte Brad leise und warf einen Blick auf ihr Namensschildchen. „Wirklich, Mandy, das macht nichts."

„Ich hole Ihnen sofort einen neuen Dog und einen neuen Shake, Mr O'Ballivan!"

„Mandy?"

Sie hob den Kopf. Ihr Make-up war verschmiert. „Ja?"

„Erzählen Sie niemandem, dass Sie mich gesehen haben, okay?"

„Aber Sie *sind* Brad O'Ballivan!"

„Ja." Er unterdrückte ein Seufzen. „Ich weiß."

Sie richtete sich auf und schwankte leicht auf ihren Rollen. „Ihnen zu begegnen, ist so ungefähr das Tollste, was mir in meinem ganzen Leben passiert ist. Ich weiß wirklich nicht, ob ich das geheim halten kann!"

Brad lehnte sich zurück und schloss die Augen. „Nicht für immer, Mandy. Nur so lange, dass ich in Ruhe einen Dixie Dog essen kann."

Sie beugte sich vor. „Sie haben nicht zufällig eine Autogrammkarte dabei, oder?"

„Nein." Phil hatte Kartons voller PR-Fotos, T-Shirts, Konzertprogramme und sonstiger Souvenirs, die auf Tourneen verkauft wurden. Zum Leidwesen seines Managers nahm Brad sie nie mit.

„Sie könnten auf der Serviette unterschreiben!", sagte Mandy. „Da ist nur an der Ecke etwas Schokolade."

Er tat ihr den Gefallen.

„Jetzt kann ich meinen Enkeln erzählen, dass ich Ihr Mittagessen aufs Pflaster vor dem *Dixie-Dog-Drive-in* gekippt habe, und *das hier* ist der Beweis." Strahlend wedelte Mandy mit der Serviette.

Brad rang sich ein Lächeln ab.

„Dass ich Sie gesehen habe, verrate ich erst, wenn Sie weg sind", versprach Mandy. „So lange halte ich durch."

„Das wäre gut."

Sie rollte zum Seiteneingang.

Brad wartete und fragte sich, warum er nicht mit so etwas gerechnet hatte.

Kurz darauf kehrte Mandy zurück. „Ich habe es niemandem erzählt", flüsterte sie, „aber Heather und Darlene wollten beide wissen, warum meine Wimperntusche verschmiert ist." Sie befestigte das Tablett am Wagen.

Brad hielt ihr einen Geldschein hin.

Sie schüttelte den Kopf. „Der Chef hat gesagt, das geht aufs Haus, weil ich die erste Bestellung fallen gelassen habe."

„Danke."

Mandy verschwand, und Brad griff gerade nach dem Hotdog,

als ein roter Geländewagen neben ihm hielt. Die Fahrertür ging auf und knallte gegen die Sprechanlage.

Sein Herz schlug schneller.

Und dann stand Meg McKettrick vor ihm. Ihre Augen blitzten.

Brad lächelte und sagte: „Wie es aussieht, hast du mich doch noch nicht vergessen."

Nachdem Sierra alle ihre Geschenke ausgepackt hatte und der Kuchen und die Bowle serviert worden waren, hatte Meg die alte vertraute Sehnsucht verspürt und war schnurstracks zum *Dixie-Dog-Drive-in* gefahren. Jetzt, da sie dort auf dem Parkplatz stand, am offenen Seitenfenster eines Pick-ups und fast Nase an Nase mit Brad O'Ballivan, wusste sie nicht mehr, was sie tun – oder sagen – sollte.

Angus stieß sie von hinten an, und sie zuckte zusammen.

„Mach den Mund auf", befahl ihr verstorbener Vorfahre.

„Halt dich raus", entgegnete sie, ohne nachzudenken.

Verwirrt sah Brad sie an. „Wie bitte?"

„Nichts." Meg wich einen Schritt zurück. „Ich bin über dich hinweg."

Brad lächelte. „Es hat also funktioniert", erwiderte er und stieg aus. Sein dunkelblondes Haar war zerzaust, und statt des Westernoutfits, in dem er auf den Bühnen auftrat, trug er ganz normale Kleidung.

„*Was* hat funktioniert?", wollte sie wissen.

Brad breitete die Hände aus – Hände, die früher einmal über ihren Körper geglitten waren wie über Gitarrensaiten. Oh ja, Brad O'Ballivan wusste, wie man Saiten zum Klingen brachte.

„Unser freies Land", sagte er, „oder ist Indian Rock endlich aus den USA ausgetreten, mit dem Ranchhaus von Triple M als Kapitol?"

Obwohl sie am liebsten zu ihrem Wagen gerannt und mit quietschenden Reifen vom Parkplatz gerast wäre, blieb Meg, wo sie war, und hob das Kinn.

McKettricks rennen nicht davon.

„Ich habe gehört, dass du in einer Entzugsklinik warst."
„Das ist nur ein böses Gerücht", antwortete er fröhlich.
„Was ist mit den beiden Exfrauen und dem Skandal mit der Schauspielerin?"
Sein gelassenes Lächeln wurde noch breiter. „Das mit den beiden Exfrauen lässt sich leider nicht bestreiten. Und was die Schauspielerin betrifft ... Na ja, es kommt darauf an, ob man *ihre* oder *meine* Version glaubt. Hast du etwa alles gelesen, was über mich in den Zeitungen stand, Meg McKettrick?"
Sie errötete. „Nein."
Brad sah nicht überzeugt aus. Vermutlich war er eingebildet genug, um anzunehmen, dass sie regelmäßig auf seine Homepage schaute, sich jede seiner CDs kaufte und sämtliche Artikel verschlang, die über ihn in der Boulevardpresse erschienen. Das tat sie zwar wirklich, aber das brauchte er nicht zu wissen.
„Du bist noch immer die bestaussehende Frau, die ich jemals gesehen habe", sagte er. „Daran hat sich nichts geändert."
„Ich gehöre nicht zu deinem Fanklub, O'Ballivan. Also spar dir deine falschen Komplimente, okay?"
Sein Lächeln verblasste nicht, aber sein Blick wurde traurig. Er warf einen Blick auf seinen Pick-up, bevor er Meg wieder ansah. „Ich schmeichle niemandem." Er seufzte. „Ich sollte wohl nach Stone Creek zurückfahren."
Irgendetwas in seiner Stimme machte sie neugierig.
Nein, sie durfte sich nichts vormachen.
Alles an ihm weckte ihre Neugier. Sie wollte es nicht, aber es war nun einmal so.
„Es tut mir leid, dass Big John gestorben ist." Fast hätte sie ihm eine Hand auf den Arm gelegt. In letzter Sekunde beherrschte sie sich, denn sobald sie Brad O'Ballivan berührte, konnte alles Mögliche passieren.
„Danke", erwiderte er leise.
Ein Mädchen kam auf Rollschuhen herbei und entfernte das Tablett vom Seitenfenster. „Vielleicht habe ich mich verplappert", gestand es mit roten Wangen, „dass Sie hier sind und mir ein Autogramm gegeben haben, meine ich."

Brad murmelte etwas.

Das Mädchen rollte davon.

„Ich muss los“, sagte er und schaute zum Restaurant hinüber, hinter dessen Fensterscheiben sich zahlreiche neugierige Gesichter drängten. Jeden Moment konnte der Ansturm einsetzen. „Ich nehme nicht an, dass wir zusammen essen könnten, oder? Vielleicht morgen Abend? Es gibt ... Na ja, es gibt ein paar Dinge, die ich dir sagen möchte.“

Meg zögerte.

„Oder auf einen Drink? In Stone Creek ist eine Bar.“

„Na gut“, gab sie nach. „Ein Drink kann wohl nicht schaden.“

Brad stieg in seinen Wagen. Die Tür des Drive-in-Restaurants knallte gegen die Wand, und seine Fans kreischten vor Begeisterung.

„Nun fahr schon!“, rief Meg.

„Morgen Abend um sechs.“ Er gab Gas, wich seinen Bewunderinnen aus und raste vom Parkplatz.

Die Sonne ging unter, als Brad auf der Heimfahrt den letzten Hügel erreichte, auf der Kuppe hielt und zum ersten Mal seit der Beerdigung seines Großvaters auf die Stone-Creek-Ranch hinunterschaute. Der Bach schlängelte sich silbrig grau mitten durchs Land. Die Scheune und das Haupthaus, die Sam O'Ballivan mit eigenen Händen gebaut hatte, standen so unverrückbar und imposant da wie immer. Früher einmal hatte es zwei Wohnhäuser gegeben. Das, in dem der ursprüngliche Eigentümer des Landes gelebt hatte, Major John Blackstone, war vor langer Zeit abgerissen worden. Dort ragten jetzt einige Eichen auf, die ein paar alte Gräber umgaben.

In einem davon ruhte Big John.

Brad musste schlucken. *Wenn es so weit ist, sorg dafür, dass ich bei unseren Vorfahren liege*, hatte Big John zu ihm gesagt. *Ich will nicht auf den Friedhof in der Stadt.*

Es war nicht einfach gewesen, aber Brad hatte es geschafft, eine Ausnahmegenehmigung zu bekommen.

Am liebsten wäre er sofort zu Big Johns letzter Ruhestätte gegangen, um ihm zu gedenken, aber vor dem Ranchhaus parkten mehrere Wagen. Seine Schwestern warteten darauf, ihn daheim willkommen zu heißen.

Brad blinzelte, rieb sich die Augen und fuhr weiter.

Es war an der Zeit, sich seiner Familie zu stellen.

Auf dem Rückweg zur Triple M fuhr Meg an dem alten Ranchhaus vorbei, in dem Angus gelebt hatte.

„Ich wette, wenn du dich von dem singenden Cowboy schwängern lässt, macht er dich zu einer anständigen Frau", meldete ihr unerwünschter Begleiter sich unvermittelt zu Wort.

„Tolle Idee", entgegnete sie scharf. „Und zu deiner Information, ich *bin* eine anständige Frau. Als Kind war ich froh, dass du dich um mich gekümmert hast, Angus. Aber jetzt bin ich erwachsen und führe mein eigenes Leben. Und ehrlich gesagt, wenn du unbedingt willst, dass ich mir einen Mann suche, solltest du dich besser zurückziehen. Deine Anwesenheit ist einer romantischen Stimmung nicht gerade zuträglich."

„Wenn du morgen Abend nach Stone Creek fährst, lasse ich dich allein", versprach er.

„Du magst Brad."

„Stimmt."

„Mach dir keine falschen Hoffnungen."

Angus antwortete nicht, sondern verschwand so plötzlich, wie er auch immer erschien.

Nachdenklich stand Meg an die Arbeitsfläche gelehnt in ihrer Küche und wartete darauf, dass das Teewasser zu kochen begann. Brad hatte ihr damals so wehgetan, dass sie nicht sicher gewesen war, ob sie sich jemals davon erholen würde. Erst Jahre, nachdem er sie verlassen hatte, um nach Nashville zu gehen, hatte sie sich wieder nach Indian Rock getraut. Und dann war sie sofort zum *Dixie-Dog-Drive-in* gefahren und hatte sich auf dem Parkplatz die Augen ausgeweint.

Sie dachte an Brads Worte – *es gibt ein paar Dinge, die ich dir sagen möchte.*

Was für Dinge?

Der Teekessel pfiff.

Sie löffelte Teekräuter in die alte Kanne ihrer Großmutter und goss das heiße Wasser darüber.

Er hat mich doch nur auf einen Drink eingeladen, sagte sie sich. Auf einen harmlosen Drink.

Sie sollte Brad anrufen und das Treffen absagen.

Oder noch besser, ihn einfach versetzen. Genau so, wie er sie damals fallen gelassen hatte, als sie ihn von ganzem Herzen geliebt und noch geglaubt hatte, dass es in seinem hektischen, aufregenden Leben einen Platz für sie gab.

Unwillkürlich legte sie eine Hand auf den Bauch.

Seit Brad O'Ballivan sie sitzen gelassen hatte, war sie nicht mehr so leichtgläubig.

Vielleicht wollte er sich bei ihr entschuldigen.

Sie lachte bitter.

Als es klopfte, zuckte sie zusammen. Sie ging zur Tür und blickte durch das kleine Fenster. Es war Travis Reid. Sie ließ ihn herein.

„Sierra und Eve haben mich geschickt“, sagte er und hängte seinen Cowboyhut an den Haken. „Sie machen sich Sorgen um dich.“

Meg strich sich über die Stirn. Sie hatte die Party abrupt verlassen, um sich am *Dixie Dog* mit Brad zu treffen. „Das wollte ich nicht. Es geht mir gut. Wirklich, du hättest nicht den weiten Weg …“

„Eve hat versucht, dich auf dem Handy zu erreichen, aber das hast du offenbar abgeschaltet, und Sierra hat dir drei oder vier Mal auf die Mailbox gesprochen.“ Er warf einen Blick auf das Telefon an der Küchenwand. „Du hast Glück, dass ich hier bin, bevor sie die Polizei alarmieren.“

Lachend schloss Meg die Haustür. Es war ein kühler Oktoberabend.

Travis zog die Lammfelljacke aus und hängte sie zu seinem Hut.

„Ich war nur etwas … überwältigt“, gestand sie.

Er ging an den Apparat, wählte und wartete. „Hi, Honey", begann er, „Meg lebt und ist wohlauf. Keine bewaffneten Eindringlinge, kein Unfall. Sie war einfach nur ... *überwältigt*."

„Sag ihr, dass ich sie nachher anrufe!", bat Meg. „Und Mom auch."

„Sie ruft dich an", wiederholte Travis, „und Eve auch." Er lauschte kurz, versprach, auf dem Heimweg Milch und Brot einzukaufen, und legte auf.

Da sie wusste, dass er keinen Tee trank, bot sie ihm einen Kaffee an.

Er setzte sich an den Tisch, an dem Generationen von McKettricks ihre Mahlzeiten eingenommen hatten. „Was ist los, Meg?", fragte er leise.

„Wie kommst du darauf, dass etwas los ist?"

„Ich kenne dich. Wir beide haben mal versucht, uns ineinander zu verlieben, schon vergessen?"

„Brad O'Ballivan ist zurück."

Travis nickte. „Und das bedeutet ..."

„Nichts", antwortete Meg viel zu schnell. „Es bedeutet nichts. Ich war nur ..."

Er lehnte sich zurück und verschränkte die Arme.

„Na gut, es war ein Schock", gab sie zu und setzte sich etwas gerader hin, „aber *du* wusstest bereits, dass er wieder da ist."

„Dein Cousin Jesse hat es mir erzählt."

„Und keiner ist auf die Idee gekommen, mich vielleicht einzuweihen?"

„Wir haben angenommen, dass du schon mit Brad gesprochen hast."

„Warum hätte ich das denn tun sollen?"

„Weil ..." Travis zögerte verlegen. „Meg, es ist doch kein Geheimnis, dass ihr beide mal etwas miteinander hattet. Indian Rock und Stone Creek sind klein und liegen nur vierzig Meilen auseinander. So etwas spricht sich herum."

Meg wich seinem Blick aus. Also wussten alle, dass Brad ihr das Herz gebrochen hatte, dabei hatte sie so getan, als würde es ihr nichts ausmachen, dass er die Stadt von einem Tag auf den anderen verlassen hatte. Sie war mit dem College fertig geworden und hatte sich in die Arbeit bei *McKettrickCo* gestürzt. Und sie war mit anderen Männern ausgegangen, auch mit Travis.

Aber sie hatte niemandem etwas vormachen können.

„Wirst du ihn wiedersehen?"

Meg presste die Finger auf die Augen und nickte. Doch dann schüttelte sie den Kopf.

Travis schmunzelte. „Entscheide dich, Meg."

„Wir wollen morgen Abend zusammen etwas trinken, in einer Bar in Stone Creek. Ich weiß nicht, warum ich mich darauf eingelassen habe. Was haben wir uns nach so langer Zeit schon zu sagen?"

„Wie es euch seitdem ergangen ist?"

„Ich weiß, wie es ihm ergangen ist – er ist reich und berühmt, war zweimal verheiratet und hat sich einen Ruf erworben, gegen den Jesse zahm wirkt. Ich dagegen bin ein Workaholic geworden. Punkt."

„Bist du nicht etwas zu streng mit dir?", entgegnete Travis lächelnd. „Und mit Brad? Willst du ihn wirklich mit Jesse vergleichen?"

Jesse hatte ein wildes Leben geführt, bis er Cheyenne Bridges begegnet war und sie zur Frau nahm.

„Vielleicht hat Brad sich geändert."

„Vielleicht auch nicht", widersprach Meg.

„Na ja, du könntest für eine Weile von hier fortgehen." Travis machte ein ernstes Gesicht, nur ein Mundwinkel zuckte. „Du könntest dich um einen Platz im Space Shuttle bewerben oder so etwas."

„Ich laufe nicht vor ihm weg! Ich wollte immer hier auf dieser Ranch, in diesem Haus sein. Außerdem will ich hier sein, wenn das Baby kommt."

Travis' Miene entspannte sich. Bevor Sierra aufgetaucht war, hatte Meg bezweifelt, dass er jemals sesshaft werden würde. Travis hatte in seinem Leben viel verkraften müssen, vor allem den tragischen Tod seines jüngeren Bruders. Travis hatte sich die Schuld daran gegeben.

„Gut“, sagte er, „aber was tust du hier eigentlich? Du bist ein schnelleres Leben gewöhnt, Meg.“

„Ich kümmere mich um die Pferde.“

„Und das dauert *wie lange*? Zwei Stunden am Tag? Laut Eve verbringst du die meiste Zeit drinnen und im Schlafanzug. Sie hält dich schlicht für depressiv.“

„Das bin ich nicht. Ich hole nur etwas Erholung nach.“

„Okay.“

„Ich trinke nicht allein und sehe mir keine Seifenopern an“, versicherte Meg. „Ich hänge einfach nur ab. So etwas versteht meine Mutter nicht.“

„Sie liebt dich, Meg. Sie macht sich Sorgen, sie will nur dein Bestes.“

„Ich wünschte trotzdem, sie würde nach Texas zurückkehren.“

„Sie bekommt ein Enkelkind, da geht sie nirgendwohin!“

Wenigstens hatte Eve sich nicht auf der Ranch einquartiert, das war ein Trost. Sie wohnte in einer kleinen Suite im einzigen Hotel von Indian Rock und verbrachte ihren Tag damit, shoppen zu gehen, im Internet mit Wertpapieren zu handeln und den kleinen Liam zu verwöhnen.

Und Meg auf die Nerven zu gehen.

Travis leerte seinen Kaffeebecher und spülte ihn ab. „Sie hat Angst, dass du dich abschottest und komplett vereinsamst.“

„Fahr nach Hause, Travis. Deine Frau braucht Milch und Brot.“

Er ging zur Tür, zog den Mantel an und nahm den Hut vom Haken. „Die Frage ist, was *du* brauchst, Meg.“

„Nicht Brad O’Ballivan, das steht fest!“

Travis setzte den Hut auf. „Habe ich ihn etwa mit einem Wort erwähnt?“

Meg funkelte ihn an.

„Wir sehen uns“, sagte er lächelnd, und dann war er fort.

„Er hat recht“, meinte Angus.

Sie drehte sich zu ihm um. Er stand am Geschirrschrank. Täuschte sie sich, oder sah er etwas älter aus als am Nachmittag?

„Was gibt es zu essen?“, fragte er, als sie nicht antwortete.

„Wieso interessiert dich das? Du isst doch nie.“

„Du auch nicht. Du siehst aus wie ein Skelett.“

„Das sagst ausgerechnet du?“, entgegnete sie spitz und öffnete den Kühlschrank.

Angus ging zu ihr, nahm ihr das Tiefkühlgericht aus der Hand und warf es in den Abfalleimer.

„Das war mein Abendessen“, protestierte Meg.

„Stell die Pfanne auf den Herd und mach dir etwas Vernünftiges“, befahl er. „Ein Steak zum Beispiel.“ Er musterte sie. „Du kannst doch kochen, oder?“

2. KAPITEL

Jolene's Bar war spärlich beleuchtet und so gut wie leer. Meg wartete im Eingangsbereich, bis sich ihre Augen an das Halbdunkel gewöhnten. Hätte sie doch bloß die Verabredung abgesagt. Jetzt gab es kein Zurück mehr.

Brad stand an der Jukebox. Ihr farbenfrohes Flackern erhellte sein Gesicht, als er Meg lächelnd zunickte.

„Wo sind denn alle?", wollte sie wissen. Außer Brad und ihr war nur der Barkeeper im Raum.

„Ich habe ihnen ein Gratiskonzert in der Sporthalle der Highschool versprochen, wenn sie uns beiden das *Jolene's* für ein paar Stunden überlassen."

Am liebsten hätte Meg auf dem Absatz kehrtgemacht, aber sie war nun einmal eine McKettrick und viel zu stolz, um zu kneifen.

„Setz dich doch." Brad zog einen Stuhl unter einem Tisch hervor.

„Was soll's sein?", fragte der Mann hinter dem Tresen, ein stämmiger Bursche mit unzähligen Tätowierungen und einem altmodischen Schnauzbart.

Brad bestellte eine Cola.

Meg zwang sich, den angebotenen Stuhl zu nehmen, und bat um einen Eistee. Vielleicht stimmte das Gerücht ja und Brad hatte tatsächlich eine Entziehungskur hinter sich.

Der Barkeeper stellte ihnen die Gläser hin und verließ den Raum durch eine Hintertür.

Brad drehte seinen Stuhl um, setzte sich rittlings darauf und stützte die Arme auf die Lehne. Wäre er nicht so atemberaubend attraktiv, hätte er in seinen Jeans, dem weißen Hemd und den Stiefeln ein Cowboy sein können, wie man ihn überall in Arizona in jeder schäbigen Bar fand.

Meg starrte auf ihren Drink, denn das war wesentlich ungefährlicher, als Brad ins Gesicht zu sehen. Als er schmunzelte, fühlte sie, wie sich ihre Wangen erwärmten.

Trotzig hob sie den Blick. „Was denn?", fragte sie und wischte sich die feuchten Handflächen an ihren ältesten Jeans ab. Sie hatte sich ganz bewusst nicht umgezogen – kein Parfüm, nur Wimperntusche und ein Hauch Lipgloss.

„Du solltest nicht alles glauben, was du über mich liest."

„Wer sagt, dass ich etwas über dich gelesen habe?"

„Komm schon, Meg. Du hast doch erwartet, dass ich Jack Daniel's aus der Flasche trinke. Das gehört zum Böser-Bube-Image, das mein Manager in die Welt gesetzt hat."

Meg seufzte. „Du hast keine Entziehungskur gemacht?"

Er lächelte. „Nein. Ich habe auch kein Hotelzimmer verwüstet und kein Wochenende im Gefängnis verbracht, oder was immer Phil mir angedichtet hat."

„Wirklich nicht?"

„Wirklich nicht." Brad stand auf, ging zur Jukebox und warf einige Münzen hinein. Sekunden später erklang eine alte Ballade von Johnny Cash in der ansonsten vollkommen ruhigen Bar.

Meg nippte an ihrem Eistee, um ihre angespannten Nerven zu beruhigen. Sie wünschte, sie hätte einen Wagen mit Chauffeur gemietet, dann könnte sie sich jetzt etwas Mut antrinken und vergessen, wie intensiv Brad O'Ballivan auf sie wirkte.

Er drehte sich zu ihr um, machte ein, zwei Schritte auf sie zu, blieb mitten auf dem mit Sägemehl und Erdnussschalen übersäten Boden stehen und streckte eine Hand aus.

Meg ging zu ihm, wie sie am Tag zuvor zum *Dixie Dog* gefahren war – ganz automatisch.

Er legte die Arme um sie, zog Meg jedoch nicht fest an sich, sondern hielt sie ganz locker, und dann tanzten sie, ohne die Füße dabei zu bewegen.

Als der Song endete, stützte Brad das Kinn auf ihren Kopf. „Du hast mir gefehlt", sagte er leise.

Meg kam wieder zur Vernunft.

Endlich.

Sie wich zurück und schaute ihm ins Gesicht. „Hör bloß auf damit!"

„Wir können nicht so tun, als wäre nichts passiert, Meg."

„Doch, das können wir!", beharrte sie. „Millionen Menschen schaffen es jeden Tag. Man nennt es *Verdrängung*."

„Noch immer eine echte McKettrick." Sein Lächeln wurde traurig. „Wenn ich sage, dass der Mond rund ist, behauptest du, dass er viereckig ist."

Sie stieß mit dem Zeigefinger gegen seine Brust. „Und noch immer ein O'Ballivan. Du meinst, du müsstest mir den Mond beschreiben, obwohl ich ihn mit eigenen Augen sehen kann!?"

Die Jukebox war uralt und spielte statt CDs Schallplatten ab. Die nächste landete geräuschvoll auf dem Plattenteller, und die Nadel kratzte in den Rillen, als Willie Nelsons Version von *Georgia* begann.

Meg erstarrte und wollte sich von Brad lösen.

Er legte die Arme fester um ihre Taille.

Über die Jahre waren die McKettricks und die O'Ballivans als Eigentümer der beiden größten Ranches in der Gegend immer einander freundlich zugewandte Rivalen gewesen. Die beiden Familien waren gleich stolz und gleich stur – das hatten sie auch sein müssen, um über ein Jahrhundert als Viehzüchter zu überleben.

Meg schluckte. „Warum bist du zurückgekommen?"

„Um ein paar Dinge zu regeln." Sie bewegten sich noch immer nach der Musik. „Du stehst ganz oben auf der Liste, Meg McKettrick."

„Und du auf meiner", erwiderte sie, „aber ich glaube, wir reden über unterschiedliche Listen."

Er lachte. Oh, wie sehr sie das vermisst hatte! Seine Nähe, seine Ausstrahlung, den frischen Duft seiner Haare und seiner Haut …

Stopp, befahl sie sich, du benimmst dich wie ein aufgekratztes Groupie.

„Du hast mir einen *Verlobungsring* gekauft", platzte sie heraus. „Wir wollten zusammen durchbrennen. Und dann bist du in den Bus nach Nashville gestiegen und hast eine andere geheiratet!"

„Ich war dumm", gab er zu, „und ich hatte Angst."

„Nein", widersprach Meg und kämpfte mit den Tränen. „Du warst ehrgeizig, und rein zufällig besaß der Vater der Braut eine Plattenfirma."

Er schloss kurz die Augen. An seiner Wange zuckte ein Muskel. „Valerie“, sagte er betrübt, „ihr Name war Valerie.“

„Glaubst du allen Ernstes, mich interessiert, wie sie hieß?“

„Ja, das glaube ich.“

„Dann irrst du dich!“

„Deshalb siehst du aus, als würdest du mich am liebsten verprügeln!?“

„Ich habe dich so schnell vergessen!“ Sie schnippte mit den Fingern. Aber eine Träne rann ihr über die Wange und strafte sie Lügen.

Zärtlich wischte Brad die Träne fort. „Es tut mir leid, Meg.“

„Oh, das ändert natürlich alles!“ Wieder versuchte sie, sich von ihm zu lösen, doch auch dieses Mal ließ er es nicht zu.

„Du wirst dich viel besser fühlen, wenn du mir verzeihst.“ Er hob ihr Kinn an. „Die Nächte, in denen wir nackt in dem Teich hinter dem Haus auf der Triple M gebadet haben. Die Nächte, in denen wir …“

„Nein“, unterbrach sie ihn. „Du hast es nicht verdient, dass ich dir verzeihe.“

„Da hast du recht, aber genau darum geht es doch, wenn einem verziehen wird. Man muss es sich nicht verdienen.“

„Du hast leicht reden!“

„Ich hatte meine Gründe, Meg.“

„Sicher. Du wolltest reich und berühmt werden. Mit möglichst vielen willigen Groupies.“

Brads Mund wurde schmal. „Ich hätte dich nicht heiraten *können*, Meg.“

„Du hast mir einen Verlobungsring geschenkt und mir einen *Heiratsantrag* gemacht!“

„Das hätte ich nicht tun dürfen.“ Er schaute zur Seite. „Du hast von den Zinsen deines Erbes gelebt. Ich hatte eine Hypothek und einen Stapel unbezahlter Rechnungen. Ich habe nachts wach gelegen und Blut und Wasser geschwitzt, weil ich befürchten musste, dass die Bank mir den Kredit kündigt. Damit durfte ich dich nicht belasten.“

Mit offenem Mund starrte Meg ihn an. Sie hatte gewusst, dass die O'Ballivans nicht reich waren, jedenfalls nicht so wohlhabend wie die McKettricks, aber sie wäre nie auf die Idee gekommen, dass die Stone-Creek-Ranch kurz vor der Zwangsversteigerung stand.

„Sie wollte das Land, um darauf zu bauen“, fuhr Brad fort, „die Bank, meine ich. Die Pläne lagen schon in der Schublade.“

„Das wusste ich nicht. Ich hätte dir geholfen …“

„Natürlich hättest du mir geholfen. Und ich hätte dir nie wieder in die Augen schauen können. Ich hatte nur die eine Chance, Meg. Valeries Vater hatte sich mein Demoband angehört und war bereit, mich vorsingen zu lassen. Fünfzehn Minuten zwischen zwei Terminen. Ich habe versucht, es dir zu erklären.“

Sie erinnerte sich. Er hatte die Hochzeit verschieben wollen und versprochen, zu ihr zurückzukehren. Sie war verletzt und wütend gewesen, zumal auch sie ihm etwas verschwieg. Sie hatten gestritten.

„Du hast *nicht* angerufen und du hast *nicht* geschrieben …“

„Als ich in Nashville ankam, hatte ich eine gebrauchte Busfahrkarte und eine Gitarre. Hätte ich dich angerufen, hättest du das Telefonat bezahlen müssen, und das wollte ich nicht. Ich habe ein halbes Dutzend Briefe angefangen, aber jeder hörte sich an wie der Text eines schlechten Songs. Ich war ein paarmal in der Bibliothek, um dir eine E-Mail zu schicken, aber ich wusste einfach nicht, was ich dir sagen sollte.“

„Also hast du dich mit Valerie eingelassen.“

„Nein, so war es nicht.“

„Ich nehme an, sie war eine reiche Erbin, genau wie ich. Offenbar hattest du nichts dagegen, dass *sie* mit ihrem Geld eure Ranch vor der Zwangsversteigerung bewahrt.“

„*Ich* habe die Ranch davor bewahrt“, widersprach Brad grimmig. „Mit dem meisten Geld aus meinem ersten Schallplattenvertrag habe *ich* die Hypothek abgelöst. Aber richtig sicher war die Ranch erst nach meinem ersten größeren Hit.“ Er zögerte und schien an die harten Zeiten zu denken, in denen er noch keine Stadien mit Fans gefüllt hatte, die zu seiner Musik flackernde Feuerzeuge schwenkten.

„Ich habe Valerie nicht geliebt. Und sie mich auch nicht. Sie war verwöhnt, einsam und vernachlässigt, wie reiche Kinder es oft sind. Außerdem hatte sie ein großes Problem. Sie war schwanger von einem verheirateten Mann, der nichts mehr mit ihr zu tun haben wollte. Sie hatte Angst, dass ihr Vater sie umbringt, wenn er es erfährt. Ich auch, denn er war jähzornig und unberechenbar. Also habe ich sie geheiratet."

Meg kehrte zu ihrem Tisch zurück und ließ sich auf den Stuhl sinken. „Und? Hat sie ... das Baby bekommen?"

„Sie hatte eine Fehlgeburt. Wir haben es ein paar Jahre miteinander versucht und uns dann scheiden lassen. Inzwischen ist sie mit einem Zahnarzt verheiratet und sehr glücklich. Die beiden haben vier Kinder." Brad setzte sich zu Meg. „Soll ich dir von meiner zweiten Ehe erzählen?"

„Ich glaube nicht, dass ich das hören möchte", erwiderte sie matt.

Er legte eine Hand auf ihre. „Ich auch nicht." Er senkte den Kopf, um ihr in die Augen sehen zu können. Das hatte er früher auch immer getan, und es ging ihr ans Herz. „Alles in Ordnung?"

„Nur ein flaues Gefühl im Bauch, das ist alles."

„Wie wäre es mit etwas zu essen?"

„Gibt es hier etwas? Bei *Jolene's*?"

Brad lachte. „Nein, aber die Straße entlang, im Steakhouse. Es ist nicht zu verfehlen – es steht direkt neben dem Schild, auf dem man willkommen geheißen wird in *Stone Creek, Heimatstadt von Brad O'Ballivan*."

„Du Angeber!", sagte sie, froh darüber, dass er einen scherzhaften Ton anschlug.

Er lächelte gewinnend. „Stone Creek war schon immer die Heimatstadt von Brad O'Ballivan. Heute hat es nur eine andere Bedeutung als früher."

„Deine Fans werden das Restaurant belagern", warnte Meg.

„Selbst wenn die ganze Stadt auftaucht, sind es dazu nun wirklich nicht genug Fans."

„Na gut, aber *du* zahlst."

„Einverstanden." Brad erhob sich und rief den Barkeeper,

der sich offenbar in einem Lagerraum oder im Büro aufgehalten hatte.

Als sie die Bar verließen, kam es Meg vor, als würde der Boden unter ihr schwanken. Sie fragte sich, ob im Eistee vielleicht doch ein Schuss Alkohol gewesen war.

Anders als bei *Jolene's* herrschte im Steakhouse Hochbetrieb. Einige Gäste riefen Brad etwas zu, als er und Meg hereinkamen, und junge Mädchen steckten kichernd die Köpfe zusammen. Aber die meisten Besucher waren auf der Party gewesen, die Ashley und Melissa am Abend zuvor für ihn gegeben hatten, und wussten längst, dass er in der Stadt war.

Auch Meg zog etliche Blicke auf sich – alle bewundernd, einige neugierig. Selbst in Jeans, Stiefeln und einer schlichten Jacke über der weißen Bluse blieb sie, wer sie war – eine McKettrick mit einem ererbten Vermögen und einer beeindruckenden Karriere als Topmanagerin. Brad war erstaunt gewesen, dass sie nicht sofort eine Führungsposition übernommen hatte, als *McKettrickCo* an die Börse gegangen war, sondern sich auf die Triple M zurückgezogen hatte. Er fragte sich, warum sie das getan hatte.

Was Meg McKettrick betraf, gab es für ihn eine ganze Reihe offener Fragen.

Mit etwas Glück würde er heute alles erfahren, was er über sie wissen wollte.

Zum Beispiel, ob sie noch immer im Schlaf lachte, ihre Frühstücksflocken mit Joghurt statt mit Milch aß und den Rücken wie eine Turnerin durchbog, wenn sie zum Höhepunkt kam.

Da das Steakhouse kaum der geeignete Ort war, um an Megs leidenschaftliche Orgasmen zu denken, versuchte Brad, an etwas anderes zu denken. Leider spielte sein Körper nicht mit.

Als sie am Tisch saßen, bestellte Brad ein Steak, Meg einen Caesar Salad.

Die Kellnerin ging nur widerwillig davon.

„Okay", begann Brad, „jetzt bin ich mit Fragen dran. Warum bist du bei *McKettrickCo* ausgestiegen und arbeitest nicht mehr?"

Meg lächelte, doch er sah ihr an, wie durcheinander sie auch jetzt noch war. „Ich brauchte das Geld nicht. Und ich wollte immer ganz auf der Triple M leben wie Jesse, Rance und Keegan. Früher, wenn der Sommer zu Ende war, fiel es mir immer schwer, abzureisen und wieder zur Schule zu gehen. Ich habe mir geschworen, eines Tages für immer auf der Ranch zu bleiben."

„Du liebst sie so sehr?" Er konnte sie gut verstehen, aber zugleich beunruhigte es ihn etwas. „Was tust du den ganzen Tag lang?"

Sie lächelte so anmutig, dass er sie am liebsten auf der Stelle geküsst hätte. Und nicht nur das.

„Du klingst ja wie meine Mutter", erwiderte sie. „Ich kümmere mich um die Pferde, reite hin und wieder aus und ..."

Er nickte nur und wartete.

Sie beendete den Satz nicht.

„Du hast nicht geheiratet." Er hatte es nicht sagen wollen. Sie sollte nicht wissen, dass er sie all die Jahre lang im Blick behalten hatte – über das Internet, aber auch mithilfe seiner Schwestern.

Meg schüttelte den Kopf. „Fast hätte ich es getan. Ein einziges Mal, aber es hat nicht geklappt."

Er beugte sich vor. „Wer war der Kerl? Er muss ein richtiger Esel gewesen sein."

„Du!", antwortete sie zuckersüß und lachte über seine verblüffte Miene.

Brad wollte antworten, schluckte die Worte jedoch im letzten Moment herunter. Bestimmt würden sie sich so dumm anhören wie die Frage, die er ihr gestellt hatte.

„Ich bin mit vielen Männern ausgegangen."

Das unerwünschte Bild kehrte zurück, aber diesmal sah er nicht sich selbst, sondern einen anderen Mann, der sie zum Höhepunkt brachte.

„Vielleicht sollten wir nicht über mein Liebesleben reden", schlug sie vor.

„Nein, vielleicht nicht."

„Nicht, dass ich eins habe."

Schlagartig fühlte er sich besser. „Dann sind wir ja zu zweit."

Meg wirkte nicht überzeugt.

„Stimmt aber. Was hast du denn?“ Er genoss das Wechselspiel der Gefühle, die sich in ihrem Gesicht spiegelten. Meg und er waren nicht gerade gute Freunde. Dazu war es noch zu früh, aber es war ein ermutigendes Zeichen, dass sie sich mit ihm bei *Jolene's* getroffen hatte und dann auch noch mit ihm essen gegangen war.

„Ich habe den Artikel im *People Magazine* gelesen. *Der Cowboy mit den meisten Kerben im Bettpfosten.* So lautete die Überschrift doch, oder?“

„Ich dachte, wir wollten nicht über unser Liebesleben reden. Und könntest du bitte etwas leiser sprechen?“

„Wenn ich mich recht erinnere, haben wir uns nur darauf geeinigt, nicht über *meins* zu reden. Welches, wie gesagt, nicht existiert. Und darauf, deine zweite Frau nicht zu erwähnen – jedenfalls vorläufig.“

„Sicher, es hat Frauen gegeben“, sagte Brad, „aber die Story mit dem Bettpfosten war allein Phils Idee – eine reine PR-Story!“

Das Essen wurde serviert.

„Nicht, dass es mich interessiert, ob du Kerben in deinen Bettpfosten schnitzt“, versicherte Meg, als die Kellnerin wieder fort war.

„Richtig“, bestätigte Brad ernst, obwohl er innerlich lächeln musste.

„Wo ist dieser Phil überhaupt?“, fragte sie. „Mir scheint, der Mann hat eine falsche Vorstellung von der Cowboyromantik – Entziehungskur, verwüstete Hotelzimmer. Die Sache mit den Kerben …“

„Gibt es denn so etwas wie eine Cowboyromantik?“

„Das weißt du doch – Ehre, Anstand, Mut. So stellt man sich den perfekten Cowboy vor.“

Er seufzte. Meg nahm alles sehr genau. Gut, dass sie nicht Anwältin geworden war, wie sie es einmal vorgehabt hatte. Wahrscheinlich hätte sie seine zweite Exfrau bei der Scheidung vertreten und sein Aktiendepot leergeräumt. „Ich habe versucht, es ihm auszureden. Aber Phil weiß, wie man Konzerthallen füllt.“

Sie richtete ihre Gabel auf ihn. „*Du* hast die Konzerthallen gefüllt, Brad. Du und deine Musik.“

„Du magst meine Musik?"
„Ja, sie ist … nett."
Nett? Ein halbes Dutzend Grammys und andere Preise, wochenlang an der Spitze aller wichtigen Charts, und sie fand seine Musik *nett?* Für heute gab er sich damit zufrieden.
Er machte sich über das Steak her, hatte jedoch noch keine drei Bissen gegessen, da wurde die Tür des Restaurants aufgerissen, und Olivia stürmte herein.
Seine Schwester blieb vor ihrem Tisch stehen, nickte Meg zu und sah Brad an. „Er ist verletzt!", sagte sie atemlos. Sie hatte ein paar Strohhalme im Haar, und an ihrer Kleidung klebte etwas, das dort nichts verloren hatte, wo Essen serviert wurde.
„Wer ist verletzt?", fragte er ruhig und stand auf.
„Ransom", antwortete sie den Tränen nahe. „Er saß im Stacheldraht fest. Ich habe ihn durchs Fernglas entdeckt, aber ich kam zu spät. Er hat sich selbst befreit und ist davongaloppiert. Er ist schwer verletzt, Brad. Mit dem Wagen kann ich ihm nicht folgen, wir müssen aufsatteln und ihn einfangen."
„Livie, es ist schon dunkel."
„Er blutet und ist geschwächt! Die Wölfe werden ihn reißen!", rief Olivia verzweifelt. „Wenn du nicht mitkommst, reite ich allein los."
Brad holte seine Brieftasche heraus und warf ein paar Geldscheine auf den Tisch.
Meg sprang auf. „Ich komme mit, Olivia. Vorausgesetzt, du hast ein Pferd für mich. Ich könnte Banshee von der Triple M holen, aber bis ich ihn auf dem Anhänger habe und …"
„Du kannst Cinnamon nehmen." Brads Schwester unterbrach Meg. „Aber dort oben ist es kalt und stockdunkel. Es könnte eine unbequeme lange Nacht werden."
„Kein Zimmerservice?", scherzte Meg.
Olivia lächelte matt, bevor sie Brad einen herausfordernden Blick zuwarf. „Kommst du nun mit oder nicht, *Cowboy?*"
„Verdammt, ja, ich bin dabei." Reiten war etwas, das man nie verlernte, doch es war eine Weile her, dass er im Sattel gesessen hatte. Was bedeutete, dass er morgen früh jeden Muskel spüren

würde. „Was ist mit den Tieren auf der Triple M, Meg? Wer füttert deine Pferde, falls es wirklich die ganze Nacht dauern sollte?“

„Bis morgen früh sind sie versorgt“, antwortete Meg. „Falls ich bis dahin nicht zurück bin, bitte ich Jesse, Rance oder Keegan, sich um die Tiere zu kümmern.“

Olivia fuhr in ihrem Geländewagen vor, Brad folgte ihr im Pick-up und Meg im Blazer. Er machte sich Sorgen um Ransom, und es beunruhigte ihn, wie vernarrt Livie in den Hengst war, aber die Rettungsaktion hatte auch etwas Gutes – er würde die Nacht mit Meg McKettrick verbringen, wenn auch auf der harten, halb gefrorenen Erde. Als echter Gentleman würde er seinen Schlafsack mit ihr teilen – und seine Körperwärme.

„Sehr schlau von dir“, sagte Angus, als er auf Megs Beifahrersitz auftauchte. „Ich hatte schon Angst, du fährst nicht mit. Vielleicht besteht ja doch noch Hoffnung für dich.“

„Ich dachte, du wolltest mich in Ruhe lassen?“

„Keine Sorge. Wenn ihr euch einen Schlafsack teilt, ziehe ich mich rechtzeitig zurück.“

„Ich habe nicht vor, mir mit Brad O’Ballivan einen Schlafsack zu teilen.“

Angus seufzte und schob seinen mit Schweißflecken übersäten Hut aus der Stirn. Sonst trug er nie einen, deshalb vermutete sie, dass mit schlechtem Wetter zu rechnen war. „Wäre aber vielleicht eine gute Idee“, grummelte er und löste sich in Luft auf.

Als Olivia plötzlich vor einem Gatter hielt, wäre Meg fast auf Brads Pick-up aufgefahren. Im Scheinwerferlicht stieg er aus und kam auf sie zu.

Er sah nicht wütend aus, nur sehr ernst.

„Wenn du bei mir mitfahren möchtest, ist mir das recht, Meg“, sagte er, als sie die Seitenscheibe herunterkurbelte, „aber falls ich auch noch deinen Wagen transportieren soll, schlage ich vor, du wartest, bis ich in einer Vertiefung halte und die Ladeklappe öffne.“

„Entschuldigung.“

Kopfschüttelnd kehrte er zum Pick-up zurück. Inzwischen hatte Olivia das Tor aufgemacht, hinter dem ein staubiger Weg zwischen Wacholderbüschen und Agaven hindurchführte, die sich in den kargen Boden krallten.

Wenig später überquerten sie einen Hügel und erreichten ein Tal. Vor ihnen tauchten die Lichter der Stone-Creek-Ranch auf. Als sie dort ankam, stellte Meg den Motor ihres Wagens ab und folgte Brad und Olivia in die Scheune.

„Das dort drüben ist Cinnamon." Olivia zeigte auf einen hochgewachsenen Fuchs auf der anderen Seite des Mittelgangs.

Meg zögerte keine Sekunde und fand nach kurzer Suche die Sattelkammer. Brad und seine Schwester saßen bereits auf ihren Pferden, als sie den Wallach ins Freie führte.

„Brauchst du Hilfe?", fragte Brad.

Cinnamon war ein großer Kerl und höher als jeder Vierbeiner in Megs Stall, aber sie hatte schon im Sattel gesessen, bevor sie laufen gelernt hatte.

„Nicht nötig", erwiderte sie, bevor sie sich am Knauf festhielt und einen Fuß in den Steigbügel stellte. Es war nicht einfach, aber sie schaffte es, Cinnamon zu besteigen, ohne sich zu blamieren.

Es war schlichtweg verrückt, in der Dunkelheit über die Weiden, Hügel und durch die versteckten Schluchten der Stone-Creek-Ranch zu reiten und einen geheimnisvollen Hengst zu suchen, der nicht gefunden werden wollte. Dass ich so was getan habe, ist einfach zu lange her, dachte Meg betrübt, während sie Brad und seiner Schwester auf dem geliehenen Pferd folgte.

Olivia hatte alles in ihren Satteltaschen verstaut, was sie für derartige Notfälle brauchte. Auch wenn sich Meg sicher war, dass ihnen Ransom – verwundet oder nicht – entkommen würde, bewunderte sie die Entschlossenheit der jungen Tierärztin. Olivia O'Ballivan hatte ihrem Leben einen Sinn gegeben, und darum beneidete Meg sie ein wenig.

Der fast volle Mond spendete genug Licht, aber je höher sie ritten, desto schmaler wurde der Weg, und das hügelige Gelände war felsig und fiel steil ab. Ein falscher Schritt eines der Vierbeiner und Pferd und Reiter würden mehrere Hundert Meter in die Tiefe stürzen und es nicht überleben.

Als vor ihnen eine breite Lichtung auftauchte, atmete Meg auf und lockerte den Griff um Cinnamons Zügel. Brad wartete, Olivia dagegen ritt weiter.

„Meinst du, wir finden ihn?", fragte Meg.

„Nein", erwiderte er, „aber Livie gibt so schnell nicht auf. Ich bin nur hier, um sie im Auge zu behalten."

Erst jetzt fiel ihr auf, dass er ein Gewehr mitgenommen hatte. Der polierte Kolben glänzte im Mondschein. Ihr Blick schien ihm nicht entgangen zu sein, denn er klopfte auf das Halfter, in der die Waffe steckte.

„Du rechnest damit, dass du schießen musst?" Meg war mit Schusswaffen aufgewachsen. Auf der Triple M gab es genug davon, doch deswegen musste sie Waffen noch lange nicht mögen.

„Nur wenn es nicht anders geht." Brad sah seiner Schwester nach und ritt wieder an. Automatisch setzte sich auch Megs Wallach wieder in Bewegung.

„Was meinst du?", wollte sie wissen.

„Wölfe."

„Du würdest sie doch nicht einfach abknallen, oder?"

„Natürlich nicht, aber Wölfe sind nun mal Raubtiere. Livie ist zu Recht besorgt, dass sie das Blut aus Ransoms Wunden wittern und ihn jagen könnten."

Meg lief es kalt den Rücken herunter. Wie Brad stammte auch sie von Ranchern ab und machte sich keine romantische Vorstellung von Wölfen. Sie waren nicht wie Hunde, sondern wilde Tiere, für die Rinder und Pferde nichts als Beute darstellten.

„Haie mit Beinen", sagte sie leise. „So nennt Rance sie."

Brad nickte nur. Vor ihnen war Olivia abgestiegen und beugte sich über etwas, das auf der Erde lag.

Als sie dort hinkamen, waren Olivias Satteltaschen geöffnet, und sie hielt eine Spritze gegen das Licht. Wegen der Dunkelheit und weil die Pferde nicht stillstanden, brauchte Meg einen Moment, um zu erkennen, um was für ein Tier sich Brads Schwester kümmerte.

Ein Hund lag blutend und zitternd auf der Seite.

Bevor Meg sich von dem Schock erholt hatte, sprang Brad aus dem Sattel und kniete sich neben das Tier – vermutlich ein Streuner, der einem Rudel Wölfe oder Kojoten zum Opfer gefallen war. Dass der Hund noch lebte, grenzte an ein Wunder.

Mit Tränen in den Augen beobachtete Meg, wie Brad dem Hund über eine bebende Flanke strich. Die Zärtlichkeit, mit der es tat, ging ihr ans Herz und löste in ihr etwas aus, das sie nie wieder hatte fühlen wollen.

Brad sah seine Schwester an. „Kommt er durch?"

„Ich bin nicht sicher. Auf jeden Fall muss die Wunde genäht werden." Sie setzte die Spritze an. „Ich gebe ihm ein Beruhigungsmittel. Sobald es wirkt, bringen wir ihn nach Stone Creek in die Praxis."

„Was ist mit Ransom?", fragte Meg. Sie kam sich so hilflos vor, und das war sie nicht gewöhnt.

Olivia hob den Kopf. Sie als Tierärztin konnte das verletzte Tier nicht zurücklassen. Sie brachte es auch nicht fertig, es einzuschläfern, weil das einfacher gewesen wäre, als es in der Stadt zu versorgen. „Ich suche ihn morgen früh, sobald die Sonne aufgeht."

Brad legte ihr eine Hand auf die Schulter. „Ransom ist schon so lange auf sich allein gestellt. Er wird es schaffen."

„Hol mir einen Schlafsack, ja?"

Er kehrte zu seinem Pferd zurück.

„Was hat der Hund hier draußen gemacht?", fragte Meg.

„Wahrscheinlich ist er herrenlos", erwiderte Olivia, „oder jemand hat ihn am Highway ausgesetzt. Viele Leute glauben, dass Hunde in der Wildnis überleben können, aber das ist natürlich Unsinn."

Meg stieg ab und berührte das Tier vorsichtig am Kopf. Es trug kein Halsband, aber vielleicht war es gechippt, dann würde Olivia den Halter ermitteln können.

Brad rollte den Schlafsack aus. „Können wir ihn jetzt bewegen?"

Olivia nickte. „Steig wieder auf!", befahl sie ihrem Bruder. „Wir heben ihn an."

Er pfiff nach seinem Pferd. Gehorsam kam es angetrottet, und er schwang sich in den Sattel.

Meg und Olivia hüllten den inzwischen bewusstlosen Hund in den Schlafsack und hoben ihn hoch, bis Brad ihn in die Arme nehmen konnte. Dann ritten sie schweigend zur Ranch zurück, wo er das Tier vorsichtig in Olivias Kombi legte.

„Ich bleibe hier und bringe die Pferde unter", bot Meg an. „Dann kannst du Olivia in der Praxis helfen."

Er nickte. „Danke."

Seine Schwester warf ihr einen anerkennenden Blick zu, bevor sie sich zu dem Hund setzte. Brad stieg ein und startete den Motor.

Meg sah ihnen nach und führte die drei Vierbeiner in die Scheune, nahm ihnen Sattel und Zaumzeug ab, suchte die Hufe nach Steinen ab und versorgte die Tiere mit Wasser und Heu. Dabei musste sie immerzu an Brad und den verletzten Hund in Olivias Wagen denken.

Am liebsten wäre sie in ihren Blazer gestiegen und ihnen gefolgt, aber sie wusste, dass sie in der Praxis nur im Weg herumstehen würde. Deshalb fuhr sie zur Triple-M-Ranch zurück.

Angus verließ zusammen mit ihr den Wagen. „Dem Hengst geht es gut. Er hat sich in eine der kleinen Schluchten geflüchtet und leckt seine Wunden", erzählte er und verschwand wieder, bevor sie das Haus betrat.

Meg machte sich gerade Tee, als das Telefon läutete.

Sie warf einen Blick aufs Display – kein Name, nur eine unbekannte Nummer.

„Hallo?"

„Er kommt durch!", verkündete Brad. Vermutlich rief er vom Handy aus an.

Meg kamen die Tränen. „Gott sei Dank. Hat Olivia ihn operiert?"

„Das war nicht nötig. Er hatte keine inneren Verletzungen, aber er war übel zugerichtet – mit all den Nähten sieht er aus wie ein Baseball."

„Hat er einen Mikrochip?"

„Ja“, erwiderte Brad nach einem Moment, „aber die Nummer gibt es nicht mehr. Olivia hat im Internet ermittelt, dass der Hund einem Mann gehörte, der vor sechs Monaten verstorben ist. Niemand weiß, wo Willie in der Zwischenzeit war.“

„Willie?“

„Der Hund. So heißt er, Willie.“

„Und was wird jetzt aus Willie?“

„Er muss eine Weile in der Praxis bleiben“, antwortete Brad. „Livie will herausfinden, ob jemand ihn adoptiert hat, aber wir machen uns nicht viel Hoffnung.“

„Also kommt er ins Tierheim, sobald er sich erholt hat?“

„Nein.“ Er klang so müde, wie Meg sich fühlte. „Wenn keiner ihn für sich beansprucht, nehme ich ihn zu mir. Ich könnte einen Freund gebrauchen – genau wie er.“ Er zögerte. „Ich hoffe, ich habe dich nicht geweckt.“

„Kein Problem. Ich war noch auf.“

„Gut.“

Sie schwiegen beide. Meg wusste, dass Brad noch etwas sagen wollte. Da sie es hören wollte, wartete sie.

„Ich reite gleich morgen früh wieder ins Hochland“, begann er schließlich, „um nach Ransom zu suchen. Ich habe mich gefragt, ob … Na ja, es ist vermutlich eine dumme Idee, aber …“

Sie widerstand der Versuchung, den Satz für ihn zu beenden.

„Möchtest du mitkommen? Livie hat keine Zeit. Einer der anderen Tierärzte ist krank, und sie will Willie im Auge behalten. Sie wird keine Ruhe geben, bis ich ihr sagen kann, dass es dem Hengst gut geht, also reite ich los.“

„Ich würde gern mitkommen“, sagte Meg. „Wann willst du aufbrechen?“

„Sobald die Sonne aufgeht. Bist du sicher, dass du mitwillst? Das Gelände dort oben ist ganz schön rau.“

„Wenn du damit fertig wirst, werde ich es auch, O’Ballivan.“

Er lachte. „Okay, McKettrick.“

Sie musste lächeln. „Ich bin um sechs bei dir, wenn es nicht zu früh ist. Soll ich mein eigenes Pferd mitbringen?“

„Sechs Uhr kommt hin. Und du kannst Cinnamon reiten, aber

zieh dich warm an. Und nimm mit, was immer du brauchst, falls wir aus irgendeinem Grund dort oben übernachten müssen."

Ihr Herz schlug schneller. „Ich sehe dich morgen früh", sagte sie so gelassen wie möglich.

„Gute Nacht."

„Gute Nacht", antwortete sie – lange, nachdem Brad aufgelegt hatte.

Meg ließ den Tee ungetrunken stehen, verschloss das Haus, löschte das Licht und ging nach oben in ihr Schlafzimmer. Sie holte einen warmen Schlafanzug heraus, duschte dann im Bad gegenüber, putzte sich die Zähne und zähmte das feuchte Haar, so gut es ging.

Obwohl sie halbwegs mit einer unruhigen Nacht rechnete, schlief sie so tief, dass sie sich am Morgen an keinen Traum erinnern konnte. Sie zog sich rasch an, Jeans und Sweatshirt über lange Unterwäsche, zwei Paar Socken und ihre dicksten Stiefel. Danach verstaute sie Zahnpasta, eine Zahnbürste und eine kleine Tube Feuchtigkeitscreme in einem Plastikbeutel, band eine Wolldecke mit Bindfaden aus einer Küchenschublade zusammen und frühstückte mit Kaffee und Toast.

Sie fütterte Banshee und die anderen Pferde, stieg in ihren Blazer und rief Jesse an. Seine Frau Cheyenne meldete sich nach dem zweiten Läuten.

„Hi, hier ist Meg. Ist Jesse da?"

„Der schläft noch", antwortete Cheyenne gähnend.

„Oh, ich habe euch geweckt", sagte sie verlegen.

„Jesse ist unser Langschläfer in der Familie. Ich bin seit vier auf. Ist alles in Ordnung, Meg? Sind Sierra und das Baby …"

„Denen geht es bestens, soweit ich weiß." Meg war froh, dass sie nicht Jesse, sondern seine Frau am Apparat hatte. Natürlich würde er sich um die Pferde kümmern, aber er würde wissen wollen, wohin sie ging. Und wenn sie ihm erzählte, dass Brad O'Ballivan und sie in den Sonnenuntergang reiten wollten, würde er sie damit gnadenlos aufziehen. „Hör mal, Cheyenne. Könnt ihr mir einen Gefallen tun? Ich unternehme mit einem Freund einen längeren Ausritt und bin vermutlich heute Abend zurück, aber …"

„Handelt es sich bei dem *Freund* zufällig um den berühmten Brad O'Ballivan?"

„Ja", gab Meg zu und wendete den Wagen, um nach Stone Creek zu fahren. Es war noch dunkel, nur über den Hügeln im Osten färbte sich der Himmel bereits rosa. „Cheyenne, könntest du Jesse bitten, nach meinen Pferden zu sehen, wenn er bis heute Abend um sechs nichts von mir gehört hat?"

„Natürlich. Du reitest also mit Brad aus, und es könnte bis morgen dauern. Hmmmm …"

„Es ist nichts Romantisches!", versicherte sie. „Ich helfe ihm nur, einen Hengst zu suchen, bevor dem etwas zustößt, das ist alles."

„Ich *verstehe*", erwiderte Cheyenne zuckersüß.

„Nur aus Neugier – wie bist du darauf gekommen, dass es Brad ist?"

„Die ganze Stadt spricht darüber, dass du dich im *Dixie Dog* mit dem bösesten Buben der Countrymusik getroffen hast."

„Na toll", entfuhr es Meg. „Das heißt, Jesse weiß es und Rance und Keegan."

Cheyenne lachte leise, aber ihre Stimme war voller Besorgnis. „Rance und Jesse sind dafür, Brad zu verprügeln, weil er dir vor all den Jahren so wehgetan hatte. Keegan dagegen ist die Stimme der Vernunft. Er meint, sie sollten Brad eine Woche Zeit lassen, es wiedergutzumachen, und ihn *erst dann* verprügeln."

„Typisch McKettrick." Megs Cousins beschützten sie wie Brüder, und sie liebte sie dafür. Leider litt ihr Privatleben unter der Wachsamkeit der drei.

„Lass uns später darüber reden", schlug Cheyenne vor. „Du solltest am Steuer nicht telefonieren."

„Danke, Chey."

Als sie auf der Stone-Creek-Ranch eintraf, kam Brad aus dem Haus, um sie zu begrüßen. Er trug Jeans, Stiefel, ein Arbeitshemd und eine Lederjacke.

Bei seinem Anblick stockte Meg der Atem. Sie war froh, den Blazer parken und abschließen zu können, und nutzte die Zeit, um sich zusammenzureißen. Normalerweise war sie nicht so leicht aus der Fassung zu bringen. In ihrer Zeit bei *McKettrickCo* hatte sie harte Verhandlungen geführt, ohne jemals die Nerven zu verlieren – aber Brad hatte etwas, gegen das sie offenbar machtlos war.

Bevor sie noch einmal tief durchatmen konnte, öffnete er ihre Fahrertür.

„Hungrig?"

„Ich hatte Kaffee und Toast."

„Das reicht nicht bis zum Mittag", erwiderte er. „Komm herein. Auf dem Herd steht *richtiges* Essen."

„Okay." Sie konnte die Einladung schlecht ablehnen. Es sei denn, sie blieb wie ein trotziges Kind im Wagen sitzen.

Wie auf der Triple M auch, war das Haus der O'Ballivans groß, rustikal und strahlte Traditionsbewusstsein aus. Die Veranda erstreckte sich über die ganze Vorderfront, und die Hintertür lag der Scheune am nächsten. Die Küche war geräumig, aber verriet nicht – abgesehen vom Holzboden –, wie lange die Familie die Ranch schon betrieb. Es gab Arbeitsflächen aus Granit, glänzende Schranktüren und ultramoderne Geräte.

Fast ein wenig enttäuscht, sah Meg sich um. Auch auf der Triple M waren sämtliche Küchen renoviert worden, aber die Herde wurden noch immer mit Holz befeuert. Schon ihre Vorfahren hatten an den Tischen gesessen.

Brad entging ihre Reaktion nicht, doch anstatt darauf einzugehen, servierte er ihr ein Omelett und stellte ihr einen Becher Kaffee hin.

„Du kochst?", fragte sie ungläubig, während sie sich die Hände an der Edelstahlspüle wusch.

„Ich kenne mich ein wenig in der Küche aus", erwiderte er bescheiden. „Lass es dir schmecken. Ich sattle inzwischen die Pferde."

Meg nickte und nahm Platz.

Das Omelett war köstlich, der Kaffee würzig und stark. Dennoch fühlte sie sich in der Küche nicht wohl. Sie fragte sich, was Maddie O'Ballivan davon halten würde, dass sie hier war. Oder Brads Mutter.

Sie aß so viel sie konnte, stellte das Geschirr in die Spülmaschine und eilte zur Hintertür. Brad stand mit den Pferden vor der Scheune. Sein gescheddctes Cowboypferd war bereits gesattelt, bei Cinnamon zog er gerade die Gurte fest. Er hob Megs zusammengerollte Decke auf und schnallte sie hinter den Sattel.

„Du hast nicht viel mit." Er drehte sich zu ihr um. „Weißt du, wie kalt es dort oben wird?"

„Ich komme schon zurecht."

Brad schüttelte nur den Kopf. Sein Pferd war rastlos, und das Gewehr steckte im Halfter.

„Schöne Küche", sagte sie, als er ihr beim Aufsteigen half.

„Big John hielt die Renovierung für reine Geldverschwendung", erinnerte er sich lächelnd und schwang sich in den Sattel. „Mein Großvater."

Meg wusste, wer Big John O'Ballivan gewesen war. Jeder im County wusste es, doch das sagte sie nicht. Falls Brad über seine Familie reden wollte, so sollte es ihr recht sein. Sie ritten über eine Weide, hinter der die ersten Hügel aufragten.

„Er hat dich und deine Schwester großgezogen, nicht wahr?", fragte sie, obwohl sie auch das sicher wusste.

„Ja."

Seine knappe Antwort machte sie neugierig, aber sie beherrschte sich. „Wie geht es Willie?", erkundigte sie sich stattdessen.

Seine finstere Miene erhellte sich. „Olivia hat vorhin angerufen. Willie wird wieder gesund. In ein oder zwei Wochen hole ich ihn zu mir."

Sie dachte daran, wie zärtlich er mit dem Hund umgegangen war, und ihr wurde warm ums Herz. „Also bleibst du?"

Er warf ihr einen Blick zu. „Ja, das habe ich vor. Das habe ich dir doch gesagt, oder?"

Du hast mir auch gesagt, dass wir heiraten und dass du mich für immer lieben wirst.

„Hast du", bestätigte sie.

„Wäre dies ein guter Zeitpunkt, dir von meiner zweiten Frau zu erzählen?"

Meg überlegte kurz, bevor sie den Kopf schüttelte. „Eher nicht."

„Na gut. Wie wäre es mit meinen Schwestern?"

„Gute Idee." Meg kannte Olivia flüchtig, aber den Zwillingen war sie noch nie begegnet.

„Olivia lebt fast nur für ihre tierischen Patienten. Es wird Zeit, dass sie heiratet und eine Familie gründet, aber sie kann ziemlich störrisch sein und verschreckt damit jeden Mann, der sich in ihre Nähe traut. Ashley ist häuslich und hat eine Frühstückspension in Stone Creek. Ihre Zwillingsschwester Melissa arbeitet in einer Anwaltskanzlei in Flagstaff."

„Stehst du ihnen nahe?"

„Ja." Er zögerte. „Und nein. Olivia findet es nicht gut, dass ich die Ranch verlassen habe. Sie begreift einfach nicht, dass ich gar kein Zuhause hätte, wenn ich nicht nach Nashville gegangen wäre. Die Zwillinge sind zehn Jahre jünger als ich und scheinen in mir mehr die Berühmtheit als den großen Bruder zu sehen."

„Als Olivia Hilfe brauchte, hat sie sich an dich gewandt", erinnerte Meg ihn. „Vielleicht seid ihr euch gar nicht so fremd, wie du glaubst."

„Hoffentlich hast du recht", erwiderte er. „Es spricht nichts dagegen, Tiere gern zu haben. Ich mag sie auch, aber Olivia übertreibt es so sehr, dass in ihrem Leben kein Platz ist für etwas – oder jemanden – anderes."

„Sie ist Tierärztin, Brad", wandte Meg ein. „Da ist es doch ganz natürlich, dass Tiere ihre Leidenschaft sind."

„Das mag sein, aber so sehr, dass ihr Tiere mehr bedeuten als Menschen?"

„Mach dir keine Sorgen. Wenn sie dem richtigen Mann begegnet, wird es in ihrem Leben einen Platz geben. Warte nur ab."

Brad wirkte nicht überzeugt. „Wenn wir den Hengst rechtzeitig aufspüren wollen, sollten wir uns beeilen."

Meg nickte und trieb Cinnamon an, als sie sich an den beschwerlichen und nicht gerade ungefährlichen Aufstieg machten.

3. KAPITEL

In diesem hügeligen Gelände ein wildes Pferd zu suchen, war ein aussichtsloses Unterfangen. Wie er Meg erzählt hatte, ließ Brad sich nur darauf ein, weil er verhindern wollte, dass Olivia sich in Gefahr brachte. Jetzt fragte er sich, wie oft seine kleine Schwester sich schon allein hierhergetraut hatte – am Tag und in der Nacht zu jeder Jahreszeit.

Der Gedanke ließ ihn frösteln.

Das Land oberhalb von Stone Creek war schroff und zerklüftet. Es gab dort jede Menge Wölfe, Kojoten und angriffslustige Wildschweine. Sogar mit Klapperschlangen musste man rechnen. Die rote Erde war von Felsspalten durchzogen, und da sie sich oft zwischen dem Unterholz verbargen, war schon mancher ahnungslose Wanderer hineingestürzt. Die schlimmste Bedrohung aber stellte das Wetter dar – hier oben konnte es sogar im Juli und August ohne Vorwarnung zu Schneestürmen kommen.

Obwohl sie in ihrer zu dünnen Jacke erbärmlich fror, ritt Meg ohne zu klagen neben ihm her. Typisch für eine McKettrick, dachte Brad mit einem traurigen Lächeln. Sie würde eher erfrieren als zuzugeben, dass ihr kalt war.

Er hatte sie aus reinem Egoismus gefragt, ob sie mitkommen wollte, und bereute diesen Entschluss längst. Es war einfach zu gefährlich.

Nach etwa einer Stunde rasteten sie an einem Bach, damit die Pferde sich ausruhen konnten. Die hohen Uferböschungen boten Schutz vor dem Wind und Meg die Gelegenheit, sich ein wenig aufzuwärmen.

Brad holte ein Thermoshirt mit langen Ärmeln aus der Satteltasche und reichte es ihr. Sie zögerte einen Moment, bevor sie es über ihre Jacke zog.

Das sah so komisch aus, dass er nur mit Mühe ein Lachen unterdrücken konnte.

„Und, wo ist der nächste Coffeeshop?“, scherzte sie.

Brad lächelte. „Nicht weit von hier steht eine alte Schutzhütte für die Cowboys. Big John hat immer dafür gesorgt, dass genug Proviant da ist, falls sich ein Wanderer verirrt. Es ist kein Starbucks, aber vermutlich kann ich uns einen heißen Kaffee und etwas zu essen machen. Vorausgesetzt, du hast nichts gegen Notfallrationen."

Megs Erleichterung war nicht zu übersehen, auch wenn sie es niemals zugegeben hätte. „Deshalb haben wir keine richtige Ausrüstung mit, weil es eine Hütte gibt!?"

„Du hast zu lange ein Luxusleben geführt", erwiderte er mit mildem Tadel. „Obwohl Big John schon vor Jahren Verbotsschilder aufgestellt hat, haben sich immer wieder Jäger hierhergetraut – bis welche von ihnen in einen Schneesturm gerieten. Als sie gefunden wurden, waren sie erfroren, und zwar etwa fünfzig Fuß von der Schutzhütte entfernt."

„Ich erinnere mich", sagte sie schaudernd.

„Wir sind noch nicht zu weit von der Ranch entfernt", sagte Brad. „Wahrscheinlich sollte ich dich zurückbringen."

„Und danach reitest du hierher zurück und suchst Ransom?"

„Ja."

„Allein!?"

Er nickte. Früher wäre Big John mit ihm zusammen aufgebrochen. Jetzt gab es niemanden mehr, den er fragen konnte.

„Ich bleibe." Meg bewegte sich, als wollte sie mit den Füßen auf den Boden stampfen. „Du hast mich zu dieser Suchaktion *eingeladen*, falls du das vergessen haben solltest."

„Ich hätte es nicht tun sollen. Wenn dir etwas passiert ..."

„Ich bin ein großes Mädchen, Brad", unterbrach sie ihn scharf.

Er musterte sie, und wie immer gefiel ihm, was er sah. Es gefiel ihm sogar so sehr, dass er einen trockenen Mund bekam und schlucken musste. „Trotz deiner glorreichen Vorfahren bist du keine passende Gegnerin für ein Rudel Wölfe, Meg. Oder für einen Schneesturm oder eine Schlucht, die von hier bis China reicht."

„Wenn *du* damit fertig wirst, werde ich es auch!"

Er raufte sich das Haar. Er hatte sie tatsächlich eingeladen, ihn zu begleiten, aber nicht, weil er sie in Gefahr bringen wollte, sondern weil er insgeheim gehofft hatte, dass sie sich einen Schlafsack teilen würden.

Was um alles in der Welt hatte er sich nur dabei gedacht?

Die wesentlichere Frage war, *womit* er gedacht hatte – jedenfalls nicht mit dem Gehirn.

„Lass uns weiterreiten", schlug sie vor, als er schwieg. Auf der Ranch hatte er ihr einen Feldstecher gegeben. Den zog sie jetzt unter dem Thermohemd und der Jacke hervor. „Wir haben ein Pferd zu finden."

Brad nickte und verschränkte die Hände, um ihr beim Aufsitzen zu helfen. Sie zögerte einen Moment, bevor sie den linken Fuß in den Steigbügel stellte.

„Dieses Pferd ist riesig", sagte sie mit leicht geröteten Wangen.

„Wir hätten ihn Giant nennen sollen", erwiderte er belustigt. Wie ihre Cousinen war auch Meg praktisch auf dem Rücken eines Pferdes aufgewachsen – genau wie er, Olivia und die Zwillinge. Daher deutete sie jede höfliche Geste von ihm als Kritik an ihren Reitkünsten.

Eine Dreiviertelstunde später entdeckte Ransom die beiden Reiter. Das Tier stand auf der Kuppe einer felsigen Anhöhe.

„Da ist er!", flüsterte sie. „Warte, bis ich Jesse erzähle, dass es ihn wirklich gibt!"

Nach ein paar Sekunden reichte sie Brad den Feldstecher.

Brad stockte der Atem, so umwerfend sah der Hengst aus, trotzig und voller Kraft. Erst nach einer Weile kam er auf den Gedanken, das Tier nach offenen Wunden abzusuchen. Selbst durch den Feldstecher war die Entfernung für eine sichere Diagnose zu groß, aber Ransom schien nicht zu lahmen, und Blut war nirgends zu erkennen. Brad konnte Olivia guten Gewissens melden, dass das Objekt ihrer tierärztlichen Begierde wohlauf war.

Bevor er das Fernglas sinken ließ, inspizierte er das Umfeld des Hengstes – und entdeckte zwei Stuten. Brad schmunzelte. Ransom hatte sich einen Harem zugelegt.

„Er hat Gesellschaft", verkündete er und reichte Meg den Feldstecher.

Meg strahlte. „Die Stuten sind wunderschön“, wisperte sie, als hätte sie Angst, die Pferde zu erschrecken. „Und Ransom weiß, dass wir hier sind. Es ist, als wollte er, dass wir mit eigenen Augen sehen, wie gut es ihm geht.“

Brad schlug den Kragen hoch und wünschte, er hätte einen Hut aufgesetzt. Er hatte daran gedacht, es jedoch gelassen. Er wollte sich nicht wie ein Cowboy ausstaffieren, denn nach den Maßstäben der McKettricks war er längst keiner mehr. „Ja, er weiß es“, bestätigte er, „aber ich glaube eher, dass er uns herausfordern will. *Versucht doch, mich einzufangen*, würde er uns zurufen, wenn er sprechen könnte.“

Megs Gesicht schien zu glühen. Brad stellte sich vor, wie er sie auszog und sich an ihrer Haut wärmte, bis er dann irgendwann vor Altersschwäche sterben würde.

„Was ist mit dem versprochenen Kaffee?“, fragte sie lächelnd.

Nachdem sie Brads Küche auf der Stone-Creek-Ranch gesehen hatte, rechnete Meg damit, dass sich die angebliche Schutzhütte als luxuriöses Cottage mit Whirlpool und Internetanschluss entpuppen würde. Aber es war tatsächlich eine *Hütte* – zusammengezimmert aus verwitterten Brettern. Es gab einen Unterstand für die Pferde, aber keine Scheune mit Heu. Deshalb gab Brad den Tieren Hafer aus einem luftdichten Behälter und füllte zwei Eimer mit Wasser aus einer rostigen Pumpe.

Natürlich hätte Meg schon in die Schutzhütte gehen und Feuer machen können, um Kaffee zu kochen, aber Brad bei der Arbeit zuzusehen, war einfach faszinierend. Es war, als wären sie beide in eine vergangene Zeit zurückgekehrt, in der die Vorfahren der heutigen McKettricks und O’Ballivans in der Blüte ihres Lebens standen.

Damals hatte es auf dem Land der Triple M gleich mehrere solcher Hütten gegeben. Die Cowboys nutzten sie zur Übernachtung oder zum Schutz vor schlechtem Wetter, wenn sie die langen Weidezäune kontrollierten. Irgendwann waren die Hütten baufällig geworden und drohten einzustürzen, daher hatte man sie abgerissen.

„Ganz schön heruntergekommen“, sagte Brad, als er vor Meg die Hütte betrat.

Getier huschte umher, und es roch ein wenig modrig, aber schon bald brannte in dem bauchigen Herd ein wärmendes Feuer. Es gab keine richtigen Möbel, nur Regale aus übereinandergestapelten Holzkisten, in denen sich Becher, Kaffeedosen und eingeschweißte Lebensmittel befanden.

Der Raum war in etwa so groß wie das Badezimmer auf der Triple-M-Ranch.

„Ich würde dir ja gern einen Stuhl anbieten“, begann Brad lächelnd, „aber wie du siehst, haben wir keine. Mach es dir trotzdem so bequem wie möglich. Ich wasche die Becher rasch ab und fülle den Kessel an der Pumpe.“

Meg inspizierte den Holzboden, ließ sich im Schneidersitz darauf nieder und genoss die aus dem Herd strömende Wärme. Die Hütte mochte spartanisch eingerichtet sein, aber sie war in erster Linie dazu da, Schutz vor dem kalten Wind zu bieten, und das tat sie. Die Jäger, die Brad erwähnt hatte, hätten überlebt, wenn sie bis hierher gekommen wären.

Wie auf der Stone-Creek-Ranch war das Jagen auch auf der Triple M verboten. Dennoch drangen immer wieder Unbefugte ins Land vor, weshalb Rance, Keegan und Jesse die Umzäunung verstärkt hatten. Erst im letzten Winter hatte Jesse auf der Weide oberhalb seines Hauses zwei Männer mit Schneemobilen erwischt und sie mit einem Schuss in die Luft verscheucht. Er verfolgte ihre Spuren bis zu einem Saloon in Indian Rock und stellte sie zur Rede. Die beiden waren nicht aus der Gegend, sie lachten ihn aus – und landeten im Krankenhaus. Zum Glück hatte Keegan Wind von der Schlägerei bekommen und eingegriffen, bevor es den Fremden noch übler erging. Mithilfe des Ortspolizisten Wyatt Terp und anderer Gäste zog er Jesse vom zweiten Schneemobilfahrer. Der erste lag bereits blutend am Boden.

Meg bezweifelte, dass die Männer jemals wieder einen Fuß nach Indian Rock setzen würden. Erst recht nicht auf die Triple M.

Aber wie Keegan immer sagte, war der Nachschub an Idioten unerschöpflich.

Brad kam mit den Bechern und dem gefüllten Kessel herein und schob die Tür mit der Schulter zu. Erneut hatte Meg das Gefühl, mitten ins neunzehnte Jahrhundert versetzt worden zu sein.

Er stellte den Kessel auf den Herd und löffelte Kaffeepulver hinein. Kein Cowboy käme auf die Idee, das Gebräu zu filtern. Zwei der Kisten, die als Regal dienten, wurden zu Sitzgelegenheiten umfunktioniert, während es über ihnen zum ersten Mal donnerte – so laut wie ein vorbeirasender Güterzug.

Meg erstarrte. „Regen?"

„Schnee. Ich habe draußen die ersten Flocken gesehen. Sobald wir uns aufgewärmt und mit Koffein gestärkt haben, sollten wir ins Flachland zurückreiten."

Hätte es Fenster gegeben, hätte Meg nach draußen geschaut. Sie wagte es nicht, die Tür einen Spaltbreit zu öffnen, da der Wind immer mehr zunahm.

Stattdessen holte sie ihr Handy heraus und klappte es auf.

„Kein Netz", murmelte sie nach einem Moment.

„Ich weiß." Lächelnd erhob er sich von seiner Kiste und legte Holz nach, von dem es glücklicherweise genug zu geben schien. „Ich habe gerade versucht, Olivia anzurufen und ihr zu berichten, dass Ransom noch immer der König der Berge ist. Keine Chance."

Ein Donnerschlag ließ das Dach erzittern, und im Unterstand wieherten die Pferde verängstigt.

„Bin gleich zurück." Brad ging hinaus.

Als er zurückkehrte, hatte er einen Schlafsack und Megs viel zu dünne Wolldecke bei sich. Und die Pferde waren still.

„Nur für den Notfall", sagte er, als Megs Augen groß wurden. „Es schneit ziemlich heftig."

Sie sprang auf und schaute in den Kessel. Das Wasser brodelte bereits, aber es würde einige Minuten dauern, bis sie das Gebräu trinken konnten.

„Entspann dich, Meg", sagte Brad leise. „Noch besteht die

Chance, dass es vor Einbruch der Dunkelheit zu schneien aufhört."

Einerseits war es ein verlockender Gedanke, mit Brad O'Ballivan eine Nacht in einer einsamen Schutzhütte zu verbringen, andererseits hatte sie genau davor Angst. Nervös ging sie vor dem Herd auf und ab.

Sie wusste, was passieren würde, wenn sie zusammen hierblieben.

Das war ihr klar gewesen, als sie seine Einladung angenommen hatte und vor Sonnenaufgang zur Stone-Creek-Ranch aufgebrochen war.

Und ihm vermutlich auch.

Sie schob die Hände ins Haar und ging schneller.

„Meg." Vollkommen gelassen saß er auf der umgedrehten Kiste. „Entspann dich."

„Du wusstest es!", fuhr sie ihn an. „Du wusstest, dass wir hier festsitzen würden!"

„Du doch auch", entgegnete er ungerührt.

Sie eilte zur Tür, riss sie auf und schaute nach draußen, ohne auf die hereinströmende Kälte zu achten. Es schneite so stark, dass die Pinien, die etwa vierzig Meter von ihr entfernt aufragten, nicht mehr zu erkennen waren.

Sich in diesem Wetter an den Abstieg zu machen, wäre Selbstmord.

Brad ging zu Meg und half ihr, die Tür zu schließen.

Die Pferde gaben noch immer keinen Laut von sich.

Sie sah ihm in die Augen.

Um Meg und Brad herum schien die Luft plötzlich zu knistern.

Hätte er sie jetzt geküsst, hätte sie ihm nicht widerstehen können, aber er tat es nicht. „Ich hole besser etwas Trinkwasser", sagte er und griff nach einem Eimer, „solange ich den Weg zurück noch finde."

Er ging hinaus.

Um sich abzulenken, schob sie den Kessel von der Feuerstelle und inspizierte die Notrationen. Offenbar waren sie dazu gedacht, den Weltuntergang zu überstehen. Laut Verfallsdatum waren sie noch fünfzig Jahre gut.

„Spaghetti à la Raumschiff Enterprise“, flüsterte sie. Es gab noch Beef Wellington und sogar Hackbraten. Verhungern würden sie hier jedenfalls nicht.

Noch nicht.

Sie würden *langsam* verhungern.

Wenn sie nicht vorher erfroren.

Meg schaltete ihr Handy wieder ein.

Noch immer kein Netz.

Und wenn schon, dachte sie. Cheyenne wusste ungefähr, wo sie waren. Jesse würde ihre Pferde füttern, und wenn sie länger fortblieb, würde er zusammen mit Keegan und Rance nach ihr suchen. Und sie würden sich fragen, wie sie und Brad hier oben die Zwangspause verbrachten. Jesse würde sich diebisch darüber freuen, sie damit aufziehen zu können.

Meg hielt das Handy noch in der Hand, als Brad mit einem Eimer voller Wasser zurückkehrte. Er sah so verfroren aus, dass sie ihn fast in die Arme genommen hätte.

Stattdessen goss sie ihm einen Kaffee ein und reichte ihm den Becher, sobald er den Eimer abgestellt hatte.

„Ich nehme nicht an, dass es hier einen Generator gibt“, sagte sie, denn es wurde immer dunkler in der Hütte. Wenn die Sonne unterging, würde sie die Hand nicht mehr vor Augen sehen können.

Er lächelte verlegen. „Nur ein paar Kerzen und Taschenlampen, aber wir sollten die Batterien schonen.“

„Natürlich.“ Meg erwiderte das Lächeln und hoffte, dass es ihn von dem Zittern in ihrer Stimme ablenkte.

„Wir müssen nicht miteinander schlafen.“ Er blieb am Herd stehen und nippte am Kaffee. „Nur weil wir allein in einer abgelegenen Schutzhütte sind. Inmitten eines Schneesturms, der vielleicht der schlimmste des Jahrhunderts ist.“

„Du heiterst mich nicht gerade auf.“

„Löse ich überhaupt ein Gefühl in dir aus?“

„Kein spürbares“, log sie. In Wahrheit waren ihre Nerven

zum Zerreißen angespannt, und obwohl der Verstand es strikt verbot, erinnerte sich ihr Körper daran, wie Brads Hände über ihre Haut gestreichelt hatten.

„Das konnte ich mal ganz gut. Etwas in dir auslösen, meine ich."

„Brad, hör auf."

„Okay."

Meg war erleichtert, aber zugleich wünschte sie, er hätte nicht so schnell aufgegeben.

„Du wolltest Kaffee", sagte er.

Sie füllte sich einen Becher, schob ihre Kiste eine Handbreit weiter von Brads Sitz weg und nahm Platz.

Die Schatten wurden länger, und die Hütte schien zu schrumpfen, bis sie beide einander so nahe saßen wie schon sehr lange nicht mehr.

„Dies wäre ein idealer Zeitpunkt, um über deine zweite Frau zu reden", sagte sie verzweifelt, um ihn – und sich – auf andere, harmlosere Gedanken zu bringen.

Schmunzelnd wühlte er in seinen Satteltaschen und holte Spielkarten heraus. „Ich dachte eher an Gin Rummy."

„Wie hieß sie noch gleich?"

„Wie hieß *wer* noch gleich?"

„Na, deine zweite Frau."

„Ach, die."

„Ja, die."

„Cynthia. Ihr Name ist Cynthia. Und ich möchte im Moment nicht über sie sprechen. Entweder wir schwelgen in eigenen Erinnerungen oder wir spielen Gin Rummy oder …"

„Gin Rummy", sagte Meg. „Es gibt überhaupt keinen Grund, das Thema Sex anzuschneiden."

„Habe ich das getan?"

„Hast du *was* getan?"

„Habe ich das Thema Sex angeschnitten?"

„Nicht ganz", antwortete Meg, ohne ihn anzusehen.

Brad lächelte. „Darauf kommen wir noch, früher oder später."

Sie trank einen so großen Schluck Kaffee, dass sie fast daran erstickt wäre.

„Es gibt da ein paar Dinge, die mich interessieren", fuhr er gelassen fort und musterte sie über seinen Kaffeebecher hinweg. Seine Augen blitzten.

Draußen donnerte es erneut, aber die Pferde reagierten nicht. Vermutlich schliefen sie bereits.

„Ich habe Hunger." Meg nahm sich eine der Notrationen.

„Isst du noch immer gern Frühstücksflocken mit Joghurt statt Milch?"

Sie schluckte. „Ja."

„Und lachst du noch im Schlaf?"

„Ich … ich glaube schon."

„Biegst du noch immer den Rücken durch wie ein Pferd beim Rodeo, wenn du zum Höhepunkt kommst?"

Megs Gesicht fühlte sich heißer an als die Wärme, die der alte Herd verbreitete. „Was ist das denn für eine Frage?"

„Eine persönliche, das gebe ich zu", sagte Brad. Er versuchte, wie ein braver Chorknabe auszusehen, doch die funkelnden Augen passten nicht zur Unschuldsmiene. Er wirkte so selbstsicher wie früher. Er wusste, dass er sie mühelos verführen konnte – er ließ sich nur Zeit. „Und ich nehme an, ich werde es bald wissen!?"

„Nein."

„Nein?", wiederholte er verblüfft.

„Nein, ich biege den Rücken nicht durch, wenn ich … Ich biege ihn nicht durch."

„Hmmm … Warum nicht?"

Weil ich keinen Sex habe, hätte sie fast geantwortet, biss sich jedoch auf die Zunge. Ihr nicht existierendes Liebesleben ging niemanden etwas an, schon gar nicht Brad O'Ballivan, den Mann mit den Kerben im Bettpfosten.

„Du hast mit niemandem mehr geschlafen?"

„Das habe ich nicht gesagt", erwiderte Meg und rückte ein wenig weiter von ihm ab. Denn am liebsten hätte sie seinen Becher hingestellt, sich auf seinen Schoß gesetzt und sich seinen magischen Verführungskünsten hingegeben.

„Ist da niemand, der dich dazu bringt, den Rücken durchzubiegen?“

Meg litt unter ganz speziellen Sehnsüchten. Sie war Brad den ganzen Vormittag hindurch ziemlich nahe gewesen und hatte es trotzdem geschafft, einen kühlen Kopf zu bewahren, aber jetzt waren sie allein in einer einsamen Hütte, und er war bereits dabei, sie in Versuchung zu führen – ohne sie zu küssen oder auch nur zu berühren. Bei Brad O'Ballivan galt schon eine Partie Gin Rummy als Vorspiel.

„So ungefähr“, antwortete sie. Sie war viel zu ehrlich, aber sie wollte seinem Ego wie einem bissigen Wachhund einen Leckerbissen hinwerfen. Vielleicht würde sie es auf die Weise schaffen, seinem Zauber zu entgehen.

„Vor ein paar Jahren bin ich auf eins von Maddies Tagebüchern gestoßen“, begann er und zog sie noch immer mit seinen Blicken aus. Maddie war seine Vorfahrin, Sam O'Ballivans Frau. „Sie hat diese Hütte mehrfach erwähnt. Sie und Sam haben hier übernachtet und ein Kind gezeugt.“

Seine Worte hätten auf ihr Verlangen wie eine eiskalte Dusche wirken müssen, denn sie waren nicht verheiratet – anders als Sam und Maddie. Nicht einmal verliebt. Außerdem verhütete Meg nicht, weil es in ihrem Leben seit fast einem Jahr keinen Mann mehr gab. Und bei aller Vorbereitung hatte selbst Brad bestimmt nicht an Kondome gedacht.

Und doch stieg in ihr ein Begehren auf, das so intensiv war, dass sie sich vor Schmerz fast krümmte.

„Geht es dir gut?“ Er sprang auf und sah ihr ins Gesicht.

Sie schwieg.

„Was ist denn?“, fragte er besorgt.

Sie konnte ihm unmöglich erzählen, wie sehr sie sich ein Baby wünschte. So sehr, dass sie schon mehrere Termine bei Spezialisten für Fortpflanzungsmedizin gemacht hatte. Jedes Mal hatte sie der Mut wieder verlassen. Manchmal hatte die Verzweiflung sie beinahe dazu gebracht, mit wildfremden Männern zu schlafen – nur um schwanger zu werden.

Aber auch davor war sie zurückgeschreckt.

Ihren eigenen Vater hatte sie nie gekannt. Sicher, als eine McKettrick hatte es ihr an nichts gefehlt, eben bis auf den Mann, der sie gezeugt hatte. Er blieb so anonym, dass Eve ihn – wenn sie nicht wusste, dass Meg es hörte – *den Samenspender* nannte.

Für ihr eigenes Kind wollte sie mehr. Der Vater musste zwar keine große Rolle im Leben ihrer Tochter oder ihres Sohns spielen. Er brauchte nicht einmal Unterhalt zu zahlen, aber er sollte ein Gesicht und einen Namen haben, damit sie ihrem Kind zumindest ein Foto zeigen konnte. *Das ist dein Daddy*, wollte sie eines Tages sagen können.

„Meg?" Brad drückte ihren Arm.

„Panikattacke", brachte sie heraus.

Er drückte sie auf eine der Kisten, füllte eine Schöpfkelle mit dem frischen Wasser, das er von draußen geholt hatte, und hielt sie ihr an den Mund.

Sie trank.

„Brauchst du eine Tablette oder so etwas?"

Meg schüttelte den Kopf.

Er zog die zweite Kiste herüber und setzte sich so dicht vor sie, dass ihre Knie einander berührten. „Seit wann hast du denn Panikattacken?"

In Megs Augen brannten Tränen. Sie schlang die Arme um ihren Oberkörper.

Brad gab ihr wieder zu trinken und wartete, bis sie genug hatte, und legte die Kelle dann zur Seite.

„Meg? Die Panikattacken?"

Die bekomme ich immer dann, wenn mir bewusst wird, dass ich mehr als alles andere auf der Welt ein Baby will, und zwar von einem gewissen Mann. Und erst recht, wenn ich nicht mehr leugnen kann, dass du dieser gewisse Mann bist.

„Ich kann es mir nicht erklären", flüsterte sie. „Ich hatte noch nie eine."

Brad zog eine Augenbraue hoch. Er war ein hervorragender Beobachter. Das gehörte zu den Eigenschaften, die ihn zu einem guten Songwriter machten. „Ich habe kurz erwähnt, dass Sam und Maddie in dieser Hütte ein Kind gezeugt haben, und plötzlich schienst du keine Luft mehr zu bekommen.“ Er beugte sich vor und nahm ihre Hände in seine. „Ich weiß noch, wie sehr du dir Kinder gewünscht hast, als wir zusammen waren. Und jetzt bekommt deine Schwester ein Baby!“

Megs Herz schlug bis zum Hals. Ja, sie hatte sich ein Kind gewünscht. Und sie war schwanger geworden – von Brad. Kurz nach seiner Abreise nach Nashville hatte sie eine Fehlgeburt gehabt. Nicht einmal ihrer Mutter hatte sie es erzählt.

Sie nickte.

Tröstend streichelte er ihre Wange. Sie hatte auch ihm nicht erzählt, dass sie schwanger gewesen war. Das hatte sie sich für die Hochzeitsnacht aufgehoben. Aber wenn sie jemals wieder zusammenfanden, würde er es erfahren müssen.

„Ich bin nicht neidisch auf Sierra“, beteuerte sie. „Ich freue mich für sie und Travis.“

„Natürlich tust du das.“ Behutsam zog er sie auf seinen Schoß, legte ihren Kopf an seine Schulter und hielt Meg einfach nur fest.

Sie atmete tief durch, bevor sie sich aufrichtete und ihm ins Gesicht schaute.

„Mal angenommen, wir haben Sex“, begann sie leise und zaghaft, „und ich werde schwanger. Wie würdest du reagieren?“

Er überlegte. Seine Miene war halb belustigt, halb wehmütig. „Das käme darauf an“, sagte er schließlich und küsste sie auf den Hals.

„Worauf?“, fragte sie atemlos.

„Na ja, zum Beispiel darauf, ob wir das Kind gemeinsam großziehen oder nicht“, erwiderte er und knabberte an ihrem Ohrläppchen. Als Meg erstarrte, wich er zurück. „Was ist denn?“

„Ich dachte mir, ich könnte es allein erziehen.“ Hastig kehrte sie auf ihre Kiste zurück.

„Und welche Rolle würde *ich* spielen?“, fragte er scharf. „Auf Abstand bleiben? Mich um meine eigenen Angelegenheiten kümmern? Was würde ich tun, Meg?“

„Du hast doch deine Karriere.“

„Nein, die habe ich nicht. Damit ist es vorbei! Das habe ich dir gesagt.“

„Du bist noch jung, Brad, und talentiert. Du wirst wieder singen wollen."

„Dazu brauche ich weder eine Konzerthalle noch ein Tonstudio. Ich will auf der Stone-Creek-Ranch leben, und jedes Kind, dessen Vater *ich* bin, wird dort aufwachsen."

Meg ließ sich nicht einschüchtern. Schließlich war sie eine McKettrick. „Und jedes Kind, dessen Mutter *ich* bin, wird auf der Triple M aufwachsen."

„Okay, dann sollten wir besser kein Baby zeugen." Brad stand auf, ging an den Herd und schenkte sich Kaffee nach.

„Hör mal", begann sie sanft. „Vergessen wir das Thema einfach. Es tut mir leid, dass ich es angesprochen habe. Einen Moment lang sind meine Gefühle mit mir durchgegangen und ..." Sie beendete den Satz nicht.

Brad schwieg.

Sie saßen in einer Hütte fest. Mindestens für eine Nacht, vielleicht länger. Sie mussten miteinander auskommen, sonst würden sie beide verrückt werden.

Meg hob die Spielkarten auf. „Ich wette, ich kann dich schlagen, Brad O'Ballivan", sagte sie und wedelte mit der Schachtel. „Gin Rummy, Poker – was immer du willst."

Er lachte, und sofort legte sich die Anspannung. Wenigstens an der Oberfläche. Aber darunter lauerten gefährliche Untiefen. „Quartett?"

„Ich habe in letzter Zeit oft Karten gespielt – mit meinem Neffen Liam. Quartett spielt er am liebsten."

„Wenn das so ist, nehme ich Gin Rummy." Brad stellte eine dritte Kiste zwischen sie beide. „Du glaubst also, du könntest mich über den Tisch ziehen, ja?" Sein Blick verriet, dass er vorhatte, sie über den Tisch zu ziehen – und dass er dabei nicht an die Karten dachte.

4. KAPITEL

Für Brad war es wie ein Wunder, dass er in einer Schutzhütte saß und mit Meg McKettrick Gin Rummy spielte, obwohl er seit seiner Rückkehr nach Stone Creek nur daran dachte, sie ins Bett zu bekommen. Und dann hatte sie ihn praktisch dazu eingeladen, der Vater ihres Babys zu werden.

Natürlich störte es ihn, dass sie es allein aufziehen wollte – noch dazu auf der Triple-M-Ranch. Trotzdem hätte er nichts dagegen, ein Kind mit ihr zu zeugen.

Warum liege ich dann nicht längst auf ihr?

Er betrachtete seine Karten und analysierte die Situation. Ganz abgesehen davon, dass Meg auch diese Runde gewinnen würde, heulte draußen der Wind wie eine Horde Gespenster, die sie aus der Hütte vertreiben wollte. Die Wände zitterten, und obwohl es noch nicht einmal Mittag war, wurde es draußen immer dunkler.

„Spiel schon", sagte Meg ungeduldig. In ihren Augen blitzte außer dem Triumph noch etwas anderes auf.

„Wenn ich es nicht besser wüsste, würde ich sagen, du hast die Karten gezinkt. Gleich legst du dein Blatt hin, und ich habe schon wieder verloren, stimmt's?"

Sie lächelte herausfordernd. „Das liegt ganz bei dir."

Sie ist eine Cowboy-Geisha, dachte Brad. Später, wenn er allein auf der Ranch war, würde er vielleicht einen Song daraus machen. Auch wenn er sich für immer von Tourneen und Tonstudios verabschiedet hatte, war die Musik noch immer sein Leben.

Resigniert nahm er eine Karte vom Stapel, warf einen Blick darauf und legte sie fort.

Meg nahm sie, schob sie in ihr Blatt und breitete es auf der Kiste aus.

„Tja, das Glück der McKettricks!", verkündete sie strahlend.

Spontan legte er seine Karten hin, beugte sich vor und küsste sie zärtlich auf den Mund. Zunächst erstarrte sie, dann erwiderte sie den Kuss und stöhnte leise auf, als er seine Zunge ins Spiel brachte.

Sie legte die Hände um seinen Nacken.

Am liebsten hätte er die Kiste, die sie trennte, beiseitegeschoben, sich mit Meg hingelegt und hier und jetzt mit ihr geschlafen.

Ganz ruhig, befahl er sich. *Mach ihr keine Angst.*

Sie hatte Tränen in den Augen, als sie sich von ihm löste, und blinzelte verwirrt, als könnte sie kaum glauben, dass sie inmitten eines Schneesturms mit ihm allein war.

Wie die meisten Männer war Brad unsicher, wie er reagieren sollte, wenn eine Frau weinte. Einerseits wollte er alles tun, um sie glücklich zu machen. Andererseits wusste er, dass er das nicht erreichen konnte.

Meg wischte mit dem Handrücken über ihre Wangen und straffte die Schultern.

„Was ist los?“, fragte er.

„Nichts“, antwortete sie und wich seinem Blick aus.

„Du lügst.“

„Nein, ich weiche dir nur aus“, gab sie zu und versuchte zu lächeln. Sie schaffte es nicht. „Es war wie früher, das ist alles. Der Kuss, er hat mich aufgewühlt.“

„Würde es dir helfen, wenn ich sage, dass es mir genauso ergeht?“

„Nicht wirklich.“

Brad schob die Kiste zur Seite und beugte sich wieder vor. Er musste wissen, was Meg dachte. „Was ist los?“

„Viele Leute haben Sex, ohne dass jemand schwanger wird.“

„Soweit ich weiß, kommen Babys daher, dass ein Mann und eine Frau sich lieben.“

„Sich zu lieben, ist nicht unbedingt das Gleiche, wie Sex zu haben.“

Brad räusperte sich. „Das stimmt“, begann er vorsichtig. Spielte sie mit ihm? Machte sie ihm Hoffnung, nur um ihn dann zurückzuweisen? Meg war kein besonders rachsüchtiger Mensch, jedenfalls soweit er wusste, aber er hatte ihr vor all den

Jahren sehr wehgetan. Vielleicht wollte sie es ihm heimzahlen!?

„Was mir vorschwebt", sagte sie mit fester Stimme, „ist Sex, nicht Liebe."

Vorfreude stieg in ihm auf, und sein Herz schlug schneller. Aber zugleich versetzten ihre Worte ihm einen Stich. Meg machte ihm gerade klar, dass jegliche Intimität zwischen ihnen nur der körperlichen Befriedigung dienen würde. Ein kurzes Aufflackern von Leidenschaft – eine emotionslose Auszeit von der Realität.

Mehr, als das zu verlangen, stand ihm nicht zu, aber er wollte mehr von Meg als einen unverbindlichen Quickie. Schließlich war sie kein Groupie, mit dem man sich hinten im Tourneebus vergnügte, um es danach sofort wieder zu vergessen.

Sie kniff die Augen zusammen. „Das gefällt dir nicht?"

Er rang sich ein schiefes Lächeln ab. „Wenn du Sex willst, McKettrick, bin ich dabei. Es ist nur so, dass …"

„Was?"

„Dass es vielleicht keine so gute Idee ist." Hatte er den Verstand verloren? Die hübscheste Frau, die er je gesehen hatte, bot sich ihm an – und er trat auf die Bremse?

„Okay", sagte sie und sah plötzlich verletzt, verlegen und schüchtern aus.

Und plötzlich war es um seine Selbstbeherrschung geschehen.

Er zog sie auf den Schoß.

Sie zögerte, bevor sie die Hände wieder um seinen Nacken legte.

„Bist du sicher?", fragte er heiser. „Wir gehen ein Risiko ein, Meg. Du könntest schwanger werden." Bei der Vorstellung wurde ihm warm ums Herz, doch in die Freude mischte sich auch ein Anflug von Trauer.

„Das könnte ich", bestätigte sie leise.

Er hob ihr Kinn an und sah ihr in die Augen. „Sei gewarnt, McKettrick. Wenn wir ein Baby bekommen, gebe ich mich damit zufrieden, ein anonymer Vater zu sein, dir jeden Monat einen Scheck zu schicken und ansonsten so zu tun, als wäre nichts passiert."

Sie musterte ihn. „Du meinst es ernst."

Er nickte.

„Das Risiko gehe ich ein", sagte sie nach einem Moment.

Er küsste sie, diesmal leidenschaftlich, und danach sah sie so benommen aus, wie er sich fühlte. Bei der Probe vor einem Konzert hatte ihm eine E-Gitarre mit einer beschädigten Saite einmal einen Stromschlag verpasst. Verglichen damit, was er gerade eben gefühlt hatte, war das harmlos gewesen.

Meg saß rittlings auf seinem Schoß, und selbst durch die Jeans spürte er die Hitze, die seine Haut zu verbrennen schien. Als sie sich auch noch bewegte, stöhnte er auf.

Ungeduldig zerrte er an ihrem Shirt, schob die Hände darunter und streichelte sie.

Sie fröstelte, schloss die Augen und legte den Kopf in den Nacken.

„Ist dir kalt?", fragte er besorgt.

„Im Gegenteil."

„Bist du sicher?"

„Absolut sicher", erwiderte Meg.

Er fand den Verschluss ihres BHs, öffnete ihn und umschloss ihre vollen warmen Brüste.

Sie stöhnte auf, als er mit dem Daumen die längst festen Spitzen streifte.

Und in dem Moment hörten sie das unmissverständliche Geräusch von Rotorblättern – direkt über der Hütte schwebte ein Hubschrauber.

Ungläubig schaute Meg nach oben. Jesse, Rance oder Keegan – oder alle drei. Wer sonst würde bei einem solchen Wetter einen Helikopter fliegen?

Im Unterstand wieherten die Pferde vor Angst. Die Wände der Hütte erzitterten. Meg sprang auf und zog den BH wieder an. „Verdammt!", rief sie wütend.

„Ich kann nur hoffen, dass es nicht Phil ist", sagte Brad finster. Auch er war aufgestanden und starrte zur Decke hinauf.

Meg strich sich übers Haar und zupfte an ihrer Kleidung. *„Phil?"*

„Mein Manager.“

„Wir haben Glück“, schrie sie, um das Rotorengeräusch zu übertönen. „Es sind meine Cousins!“

Sie eilten zur Tür und schauten hinaus. Der Hubschrauber wirbelte den Schnee auf, und der Wind, den er erzeugte, machte die Luft noch kälter, als sie ohnehin schon war. Meg duckte sich unter Brads Arm.

Tatsächlich, es war der alte Firmenhelikopter von *McKettrickCo*. Er landete gerade und schwankte leicht, als die Kufen in der weißen Schicht versanken.

„Ich glaub's nicht“, sagte Brad und klang fast ein wenig bewundernd, bevor er sich gegen den eisigen Wind und die Tür stemmte, um sie wieder zu schließen. In letzter Sekunde sah Meg, wie sich zwei Gestalten in gebückter Haltung der Hütte näherten.

„Ich bringe sie um!“, entfuhr es ihr.

Das erste Klopfen riss die Tür fast aus den Scharnieren.

Meg wich zurück, während Brad öffnete.

Jesse stürmte herein, gefolgt von Keegan. Sie trugen tief ins Gesicht gezogene Hüte und dicke Lammfelljacken.

„Seid ihr verrückt geworden?“, fuhr Meg sie an und baute sich vor Jesse auf, der Brad einen finsteren Blick zuwarf. „Was fällt euch ein, in einem Schneesturm durch die Berge zu fliegen? Ihr hättet getötet werden können!“

Brad ließ sich von ihrem Wutausbruch nicht einschüchtern. Gelassen nahm er die Kaffeekanne vom Ofen. „Kaffee?“

Jesse runzelte die Stirn.

„Warum nicht?“, erwiderte Keegan und zog die Handschuhe aus. Dann lächelte er Meg zu und schien damit sagen zu wollen: Gib *mir* keine Schuld. Ich bin nur hier, um Jesse im Auge zu behalten.

Brad füllte einen Becher und gab ihn Keegan. „Gut, euch wiederzusehen.“

„Das bezweifle ich.“ Jesse nahm den Hut ab. Sein dunkelblondes Haar war zerzaust, als hätte er es sich immerzu gerauft.

„Jesse!“, warnte Keegan leise.

Meg stellte sich auf die Zehenspitzen, bis ihre Nase fast die von Jesse berührte. „Was zum Teufel wollt ihr hier?"

Jesse blieb, wo er war, genau wie sie – eine klassische McKettrick-Konstellation.

Keegan, der Diplomatischste der Familie, schob einen Arm zwischen die beiden Kampfhähne. „Jeder in seine Ecke!", sagte er und zwang Meg und Jesse, einen Schritt zurück zu machen.

Obwohl sie früher einmal Freunde gewesen war, bedachte Jesse jetzt Brad mit einem vernichtenden Blick, bevor er sich wieder Meg zuwandte. „Das könnte ich dich auch fragen!", entgegnete er. „Was zum Teufel tust *du* hier? Mit *ihm*?"

Brad räusperte sich und verschränkte die Arme. Seine Miene war belustigt, doch seine Augen verrieten, dass er nicht zum Scherzen aufgelegt war. Dennoch wartete er ab.

„Das, Jesse McKettrick, geht dich nichts an!", antwortete Meg.

„Wir sind hergekommen, weil Cheyenne uns erzählt hat, dass du mit dem Pferd unterwegs bist. Dann fing es an zu schneien, und wir haben uns Sorgen gemacht", erklärte Keegan ruhig.

„Wie ihr seht, bin ich in Sicherheit."

„Ich weiß nicht recht", knurrte Jesse.

An Brads Wange zuckte ein Muskel, aber er schwieg noch immer.

„Pack deine Sachen zusammen!", befahl Jesse. „Du kommst mit." Er sah Brad an. „Und du auch. Der Schneesturm wird immer schlimmer."

„Ich kann die Pferde nicht zurücklassen", erwiderte Brad.

Meg traute ihren Ohren nicht. Ihre Cousins hatten ihr Leben aufs Spiel gesetzt und waren entschlossen, sie beide notfalls in den Hubschrauber zu schleifen, und Brad dachte nur an die Pferde?

„Dann bleibe ich bei dir", antwortete Jesse. Was immer er an Brad auszusetzen hatte, er war nun einmal Rancher. Und kein Rancher ließ ein Pferd in der Wildnis zurück, wenn es sich vermeiden ließ. Er sah Meg an. „Keegan bringt dich zur Triple M zurück."

„Und wenn ich nicht will?“

„Entscheide dich!“, warf Keegan ein. „Der Sturm nimmt zu. In spätestens fünfzehn Minuten müssen wir starten, sonst sitzen wir vier hier bis zum Frühling fest.“

Meg warf Brad einen Blick zu.

Er nahm ihr die Entscheidung nicht ab, und das machte sie wütend. Sie wusste, dass er kein Feigling war – Brad hatte sich noch nie vor einer Prügelei gedrückt.

„Ich hole meine Jacke“, sagte sie und hoffte, dass er sie aufhalten und ihre Cousins wegschicken würde.

Doch das tat er nicht.

„Ruf Olivia an“, bat er nur und beobachtete lächelnd, wie sie sich mit der Jacke abmühte und es erst beim zweiten Versuch schaffte, sie anzuziehen. „Sag ihr, dass ich okay bin.“

Meg nickte wortlos und ließ sich von Keegan durch das Schneetreiben und die Eiseskälte zum Hubschrauber führen.

Brad schloss die Tür hinter Meg und ihrem Cousin und schickte ein stummes Gebet zum Himmel. In diesem Wetter zu fliegen, war lebensgefährlich, aber wenn es jemand schaffte, dann war es Keegan. Dessen Vater war Pilot gewesen, und alle drei Söhne waren im Cockpit ganz genauso zu Hause wie auf dem Rücken eines Pferdes.

Jesse entspannte sich ein wenig. „Wir sollten aufbrechen, wenn wir vor der Dunkelheit unten sein wollen.“

„Was hast du geglaubt, was ich vorhatte, Jesse?“, fragte Brad gelassen und öffnete die Ofenklappe, um Holz nachzulegen. „Meg zu vergewaltigen?“

Jesse fuhr sich durchs Haar. „Nein, das nicht“, gab er widerwillig zu. „Wir dachten, ihr beide irrt noch dort draußen herum, aber dann haben wir den Rauch aus dem Schornstein gesehen.“

„Und da hättet ihr nicht einfach zur Triple M zurückfliegen können?“ Vor Meg hatte er sich beherrscht, doch jetzt ließ er seinem Zorn freien Lauf.

Jesses Augen funkelten. „Vielleicht ist Meg bereit, dir zu verzeihen, was du ihr angetan hast, aber ich bin es nicht. Sie hat es sich damals nicht anmerken lassen, aber innerlich war sie am Boden zerstört. Vor allem nach der Fehlgeburt."

Brad blieb fast das Herz stehen.

„Welche Fehlgeburt?"

„Oh-oh!", sagte Jesse nur.

Brad musste seine ganze Willenskraft mobilisieren, um ihn nicht am Kragen zu packen und eine Antwort aus ihm herauszuprügeln. Er machte einen Schritt zur Tür, um Meg aufzuhalten, doch der Hubschrauber hob bereits ab und ließ die Hütte erzittern.

„Es gab … ein Baby?"

„Lass uns aufsatteln", schlug Jesse vor und wich Brads Blick aus. Offenbar war er davon ausgegangen, dass Meg mit Brad über das Kind gesprochen hatte. Jetzt sah Jesse aus, als wäre er am liebsten im Erdboden versunken.

„Erzähl mir davon", drängte Brad.

„Rede besser mit Meg", antwortete ihr Cousin und setzte seinen Hut auf. „Ich habe schon mehr gesagt, als ich hätte tun sollen."

„Es war von mir?"

Jesses Gesicht wurde rot vor Zorn. Er schlug den Kragen hoch. „Natürlich war es von dir", erwiderte er entrüstet. *„So eine* ist Meg doch nicht."

Brad zog Jacke und Handschuhe an. Er hatte das Gefühl, neben sich zu stehen. So, als würde er dies alles nicht wirklich erleben.

Meg war schwanger gewesen, als er den Bus nach Nashville genommen hatte!?

Er wusste instinktiv, dass es keine Lüge war.

Wäre er damals nicht so jung und ehrgeizig gewesen, hätte er es schon damals gewusst. Er hätte es in ihren Augen gelesen, als sie zaghaft seinen Arm berührte, um ihm noch etwas Wichtiges zu sagen, und ihn dann rasch wieder zurückzog.

Er wäre trotzdem nach Nashville gefahren – er hatte keine andere Wahl, denn er hatte Stone Creek vor den Banken und Investoren retten müssen, aber er hätte Meg nachgeholt. Er hätte seinen Stolz heruntergeschluckt und wäre notfalls per Anhalter nach Arizona zurückgekehrt.

Behutsam legte Jesse eine Hand auf Brads Schulter. Und nahm sie wieder fort.

Nachdem sie die Tür der Schutzhütte so gut wie möglich gesichert hatten, kämpften sie sich durch den Schnee zu den Pferden und sattelten sie schweigend.

Das Geräusch der Triebwerke und Rotoren machte jedes Gespräch unmöglich, wenn man keine Kopfhörer aufhatte. Und Meg weigerte sich, ihre aufzusetzen.

Keegan konzentrierte sich auf den Steuerknüppel und die Pedale und behielt die Instrumente des Hubschraubers im Blick. Der Schneesturm hatte zugenommen. Sie flogen buchstäblich blind.

Als die Sicht nach einer Weile etwas besser wurde, entspannte Meg sich.

Ihr Cousin musste sie beobachtet haben, denn er tätschelte ihr aufmunternd den Arm. Dann reichte er ihr den zweiten Kopfhörer und wartete, bis sie ihn aufsetzte.

„Ich kann nicht glauben, dass du das hier getan hast“, sagte sie schließlich.

Keegan lächelte. „Regel Nummer eins. Lass nie eine McKettrick in einem Schneesturm zurück.“

Meg seufzte entrüstet. „Mir ging es bestens!“

„Kann schon sein“, erwiderte er und flog nach Nordwesten, wo die Triple M lag. „Aber woher sollten wir das wissen? Schalte dein Handy ein, dann findest du unsere Nachrichten in deiner Mailbox. Wir haben mindestens ein halbes Dutzend Mal gefragt, ob bei dir alles in Ordnung ist.“

„Und wenn die beiden es nicht nach Hause schaffen?“, fuhr Meg ihn an. Zuerst war sie nur wütend gewesen, jetzt machte sie sich große Sorgen um Brad und Jesse. „Wenn die Pferde sich verirren?“

„Brad kennt den Weg“, beruhigte Keegan sie, „und Jesse ist

im Sattel aufgewachsen. Wenn sie in ein paar Stunden nicht zurück sind, mache ich mich auf die Suche."

„Du bist nicht unbesiegbar, weißt du. Auch wenn du ein McKettrick bist."

„Ich tue, was ich tun muss", erwiderte er. „Du und Brad … seid ihr … wieder zusammen?"

„Das geht dich nun wirklich nichts an."

Keegan lächelte. „Hat mich das jemals aufgehalten?"

„Nein", sagte Meg resigniert. „Wir sind *nicht* wieder zusammen. Ich habe ihm nur geholfen, nach Ransom zu suchen, das ist alles."

„Ransom? Der Hengst?"

„Ja."

„Den gibt es wirklich?"

„Ich habe ihn mit meinen eigenen Augen gesehen."

„Du wolltest mitten in einem Schneesturm ein Wildpferd aufspüren?"

„Als wir aufgebrochen sind, hat es noch nicht geschneit", verteidigte sie sich.

„Weißt du, was *ich* glaube?"

„Nein, aber du wirst es mir bestimmt trotzdem erzählen."

Keegan lächelte. „Du wolltest mit Brad schlafen und er mit dir. Ihr wusstet beide, dass es im Hochland jederzeit schneien kann, und praktischerweise gibt es dort oben die alte Schutzhütte."

„Wie gesagt, das geht dich nichts an. Und für wen hältst du dich, einen Sexualberater?"

Schmunzelnd schüttelte er den Kopf. „Es wird dich wahrscheinlich nicht trösten, aber wenn wir gewusst hätten, dass wir bei einem Schäferstündchen stören, wären wir zu Hause geblieben."

„Wir haben Gin Rummy gespielt."

„Ja, sicher …"

Meg verschränkte die Arme. „Keegan, ich muss dich nicht überzeugen. Und vor allem muss ich mich nicht vor dir rechtfertigen."

„Da hast du vollkommen recht. Das musst du nicht."

Inzwischen hatten sie den Schneesturm hinter sich gelassen und schwebten durch einen goldenen Herbstnachmittag. Sie flogen über Stone Creek hinweg und weiter nach Indian Rock.

Meg sprach kein Wort mehr, bis Keegan auf der Weide hinter der Scheune landete. Um den Hubschrauber herum kräuselte sich das hohe Gras wie eine zuckende Wasseroberfläche.

„Danke für den Flug", sagte sie und wartete, bis der Rotor sich langsamer drehte und sie aussteigen konnte, ohne dabei geköpft zu werden. „Ich würde dich ja hereinbitten, aber ich bin stinksauer – je weniger ich von meinen männlichen Angehörigen sehe, desto besser für alle."

Keegan reckte den Daumen nach oben. „Wenn du meinst. Und nur fürs Protokoll – dass du stinksauer auf mich bist, ist mir schnurzpiepegal."

Meg beugte sich hinüber und schlug ihm gegen den Unterarm, aber sie lachte dabei. „Mach's gut!", rief sie und warf den Kopfhörer auf seinen Schoß.

Keegan bedeutete ihr, den Kopf einzuziehen, und sah ihr nach, als sie aus dem Hubschrauber sprang und zum Haus rannte.

Sie zog sich rasch um, rief wie versprochen Olivia an und hinterließ eine Nachricht. Danach setzte sie Kaffee auf und ging in die Scheune, um nach den Pferden zu sehen.

Zurück in der Küche, wusch sie sich die Hände und goss sich einen Becher Kaffee ein. Sie dachte kurz daran, einen kräftigen Schuss Whiskey hineinzugeben, um schneller warm zu werden, ließ es jedoch und stellte die Flasche wieder weg.

Wenn Jesse und Brad nicht nach Hause kämen, sollte Keegan nicht allein aufbrechen, um die beiden zu suchen.

Sie griff nach dem Telefon und wählte Cheyennes Handynummer.

„Es tut mir leid", sagte Cheyenne sofort. „Als ich Jesse ausgerichtet habe, dass er deine Pferde versorgen soll, wenn du dich vor Anbruch der Dunkelheit nicht meldest, wollte er wissen, wo du bist." Sie zögerte. „Und ich habe es ihm erzählt."

Meg legte eine Hand an die Stirn und schloss die Augen. „Im

Hochland wütet ein Schneesturm, und Jesse und Brad reiten zurück. Sag mir Bescheid, sobald Jesse auftaucht, ja?"

„Oh mein Gott", flüsterte Cheyenne. „Sie reiten in einem *Schneesturm*?"

„Jesse wird damit fertig", versicherte sie, „und Brad auch. Trotzdem schlafe ich ruhiger, wenn ich weiß, dass sie zu Hause angekommen sind."

Es dauerte einen Moment, bis Cheyenne antwortete. „Ich rufe dich an!", versprach sie und klang äußerst besorgt.

Meg gab sich alle Mühe, sie ein wenig aufzumuntern, aber es gelang ihr nicht recht. Um sich selbst abzulenken, las sie eine Weile, gönnte sich ein heißes Bad, ging wieder nach unten und schaltete den Fernseher ein. Sie versuchte gerade, sich auf eine Wiederholung von *Dog – der Kopfgeldjäger* zu konzentrieren, als sie vor dem Haus eine Wagentür hörte.

Stiefelabsätze polterten die Verandastufen hinauf.

Und dann hämmerte jemand gegen die Tür.

„Meg!", rief Brad. „Mach auf! Sofort!"

5. KAPITEL

Mit wildem Blick stand Brad vor der Haustür. Meg wollte zur Seite gehen, um ihn zu sich einzulassen, doch bevor sie das tun konnte, drängte er sich an ihr vorbei. Dann stieß er die Tür mit dem Absatz zu.

Er hatte sich nach dem beschwerlichen langen Ritt durch die Kälte nicht umgezogen und war durchnässt bis auf die Haut. Die Handschuhe hatte er irgendwo verloren, und seine Haut schimmerte bläulich.

„Warum hast du mir nichts von dem Baby erzählt?“, fragte er mit vor Zorn bebender Stimme und wedelte mit dem Zeigefinger vor ihrer Nase.

Meg stand im wahrsten Sinne des Wortes mit dem Rücken an der Wand und stieß gegen die alte Standuhr. Deren dumpfes Ticken schien in ihrem Kopf widerzuhallen.

In diesem Moment bestätigten sich ihre schlimmsten Befürchtungen. Jesse wusste tatsächlich von der Schwangerschaft und der darauf folgenden Fehlgeburt – und hatte es Brad verraten.

Sie atmete tief durch. „Beruhige dich.“

Er packte ihre Schultern. Wäre er ein anderer Mann gewesen, hätte sie Angst bekommen, aber er war Brad O’Ballivan. Sicher, er hatte ihr das Herz gebrochen, aber niemals würde er ihr gegenüber gewalttätig werden, davon war sie fest überzeugt. Das gehörte zu den wenigen Gewissheiten, die es in ihrer Beziehung gab.

„War da ein Kind?“

Meg biss sich auf die Lippe. Sie hatte immer geahnt, dass sie es ihm eines Tages würde beichten müssen. Aber *so* hatte sie es sich nicht vorgestellt. „Ja“, flüsterte sie heiser.

„War es von mir?“

Empörung stieg in ihr auf, legte sich jedoch rasch wieder. „Ja.“

„Warum hast du es mir nicht gesagt?“

Meg straffte sich und hob das Kinn ein wenig. „Du warst in Nashville und hast weder geschrieben noch angerufen. Ich dachte mir wohl, es würde dich nicht interessieren.“

Brad ließ sie los, wich jedoch nicht zurück. Sie fühlte sich in die Enge getrieben – aber noch immer nicht bedroht. Seltsamerweise kam sie sich eher umsorgt, sogar beschützt vor.

Er fuhr sich durchs Haar. „Wie könnte es mich nicht interessieren, Meg?", stieß er hervor. „Du warst mit *unserem* Baby schwanger!"

Langsam presste Meg die Hände an die glühenden Wangen. „Ein paar Wochen nach deiner Abreise hatte ich eine Fehlgeburt", sagte sie sanft. „Wir sollten es wohl nicht bekommen."

Seine Augen glitzerten feucht, und an seiner Wange zuckte der Muskel, den sie schon kannte. „Trotzdem ..."

„Geh nach oben und nimm eine heiße Dusche", unterbrach sie ihn. „Ich mache dir etwas zu essen, dann reden wir."

Brads Mund wurde noch schmaler, bevor er sich ein wenig entspannte. Er nickte.

„Travis hat ein paar Sachen hiergelassen, als er und Sierra in die Stadt gezogen sind", fuhr sie fort, als er schwieg. „Ich hole dir das Zeug."

Sie stieg die Treppe hinauf und öffnete ihm die Tür zum Bad. Sie wartete, bis er sie hinter sich schloss, und ging ins Schlafzimmer, wo sie Jeans und ein altes T-Shirt aus einer Schublade nahm.

Brad stand bereits unter der Dusche, als sie zurückkehrte. Hinter der beschlagenen Glasscheibe zeichnete sich sein nackter Körper ab. Sie wehrte sich gegen das Verlangen, das der Anblick in ihr weckte, legte ihm die Sachen zusammen mit einem Handtuch hin und schlüpfte leise hinaus.

Sie bereitete gerade Rührei zu, als Brad fünfzehn Minuten später nach unten kam. Er hatte Travis' Sachen angezogen, sein Haar war zerzaust. Wortlos goss Meg ihm einen Kaffee ein.

Nach kurzem Zögern nahm er den Becher und nippte daran.

Erleichtert registrierte Meg, dass sich seine Gesichtsfarbe normalisiert hatte. Vor dem Duschen war er so blass gewesen, wie sie ihn noch nie gesehen hatte.

„Setz dich", sagte sie leise.

Er zog einen Stuhl heran, nahm Platz und ließ sie nicht aus

den Augen, als sie an den Herd ging. Obwohl sie ihm den Rücken zukehrte, spürte sie den Blick.

„Was ist passiert?“, fragte er nach einem Moment.

Sie schaute kurz über die Schulter, bevor sie das Rührei auf einen Teller tat, antwortete allerdings nicht.

„Die Fehlgeburt“, sagte er grimmig. „Wie ist es dazu gekommen?“

Glaubte er etwa, er sei daran schuld gewesen, weil er nach Nashville gefahren war? Oder weil sie sich zuvor gestritten hatten?

Sie hatte sich jahrelang gefragt, ob sie etwas falsch gemacht hatte, und unter quälenden Schuldgefühlen gelitten. Sie wollte nicht, dass er den gleichen Schmerz durchmachte.

„Es gab keinen konkreten Auslöser“, erwiderte sie sanft. „Ich war schwanger, und dann war ich es plötzlich nicht mehr. So etwas passiert, Brad. Und man weiß nicht immer, warum es passiert.“

Er trank einen Schluck. „Du hättest es mir erzählen sollen.“

„Ich habe es keinem Menschen erzählt. Nicht mal meiner Mutter.“

„Woher weiß es Jesse dann?“

Jetzt, da sie darüber nachgedacht hatte, lag die Antwort auf der Hand. Es war Jesse gewesen, der sie in jener längst vergangenen Nacht ins Krankenhaus gebracht hatte. Sie hatte ihm gesagt, es seien nur Krämpfe, aber er hatte eins und eins zusammengezählt und zudem mitbekommen, was die Schwestern und Ärzte untereinander redeten.

„Er war bei mir“, sagte sie.

„Er, aber ich nicht!“

Sie stellte das Rührei auf den Tisch, zusammen mit dem Besteck und zwei Scheiben Toast. „Es hätte nichts geändert. Wenn du da gewesen wärst, meine ich. Ich hätte das Baby dennoch verloren, Brad.“

Er schloss kurz die Augen, wie jemand, der einen Tiefschlag verkraften musste, ohne sich dagegen zu wehren.

„Du hättest es mir sagen müssen!“, beharrte er.

Sie schob ihm das Rührei hin. Widerwillig griff er nach der Gabel und begann zu essen.

Meg setzte sich auf die Bank und drehte sich zu ihm. „Was hätte es gebracht?"

„Ich hätte … helfen können."

„Wie denn?"

Er seufzte. „Du musstest es allein durchstehen. Das ist nicht richtig."

„Auf dieser Welt sind viele Dinge nicht richtig", entgegnete sie leise. „Man muss … damit fertig werden."

„Und zwar so, wie die McKettricks es immer tun", sagte Brad ohne jede Bewunderung. „Manche Leute nennen das trotzig."

Meg stützte das Kinn auf die Hand und sah ihm beim Essen zu. „Ich würde es wieder so machen", gab sie zu. „Es war hart, aber ich habe es überstanden."

„Allein."

„Allein", wiederholte sie.

„Es muss mehr als nur *hart* gewesen sein. Du warst erst neunzehn!"

„Du auch."

„Warum hast du deiner Mutter nichts gesagt?"

Da brauchte sie nicht lange zu überlegen. Eve hatte genug Probleme gehabt. Ein schwerer Unfall, danach die Abhängigkeit von Schmerzmitteln und Alkohol und schließlich auch noch die Verantwortung für *McKettrickCo*.

„Sie hatte genug durchgemacht", antwortete Meg nur. Sie brauchte es ihm nicht zu erklären, er kannte die turbulente Geschichte ihrer Familie.

„Sie hätte mich durch den Fleischwolf gedreht." Brad versuchte zu lächeln. Es gelang ihm nicht, denn er stand noch immer unter Schock.

„Wahrscheinlich."

Er leerte den Teller und schob ihn von sich. „Was machen wir jetzt?"

„Keine Ahnung. Vielleicht … nichts."

Brad streckte die Hand nach ihrer aus, zog seine dann jedoch zurück. Daraufhin stand er auf und stellte den Teller mit dem Besteck ins Spülbecken.

„War es ein Junge oder ein Mädchen?“, fragte er mit dem Rücken zu Meg.

„Ich habe nicht gefragt. Ich glaube, ich wollte es gar nicht wissen. Vermutlich wäre es ohnehin zu früh gewesen, um es sagen zu können. Ich war erst wenige Wochen schwanger.“

Endlich drehte er sich um, lehnte sich gegen die Spüle und verschränkte die Arme. „Stellst du dir jemals vor, wie es gewesen wäre, wenn er oder sie überlebt hätte?“

Dauernd, dachte Meg.

„Nein“, log sie.

„Sicher …“ Offenbar glaubte er ihr nicht.

„Es … tut mir leid, Brad. Dass du es von jemand anderem erfahren musstest, meine ich.“

„Aber nicht, dass du es mir verschwiegen hast?“

„Du warst fort und hattest viel zu tun. Hätte ich dich hierhergeschleift, hättest du deine einmalige Chance, als Musiker Karriere zu machen, nicht bekommen. Du hättest mich dafür gehasst.“

Endlich ging er zu ihr und hob ihr Kinn an. „Ich könnte dich niemals hassen, Meg“, sagte er fast feierlich.

Einige Sekunden lang schauten sie einander nur in die Augen.

„Ich sollte jetzt fahren“, brach er schließlich das Schweigen. „Es war ein höllischer Tag.“

„Bleib“, hörte Meg sich sagen. Sie dachte nicht daran, Brad in ihr Bett zu bekommen – jedenfalls *nicht nur*. Er war gerade meilenweit geritten, noch dazu in einem Schneesturm. Er war durchgefroren und wusste erst seit kurzer Zeit, dass er ein Kind gezeugt und wieder verloren hatte.

Er schwieg wieder.

„Du solltest jetzt nicht allein sein“, sagte Meg. *Und ich auch nicht.*

Natürlich wusste sie, was passieren würde, wenn er blieb. Und sie wusste, dass es ein Fehler wäre. In all den Jahren waren sie einander fremd geworden, nachdem sie so unterschiedliche

Leben geführt hatten. Es war noch zu früh. Sie durften jetzt nichts überstürzen.

Aber sie brauchte ihn in dieser Nacht und sei es auch nur, um in seinen Armen zu liegen.

Und er sehnte sich ebenso danach.

Sein Lächeln fiel matt aus. „Woher wissen wir, dass deine Cousins nicht auf dem Dach landen?"

„Das wissen wir nicht." Sie seufzte. „Jesse und Keegan haben es gut gemeint."

„Sicher. Sie wollten deinen guten Ruf bewahren."

Meg stand auf und legte die Arme um seine Taille. Es erschien ihr so selbstverständlich, und doch war es riskant, atemberaubend riskant. „Bleib", bat sie zum zweiten Mal.

Er zog sie an sich, stützte das Kinn auf ihren Kopf und streichelte ihren Rücken. „Wer aus der Geschichte nicht lernt, ist dazu verdammt, sie zu wiederholen."

Sie legte den Kopf an seine Schulter, atmete seinen Duft ein und spürte, wie sie sich entspannte.

Und dann läutete das Telefon.

„Vielleicht ist es wichtig", sagte er und schob Meg behutsam von sich, als sie keine Anstalten machte, an den Apparat zu gehen.

Sie nahm ab, ohne aufs Display zu schauen. „Hallo."

„Jesse ist zu Hause", meldete Cheyenne. „Er ist halb erfroren. Ich habe ihm einen Grog gemacht und ihn ins Bett gesteckt."

„Danke, dass du anrufst, Chey."

„Geht es dir gut?", fragte Cheyenne zaghaft.

Meg fragte sich, wie viel Jesse seiner Frau erzählt hatte. „Ja, mir geht es gut."

„Er hat mir erzählt, dass er und Keegan dich und Brad praktisch überfallen haben, irgendwo in den Bergen", fuhr Cheyenne fort. „Das tut mir leid, Meg. Vielleicht hätte ich den Mund halten sollen, aber im Radio haben sie vor einem Schneesturm gewarnt, und ich … Na ja, ich bin wohl in Panik geraten."

„Alles in Ordnung, Cheyenne. Wirklich."

„Er ist bei dir, nicht wahr? Brad, meine ich."

„Da ich keinen Wert auf einen mitternächtlichen Besuch meiner Cousins lege, gebe ich nichts zu."

Cheyenne kicherte. „Meine Lippen sind versiegelt. Wollen wir morgen zusammen zu Mittag essen?"

„Gute Idee", erwiderte Meg lächelnd. Brad stand hinter ihr und schob seine Hände unter ihr Sweatshirt. Sie atmete tief durch und versuchte, sich nichts anmerken zu lassen. „Gute Nacht, Cheyenne."

„Wir treffen uns in der Stadt, ja? Um zwölf bei *Lucky's Bar and Grill*. Ruf mich an, falls du noch im Bett liegst oder so, dann verschieben wir es."

Brad legte die Hände um ihre Brüste, und sie unterdrückte ein lustvolles Aufstöhnen. „Bis dann!", erwiderte sie rasch und legte auf.

Er drehte sie zu sich um, küsste sie leidenschaftlich und trug sie nach oben. Sie dirigierte ihn zu dem Bett, das schon ihre Großeltern geteilt hatten. Als er sie auf die weiche Matratze legte, war sein Gesicht nur ein dunkler Umriss vor dem Licht aus dem Flur. Seine Augen waren nicht zu erkennen, doch sie fühlte seinen Blick.

Hastig, bevor er es sich anders überlegen konnte, zog sie sich aus. Da sie vorgehabt hatte, im Jogginganzug zu schlafen, hatte sie darunter nichts an. Sie war splitternackt und äußerst verletzlich.

Brad gab einen leisen Laut von sich und stützte sich mit einem Knie aufs Bett.

„Halt mich bitte", wisperte sie und musste plötzlich an einen alten Song denken.

Help me make it through the night …

Sekunden später war auch er nackt und schlüpfte zu ihr unter die Decke. Als sie ihn an ihrem Körper fühlte – fest und warm, ganz Mann –, durchströmte die Lust sie mit solcher Wucht, dass ihr schwindlig wurde.

Sie legte die Hände um seinen Nacken und klammerte sich an ihn – sie, die sich nie an jemanden oder etwas klammern wollte außer an ihren Stolz.

Herrliche Minuten vergingen, ohne Worte oder Zärtlichkeiten. Er hielt sie einfach nur.

Die Entscheidung, auf ein Vorspiel zu verzichten, mussten sie nicht aussprechen.

Das Verlangen war zu gewaltig.

Behutsam spreizte er ihre Beine und legte sich dazwischen. Als sie fühlte, wie sehr er sie begehrte, stöhnte sie auf und hob die Hüften an, um ihm noch näher zu sein.

Sanft, aber entschlossen drang Brad in sie ein und hielt inne, als sie aufkeuchte.

Er küsste ihre Augenlider, und Meg wand sich unter ihm.

Dann küsste er sie auf die Wangen. Ungeduldig versuchte sie, ihm einen Rhythmus vorzugeben, doch er lag schwer auf ihr.

Sie seufzte vor Lust, als er an ihren Ohrläppchen knabberte.

Fast hektisch strich sie mit beiden Händen über seinen Rücken.

Er liebkoste ihren Hals.

Sie flehte ihn an.

Er zog sich zurück und drang langsam in sie.

Sie flüsterte seinen Namen, als er noch tiefer stieß.

Und Meg explodierte in seinen Armen. Stöhnend krallte sie die Finger erst ins Laken, dann in seine Haut.

Der Höhepunkt war gewaltig, aber er war nur ein Vorgeschmack darauf, was noch folgen würde, und die Vorfreude steigerte ihr Verlangen. Ihr Körper schien mit Brads zu verschmelzen, und als er sich auf ihr zu bewegen begann, kannte ihre Lust keine Grenzen mehr.

Noch während sich Meg ihrem Verlangen hingab, spürte sie, wie sehr sich Brad beherrschte. Doch als sie erneut zum Orgasmus kam, ließ auch er sich gehen. Sie genoss es, seinen geschmeidigen kraftvollen Körper zu spüren und zu hören, wie er aufstöhnte. Sein Atem strich heiß über ihre geschlossenen Augen, als sie spürte, wie er sich in sie ergoss – und so inständig wie noch nie hoffte Meg, dass daraus neues Leben erwuchs.

Instinktiv hob sie die Hüften an.

Wie um es ihr zu erleichtern, glitt er von ihr und schmiegte sich an sie. Als ihr Atem wieder ruhig ging und die Hitze sich ein wenig legte, fuhr er mit der Nase an ihrer entlang, wollte etwas sagen und seufzte stattdessen.

Sie schob die Finger in sein zerzaustes Haar und küsste ihn aufs Kinn.

„Ich nehme an, du hast dir gerade die nächste Kerbe in deinem Bettpfosten verdient“, sagte sie leise.

Er lachte. „Ja, aber das hier ist *dein* Bett, McKettrick. *Du* hast *mich* verführt, vergiss das nicht. Und da das Ding eine Antiquität ist, wäre es wohl keine gute Idee, etwas ins Holz zu schnitzen.“

„Morgen früh werden wir das hier bereuen, weißt du.“

„Das ist noch lange hin“, murmelte er, die Lippen an ihrem Hals. „Jetzt ist jetzt.“

„Mmmm.“ Sie wollte, dass das *Jetzt* nie aufhörte.

„Ich warte die ganze Zeit auf einen Hubschrauber!“

Meg lächelte. „Ich auch.“

Er hob den Kopf, und im Mondlicht waren seine Augen zu sehen. „Weißt du was?“

„Was denn?“

„Ich bin froh, dass es so passiert ist, in einem richtigen Bett, und nicht auf dem Fußboden in einer alten Schutzhütte.“ Er küsste sie zärtlich. „Obwohl ich auch damit zufrieden gewesen wäre.“

Sie verpasste ihm einen Klaps, woraufhin er unbeschwert lachte.

An ihrem rechten Oberschenkel fühlte Meg, dass er sie schon wieder begehrte. Er streckte den Arm nach der Nachttischlampe aus und schaltete sie ein. Im Lichtschein schimmerte ihre Haut wie Gold. Oder lag es gar nicht am Licht?

„Du meine Güte“, flüsterte Brad, „du bist wirklich schön.“

Er streichelte ihre Brüste, den Bauch und ihre Oberschenkel. Die Berührung war so leicht, so zärtlich, dass es ihr den Atem raubte.

„Sieh mich an“, sagte er.

Sie tat es. „Das Licht!“, protestierte sie schwach.

Er liebkoste jetzt ihre empfindsamste Stelle. „So schön", wisperte er.

Sie schrie leise auf, als er mit den Fingerspitzen immer weitere Kreise zog. „Brad, ich …"

„Was?"

Meg wusste, dass ihr Bauch nicht mehr so straff und glatt wie früher war. Und die Brüste nicht mehr so fest. Sie wollte mehr von ihm fühlen, aber nur im Schutz der Dunkelheit und unter der Decke, die ihre Großmutter vor vielen Jahren mit eigenen Händen genäht hatte. „Das Licht!", wisperte sie.

Er tastete jedoch nicht nach dem Lampenschalter, sondern streichelte sie weiter. Und tatsächlich dauerte es nicht lange, bis sie das Licht vergaß und es erregend fand, ihn dabei zu beobachten, wie er sie verwöhnte.

Als Meg eingeschlafen war, stand Brad auf, zog die geliehenen Sachen an und holte seine eigenen aus dem Bad, in dem er geduscht hatte. Er setzte sich auf den Rand der alten Badewanne und zog die Socken und Stiefel an, die noch feucht vom Ritt durch die Berge waren.

Unten fand er den altmodischen Thermostat und drehte am Regler, bis staubige Hitze aus den Lüftungsschlitzen drang. In der Küche füllte er Kaffeepulver und Wasser in die Maschine und stellte die Schaltuhr. Vielleicht würden die Annehmlichkeiten – Wärme und ein frischer Kaffee – Meg ein wenig darüber hinwegtrösten, dass er nicht mehr da war, wenn sie aufwachte.

Neben dem Telefon lag ein Notizblock, aber ihm fiel auf Anhieb keine passende Nachricht ein.

Danke wäre unangemessen. *Auf Wiedersehen* klang zu sachlich. Nur ein Idiot würde *Wir sehen uns* schreiben. *Ich rufe dich an* – zu herablassend?

Schließlich entschied er sich für *Muss die Pferde füttern*.

Vier seiner Songs hatten Grammys gewonnen, und ihm fiel nicht Besseres ein als *Muss die Pferde füttern*? Seine Kreativität ließ eindeutig nach.

Unschlüssig schaute er zur Decke hinauf. Am liebsten wäre er wieder ins Bett geschlüpft, um mit Meg zu schlafen.

Wieder.

Aber sie hatte gesagt, dass sie es morgen früh bereuen würden, und das wollte er ihr nicht ansehen. Sie würden verlegen nach hilflosen Ausreden suchen und einander nicht in die Augen schauen können.

Und Brad wusste, dass er das nicht ertragen würde.

Deshalb ging er.

In ihren flauschigen Bademantel gehüllt, stand Meg in der Küche und atmete den würzigen Duft des frischen Kaffees ein, den Brad für sie gekocht hatte.

Muss die Pferde füttern, las sie auf dem Notizzettel.

Der Mann ist ein Dichter, dachte sie und ging an den Kühlschrank. Sie riss die Tür auf und suchte nach etwas, das ein Frühstück abgeben könnte. Die letzten Eier hatte sie für Brad zubereitet, und die Auswahl war nicht mehr sehr groß – drei Oliven, etwas Käse und die vertrockneten Reste der Pizza von der letzten Woche.

Seufzend schloss sie die Kühlschranktür. Sie würde erst zum Drive-in fahren und danach einkaufen müssen – alles noch vor dem Mittagessen mit Cheyenne. Meg strich sich durchs zerzauste Haar. Zunächst war sie enttäuscht gewesen, dass Brad nicht mehr da gewesen war, jetzt gefiel es ihr, dass er sie nicht sehen konnte. Sie sah aus wie … na ja, wie eine Frau, die die halbe Nacht mit schweißtreibendem Sex zugebracht hatte.

Sie ging nach oben, duschte und zog Jeans und einen leichten blauen Pullover an. Kaum war sie wieder unten, läutete das Telefon.

Brad?

Sie warf einen Blick aufs Display.

Es war ihre Mutter.

Meg nahm ab. „Hallo, Mom. Ich wollte gerade aus dem Haus gehen …“

„Du setzt dich besser hin!“, erwiderte Eve.

Sie erstarrte. „Warum denn? Ist mit Sierra alles in Ordnung? Oder ist Liam etwas …"

„Den beiden geht es gut. Es ist etwas anderes."

Meg stieß den angehaltenen Atem aus und lehnte sich gegen die Arbeitsplatte. „Was?"

„Dein Vater hat sich heute Morgen bei mir gemeldet. Er will dich sehen."

Ihre Knie wurden weich. Sie war ihrem Vater noch nie begegnet, hatte nie mit ihm telefoniert oder von ihm auch nur eine Karte zu Weihnachten oder zum Geburtstag bekommen. Sie war nicht einmal sicher, wie er hieß – er verwendete so viele Pseudonyme.

„Meg?"

„Ich bin noch dran", sagte sie. „Ich will ihn nicht sehen."

„Ich wusste, ich hätte es dir unter vier Augen sagen sollen." Eve seufzte. „Aber ich war so …"

„Mutter, hast du gehört, was ich gerade gesagt habe? Ich will meinen Vater *nicht* sehen."

„Er behauptet, dass er todkrank ist."

„Das tut mir wirklich leid für ihn, aber ich will trotzdem nichts mit ihm zu tun haben."

„Meg …"

„Ich meine es ernst, Mutter. Er hat für mich nie existiert. Was sollte er mir nach all der Zeit schon zu sagen haben?"

„Ich weiß es nicht", antwortete Eve.

„Und wenn er mit mir sprechen will, warum hat er dann *dich* angerufen?" Kaum hatte sie es ausgesprochen, wünschte Meg, sie hätte den Mund gehalten.

„Ich glaube, er hat Angst."

„Aber vor dir hatte er keine Angst!?"

„Die hat er abgelegt, glaube ich", erwiderte Eve. Über Megs Vater hatte sie bisher so gut wie gar nicht gesprochen. Jetzt schien es ihr plötzlich sehr wichtig zu sein, dass ihre Tochter ihn traf. Was war los? „Hör mal, warum kommst du nicht im Hotel vorbei, und ich mache dir Frühstück. Und dann reden wir."

„Mom …"

„Blaubeerpfannkuchen und auf Ahornholz geräucherter Schinken. Das magst du doch am liebsten.“

„Na gut“, gab Meg nach, denn sie hatte einen Riesenhunger. „Ich bin in zwanzig Minuten da.“

„Gut.“

Ihre Mutter klang ziemlich selbstzufrieden, fand Meg. Eve war es gewöhnt, ihren Willen durchzusetzen – fast dreißig Jahre lang hatten alle nach Eve McKettricks Pfeife getanzt.

„Kommst du mit?“, fragte sie Angus, nachdem sie aufgelegt hatte.

Er grinste. „Das lasse ich mir doch nicht entgehen.“

Keine halbe Stunde später klopfte Meg an die Tür der Hotelsuite, die ihre Mutter bewohnte.

Als die Tür aufging, stand ein hochgewachsener Mann vor ihr, dessen Miene zugleich unsicher und hoffnungsvoll war. Die Ähnlichkeit zu ihm war nicht zu verkennen.

„Hallo, Meg!“, sagte ihr Vater.

Nachdem er die Pferde gefüttert hatte, ließ Brad sie auf die Weide und kehrte nicht in das große einsame Haus zurück, sondern ging zu dem Wäldchen, in dem Big John begraben lag. Inmitten der alten Gräber, in denen längst verstorbene Mitglieder der Familien O'Ballivan und Blackstone lagen, sah dessen Grabstein sehr neu aus.

Brad hatte den kleinen Familienfriedhof als Erstes besuchen wollen, als er auf die Ranch zurückgekehrt war, aber erst jetzt kam er dazu.

Im Schatten der Bäume, die bereits das herbstliche Laub abwarfen, wollte er den Hut abnehmen, doch dann fiel ihm ein, dass er gar keinen trug. Er beugte sich vor, um die braunen Blätter von der Inschrift zu fegen.

Höchste Zeit, dass du dich blicken lässt, hörte er Big John O'Ballivan sagen.

Brad lächelte verlegen. Seine Augen brannten, und er musste mehrmals blinzeln. „Ich bin hier, alter Mann“, erwiderte er heiser. „Und ich bleibe, um mich um die Mädchen und die

Ranch zu kümmern. Das sollte dich glücklich machen."

Es kam keine Antwort von seinem Großvater, nicht mal in seinem Kopf.

Doch Brad war nach Reden zumute.

„Ich treffe mich wieder mit Meg McKettrick", erzählte er. „Damals, als wir jung waren, ist sie von mir schwanger geworden und hat das Baby verloren. Das habe ich gestern erst erfahren."

Wäre Big John noch am Leben, hätte er ihm jetzt einen Vortrag gehalten. Brad wäre dankbar dafür gewesen, auch wenn der alte Mann sich ihn gehörig vorgeknöpft hätte.

Noch ein Grund, hierzubleiben und dich ums Geschäft zu kümmern, hätte Big John gesagt. Und das wäre nur der Anfang gewesen.

„Du hast es nie begriffen", fuhr Brad fort, als hätte sein Großvater tatsächlich etwas erwidert. „Wir waren kurz davor, die Stone-Creek-Ranch zu verlieren. Vielleicht wolltest du es nicht einsehen, aber ich musste es. Alles wäre umsonst gewesen, was Sam und Maddie und die O'Ballivans nach ihnen getan haben, um die Ranch zu halten."

Die McKettricks hätten ihm geholfen, wenn er sie darum gebeten hätte – Meg selbst oder ihre Mutter. So streitlustig der Haufen auf der Triple-M-Ranch auch war, mehr als einmal hatten sie einen Nachbarn vor dem Bankrott bewahrt. Sie hatten Dutzende kleinerer Farmen und Ranches gerettet, als die Rindfleischpreise in den Keller fielen. Dennoch schnürte ihm die Vorstellung, mit dem Hut in der Hand vor ihrer Tür zu stehen, selbst nach so langer Zeit noch den Hals zu.

Obwohl die Erde hart, nass und kalt war, setzte er sich nieder und starrte durch den Dunstschleier auf das Grab seines Großvaters. Er hatte einen hohen Preis für seinen Stolz bezahlt, und sein Erfolg als Countrysänger änderte daran gar nichts.

Er hatte die Jahre verloren, die er vielleicht mit Meg hätte verbringen können und mit den Kindern, die sie zusammen bekommen hätten. Er war nicht hier gewesen, als Big John ihn gebraucht hatte – genau wie seine Schwestern, auch wenn die drei jetzt alle gut ausgebildete, unabhängige Frauen waren. Sicher,

Big John hatte sie geliebt und beschützt, aber das machte es nicht besser. Er hätte für Olivia, Ashley und Melissa der große Bruder sein müssen.

Brad war so sehr in seine Erinnerungen vertieft, dass er das Motorengeräusch zwar hörte, aber nicht den Kopf hob. Dann wurde es wieder still, und eine Wagentür fiel ins Schloss.

„Hallo“, sagte Olivia leise.

„Hallo“, erwiderte er, drehte sich jedoch noch immer nicht nach seiner ältesten Schwester um.

„Willie geht es besser. Ich habe ihn im Wagen.“

„Das ist gut. Dann sollte ich wohl in die Stadt fahren und Futter besorgen.“

„Ich habe alles mitgebracht, was er in der nächsten Zeit braucht“, sagte sie leise und setzte sich neben ihn. „Vermisst du Big John?“

„Jeden Tag“, gab Brad zu. Ihre Mutter war fortgegangen, als die Zwillinge kaum laufen konnten. Ihr Vater war ein Jahr später ums Leben gekommen, als er bei Gewitter eine verängstigte Rinderherde zusammengetrieben hatte. Big John hatte die vier kleinen Enkelkinder großgezogen.

„Ich auch. Fragst du dich je, was aus Mom geworden ist?“

Brad wusste, wo Della O’Ballivan war – sie lebte in einer Wohnwagensiedlung außerhalb von Independence in Missouri zusammen mit dem vorläufig letzten in einer langen Reihe permanent betrunkener Männer. Doch das hatte er seinen Schwestern verschwiegen, denn es war eine zu traurige Geschichte. Erzählt hatte sie ihm der Privatdetektiv, den er mit den Einnahmen seines ersten Hits dafür bezahlt hatte, Informationen über seine Mutter zu ermitteln.

„Nein“, antwortete er ehrlich, „das frage ich mich nie.“ Er hatte Della besucht. Auch sie war betrunken gewesen und hatte sich mehr für seine Karriere und sein Geld als für ihn selbst interessiert. Sie hatte nicht einmal nach ihren Töchtern oder ihrem Ehemann gefragt.

Olivia seufzte. „Wahrscheinlich ist sie tot.“

Leben konnte man das, was Della tat, kaum nennen. „Ja,

wahrscheinlich.“ Seine Mutter meldete sich nur, wenn sie Geld brauchte. Er überließ es seinem Steuerberater, ihr hin und wieder einen Scheck zu schicken.

„Deshalb will ich nicht heiraten, weißt du“, gestand seine Schwester, „weil ich vielleicht so wie sie werde. Vielleicht steige ich einfach in einen Bus und verschwinde.“

Wie ich es gemacht habe, dachte Brad. War er Della ähnlicher, als er zugeben wollte?

„Das würdest du nie tun!“, sagte er.

„Früher habe ich davon geträumt, dass sie nach Hause kommt“, fuhr Olivia traurig fort, „und mich als Maria beim Krippenspiel in der Kirche sieht.“

Brad legte den Arm um seine Schwester und fühlte, wie ihre Schultern zitterten.

„Ich erinnere mich genau an sie, Brad. Sie war hübsch, hat nach Flieder geduftet und gesungen, wenn sie die Wäsche aufhängte. Sie hat mir Geschichten vorgelesen. Und dann war sie … einfach weg. Ich habe es nie verstanden. Ich dachte immer, dass *ich* etwas falsch gemacht haben muss …“

„Der Fehler lag bei *ihr*, Livie, nicht bei *dir*.“

„Man weiß nie, wann er sich zeigt. Mom hat wahrscheinlich nicht damit gerechnet, dass sie uns mal verlassen würde.“

Brad wusste, dass das nicht stimmte, aber er konnte nicht widersprechen, ohne zu viel preiszugeben. Die Della, die er kannte, schwankte zwischen Depression und Euphorie und ertrug ihre Stimmungsschwankungen nur mit Alkohol. Dass sie es so lange auf der Stone-Creek-Ranch ausgehalten hatte, war ein Wunder. Jemand wie sie brauchte die Anonymität der Großstadt und Bars, in denen sie unerkannt einen Gin – mit möglichst wenig Tonic – nach dem anderen trinken konnte.

Olivia stand auf und klopfte sich die Jeans ab. „Ich muss weiter. Die Iversons haben einen Stall voll kranker Kühe.“

Brad ging mit ihr zum Wagen. „Etwas Ernstes? Die Kühe, meine ich.“

„Ein Fieber, möglicherweise ansteckend.“

Sie seufzte schwer, und nicht zum ersten Mal wünschte er,

sie hätte sich einen weniger anstrengenden Beruf ausgesucht. Er wartete, bis sie ins Auto gestiegen war, kletterte in seinen Truck und folgte ihr zur Ranch.

Vor dem Haus stand eine schwarze Stretchlimousine mit laufendem Motor.

Phil.

Brad ignorierte den Besucher. Er hob den Hund von Olivias Rücksitz und trug das Tier in die Küche. Sie stellte den Korb in eine sonnige Ecke, und Brad legte Willie vorsichtig hinein.

„Wer sitzt in dem großen Wagen?", fragte sie.

„Phil Meadowbrook."

„Dein Manager?" Ihr Blick war misstrauisch. Vermutlich befürchtete sie, dass Phil ihm ein unwiderstehliches Angebot machen und er gleich wieder gehen würde.

„*Ehemaliger* Manager", verbesserte Brad.

Willie sah mit großen vertrauensvollen Augen zu ihm hoch.

„Wir brauchen dich hier, Brad", sagte Olivia, und er wusste, wie schwer es ihr fiel, dies zuzugeben. „Nicht nur die Zwillinge und ich, auch alle anderen. Wenn die Iversons ihr Vieh verlieren, sind sie am Ende. Sie stecken schon jetzt bis zum Hals in Schulden. Im letzten Jahr hatte Mrs Iverson Brustkrebs und musste operiert werden – und die Familie ist nicht versichert."

Brad biss die Zähne zusammen. „Ich schreibe einen Scheck für sie aus."

Olivia legte ihm eine Hand auf den Arm. „Nein!", entgegnete sie so heftig, dass er unwillkürlich zurückwich. „Sie wollen keine Almosen. Es sind gute, anständige Leute, Brad."

„Was soll ich dann tun?", fragte er, während draußen eine Wagentür geschlossen wurde.

„Gib ein Benefizkonzert", schlug sie vor. „In dieser Gegend gibt es ein halbes Dutzend Familien in ähnlicher Situation. Spende die Einnahmen."

Brad runzelte die Stirn. „Seit wann brütest du diesen Plan denn aus?"

Sie lächelte. „Seit du nach dem Hurrikan Katrina all das Geld für die herrenlosen Tiere gesammelt hast."

Es klopfte an der Hintertür.

Phil drückte seine dicke Nase an der Scheibe platt.

„Ich muss los“, sagte Olivia und streichelte Willie zum Abschied, bevor sie nach vorn eilte.

„Kann ich hereinkommen?“, bat Phil flehentlich.

„Bleibst du draußen, wenn ich Ja sage?“

Die Tür quietschte. „Nein.“ Phil strahlte Brad an. „Ich bin den weiten Weg aus New Jersey gekommen, um dich zur Vernunft zu bringen!“

„Den hättest du dir sparen können. Ich fahre nicht nach Las Vegas. Ich fahre nirgendwohin“, antwortete Brad. Er mochte Phil, aber danach, was er in den letzten vierundzwanzig Stunden durchgemacht hatte, war er einfach zu erschöpft. Er hatte rasch etwas essen, duschen und sich in das ungemachte Bett legen wollen.

„Wer redet denn von Las Vegas?“, fragte sein Manager mit gespielter Empörung. „Vielleicht will ich dir nur einen fetten Scheck bringen!?“

„Den habe ich gerade bekommen. Mein Steuerberater rauft sich die Haare, weil die Plattenfirma versprochen hat, den Betrag auf fünfzehn Jahresraten aufzuteilen. Jetzt hat sie alles auf einmal ausgezahlt, und das Finanzamt wird mich bei lebendigem Leib auffressen.“

Phil tat so, als würde er sich Tränen aus den Augenwinkeln wischen. „Du tust mir wirklich leid.“ Er warf einen Blick auf Willie, dessen Fell stellenweise abrasiert war, damit die Wunden genäht werden konnten. „Was ist mit dem Hund denn passiert?“

„Er wurde von Kojoten angegriffen oder von Wölfen.“ Brad las, was auf den beiden Medikamentendosen stand, die Olivia zusammen mit Trockenfutter und Schüsseln auf die Arbeitsfläche gestellt hatte.

„Mir ist schleierhaft, warum jemand an einem Ort leben will, an dem so etwas passieren kann – und sei es auch nur einem Hund.“

Willie sollte morgens und abends je eine Tablette, ein Antibiotikum und ein Schmerzmittel bekommen, und zwar zusammen mit dem Futter. „Dir sind viele Dinge schleierhaft, Phil“, erwiderte Brad. Bestimmt hatte Olivia den Hund heute Morgen gefüttert, also konnten die Tabletten bis zum Abendessen warten.

„Er ist ziemlich übel zugerichtet. Das wäre ihm in Las Vegas nicht passiert – einem Mann auch nicht."

„Offenbar hast du verdrängt, was mir bei meiner zweiten Scheidung widerfahren ist."

Phil schmunzelte. „Du könntest den Batzen Geld von der Plattenfirma der guten alten Cynthia geben", schlug er vor. „Du setzt es als Sonderausgabe ab und überlässt es ihr, die Steuern zu zahlen."

Brad füllte eine der Schüsseln mit Wasser, eine zweite mit Trockenfutter und stellte sie so hin, dass der Hund sie erreichen konnte, ohne extra aufstehen zu müssen.

„Es ist eine große Sache, Brad. Deshalb bin ich persönlich gekommen."

„Verschwindest du, wenn ich es mir anhöre?"

„Eine sehr, sehr große Sache."

„Das ist mir egal."

„Egal? Es geht um einen Film, Brad! Um die *Hauptrolle*. In einem Western mit Rinderherden und Planwagen und Dutzenden von Mitwirkenden. Und du musst nicht mal singen!"

„Nein."

„Vor einem Jahr hättest du für so eine Chance alles gegeben!"

„Das ist vorbei."

„Ich habe das Drehbuch im Wagen. Der Film wird ein Erfolg, glaub mir. Vielleicht springt sogar ein Oscar dabei heraus."

„Nein", wiederholte Brad und nahm ein paar Eier aus dem Kühlschrank, um sich ein Omelett zu machen.

„Du sollst einen Gesetzlosen spielen, der wieder auf den Pfad der Tugend zurückkehren will."

„Phil!"

„Das mit dem Rücktritt ist dein Ernst, oder?" Phil klang fassungslos. „Spätestes in einem Jahr – verdammt, in sechs Monaten – hast du genug von dem Kaff hier und bereust es, dass du nicht auf mich gehört hast!"

„Willst du ein Omelett?"

„Ob ich ein Omelett will? Nein! Ich will, dass du diesen Film machst!“

„Vergiss es, Phil.“

Plötzlich war der Manager hellwach. Misstrauisch kniff er die Augen zusammen. „Es ist eine Frau, habe ich recht?“

Brad musste an Meg denken. An ihre seidige, glatte … schweißnasse Haut. Daran, wie sie die Finger in seinen Rücken gekrallt und seinen Namen gerufen hatte …

„Vielleicht“, gab er zu.

„Muss ich dich daran erinnern, dass dein Liebesleben nicht gerade der Stoff ist, aus dem Träume sind?“

„Wenn du kein Omelett willst, solltest du verschwinden.“

„Das hübsche kleine Ding, das aus dem Haus geschlüpft ist, als ich an der Tür stand – war sie das?“

„Das war meine Schwester“, erwiderte Brad.

Phil stand schwerfällig auf, als würde nur Brads Unterschrift unter einem Filmvertrag ihn vor einem frühzeitigen Ableben bewahren. „Na ja, wer immer sie ist, ich will ihren Namen. Vielleicht bringt *sie* dich zur Vernunft.“

Brad lächelte. Meg brachte ihn zu etwas, das er lange nicht mehr erlebt hatte. Aber zur Vernunft?

Niemals.

Er tat Butter in die Pfanne, als Phil die Hintertür zuknallte.

Willie winselte leise.

„Du hast recht“, sagte Brad, „wahrscheinlich kommt er wieder.“

Wie gelähmt stand Meg auf dem Flur des einzigen Hotels von Indian Rock. Sie wollte sich umdrehen und davonrennen, konnte es jedoch nicht.

Ihr Vater streckte die Hand aus. „Ted Ledger“, sagte er. „Komm herein und lern deine Schwester kennen.“

Ihre Schwester?

Benommen betrat Meg die schlichte und rustikal möblierte Suite ihrer Mutter.

Eve, feige wie immer, war nirgends zu sehen. Aber ein kleines, etwa zwölf Jahre altes Mädchen saß auf der Couch, die Hände schüchtern auf dem Schoß gefaltet. Es war blond und blauäugig, trug Jeans und eine geblümte Rüschenbluse vom Discounter, sah ängstlich und trotzig zugleich aus.

„Hallo", brachte Meg mit Mühe heraus.

Die leuchtend blauen Augen wurden schmal.

„Carly, sag Hallo!", befahl Ledger.

„Hallo", gehorchte Carly widerwillig.

Meg musste daran denken, dass das Baby, das sie verloren hatte, jetzt in Carlys Alter gewesen wäre. Sie straffte die Schultern und drehte sich zu dem Mann um, der ihr Vater sein wollte und ihr zuvor noch nicht einmal eine E-Mail geschickt hatte. „Wo ist meine Mutter?", fragte sie mit ruhiger Stimme.

„Die versteckt sich." Ledger grinste. Irgendwann einmal hatte er vermutlich gut ausgesehen. Jetzt war er dünn und grauhaarig, mit dunklen Schatten unter den hellblauen Augen.

Carly musterte Meg und schob das Kinn vor. „Ich will nicht bei ihr leben. Wahrscheinlich würde ich sowieso nur stören."

„Geh in die Küche!", sagte Ledger.

Zu Megs Überraschung stand das Kind auf und ging nach nebenan.

„Bei *mir* leben?", flüsterte sie.

„Bei dir oder in einer Pflegefamilie", erwiderte Ledger. „Setz dich."

Meg tat es, aber nicht, weil ihr Vater es wollte, sondern weil ihre Knie plötzlich zitterten. Eine Frage nach der anderen lag ihr auf der Zunge.

Wo bist du all die Jahre gewesen?

Warum hast du nie angerufen?

Kann ein Spitzenverteidiger mich vor dem Gefängnis bewahren, wenn ich meine Mutter jetzt gleich umbringe?

„Ich weiß, das hier kommt überraschend", begann Ledger und setzte sich in den weißen Ohrensessel, den Eve aus ihrer Villa in San Antonio hatte herbringen lassen, um die Suite *gemütlicher* zu machen. „Aber die Situation ist verzweifelt. *Ich* bin verzweifelt."

Meg versuchte zu schlucken, konnte es jedoch nicht. Ihr Mund war zu trocken. „Ich glaube es nicht“, krächzte sie.

„Deine Mutter und ich haben uns vor langer Zeit darauf geeinigt, dass es besser ist, wenn ich mich aus deinem Leben heraushalte. Deshalb hat sie dich nie mitgenommen, wenn sie mich besucht hat.“

„Besucht?“

„Ich war im Gefängnis. Wegen Unterschlagung.“

„Bei *McKettrickCo*“, folgerte Meg. Insgeheim hatte sie so etwas geahnt.

„Ich habe dir doch gesagt, dass er ein Tunichtgut ist“, warf Angus ein. Er stand am Elektrokamin, einen Arm auf den Sims gelegt. Sie ignorierte ihn.

„Ja. Deine Mutter hat dafür gesorgt, dass es keinen Skandal gab. Früher ging das noch. Ich kam ins Gefängnis, und sie hat ohne mich weitergelebt.“

„Und Carly?“

Sein Lächeln war matt und traurig. „In der Haft habe ich zur Religion gefunden. Nach der Entlassung habe ich mir einen Job gesucht, eine Frau kennengelernt und geheiratet. Carly ist unsere Tochter. Dann, vor drei Jahren, wurde meine Frau Sarah bei einem Autounfall getötet. Ab da ging es rapide bergab mit mir. Letzten Monat habe ich erfahren, dass ich nicht mehr lange zu leben habe.“

Megs Augen wurden feucht, aber die Tränen galten nicht Ledger, nicht einmal Sarah, sondern allein Carly. Obwohl sie ganz anders aufgewachsen war, ahnte sie, was das Mädchen durchgemacht haben musste.

„Gibt es keine anderen Angehörigen? Vielleicht könnte Sarahs Familie …“

Ledger schüttelte den Kopf. „Sie hatte keine Angehörigen. Deine Mutter hat sich großzügig bereit erklärt, meine Arztrechnungen zu bezahlen und mir eine anständige Beerdigung zu verschaffen, aber mir bleiben höchstens noch sechs Wochen. Und wenn ich weg bin, ist Carly allein.“

Meg presste die Fingerspitzen an die Schläfen und atmete tief durch. „Vielleicht könnte Mom …“

„Sie ist zu alt, um eine Zwölfjährige großzuziehen." Ledger beugte sich vor, stützte die Arme auf die Knie und ließ die Hände baumeln. „Meg, du schuldest mir nichts, damit das klar ist. Ich war dir kein Vater und will nicht so tun, als wäre ich es gewesen, aber Carly ist eben deine Halbschwester und hat sonst niemanden."

Meg schloss die Augen und versuchte, sich das Leben mit einem trauernden, feindseligen Teenager vorzustellen. Sosehr sie sich auch ein Kind wünschte – auf das hier war sie nicht vorbereitet.

„Sie kommt in keine Pflegefamilie", sagte sie. „Das würde Mutter nicht zulassen."

„Dann in ein Internat", erwiderte Ledger, „aber Carly würde es dort hassen und vermutlich weglaufen. Sie braucht ein richtiges Zuhause und Liebe. Jemanden, der jung genug ist, um ihr durch die Teenagerjahre zu helfen."

„Du hast sie gehört", entgegnete Meg. „Sie will gar nicht bei mir leben."

„Sie weiß nicht, was sie will, außer dass ich auf wundersame Weise wieder gesund werde. Und das wird nicht passieren. Ich bitte dich nicht, es *für mich* zu tun, Meg, dazu habe ich kein Recht, aber ich bitte dich, es *für Carly* zu tun."

Unter ihr schien der Boden zu schwanken. Aus der Küche drangen die Stimmen ihrer Mutter und Carlys. *Worüber unterhalten sich die beiden?*

„Na gut", hörte Meg sich antworten.

Ledger lächelte erleichtert und voller Dankbarkeit. „Du tust es? Du kümmerst dich um deine Schwester?"

Meine Schwester.

„Ja", antwortete Meg leise. Äußerlich wirkte sie vermutlich ruhig, innerlich zitterte sie. „Was jetzt?"

„Ich gehe ins Krankenhaus, um die Schmerzen zu bekämpfen. Carly wohnt ein paar Tage bei dir. Wenn … *falls* ich wieder entlassen werde, bleibt sie noch eine Weile bei mir."

Meg nickte stumm.

„Wir haben unten ein Zimmer." Mit schmerzverzerrtem Gesicht stemmte Ledger sich hoch. „Carly und ich lassen dich kurz mit Eve allein."

Am Kamin runzelte Angus die Stirn und verschränkte die noch immer kräftigen Arme vor der Brust. Zum Glück sagte er nichts. Sonst hätte Meg ihn aufgefordert, den Mund zu halten.

Ihr Vater ging leise hinaus. Carly folgte ihm, ohne Meg anzusehen.

Eve kam aus der Küche.

Angus verschwand.

„Gute Arbeit, Mom", sagte Meg, noch zu erschüttert, um sich zu erheben.

„Sie ist ungefähr so alt, wie dein Baby es jetzt wäre", erwiderte Eve. „Das nennt man Schicksal."

Meg starrte sie an.

„Natürlich weiß ich es." Eve setzte sich auf die Kante des Ohrensessels. „Ich bin deine Mutter."

Meg presste die Lippen zusammen.

Eve schaute zur Tür hinüber, durch die Ted Ledger und Carly verschwunden waren. „Ich habe ihn geliebt", begann sie leise, „aber als er zugab, dass er das Geld unterschlagen hat, konnte ich ihn nicht vor dem Gefängnis bewahren. Nach seiner Verurteilung haben wir uns scheiden lassen, und er hat mich gebeten, dir nicht zu erzählen, wo er war."

Meg brachte noch immer kein Wort heraus.

„Sie ist ein hübsches Kind", fuhr ihre Mutter fort. „In dem Alter hast du genauso ausgesehen."

„Sie wird viele Probleme haben."

„Natürlich. Sie hat ihre Mutter verloren, und jetzt ist ihr Vater todkrank. Aber sie hat dich, Meg. Da hat sie Glück, trotz allem."

„Ich habe nicht die leiseste Ahnung, wie man ein Kind großzieht."

„Die hat beim ersten Mal niemand", erwiderte Eve. „Babys kommen nicht mit einer Bedienungsanleitung auf die Welt."

Plötzlich musste Meg an die Verabredung mit Cheyenne denken und an die Lebensmittel, die sie noch einkaufen wollte. Das Treffen hier stand nicht auf der Liste. Sie stellte sich vor, wie sie Cheyenne anrief. *Ich muss unser Mittagessen verschieben. Ich habe nämlich gerade im Wohnzimmer meiner Mutter eine Zwölfjährige bekommen.*

„Ich hatte Pläne."

„Hatten wir die nicht alle?", entgegnete Eve.

„Mein Kühlschrank ist leer."

„Der Supermarkt ist gleich um die Ecke."

„Wo haben die beiden gewohnt? Wie hat sie bisher gelebt?"

„Nicht sehr schön, nehme ich an. Ted ist ein Herumtreiber. Wahrscheinlich haben sie in seinem alten Wagen übernachtet. Er behauptet, dass er sie unterrichtet hat, aber wie ich Ted kenne, bedeutet das nur, dass sie einen Wettschein beim Pferderennen lesen kann."

„Toll." Gegen ihren Willen regte sich in Meg Hoffnung, Mut und etwas sehr, sehr Zerbrechliches – mütterliche Gefühle. „Hilfst du mir? Oder machst du es mir nur schwerer?"

Eve lachte. „Beides."

Meg griff nach ihrer Handtasche, holte das Handy heraus und wählte Cheyennes Nummer.

Zu ihrer Erleichterung erreichte sie nur die Mailbox.

„Hier ist Meg", sagte sie. „Ich schaffe es heute nicht. Können wir unser Treffen verschieben?"

6. KAPITEL

Meg bewegte sich durch den Supermarkt wie ein Roboter, der darauf programmiert war, Sachen aus den Regalen zu nehmen und in den Einkaufswagen fallen zu lassen. Als sie nach Hause kam und die Lebensmittel einräumte, staunte sie, was sie alles mitgenommen hatte – Zutaten für richtige Mahlzeiten, nicht nur Fertiggerichte.

Sie kochte gerade Kaffee, als es an der Hintertür klopfte.

Es war ihr Cousin Rance, und sie winkte ihn herein. Groß und dunkelhaarig, in verwaschenen Jeans, alten Stiefeln und einem karierten Flanellhemd sah er aus, als hätte er einen Viehtrieb durch den Wilden Westen hinter sich.

Er lächelte ihr zu und hängte seinen staubigen Hut an einen Haken. „Hab gehört, du stehst unter Schock."

Es war unglaublich, wie schnell sich etwas in Indian Rock herumsprach. „Ja, das könnte man so sagen", erwiderte sie. „Von wem weißt du es?"

Rance goss sich einen Kaffee ein. „Eve."

„Es ist dennoch keine Katastrophe, Rance."

„Dein Dad taucht nach etwa dreißig Jahren hier auf, und es ist für dich keine Katastrophe?", fragte er erstaunt.

„Ich nehme an, Mom hat dir auch von Carly erzählt."

Er nickte. „Zwölf Jahre alt und nicht gerade pflegeleicht." Er schenkte auch ihr einen Kaffee ein und gab ihr den Becher. „Und jetzt soll sie bei dir einziehen, was sich nicht besonders günstig auf dein Liebesleben auswirken dürfte, oder?"

„Ich habe kein Liebesleben", erwiderte Meg. Sicher, sie hatte die Nacht mit Brad O'Ballivan verbracht, aber erstens war ein One-Night-Stand noch keine Beziehung, und zweitens ging das Rance nichts an.

„Der Punkt ist, du musst jetzt ein Kind großziehen. Ich bin zwar kein Experte, aber ich habe zwei Töchter. Wenn du Hilfe brauchst, bin ich für dich da. Und Emma auch."

Rances Mädchen Maeve und Rianna waren für Meg wie Nichten, genau wie Keegans Tochter Devon. Die Kinder waren zwar alle jünger als Carly, aber bestimmt freuten sie sich auf den Familienzuwachs.

„Danke."

„Du schaffst es", versicherte Rance ihr.

„Ich habe keine andere Wahl. Carly ist meine Halbschwester, und sie hat sonst niemand anderen – Blut ist dicker als Wasser, heißt es doch."

„Wer wüsste das besser als die McKettricks?" Er leerte seinen Becher und stellte ihn ab. „Ich muss zurück zu den Rindern." Der Winter nahte, und zusammen mit seinen Cowboys holte Rance entlaufene Tiere aus den Bergen zurück auf die tiefer liegenden Weiden. „Wenn du mich oder Emma brauchst, sag Bescheid, okay!?"

Dankbar lächelte sie ihm zu. „Sobald Carly sich hier eingerichtet hat, arrangieren wir ein Treffen mit Maeve, Rianna und Devon. Ich glaube, sie hat keine Ahnung, wie es ist, zu einer Familie wie unserer zu gehören."

Rance legte ihr eine schwielige Hand auf die Schulter. „Das wird sie schnell herausfinden." Er setzte den Hut auf und ging hinaus.

Meg bezog das Bett im Gästezimmer frisch, öffnete die Fenster und legte saubere Handtücher, eine Zahnbürste, Zahnpasta und Shampoo bereit. Als sie in die Küche zurückkehrte, um das Mittagessen vorzubereiten, hielt vor der Hintertür ein klappriges Auto. Sie schaute durchs Fenster. Ledger stieg aus und hielt sich mit einer Hand am Wagendach fest, während er zur Beifahrertür ging. Er öffnete sie und beugte sich hinab.

Meg eilte nach draußen.

Inzwischen stand Carly mit einem alten Rucksack in der Hand neben dem Auto und starrte auf die Scheune.

„Hast du Pferde?", fragte sie.

Gott sei Dank, dachte Meg. Eine Gemeinsamkeit.

„Ja", antwortete sie lächelnd.

„Ich *hasse* Pferde", verkündete das Mädchen. „Sie stinken und treten Leuten auf die Füße."

Ted warf Meg einen betrübten Blick zu. „Sie meint es nicht so."

Plötzlich tat ihr der Mann leid. Er war todkrank, vermutlich pleite und wollte nur das Beste für seine jüngste Tochter.

„Wenn mein Dad nicht bleiben darf, bleibe ich auch nicht", sagte Carly.

Damit hatte Meg nicht gerechnet. Sie sah Ted an. Seine Miene war resigniert und voller Hoffnung zugleich.

„Es ist ein großes Haus", hörte sie sich sagen und musste daran denken, dass Rance sie gewarnt hatte – Brad würde nicht mehr bei ihr übernachten können, jedenfalls vorläufig nicht. Für Meg war das sowohl ein Problem als auch eine Erleichterung, denn ihr ging das alles viel zu schnell. Ihr Körper sehnte sich allerdings danach, die Lust auszuleben, die Brad in ihr geweckt hatte.

„Okay", sagte Carly und stellte sich neben Ted. Die beiden stießen mit den Schultern gegeneinander. Es war ein stummes Signal der Solidarität, und Meg verspürte einen unerwarteten Stich. Gegen ihren Willen beneidete sie das Mädchen.

Sie griff nach Teds Koffer, doch er ließ es nicht zu. Männlicher Stolz, vermutete sie.

Allein der Weg ins Haus schien ihn zu entkräften, und sobald sie Carly in ihrem neuen Zimmer untergebracht hatte, bat er darum, sich hinlegen zu dürfen. Meg begleitete ihn in den Raum, in dem Generationen von McKettrick-Frauen genäht hatten. Es gab nur ein altes Sofa, aber kaum ließ sie Ted allein, hörte sie, wie er sich darauf fallen ließ.

Carlys Tür war geschlossen. Meg hob die Hand, um anzuklopfen, doch dann beschloss sie, das Mädchen in Ruhe zu lassen, damit es sich an die neue Umgebung gewöhnen konnte.

Also ging sie in die Küche, machte vorsichtshalber mehrere Sandwiches und schlang eins davon mit einem Glas Milch herunter.

Würde Brad sie anrufen, oder war die letzte Nacht für ihn nur ein flüchtiges Abenteuer gewesen? Und falls er sich meldete, wie sollte sie reagieren?

Der Hunger hatte Carly aus ihrem Zimmer in die Küche getrieben. Sie hatte darauf bestanden, sich selbst etwas zuzubereiten. Jetzt stand sie am Herd und wendete gerade ihre armen Ritter, als das Telefon läutete.

Da sie dem Apparat am nächsten stand, nahm sie ab und schaute aufs Display. Ihre Augen wurden groß. „Brad O'Ballivan?", flüsterte sie andächtig und ging zu Meg, um ihr den Hörer zu geben. „*Der* Brad O'Ballivan?"

Meg lächelte. Carly war also ein Fan. „Ja, *der* Brad O'Ballivan", bestätigte sie und nahm das Gespräch an. „Hallo?"

Brads Antwort bestand aus einem Gähnen. Offenbar war er gerade erst aufgewacht oder früh zu Bett gegangen.

„Willie ist jetzt zu Hause", sagte er schließlich.

Carly starrte Meg an und flüsterte: „Ich habe alle seine CDs."

„Das ist gut", erwiderte Meg.

„Was? Lass uns feiern!", schlug er vor. „Meine Steaks sind berühmt. Um halb sieben bei mir?"

„Nur wenn du zwei übrig hast. Ich bringe nämlich jemanden mit."

Über der Pfanne mit den armen Rittern stieg Rauch auf.

Carly rührte sich nicht vom Fleck.

„Wen?", fragte Brad und gähnte wieder.

Meg stellte ihn sich kaum bekleidet vor – wenn überhaupt bekleidet – und mit zerzaustem Haar. Ihr Herz schlug schneller, und rasch atmete sie tief durch. „Es dir zu erklären, würde zu lange dauern", sagte sie und zeigte zum Herd. Endlich setzte sich Carly in Bewegung und nahm die Pfanne von der Kochplatte.

„Also ja, wir kommen", sagte Meg und legte auf.

„Wir sind bei Brad O'Ballivan eingeladen?", platzte Carly heraus. „Echt?"

„Echt. Vorausgesetzt, dein Dad fühlt sich fit genug."

„Er ist auch *dein* Dad, und er mag Brads Musik. Im Auto hören wir sie dauernd."

Meg antwortete nicht, sondern ging an den Herd, um den fast völlig verkohlten Snack wegzuwerfen.

„Wie lange kennst du ihn schon?", fragte das Mädchen aufgeregt.

„Seit der Junior High."
„Wie ist er?"
„Nett", erwiderte Meg.
„*Nett?*", wiederholte Carly enttäuscht. „Der Mann verwüstet Hotelzimmer. Auf einer Party in Hollywood hat er eine Schauspielerin in den Pool …"
„Das sind nur Gerüchte", entgegnete Meg und hoffte inständig, dass die Zwölfjährige noch nichts von den angeblichen Kerben in Brads Bettpfosten gehört hatte. Als sie sich zu Carly umdrehte, sah sie erfreut, dass sich das Mädchen an den Tisch gesetzt hatte.
„Meinst du, er signiert meine CDs?"
„Bestimmt." Sie bereitete einen frischen armen Ritter in der Pfanne zu, nahm einen Teller aus dem Schrank und goss ein Glas Milch ein.
Carly strahlte. „Wenn ich hier Freundinnen hätte, würde ich sie anrufen und erzählen, dass ich Brad O'Ballivan treffe!"
„Wenn du erst zur Schule gehst, wirst du jede Menge Freunde finden. Außerdem gibt es in unserer Familie einige Kinder in deinem Alter."
„Das ist nicht *meine Familie*."
„Natürlich ist sie das", beharrte Meg, während sie den armen Ritter auf einen Teller legte und ihn Carly zusammen mit der Milch hinstellte. „Wir beide sind Schwestern. Ich bin eine McKettrick, also bist du mit allen McKettricks verwandt."
„Ich hasse Milch."
„Brad trinkt Milch gern", erwiderte Meg unbeschwert.
Carly griff nach dem Glas und nippte daran.
Oben ging eine Tür auf und wurde wieder geschlossen. Kurz darauf kam Ted vorsichtig die Treppe herunter.
Meg musste sich beherrschen, um ihm nicht zu Hilfe zu eilen.
„Hunger?", fragte sie stattdessen.
„Ja, ich könnte etwas vertragen." Er sah Carly an, und seine Miene entspannte sich.
Meg fragte sich, ob er *sie* jemals vermisst hatte.
Als könnte er ihre Gedanken lesen, räusperte er sich. „Du

bist eine hübsche junge Frau geworden“, sagte er zu ihr. „Deine Mutter hat gute Arbeit geleistet.“

„Wir treffen Brad O’Ballivan!“, warf Carly ein.

„Du willst mich wohl auf den Arm nehmen.“

„Nein, wirklich. Meg kennt ihn. Er hat gerade angerufen. Meg meint, er signiert meine CDs.“

Lächelnd ging Ted zum Tisch und nahm mühsam Platz.

Meg servierte ihm die Sandwiches, die sie vorhin belegt hatte, und versuchte, mit ihren widersprüchlichen Gefühlen fertig zu werden. Ted Ledger war ihr fremd, aber er war auch Carlys Vater und würde bald sterben. Zugleich war Brad in ihr Leben zurückgekehrt – alles würde nicht einfach werden.

In ihrem Herzen rangen Trauer, Erleichterung und Vorfreude um die Oberhand.

Sie kamen pünktlich. Meg, ein junges Mädchen und ein Mann, der Brad an einen vorzeitig gealterten Paul Newman erinnerte. Willie lag auf der Terrasse hinter der Küche und ließ seinen neuen Besitzer nicht aus den Augen, während der den Grill vorbereitete. Der Hund begrüßte die Besucher mit einem leisen Bellen.

Auch Brad schaute ihnen entgegen und freute sich darüber, wie hübsch Meg in Jeans und Pullover aussah. Sie hatte nicht erzählt, wen sie mitbrachte, doch ihm fiel sofort die Ähnlichkeit zwischen ihr und dem Mädchen auf. Der Mann musste der Vater sein, den Meg zuletzt als Kleinkind gesehen hatte.

Er lächelte.

Das Mädchen errötete und starrte ihn an.

„Hallo.“ Er streckte die Hand aus. „Mein Name ist Brad O’Ballivan.“

„Ich weiß.“

„Meine Schwester Carly“, sagte Meg, „und dies ist mein … dies ist Ted Ledger.“

Carly nahm den Rucksack ab und holte zwei alte CDs heraus. „Meg meint, ich könnte vielleicht ein Autogramm bekommen.“

„Ganz bestimmt sogar“, erwiderte Brad. „Leider habe ich im Moment keinen Stift bei mir.“

„Kein Problem.“ Das Mädchen betrachtete Willie, der mit dem Schwanz wedelte und es hoffnungsvoll ansah. „Was ist mit dem Hund passiert?“

„Er hat sich mit einem Rudel Kojoten angelegt, aber es geht ihm schon wieder besser. Er braucht nur noch etwas Erholung.“

Carly hockte sich neben Willie und streichelte ihn behutsam. „Hi.“

Megs Vater hatte sich an den Tisch gesetzt. Er wirkte erschöpft.

„Brads Schwester ist Tierärztin“, erklärte Meg. „Sie hat Willie operiert.“

„Ich möchte auch Tierärztin werden“, sagte Carly.

„Gute Idee.“ Brad wandte sich Ted Ledger zu. „Möchten Sie etwas trinken, Mr Ledger?“

„Nein danke“, antwortete Ledger leise und schaute mit zärtlichem Blick zwischen Meg und Carly hin und her. „Danke, dass wir kommen durften. Und nennen Sie mich Ted.“

„Kann ich dir bei irgendwas helfen?“, fragte Meg.

„Ich habe alles im Griff, also entspann dich.“ Toller Rat, O'Ballivan, dachte Brad. *Vielleicht sollte ich ihn erst mal selbst beherzigen.*

Meg ging zu Willie, um ihn zu begrüßen. Winselnd versuchte der Hund, ihr das Gesicht abzulecken. Sie lachte fröhlich, und Brad spürte, wie ihm warm ums Herz wurde. Ursprünglich hatte er geplant, sie mit Wein und einem leckeren Steak zu verwöhnen und danach mit ihr ins Bett zu gehen. Das kam jetzt natürlich nicht mehr infrage, doch es tat ihm nicht leid. Stattdessen wurde ihm bewusst, dass ihr gemeinsames ungeborenes Kind vielleicht so ausgesehen hätte wie Carly. Er schloss kurz die Augen und holte tief Luft.

„Gibt es etwas Neues über Ransom?“, fragte Meg und stellte sich neben ihn, als er die Steaks und Kartoffeln auf den Grill legte.

Er brachte es nicht fertig, sie anzuschauen, und schüttelte nur den Kopf.

„Im Radio wurde gemeldet, dass der Sturm weitergezogen und der Schnee geschmolzen ist.“

Brad seufzte. „Dann sollte ich wohl losreiten und den Hengst selbst suchen, bevor Livie sich auf den Weg macht."

„Ich würde dich gern begleiten", sagte Meg leise.

Er dachte an das Baby, das keine Chance gehabt hatte, bei ihnen aufzuwachsen. Das Baby, von dem Meg ihm nichts erzählt hatte. „Mal sehen", antwortete er ausweichend. „Wie möchtest du dein Steak?"

Nach dem Essen suchte Meg gerade nach dem richtigen Knopf, um den Geschirrspüler einzuschalten, als sie jemanden in die Küche kommen hörte. Sie drehte sich um. Es war Brad.

„Carly braucht ein T-Shirt", sagte er. „Ich glaube, ich muss irgendwo welche haben."

Meg nickte nur.

Er blieb in der Tür stehen. Sein Gesicht lag im Schatten, aber daran, wie er den Kopf hielt, erkannte sie, dass er sie beobachtete.

„Du bist sehr nett zu ihr", brach sie das angespannte Schweigen. „Danke."

Noch immer sagte er nichts.

Sie schluckte. „Es wird spät. Wir sollten langsam aufbrechen."

Brad schaltete das Licht ein.

„Sie zu sehen … Carly, meine ich …"

„Ich weiß", unterbrach Meg ihn sanft. Natürlich dachte auch er an das Kind, das sie nicht bekommen hatten.

„Sie sieht dir so ähnlich."

„Ja."

„Was ist los, Meg? Am Telefon wolltest du nicht darüber reden. Ledger ist dein Dad, aber das ist nicht alles, oder?"

Meg zögerte. „Ted hat nicht mehr lange zu leben. Und Carly hat niemanden außer mir."

„Sei vorsichtig", riet er ihr leise. „Carly ist Carly. Es wäre allzu einfach … und absolut unfair, in ihr …"

„Ich würde niemals so tun, als wäre sie … *unsere Tochter*", protestierte sie entrüstet.

„Dann suche ich mal das T-Shirt."

Sie antwortete nicht, und er ging durch die Küche.

Carly trug das T-Shirt auf der Heimfahrt und betrachtete Brads schwungvolle Autogramme auf ihren CDs.

„Das war ein schöner Abend“, sagte Ted. „Danke, Meg.“

„Brad hatte all die Arbeit.“

„Ich mag auch seinen Hund“, verkündete das Mädchen und erzählte begeistert, worüber es mit Brad gesprochen hatte. „Ist er dein Freund?“, wollte Carly wissen, als sie und Meg kurz darauf die Pferde fütterten. Ted war sofort im Haus verschwunden.

„Ist *wer* mein Freund?“

„Du weißt, dass ich Brad meine. Ist er?“

„Er ist ein *guter* Freund.“ *Richtig, deshalb habe ich mich auch mit ihm auf einer Matratze gewälzt.*

„Ich bin zwar erst zwölf, aber nicht blöd“, entgegnete Carly auf dem Weg zur Hintertür. „Er hat dich dauernd angesehen.“

„Das bildest du dir nur ein.“

Ted hatte Licht gemacht, und in der Küche war es warm und hell.

„Geh zu Bett, Carly.“

„In meinem Zimmer ist kein Fernseher!“, protestierte das Mädchen. „Und ich bin noch nicht müde.“

Meg ging an den Geschirrschrank, zog eine Schublade auf und fand ein Notizbuch und einen Kugelschreiber. Sie reichte beides ihrer kleinen Schwester. „Hier, schreib Tagebuch. Das ist Tradition bei den McKettricks.“

Nach kurzem Zögern griff Carly zu. „Ich könnte über Brad O’Ballivan schreiben.“ Sie presste das Notizbuch kurz an die Brust. „Liest du es?“

„Nein.“ Meg lächelte. „Du kannst schreiben, was du willst. Manchmal hilft es, seine Gefühle zu Papier zu bringen, wenn man durcheinander ist.“

Carly überlegte. „Na gut“, sagte sie dann und ging nach oben.

Meg wusste, dass auch sie noch nicht schlafen konnte, daher machte sie sich einen Kräutertee und hoffte, dass er sie ein wenig beruhigen würde. Sie nahm den Becher gerade aus der Mikrowelle, als Ted in einem alten karierten Bademantel und ausgelatschten Hausschuhen nach unten kam.

Sie sah ihm an, dass er reden wollte.

Ausgerechnet jetzt.

Sie war noch nicht bereit dazu, aber das spielte keine Rolle.

Es war so weit.

Ted setzte sich an den Tisch.

„Tee?“, fragte sie.

„Setz dich, Meg.“

Sie tat es.

Mit zitternden Fingern fuhr er sich durch das schüttere Haar. „Ich wollte zurückkommen, Meg“, begann er leise, „hundertmal, um dir zu sagen, wie leid mir alles tut. Dann habe ich mir immer gesagt, dass du eine McKettrick bist und keinen Exsträfling in deinem Leben brauchst. Aber jetzt bleibt mir nicht mehr viel Zeit, und ich muss mich endlich der Realität stellen. Ich war einfach nur zu feige – deshalb habe ich versucht, wenigstens Carly ein guter Vater zu sein.“

Er lächelte traurig. „Aber darauf will ich mir nichts einbilden. Nachdem Sarah starb, war ich rastlos und habe es nirgendwo lange ausgehalten. Leider ging es nur weiter bergab. Das Schlimmste aber ist: Ich habe Carly mit nach unten gezogen. Zuletzt habe ich in einem Supermarkt die Regale aufgefüllt.“

„Du musst es mir nicht erzählen“, sagte Meg leise und wehrte sich gegen die Tränen. Er sollte sie nicht weinen sehen.

„Doch“, widersprach er. „Das muss ich. Ich habe deine Mutter geliebt. Und sie mich. Du sollst wissen, wie glücklich wir waren, als du geboren wurdest.“

„Okay. Du warst glücklich, aber dann hast du viel Geld unterschlagen und kamst ins Gefängnis.“

„Ich wollte es zurückzahlen, bevor es jemand vermisst. Das habe ich leider nicht geschafft. Deine Mutter hat versucht, mich zu schützen, aber die anderen McKettricks im Vorstand wollten keinen Dieb decken.“

„Warum hast du es denn getan?“

„Bevor ich Eve kennengelernt habe, war ich spielsüchtig. Ich hatte Schulden bei Kredithaien und habe mich dafür geschämt. Das Geld musste ich einfach auftreiben, sonst hätten sie mir die

Beine gebrochen – für solche Machenschaften waren sie bekannt. Wahrscheinlich hätten sie nicht mal davor zurückgeschreckt, dir und Eve etwas anzutun."

„Also hast du das Geld gestohlen, um uns zu *schützen*?", fragte Meg und gab sich keine Mühe, ihre Skepsis zu verbergen.

„Auch deshalb. Ich war jung und hatte Angst."

„Mom hätte dir geholfen."

„Ich weiß, aber als mir das klar wurde, war es zu spät." Ted seufzte. „Und jetzt ist es für vieles zu spät."

„Für Carly nicht."

„Das stimmt. Sie wird es dir nicht leicht machen, Meg. Sie wird nicht zur Schule gehen wollen und ist schon immer eine Einzelgängerin gewesen. Nach dem Tod ihrer Mutter hat sie nur mich gehabt. Ich habe wirklich kein Recht, dich um etwas zu bitten. Ich erwarte kein Mitleid und weiß, dass du nicht um mich trauern wirst, aber Carly wird es tun, und ich hoffe, du hältst zu ihr, bis sie ihren Weg findet. Ich will nicht, dass sie so wird wie ich – eine Außenseiterin, die nirgends dazugehört."

„Das lasse ich nicht zu, keine Sorge", versprach Meg. „Nicht deinetwegen, sondern weil sie meine Schwester ist. Und weil sie ein Kind ist."

„Kannst du mir verzeihen, Meg?"

„Ich hasse dich doch schon lange nicht mehr."

„Das ist nicht dasselbe", erwiderte Ted.

Sie schwieg.

Er lächelte traurig. „Verzeih wenigstens deiner Mutter. Wir hätten dir die Wahrheit sagen sollen, aber sie wollte dich auch nur beschützen, Meg. Und es spricht für die anderen McKettricks, dass keiner von ihnen dir verraten hat, wo ich mich befand – in einem Gefängnis in Texas. Viele Leute hätten sich die Mäuler darüber zerrissen!"

Meg fragte sich, ob Jesse, Rance und Keegan es ebenfalls gewusst hatten. Vermutlich nicht, aber ihre Väter hatten mit Eve im Vorstand gesessen. Sie hatten sie wie eine Tochter behandelt und dichtgehalten. Meg nahm es ihnen nicht übel. Wie Meg hatten sie es letztlich nur gut gemeint.

„Meg?“

Teds Stimme holte sie in die Gegenwart zurück. Ihr Tee war kalt geworden.

„Menschen machen Fehler“, flüsterte sie. „Du bist nicht der Einzige. Ich verzeihe dir.“

Er lachte, doch seine Augen schimmerten feucht.

„Du bist müde“, sagte sie. „Leg dich hin.“

„Ich will *deine* Geschichte hören, Meg. Als ich im Gefängnis war, hat Eve mir manchmal Fotos von dir geschickt. Und Kopien deiner Schulzeugnisse, aber es gibt noch so viel, das ich nicht weiß.“

„Ein anderes Mal“, antwortete sie. Doch als Ted zur Treppe ging und sie ihren kalten Tee wegkippte, fragte sie sich, ob es ein anderes Mal geben würde.

Phil war zurück.

Begleitet von Willie, war Brad gerade damit fertig geworden, die Pferde zu füttern, als er das Motorengeräusch der Stretchlimousine hörte.

„Oh, das wird langweilig!“, sagte er zu dem Hund.

Willie winselte zustimmend und wedelte mit dem Schwanz.

„Gute Neuigkeiten!“, rief Phil, als Brad aus der Scheune kam. „Die Hollywoodleute sind bereit, den Film hier in Stone Creek zu drehen!“

„Nein“, erwiderte Brad nur.

Sein Manager war nicht zu bremsen. „Jetzt hör doch erst mal zu. Und denk an all die Jobs, die …“

„Phil …“

In diesem Moment hielt Olivias alter Kombi hinter dem Haus und erzeugte eine rote Staubwolke, die auch Phils Nobelkarosse einhüllte.

Lächelnd stieg sie aus. „Gute Neuigkeiten!“, rief auch sie. „Das Vieh der Iversons ist nicht infiziert.“

Phil stieß Brad in die Rippen. „Sie könnte eine Nebenrolle bekommen. Ich wette, deine Schwester würde gern in einem Film mitspielen.“

„In einen *Film*?", wiederholte Olivia, während sie Willie streichelte. Sie gab Phil die Hand, die der Hund gerade gründlich abgeleckt hatte. „Olivia O'Ballivan. Sie müssen der Manager meines Bruders sein."

„Exmanager!", warf Brad ein.

„Ich biete ihm gerade die Chance, einen Film zu drehen. Hier auf der Ranch! Sie ist der ideale Drehort! Selbst John Ford wäre begeistert!"

„Wer ist *John Ford*?", fragte Olivia.

„Er hat ein paar John-Wayne-Filme gemacht", erklärte Brad. Ihre Augen leuchteten. Sie hatte Heu im Haar, vermutlich aus dem Kuhstall der Iversons. „Das muss ich den Zwillingen erzählen!"

Brad hob die Hände. „Nicht so schnell. Es wird keinen Film geben."

„Warum nicht?", fragte seine Schwester enttäuscht.

„Weil ich nicht mehr im Showbusiness bin."

Phil seufzte melodramatisch.

„Du wolltest doch immer einen Film machen", sagte Olivia. „Mein Bruder hat sogar eine eigene Produktionsfirma gegründet."

„Die gehört seit der Scheidung Cynthia. Und ich glaube, damit war die Idee für unseren Brad gestorben", informierte Phil die Tierärztin.

„Hört auf, so zu tun, als wäre ich nicht da!", fuhr Brad die beiden an.

Willie jaulte auf.

„Hey! Der Hund könnte im Film auftauchen. Die Leute lieben Tiere. Vielleicht steigt Disney ..."

„Nein. Kein Disney, kein Hund, keine Tierärztin mit Strohhalmen im Haar. Ich will keinen Film drehen!" Brad ging zur Hintertür.

Phil ließ sich nicht abschütteln. „Mit dem Geld könntest du eine Bibliothek oder ein Jugendzentrum bauen."

„Wir könnten ein Tierheim gebrauchen!", warf Olivia ein.

Brad blieb stehen. „Mein Steuerberater schickt dir einen Scheck."

Der Chauffeur der Stretchlimousine hupte und zeigte diskret auf die Uhr.

„Ich muss ein Flugzeug erwischen“, sagte Phil. „Wichtige Besprechung in Hollywood. Ich faxe dir den Vertrag.“

„Lass es!“, warnte Brad.

Olivia hielt ihn am Arm fest. „Was ist los mit dir?“, wisperte sie. „Der Film wäre für Stone Creek das Größte seit dem Bankraub von 1907!“

„Nein.“

Sie stützte die Hände auf die Hüften. „Du bist doch feige.“

Willie bellte.

„Du hältst dich da raus“, sagte Brad zu dem Hund.

„Schlicht feige“, wiederholte seine Schwester, während Phils Limousine davonfuhr.

„Keineswegs.“

„Was dann?“

Er fuhr sich durchs Haar. Langsam, aber sicher machte er bei Meg Fortschritte, und Meg und das Showbusiness vertrugen sich in etwa so gut wie Feuer und Wasser. Außerdem würde er Phil nie wieder loswerden, wenn er den Film erst machte. Der Mann würde immer wiederkommen – mit dem nächsten Angebot, dem nächsten Vertrag, der nächsten tollen Idee.

„Künstler war ich mal“, sagte er. „Jetzt bin ich Rancher. Ich kann nicht dauernd hin und her wechseln.“

„Es ist *ein* Film, Brad, keine Welttournee. Du hast immer davon geträumt. Was ist passiert? Hat dein Manager recht? War es die Scheidung?“

„Ich muss einen Schlussstrich ziehen, Livie, sonst hört es nie auf.“

„Und dann gehst du wieder? Diesmal für immer?“

Er schüttelte den Kopf. „Nein.“

„Dann denk darüber nach“, schlug sie vor, „über den Film, über das Geld, das der Film nach Stone Creek bringen würde, über die zahlreichen Jobs.“

„Und das Tierheim …“ Brad seufzte.

„Stone Creek ist klein, aber es gibt viele herrenlose Tiere.“

„Wolltest du eigentlich etwas Bestimmtes hier?“, wechselte er das Thema.

„Ja, ich wollte meinen Bruder besuchen und nach Willie sehen.“

„Ich bin hier, und Willie geht es gut. Fahr wieder oder bleib, aber fang nicht wieder von dem verdammten Film an, verstanden!?“

Olivia lächelte. „Verstanden“, erwiderte sie zuckersüß.

Um halb fünf am Nachmittag druckte das Faxgerät in Brads Arbeitszimmer den Filmvertrag aus.

Er las ihn, unterschrieb und faxte ihn zurück.

7. KAPITEL

Ich will da nicht rein!“, sagte Carly bestimmt. „Die prüfen mich, und dann muss ich zu den Kleinen. Ich weiß es.“

Sie saß auf dem Beifahrersitz und starrte mit eingezogenen Schultern und finsterem Gesicht auf die Kinder, die in die Middle School von Indian Rock strömten. Ted hatte Carly selbst unterrichtet, und obwohl sie aufgeweckt war, konnte Meg nicht wissen, was er ihr alles beigebracht hatte.

„*Du* könntest mich doch unterrichten.“

Meg schüttelte den Kopf. „Ich bin keine Lehrerin.“

„Das ist mein Dad auch nicht, und trotzdem hat er es getan!“

„Dein Dad will, dass du ein gutes Leben führst, und dazu musst du zur Schule gehen.“

„*Mein* Dad? Er ist auch *deiner*!“, erwiderte das Mädchen mit Tränen in den Augen.

„Okay.“

„Du *hasst* ihn! Dir ist es egal, wenn er stirbt!“

Morgen würde Ted ins Krankenhaus in Flagstaff gehen. „Ich hasse ihn nicht“, widersprach Meg, „und wenn ich ihn gesund machen könnte, würde ich es tun.“

Carly öffnete die Beifahrertür und griff nach dem pinkfarbenen Rucksack, den Meg ihr zusammen mit ein paar neuen Sachen gekauft hatte. „Jemanden nicht zu hassen, ist nicht dasselbe, wie jemanden zu lieben.“

Sie stieg aus, straffte tapfer die Schultern und starrte zum Schulgebäude hinüber. Meg sah ihr nach, bis sie darin verschwand. Dann fuhr sie zu Sierra.

Ihre Schwester entfernte gerade die vertrockneten Blüten von einer großen Kübelpflanze auf der Veranda. Strahlend schaute sie Meg entgegen, eine Hand auf dem runden Bauch. „Ich habe gerade Kaffee gekocht!“, rief sie.

Meg lächelte. Sie war als Einzelkind groß geworden und jetzt hatte sie gleich zwei Schwestern. Sie und Sierra hatten genug

Zeit gehabt, sich aneinander zu gewöhnen, bei Carly würde es schwieriger sein.

„Mom hat dir bestimmt schon das Neueste erzählt", sagte Meg und meinte damit Ted und Carly.

„Ja, das auch, aber vor allem, dass Brad O'Ballivan drüben in Stone Creek einen Film machen will. Jeder in der Gegend bekommt eine Nebenrolle."

Meg blieb wie angewurzelt stehen. Seit dem Grillabend hatte Brad nicht angerufen, und dass sie von dem Filmprojekt nicht früher erfahren hatte, tat weh.

„Das hast du nicht gewusst?", fragte Sierra und hielt ihr die Haustür auf.

Seufzend schüttelte Meg den Kopf.

Tröstend strich Sierra ihr über die Schulter. „Lass uns erst mal einen Kaffee trinken."

Während der nächsten Stunde sprachen sie über Teds Zustand, Carlys Schulanfang und fast alles, was Meg mit Brad erlebt hatte. Sierra amüsierte sich über Jesses und Keegans Hubschraubereinsatz im Schneesturm und bekam feuchte Augen, als Meg die Geschichte von Willie erzählte.

Nach einer Weile zuckte Sierra zusammen und hielt sich den Bauch.

„Ist alles in Ordnung?", fragte Meg besorgt.

„Es zwickt nur ein wenig. Bestimmt ist es nichts."

„Es zwickt nur ein wenig?"

„Könntest du Travis anrufen!?", bat ihre Schwester. „Und Mom?"

Hastig wühlte Meg nach ihrem Handy. „Du sitzt hier und hörst dir meine Geschichten an, obwohl bei dir die Wehen einsetzen?"

„Nur ab und zu. Ich dachte, es ist nur der Magen."

Meg rief Travis an. „Komm sofort nach Hause", befahl sie. „Das Baby ist im Anmarsch!"

„Bin schon unterwegs", erwiderte er und legte auf.

Dann wählte sie Eves Nummer. „Es geht los! Das Baby …"

„Du meine Güte", protestierte Sierra. „Du klingst gerade

so, als würde ich es auf dem Küchenfußboden bekommen."

„Margaret McKettrick", sagte Eve am Telefon streng, „beruhige dich. Travis bringt Sierra ins Krankenhaus, und ich hole Liam von der Schule ab. Bist du jetzt bei Sierra?"

„Ja." Meg konnte nur hoffen, dass Travis schnell genug hier war. Sie war bei Geburten von Kälbern, Welpen und Fohlen dabei gewesen, aber das hier war ein anderes Kaliber.

„Die Fruchtblase ist soeben geplatzt!", verkündete Sierra.

„Oh mein Gott", rief Meg, „die Fruchtblase ist gerade geplatzt!"

„Margaret, reiß dich zusammen und hol ein Handtuch", befahl ihre Mutter. „Ich bin in fünf Minuten bei euch."

Travis schaffte es in vier Minuten. Er küsste Sierra, verschwand kurz und kehrte mit einem gepackten Koffer zurück. Sekunden später eilte Eve herein und übernahm das Kommando.

Vom Wohnzimmerfenster aus beobachtete Brad, wie Olivia ihren Kombi parkte und in der Scheune verschwand. „Sie ist wieder hinter Ransom her", sagte er resigniert zu Willie. „Das bedeutet, ich muss mit, und du bleibst hier, Partner."

Der Hund seufzte nur und schlief weiter. Die Vorhut des Filmteams war bereits in einem Wohnmobil eingetroffen, um die Ranch zu erkunden. Einer von ihnen, ein junger Mann, der sein Cap mit dem Schirm nach hinten trug, liebte Hunde. Notfalls würde Brad ihn dienstverpflichten.

Er hatte die halbe Nacht über dem Drehbuch verbracht und hin und wieder einen Dialog verändert. Trotz seiner Bedenken gefiel ihm die Story, deren vorläufiger Titel *The Showdown* lautete. Er freute sich sogar darauf, als Schauspieler vor der Kamera zu stehen.

Es war ihm schwergefallen, sich auf den Text zu konzentrieren, denn immer wieder hatte er an Meg denken müssen. Er war so sicher gewesen, dass sie beide es diesmal schaffen würden, aber dann hatte er Carly gesehen – eine jüngere Version der Tochter, die sie hätten haben können. Seitdem quälte er sich mit widersprüchlichen Gefühlen und wusste nicht, wie er damit umgehen sollte.

Es war irrational, das gestand er sich ein. Megs Erklärung war glaubwürdig, und er verstand, warum sie ihm die Schwangerschaft und die Fehlgeburt verheimlicht hatte. Trotzdem war er tief verletzt.

Olivia sattelte bereits Cinnamon, als er sie ansprach.

„Wohin willst du?"

„Rate mal", erwiderte sie.

„Hast du nichts von dem Schneesturm mitbekommen, in den Meg und ich geraten sind?"

„Doch." Sie stemmte sich mit der Schulter gegen Cinnamons Flanke und zog den Gurt fest.

„Vielleicht kann ich einen von Megs Cousins dazu überreden, dich mit dem Hubschrauber in die Berge zu bringen."

„Damit Ransom sich zu Tode erschreckt?", entgegnete Olivia spöttisch.

„Livie, das Pferd hat all die Jahre ohne deine Hilfe überlebt. Warum sollte das jetzt anders sein?"

„Hör auf, ihn *das Pferd* zu nennen. Der Hengst heißt Ransom und ist schlicht eine *Legende*."

„Was ist jetzt anders daran?", wiederholte Brad.

„Du würdest mir nicht glauben, wenn ich es dir erzähle."

„Versuch's einfach."

„Träume", sagte sie. „Ich habe diese Träume …"

„*Träume!?*"

„Ich wusste, dass du …"

„Stopp!", unterbrach er sie. „Ich höre."

„Geh mir einfach nur aus dem Weg, okay?"

Brad schüttelte den Kopf.

„Er spricht mit mir."

„Ein Pferd spricht mit dir." Er versuchte, nicht allzu skeptisch zu klingen, doch es gelang ihm nicht.

„In meinen Träumen!" Seine Schwester errötete.

„Wie Mr Ed in der alten Fernsehserie?"

Olivias Augen blitzten. „Nein!"

„Wie dann?"

„Ich höre ihn einfach. Er bewegt die Lippen nicht."

„Okay."

„Du glaubst mir?"

„Ich glaube dir, dass du es glaubst, Livie. Tiere bedeuten dir sehr viel, und du machst dir schon so lange Sorgen um … Ransom. Kein Wunder, dass du auch noch von ihm träumst."

Sie ließ Cinnamons Zügel los und stemmte die Hände in die Seiten. „Hast du einen Onlinekurs in Tiefenpsychologie gemacht? Psychoanalyse in zehn Blitzlektionen? Als Nächstes behauptest du, dass Ransom ein unbewusstes Symbol mit sexueller Bedeutung ist!"

Brad schaffte es, nicht die Augen zu verdrehen. „Wäre das denn wirklich so abwegig?"

„Aber ja!"

„Warum?"

„Weil Ransom nicht das einzige Tier ist, von dem ich träume. Außerdem habe ich es schon als Kind getan. Erinnerst du dich an den alten Schäferhund Simon, den wir als Kinder hatten? Er hat mir erzählt, dass er uns verlässt – und drei Tage später wurde er von einem Auto überfahren. Glaub mir, Ransom ist in Gefahr. Er hat Schmerzen. Mit seinem rechten Vorderbein stimmt etwas nicht."

„Und was willst du tun, wenn du ihn findest? Livie, das Pferd … Ransom ist keine Figur in einem Disneyfilm, sondern ein wilder Mustang. Er lässt nicht zu, dass du ihn untersuchst und ihm eine Spritze verpasst. Wenn du ihm überhaupt so nahe kommst, trampelt er dich nieder!"

„Das würde er nicht tun", beharrte sie. „Er weiß, dass ich ihm helfen will."

„Livie, angenommen … nur mal angenommen, dass du dich *irrst.*"

„Ich irre mich nicht."

„Natürlich nicht, denn du bist eine verdammte O'Ballivan!" Er fuhr sich durchs Haar. „Es ist nicht mehr lange hell. Du reitest auf keinen Fall allein in die Berge, kleine Schwester!"

„Du kannst ja mitkommen."

„Oh, wie edel von dir. Ich würde liebend gern in einem verdammten Schneesturm erfrieren. Verdammt, ich habe ja nichts Besseres zu tun. Ich muss nur einen verletzten Hund pflegen, den *du* mir gebracht hast, und einen verdammten Film drehen, der auch *deine* Idee war!"

Olivia lächelte. „Ist dir aufgefallen, dass du gerade dreimal hintereinander *verdammt* gesagt hast? Hast du schon mal erwogen, zu koffeinfreiem Kaffee zu wechseln?"

„Sehr komisch." Er konnte nicht anders, er lächelte zurück, bevor er ihr die Hände auf die Schultern legte. „Du bist und bleibst meine kleine Schwester, und ich liebe dich. Wenn du also darauf bestehst, einen wilden Hengst in den Bergen aufzuspüren, dann warte wenigstens bis morgen früh. Lass uns bei Sonnenaufgang losreiten."

„Versprochen?"

„Versprochen."

„Okay", sagte sie.

„*Okay!?* Einfach so? Du gibst nach?"

„Sei nicht so misstrauisch. Ich habe gesagt, wir warten bis morgen früh, und daran halte ich mich auch."

Brad zog eine Augenbraue hoch. „Gibst du mir deine Hand drauf?"

Sie tat es. „Abgemacht." Sie führte Cinnamon in den Stall zurück und lächelte spöttisch, als er ihr folgte und das Pferd abzäumte.

„Wie läuft es mit Meg?"

Er sah sie nicht an. „Nicht so gut."

„Was ist los?"

„Ich bin nicht sicher, ob ich es in Worte fassen kann."

„Es ist ein langer Ritt in die Berge", erwiderte sie. „Genug Zeit zum Reden."

„Vielleicht komme ich darauf zurück."

„Ich sehe kurz nach Willie, dann mache ich meine Hausbesuche. *See you later, Alligator.*"

Brads Augen wurden feucht. So hatte Big John sich immer von seinen Enkeln verabschiedet. „*After a while, Crocodile!*", antwortete er daher.

Als er ins Haus zurückkehrte, war Olivia schon weg. Am Kühlschrank klebte eine Nachricht: *Machst du Abendessen, Mr Movie Star? Oder soll ich Pizza mitbringen?*

Lächelnd holte er Fleisch aus dem Gefrierfach, als das Telefon läutete.

„Doppelte Hawaii de luxe mit extra Schinken, Käse und Ananas?“, fragte seine Schwester.

„Vergiss es. Ich esse nichts, was *du* angefasst hast. Du verdienst dein Geld damit, Kühen deinen Arm bis zum Anschlag ins Hinterteil zu schieben.“

Lachend legte Olivia auf.

Brad wollte es ebenfalls tun, doch Meg ging ihm einfach nicht aus dem Kopf, also wählte er ihre Nummer, erreichte jedoch nur den Anrufbeantworter. Gerade wollte er eine Nachricht hinterlassen, da meldete sie sich atemlos.

„Ich bin es. Brad.“

„Wie ich höre, machst du in Stone Creek einen Film!?“

Er schloss die Augen. Sie hätte es von ihm erfahren sollen, nicht über andere. „Ich dachte mir, Carly könnte eine kleine Rolle übernehmen.“

„Das würde ihr bestimmt gefallen“, erwiderte sie förmlich.

„Meg? Das mit dem Film …“

„Schon gut, Brad. Ich freue mich für dich. Wirklich.“

„Du klingst *begeistert*.“

„Du hättest es ruhig erwähnen können, weißt du. Hier im wilden Norden von Arizona wird schließlich nicht jeden Tag ein Film gedreht.“

„Ich wollte persönlich mit dir darüber reden, Meg.“

„Du weißt, wo ich wohne, und offenbar kennst du meine Telefonnummer ebenfalls.“

„Ich weiß auch, wo dein G-Punkt ist“, sagte er und hörte, wie sie tief durchatmete.

„Mieser Trick, O’Ballivan.“

„Im Krieg und im Bett ist alles erlaubt.“

„Mehr ist es für dich nicht? Eine Bettgeschichte?“

„Sag du’s mir.“

„*Ich* bin nicht wieder auf Abstand gegangen."

Er wusste, was sie meinte. Als sie Steaks gegrillt hatten, war er ziemlich kühl zu ihr gewesen. „Livie und ich reiten morgen früh los, um Ransom zu suchen. Willst du immer noch mit?"

Meg seufzte. „Ich kann nicht. Ted muss ins Krankenhaus, und ich habe versprochen, ihn nach der Schule mit Carly zu besuchen. Außerdem haben bei Sierra die Wehen eingesetzt, und ich kann jeden Moment Tante werden."

„Das ist eine freudige Nachricht", erwiderte Brad, aber er legte eine Hand auf den Bauch, als hätte er einen Faustschlag in die Magengrube bekommen.

„Ja", sagte sie, aber er hörte ihrer Stimme an, dass ihr seine Reaktion nicht entgangen war. „Jedenfalls Glückwunsch zum Film", fuhr sie fort. „Danke, dass du angerufen hast. Und pass in den Bergen auf dich auf."

Das mulmige Gefühl wanderte in ihm nach oben und schnürte ihm den Hals zu. *Glückwunsch zum Film ... danke, dass du angerufen hast ... pass in den Bergen auf dich auf.*

Sie legte auf, bevor er noch etwas sagen konnte.

Brad drückte auf die rote Taste, legte den Kopf an die Schranktür und schloss die Augen.

Willie stieß mit der Schnauze gegen sein Bein und winselte leise.

Nach einer viel zu kurzen Nacht, in der Brad kaum geschlafen hatte, blinzelte er in das grelle Licht der Nachttischlampe. Erst als er die Augen ganz aufriss, sah er das Gesicht seiner Schwester vor sich. Olivia beugte sich über ihn. Sie war angezogen und zitterte praktisch vor Aufregung.

Gähnend setzte er sich auf. „Livie, es ist mitten in der Nacht."

„Ransom ist in Lebensgefahr!", platzte sie heraus. „Wir müssen zu ihm. Sofort. Ruf einen der McKettricks an. Wir brauchen den Hubschrauber!"

Hatte sie den Verstand verloren? Brad warf einen Blick auf den Wecker. Es war zwei Uhr morgens.

Er würde seinen Stolz herunterschlucken, Jesse oder Keegan anrufen und sie um einen Riesengefallen bitten müssen. *Meine Schwester hat von einem sprechenden Pferd geträumt, deshalb brauchen wir euren Hubschrauber, alles klar!?*

Olivias Blick war voller Verzweiflung. „Hier ist die Nummer“, sagte sie und drückte ihm erst einen Zettel und dann das schnurlose Telefon aus der Küche in die Hand. Bevor er protestieren konnte, eilte sie hinaus. Willie, der am Fußende des Betts geschlafen hatte, erhob sich, drehte sich einmal um die eigene Achse und legte sich wieder hin.

Brad griff nach der Jeans und zog sie an, während er Jesses Nummer wählte.

Er meldete sich nach dem zweiten Läuten. „Ich hoffe, es ist wichtig“, knurrte er als Erstes mürrisch in den Hörer.

Brad klemmte sich den Apparat zwischen Ohr und Schulter, um die Jeans zuzuknöpfen. „Hier ist Brad O’Ballivan. Tut mir leid, dass ich dich geweckt habe, Jesse, aber wir haben einen Notfall und …“ Er zögerte nur kurz. „Ich brauche Hilfe.“

Keine Dreiviertelstunde später landete der Firmenhelikopter von *McKettrickCo* mit blitzenden Positionsleuchten hinter dem Ranchhaus. Jesse saß im Cockpit.

„Hallo, Livie“, begrüßte er Olivia lächelnd, als sie auf den schmalen Notsitz kletterte und die Kopfhörer aufsetzte.

Brad nahm vorn Platz und stellte das Gewehr zwischen die Beine. Ihm graute davor, Jesse erklären zu müssen, worum es bei diesem nächtlichen Einsatz ging.

Doch der verlangte gar keine Erläuterung. „Wohin?“, fragte er nur.

„Horse Thief Canyon“, antwortete Olivia.

Jesse nickte, warf einen Blick auf Brads Gewehr und ließ den Hubschrauber abheben.

Fünfzehn Minuten später schwebten sie hoch über den Bergen und suchten mit dem Scheinwerfer die Schlucht ab. Sie hatte den Namen Horse Thief Canyon bekommen, weil Sam O’Ballivan und seine Texas Rangers dort einmal eine Bande von Pferdedieben gestellt hatten.

„Da ist er!“, rief Olivia.

Brad beugte sich vor. Im Lichtkegel bäumte Ransom sich auf. Hinter ihm, an der Felswand, drängten sich seine Stuten, vor ihnen kam ein Dutzend Wölfe immer näher. Sie schienen Hunger zu haben und konzentrierten sich ganz auf ihre in die Enge getriebene Beute – sie achteten gar nicht auf den Hubschrauber.

„Wir müssen landen! Sofort!“

Jesse bediente den Steuerknüppel mit einer Hand, während er ein Gewehr unter dem Pilotensitz hervorzog. Offenbar hatte auch er die Wölfe gesehen. Er landete den Hubschrauber auf einem Felsvorsprung, der für Brads Geschmack viel zu schmal war.

„Showtime“, sagte Jesse und schob die Tür auf. „Zieht die Köpfe ein. Der Sog ist noch ziemlich stark.“

Brad nickte, folgte ihm ins Freie und hoffte inständig, dass Olivia an Bord blieb.

Zwanzig Meter entfernt standen sich Ransom und das Wolfsrudel noch immer gegenüber. Die Stuten wieherten und schnaubten, ihre weit aufgerissenen Augen leuchteten weiß. Im fahlen Licht des Mondes war es eine unheimliche Szene.

Brads Nackenhaare richteten sich auf, als einer der Wölfe ihn ansah. Er spannte den Hahn und hob das Gewehr. Der Wolf schien kurz zu überlegen, dann drehte er sich wieder um und machte einen vorsichtigen Schritt auf den erschöpften Hengst zu, dessen blutige Beine ihn kaum noch trugen.

Brad legte an.

Der Wolf legte den Kopf in den Nacken und heulte.

Brad lief es kalt den Rücken herunter. Aus den Augenwinkeln sah er, dass Jesse neben ihm stand und Olivia in ihrer Tierarzttasche wühlte.

Ransom taumelte. Jeden Moment konnte er zu Boden gehen. Genau darauf wartete das Rudel, denn dann wären der Mustang und seine Stuten ihnen ausgeliefert – es würde ein Blutbad geben.

Und dann war es plötzlich vorbei.

Der Leitwolf machte kehrt, trottete durch das Rudel, und die anderen schlossen sich ihm an.

Brad ließ das Gewehr sinken. Auch Jesse entspannte sich.

Livie ging langsam auf Ransom zu.

Brad wollte sie aufhalten, doch Jesse hinderte ihn daran.

„Lass sie", flüsterte Jesse. „Wir dürfen ihn nicht erschrecken."

„Ich bin es. Olivia", sagte sie zu dem Wildpferd. „Glaub mir, ich bin so schnell gekommen, wie ich konnte."

Als Ransom sie mit dem Kopf anstieß, hob Brad sein Gewehr, aber Jesse drückte den Lauf nach unten.

„Warte", murmelte er.

Schweißbedeckt und blutüberströmt stand der prächtige Hengst da und ließ zu, dass Olivia ihm durch die Mähne strich. Auch als sie in die Hocke ging, um die Vorderbeine abzutasten, blieb er ruhig.

„Ich glaub's nicht!", entfuhr es Jesse.

Es war ein unwirklicher Anblick. Brad war sich nicht sicher, ob er das hier nicht nur träumte.

„Du musst dich auf der Ranch erholen", sagte Olivia zu Ransom. „Wenigstens so lange, bis das Bein verheilt ist."

Der Hengst wieherte, und als er den Kopf bewegte, schien er zu nicken.

„Wie, zum Teufel, will sie das schaffen? Mit einer Herde Mustangs quer durch die Berge und hinunter zur Stone-Creek-Ranch?", murmelte Brad.

„Du warst zu lange in der Großstadt, O'Ballivan", sagte Jesse. „Du bleibst hier und passt auf sie auf, falls das Wolfsrudel zurückkehrt. Ich hole Verstärkung, aber es könnte ein paar Stunden dauern."

Olivia hielt eine Spritze in der Hand, um Ransom ein Schmerzmittel zu injizieren.

Brad machte einen Schritt auf seine Schwester zu.

„Bleib, wo du bist!", warnte sie. „Ransom ist ruhig, aber die Stuten stehen unter Hochspannung. Ich habe keine Lust, in ein spontanes Rodeo zu geraten."

Jesse lachte leise, gab sein Gewehr an Brad und rannte zum

Helikopter. Kurz darauf hob er ab und flog nach Südwesten.

Als das Rotorengeräusch verklang, lehnte Brad die Gewehre an einen Baumstamm.

Mit gesenktem Kopf stand Ransom da, benommen von dem Medikament, das Olivia ihm verabreicht hatte. Die Stuten trauten sich aus der Deckung und begannen zu grasen.

In der Ferne heulte ein Wolf.

8. KAPITEL

Als am frühen Morgen das Telefon läutete, war Meg längst auf. Sie hatte die Pferde gefüttert, kehrte gerade ins Haus zurück und stürzte sich buchstäblich auf den Hörer.

Falls Brad dran ist.

Es war Eve.

„Du bist wieder Tante geworden!", verkündete ihre Mutter Eve voller Stolz. „Sierra hat um halb sechs einen gesunden Jungen bekommen. Ich glaube, sie wollen ihn Brody nennen, nach Travis' Bruder."

„Geht es ihr gut?"

„Bestens", antwortete Eve. „Liam und ich fahren gleich nach dem Frühstück nach Flagstaff."

„Ted muss heute ins Krankenhaus", sagte Meg leise, während sie sich einen Kaffee eingoss. „Ich schaue bei Sierra und dem Baby vorbei, nachdem ich ihn hingebracht habe." Sie seufzte. „Mutter, Carly verkraftet es nur schwer."

„Das glaube ich. Das arme Kind. Warum nimmst du sie nicht mit, wenn du Ted ins Krankenhaus bringst?"

„Das habe ich ja vorgeschlagen", erwiderte Meg.

Ihr Vater erschien auf der Treppe, angezogen und mit seinem Rasierzeug in der Hand. Ihre Blicke trafen sich.

„Und?", fragte Eve.

„Ted meint, sie soll erst zur Schule gehen und ihn anschließend besuchen."

Ted nickte. „Ist Eve dran?"

„Ja."

Er streckte die Hand aus. Meg gab ihm den Hörer.

„Hier ist Ted." Während er Eve erklärte, dass Carly sich so schnell wie möglich an ein normales Leben gewöhnen sollte, kam das Mädchen die Treppe herunter.

Es trug Jeans und das T-Shirt, das Brad ihm geschenkt hatte, obwohl es ihm fast bis zu den Knien reichte. Der Blick des Mädchens war trotzig, seine Miene verschlossen.

„Hast du Hunger?“, fragte Meg.

„Nein.“

„Tja, Pech für dich. In diesem Haus wird gefrühstückt.“

„Vielleicht muss ich mich aber übergeben.“

„Ach, bestimmt nicht.“

Ted hielt die Sprechmuschel zu. „Carly, du isst etwas!“, befahl er streng.

Widerwillig setzte Carly sich an den Tisch und trank den Orangensaft, den Meg ihr hinstellte.

Ted legte auf. „Eve hofft, dass du mit ihr und Liam essen kannst, nachdem ihr Sierra und das Baby besucht habt.“

„Das ist gemein!“, empörte sich Carly. „Du gehst ins Krankenhaus, und ich muss in die blöde Schule, wo sie mich wahrscheinlich in den Kindergarten stecken, obwohl ich in die siebte Klasse gehöre.“

Meg hatte keine Ahnung, wie Carly bei den Tests abgeschnitten hatte, die sie am Tag zuvor gemacht hatte.

Das Mädchen starrte auf Megs Jeans, die noch voller Heu waren. „Hast du keinen Job oder so was?“

„Doch.“ Meg setzte Wasser für den Haferbrei auf. „Ich bin Ranchhelferin. Die Arbeit ist schwer, der Lohn mies, man bekommt später keine Rente und muss jede Menge Mist schaufeln, aber ich liebe es.“

Carly gab sich alle Mühe, das Frühstück in die Länge zu ziehen, aber schließlich brachen sie auf. Meg blieb zurück, damit Ted und Carly sich auf dem Weg zu ihrem Wagen allein unterhalten konnten. Als sie zustieg, war das Mädchen in Tränen aufgelöst, und Ted sah so erschöpft aus, wie sie ihn noch nie gesehen hatte. Meg warf ihm einen mitfühlenden Blick zu und fuhr los.

Als sie vor der Schule hielt, wischte Carly sich die Tränen ab und marschierte ins Gebäude, ohne sich noch einmal umzudrehen.

Im Krankenhaus in Flagstaff erwartete Eve sie bereits. „Überlass Ted mir“, sagte sie zu Meg, während eine Schwester ihm in einen Rollstuhl half. „Du gehst nach oben zu deiner Schwester und deinem neuen Neffen. Zimmer 502.“

Meg zögerte. Dann – zu ihrem eigenen Erstaunen – beugte sie sich zu Ted hinab und küsste ihn auf den Kopf, bevor sie zum Fahrstuhl eilte.

Sierra strahlte. Ihr Zimmer war voller Blumen.

„Tante Meg!“, rief Liam begeistert. „Ich habe einen nagelneuen Bruder. Er heißt Brody Travis Reid!“

Meg umarmte den kleinen Jungen. „Und wo ist Brody?“

„Bei all den anderen Babys natürlich!“

Sie zerzauste ihm das Haar, bevor sie Sierra einen Kuss auf die Stirn gab. „Glückwunsch, kleine Schwester.“

„Er ist so hübsch“, wisperte Sierra.

„Jungs sind doch nicht *hübsch*, sondern *gut aussehend*“, protestierte Liam. Er zog einen Stuhl an die andere Seite des Betts und stellte sich darauf. „War ich gut aussehend?“

Sierra drückte seine kleine Hand. „Das bist du immer noch. Und dein Dad und ich verlassen uns darauf, dass du Brody ein toller großer Bruder bist.“

Liam sah Meg an. „Travis will mich adoptieren. Dann heiße ich Liam McKettrick Reid, und Mom ändert ihren Namen auch.“

Meg zog unauffällig eine Augenbraue hoch.

„Jemand muss mit der Tradition brechen“, sagte Sierra. „Eve habe ich es schon erzählt.“

Sierra war seit Generationen die erste McKettrick, die den Namen ihres Ehemanns annahm.

„Mom ist einverstanden?“, fragte Meg.

Ihre Schwester lächelte. „Gutes Timing ist alles. Wenn du keinen Widerspruch hören willst, bring vorher ein Baby zur Welt.“

Meg lachte. „Du bist eine tapfere Frau“, lobte sie, bevor sie ihrem Neffen die Hand entgegenstreckte. „Wie wär’s, wenn du mir jetzt dein Brüderchen zeigst, Liam McKettrick Reid?“

Wie versprochen, kehrte Jesse am Vormittag mit einem Dutzend berittener Cowboys zurück. Brad war erschöpft, und Olivia schlief in ihre und seine Jacke gehüllt unter einem Baum. Obwohl Brad vor Sonnenuntergang Feuer gemacht hatte, fror er erbärmlich und sehnte sich nach einem heißen Kaffee.

Ransom und seine Stuten schienen zu spüren, dass ihnen von den Menschen keine Gefahr drohte, denn sie waren nicht davongelaufen. Brad hatte die Nacht hindurch Wache gehalten, doch die Wölfe blieben verschwunden.

Als das Hufgetrappel näher kam, wurde Olivia wach. Lächelnd stand sie auf und klopfte sich Staub und Piniennadeln von der Kleidung.

Jesse, Keegan und Rance führten den Trupp an. Rance nickte Brad zu, stieg ab, ging zu dem Hengst und untersuchte dessen Beine.

„Meinst du, er schafft es bis zur Ranch?“, fragte er Olivia.

Sie nickte. „Wenn wir uns Zeit lassen.“ Sie lächelte den Männern zu. „Danke, dass ihr gekommen seid.“

Die meisten Cowboys starrten Ransom an, als könnten sie nicht fassen, dass der legendäre wilde Mustang wirklich existierte.

Olivia zog Brads Jacke aus, gab sie ihm zurück und schwang sich so mühelos und geschmeidig in den Sattel, wie er es niemals schaffen würde.

Er löschte das Lagerfeuer und reichte ihr die Tierarzttasche nach oben.

Es würde ein beschwerlicher langer Ritt werden, aber zum Glück war der Himmel blau.

So blau wie Megs Augen.

Die Cowboys trieben Ransom und die Stuten zusammen.

Olivia ritt neben Brad. „Du siehst kaputt aus“, sagte sie lächelnd.

„Danke, du baust mich auf.“ Vergeblich versuchte er, es sich im Sattel etwas bequemer zu machen.

Sie schmunzelte. „Sieh es einfach als Rollenfindung für deinen Film an.“

Brody zum ersten Mal zu sehen, war für Meg der Höhepunkt des Tages, aber ab da ging es bergab.

Teds Untersuchungen fielen wenig ermutigend aus.

Carly schwänzte die Schule und wurde von Wyatt Terp, dem Ortspolizisten, am Highway 17 eingesammelt. Sie hatte nach Flagstaff trampen wollen.

Mit quietschenden Reifen hielt Meg vor der Polizeistation.

Carly saß niedergeschlagen vor Wyatts Schreibtisch. „Ich wollte zu meinem Dad", sagte sie kleinlaut.

Meg zog einen Stuhl heran und setzte sich zu ihr. Wyatt zog sich diskret zurück.

„Du hättest entführt oder überfahren werden können", begann Meg behutsam.

„Dad und ich sind oft per Anhalter gefahren."

Meg fiel darauf keine vernünftige Erwiderung ein.

„Bringst du mich jetzt zu ihm?", fragte das Mädchen.

„Hat man dich denn verhaftet, oder wirst du nur vernommen?"

Carly entspannte sich etwas. „Ich kann wieder gehen. Aber Marshal Terp meint, wenn er mich noch mal beim Trampen erwischt, komme ich hinter Gitter."

Der Polizist kehrte zurück. „Sehr richtig. Sie können sie mitnehmen, Meg. Aber ich will dich nie wieder hier sehen, junge Lady, es sei denn, du verkaufst für die Pfadfinder Kekse oder Lotterielose, verstanden?"

„Verstanden", erwiderte Carly mit gesenktem Kopf.

Meg erhob sich und ging zur Tür.

Carly rührte sich erst, als der Marshal ihr freundlich zunickte.

„Dass Carly auf einmal so verständig ist, muss an Ihrem Abzeichen liegen", flüsterte Meg ihm zu, als das Mädchen außer Hörweite war. „Sie haben nicht zufällig eins für mich übrig?"

Brad sehnte sich nach Meg.

Ransom und seine Stuten waren auf der Stone-Creek-Ranch untergebracht. Die McKettricks und ihre Helfer hatten ihre Reitpferde in die Anhänger verladen und waren davongefahren. Olivia hatte Willie begrüßt, heiß geduscht, sich in einen von Big Johns hässlichen Bademänteln gehüllt, ein Sandwich gegessen und sich in ihrem alten Zimmer hingelegt.

Jetzt war es halb acht.

Brad taten sämtliche Knochen weh, er fror und hatte Hunger.

Am vernünftigsten wäre es, zu duschen, etwas zu essen und zu schlafen.

Trotzdem sehnte er sich nach Meg.

Er duschte und zog frische Sachen an.

Vorher anzurufen wäre zwar höflich gewesen, aber er wollte keine Abfuhr riskieren. Daher hinterließ er Olivia eine kurze Nachricht und machte sich auf den Weg zu Meg.

Auf der Triple-M-Ranch brannte Licht. Da Brad wusste, dass sich die McKettricks am liebsten in der Küche versammelten, parkte er den Pick-up in der Einfahrt, ging ums Haus und klopfte an die Hintertür.

Carly öffnete. Sie sah so ausgelaugt aus, wie er sich fühlte, doch als sie ihn sah, erhellte sich ihre Miene.

„Ich darf in der siebten Klasse bleiben!“, berichtete sie freudig. „Laut meinen Testergebnissen bin ich begabt.“

Er rang sich ein Lächeln ab. „Das hätte ich dir gleich sagen können.“

„Meg ist oben. Sie hat Kopfschmerzen und will nur gestört werden, wenn es eine landesweite Katastrophe gibt.“

Brad ließ sich die Enttäuschung nicht anmerken. „Oh.“

„Ich habe gehört, dass Sie einen Film drehen!?“

Das Mädchen war einsam und brauchte jemanden zum Reden. Willkommen im Klub, dachte er.

„Ja“, sagte er nur, und diesmal fiel ihm das Lächeln leichter.

„Darf ich mitspielen? Ich brauche keinen Text oder so was, nur ein Kostüm.“

„Mal sehen, was ich tun kann. Meine Leute rufen deine Leute dann an.“

Carly lachte, und es tat ihm gut.

Er wollte gerade wieder gehen, da kam Meg im Nachthemd die Treppe herunter. Ihr Haar war zerzaust, und sie hatte Schatten unter den Augen.

„Harter Tag?“, fragte er und musste sich beherrschen, um sie nicht in den Arm zu nehmen.

„Ich verschwinde", sagte Carly. „Darf ich deinen Computer benutzen, Meg?"

Sie nickte.

Das Mädchen zog sich zurück.

„Ich hätte vorher anrufen sollen", sagte Brad.

„Setz dich. Ich mache Kaffee."

„Den mache ich", erwiderte er. „Setz du dich hin."

Zu seiner Überraschung widersprach sie nicht, sondern nahm auf dem großen Stuhl am Kopfende des Tischs Platz.

„Habt ihr Ransom gefunden?", fragte sie, während er nach der Kaffeedose suchte.

„Ja." Erfreut, dass es sie interessierte, erzählte er ihr von der gefährlichen Rettungsaktion. „Er und sein Harem genießen jetzt meine beste Weide."

„Ach, Rance, Keegan und Jesse müssen sich wie im Wilden Westen gefühlt haben."

„Kann schon sein." Er lehnte sich gegen die Arbeitsfläche, während der Kaffee durchlief. „Ich muss so etwas nicht noch mal haben."

Meg lachte und schaute hastig fort. Doch ihm war nicht entgangen, dass ihre Augen feucht geworden waren.

„Sierra hat heute Morgen ein Baby bekommen. Einen Jungen. Er heißt Brody", erzählte sie.

Brad konnte ihren Schmerz nachempfinden. Er ging zu ihr, hockte sich neben den Stuhl und nahm ihre Hand in seine. „Es tut mir leid, dass ich mich neulich so benommen habe, Meg. Ich war durcheinander, weil Carly dir so ähnlich sieht und so alt ist wie …" Er verstummte.

„Schon gut", sagte sie leise, aber eine Träne lief über ihre Wange.

Er wischte sie ab. „Nein, es ist nicht gut. Ich habe mich wie ein Trottel aufgeführt."

Sie nickte. „Wie ein Riesentrottel."

Er blinzelte, denn seine Augen brannten, und er erhob sich. „Ich hatte gehofft, bei dir übernachten zu können, aber dann fiel mir ein, dass Carly ja hier ist."

Meg biss sich auf die Lippe. „Ich habe Gästezimmer."

Sie will nicht, dass ich wieder gehe, dachte er erleichtert.

„Aber was ist mit Willie und deinen Pferden?", wollte sie wissen.

„Olivia ist bei mir." Er ging an den Schrank und nahm Becher heraus. Wäre er in Megs Nähe geblieben, hätte er Meg an sich gezogen und geküsst, aber mit einer Zwölfjährigen im Nebenzimmer durfte er das nicht tun. „Livie kümmert sich um alles."

Danach saßen sie am alten Küchentisch der McKettricks und unterhielten sich über alltägliche Dinge.

Brad war glücklich, einfach nur bei Meg zu sein.

In diesem Moment erschien ihm das Leben perfekt.

Aber was wusste er schon?

9. KAPITEL

Blinzelnd erwachte Brad. Er lag auf der Ledercouch in Megs Arbeitszimmer, vollständig bekleidet und unter einer alten Quiltdecke.

Neugierig stand Carly vor ihm. Vermutlich war sie erstaunt, dass er nicht bei Meg geschlafen hatte.

„Wie spät ist es?“, fragte Brad gähnend.

„Halb sieben.“ Sie trug Jeans und das T-Shirt, das er ihr geschenkt hatte.

Bevor er antworten konnte, erschien Meg in der Tür. „Der Kaffee läuft durch, falls jemand einen möchte.“

„Ich!“, sagte Brad und setzte sich auf, um die Stiefel anzuziehen. „Ich füttere die Pferde, wenn du Frühstück machst.“

„Klingt fair.“ Meg sah Carly an. „Steck das T-Shirt doch in die Wäsche. Du hast es jetzt seit drei Tagen an.“

„Okay“, erwiderte das Mädchen und verschwand.

„Sie ist gestern festgenommen worden“, erzählte Meg.

„Was ist passiert?“

„Sie hat die Schule geschwänzt und wollte nach Flagstaff trampen, um Ted zu besuchen. Zum Glück hat Wyatt sie rechtzeitig entdeckt.“

Brad ging auf Meg zu und legte die Hände um ihre Ellbogen. „Zweifelst du schon an deinen mütterlichen Fähigkeiten?“, fragte er sanft.

„Ja, genau. Ich wollte immer ein Kind, mehr als alles andere, aber ich habe nicht damit gerechnet, dass es *so* passiert.“

Er zog sie an sich und atmete den blumigen Duft ihres Haars ein. „Ich weiß, du siehst Ted nicht als deinen Vater an“, begann er leise. „Trotzdem muss es schwer sein, ihn gleich wieder zu verlieren. Vielleicht solltest du dir eingestehen, dass Carly nicht die Einzige ist, die um ihn trauern wird.“

Sie legte den Kopf in den Nacken. In den blauen Augen schimmerten Tränen. „Warum musste er nur herkommen, um zu sterben?“, flüsterte sie. „Wo war er, als ich laufen gelernt habe … als ich mir beim Reiten das Bein gebrochen habe … als ich die Highschool und das College abgeschlossen habe? Wo war er, als du …"

„Als ich dir das Herz gebrochen habe?", beendete er den Satz für sie.

„Ja."

„Ich würde alles tun, um es wiedergutzumachen, Meg. Ich würde so gern noch mal von vorn anfangen, aber so funktioniert das Leben nicht. Vielleicht wollte Ted nicht nur wissen, dass Carly jemanden hat, der sie liebt. Vielleicht geht es ihm wie mir, und er wünscht sich, dass du ihm eine zweite Chance gibst."

Verblüfft starrte sie ihn an. „Gut möglich", sagte sie nach einem Moment, „aber er hat sich verdammt viel Zeit damit gelassen – genau wie du übrigens."

Brad zog sie fester an sich. Sie bewegten sich auf dünnem Eis. „Ich füttere die Pferde", sagte er, als er Carly auf der Treppe hörte. „Und du machst das Frühstück." Er küsste Meg auf die Stirn. Es fiel ihm schwer, sie loszulassen. „Komm doch bei mir vorbei, nachdem du Carly zur Schule gebracht hast."

Mit angehaltenem Atem wartete er auf ihre Antwort. Sie wussten, was geschehen würde, wenn sie beide allein auf der Stone-Creek-Ranch waren.

„Mal sehen", erwiderte sie.

Er zögerte, nickte und ging los, um die Pferde zu füttern.

Zum Frühstück gab es Waffeln aus dem Toaster und Speck aus der Mikrowelle.

Sie verabschiedeten sich an Megs Wagen voneinander. Vom Beifahrersitz aus beobachtete Carly neugierig, wie Brad ihre Schwester Meg zärtlich küsste. „Das nächste Mal kümmere ich mich um das Essen, und du versorgst die Pferde", versprach er.

Auf der Heimfahrt sang er aus vollem Hals all seine Lieblingssongs von Johnny Cash. Doch er verstummte schlagartig, als er die Hügelkuppe erreichte und eine weiße Limousine in der Einfahrt stehen sah. Sein Instinkt sagte ihm, dass es nicht Phil oder der Filmproduzent war.

Der Chauffeur stieg aus und öffnete den Wagenschlag, als Brad neben der Limousine hielt und die Seitenscheibe nach unten gleiten ließ.

Zwei lange, wohlgeformte Beine wurden sichtbar.

Fluchend sprang Brad aus dem Pick-up.

„Ich wäre ideal für die weibliche Hauptrolle in deinem Film!“, sagte Cynthia Donnigan und stöckelte auf ihren High Heels auf ihn zu. Die Absätze versanken im Boden, und ihr ohnehin schon kurzer Rock rutschte noch weiter nach oben, doch das schien sie nicht zu stören.

Ungläubig und im wahrsten Sinne des Wortes sprachlos starrte Brad sie an.

Cynthia nahm die teure Sonnenbrille ab, klimperte mit den Wimpern – ebenso falsch wie der Busen – und spitzte die kollagenverstärkten Lippen. „Freust du dich denn gar nicht, mich zu sehen?“

„Was erwartest du?“, erwiderte er finster.

Selbst wenn man Pech hatte, konnte es immer noch schlimmer kommen, hatte Big John immer gesagt. Wie zur Bestätigung kam in diesem Moment Megs Blazer über den Hügel.

„Dass du nicht so nachtragend bist, erwarte ich.“ Cynthia folgte seinem Blick, bevor sie ihm mit einem selbstgefälligen Lächeln ins Gesicht schaute. „Ich bin genau die Richtige für die Rolle, und du weißt es.“

Brad wich zurück, als sie einen Schritt auf ihn zu machte. „Keine Chance!“, sagte er, während Meg hinter ihm hielt, aber nicht ausstieg.

Cynthia winkte mit dem Zeigefinger in Megs Richtung. „Ich wohne in einem Hotel in Sedona und kann warten, bis du einsiehst, dass die Rolle der Witwe des Sheriffs mir auf den Leib geschrieben ist.“

Brad schlenderte zu Megs Wagen, öffnete die Fahrertür und half ihr hinaus.

„Die zweite Ehefrau?“, flüsterte sie.

Er nickte.

Mit einem breiten Lächeln ging Meg zu Cynthia und gab ihr

die Hand. „Ich glaube, ich habe Sie in mehreren Werbespots für Hygieneprodukte gesehen."

Nur mit Mühe unterdrückte Brad ein Lachen.

„Hallo", schnurrte Cynthia. „Sie müssen das Mädchen sein, das von Brad sitzen gelassen wurde."

Meg war mit frechen Cousins aufgewachsen und hatte im Vorstand eines multinationalen Konzerns gesessen – so schnell ließ sie sich nicht einschüchtern. Im Gegenteil, sie hakte sich bei Brad ein und lächelte gewinnend. „Zwischen Brad und mir läuft es mal gut, mal schlecht. Im Moment läuft es eindeutig gut."

Cynthia blinzelte. Sie war zwar nur eine B-Prominente, doch als Brads Exfrau und Alleineigentümerin einer aufstrebenden Produktionsfirma war sie ein so respektloses Verhalten nicht gewöhnt.

Aber dies war eben Stone Creek in Arizona und nicht Beverly Hills.

Cynthia setzte die Sonnenbrille wieder auf und stöckelte zur Limousine zurück. Der Chauffeur öffnete die Tür.

Brad folgte ihr. „Wenn du es in den Film schaffst, bin ich draußen."

Cynthia ließ sich auf den Ledersitz sinken. „Lies deinen Vertrag, Brad", entgegnete sie. „Du hast bei Starglow Productions unterschrieben. Das ist *meine* Firma."

Offenbar war ihm der Schock anzusehen, denn seine Exfrau lächelte triumphierend.

„Wusstest du etwa nicht, dass ich den Namen der Firma geändert habe?", fragte sie süffisant. „Ohne mich gibt es keinen Film, Cowboy."

Kein Film. Alle freuten sich darauf und waren schon ganz aufgeregt. Carly und viele andere würden enttäuscht sein – nicht zuletzt er selbst.

„Zurück nach Sedona", wies Cynthia den Chauffeur mit herablassender Handbewegung an.

„Ja, Ma'am", erwiderte er und warf Brad einen mitfühlenden Blick zu, bevor er sich ans Steuer setzte.

Wütend sah Brad der Limousine nach. Sauer nicht nur auf

Cynthia und Phil, der gewusst haben musste, wer den Film produzierte, sondern auch wütend auf sich selbst. Wenn er jetzt einen Rückzieher machte, würden Cynthias Anwälte sich auf ihn stürzen wie Flöhe auf einen Hund.

Meg stellte sich neben ihn. „Ich wollte nicht lauschen, aber ich habe mitbekommen, dass sie in dem Film mitspielen will."

„Sie produziert ihn."

„Was stört dich daran?"

„Ich ertrage es kaum, mit ihr in einem Raum zu sein. Wie soll ich drei oder vier Monate an einem Filmset überleben?"

Meg nahm seine Hand und zog ihn mit sich zum Haus. „Kannst du den Vertrag brechen?"

„Sie würde mich verklagen, und das könnte mich die Ranch kosten und alles, was ich sonst noch habe. Außerdem würde es so viele Reporter und Paparazzi auf die Ranch locken, dass ich mich nicht mehr ins Freie trauen würde."

„Dann solltest du vielleicht in den sauren Apfel beißen und den Film machen."

„Du kennst das Drehbuch nicht!", erwiderte Brad. „Ich muss sie *küssen*. Und dann gibt es eine Liebesszene …"

Ihre Augen funkelten. „Du hörst dich an wie ein kleiner Junge, der bei der Schulaufführung mit einem Mädchen zusammen spielen muss."

An der Hintertür empfing Willie sie schwanzwedelnd.

Brad ließ ihn heraus und wartete mit Meg auf der Veranda, bis der Hund sein Geschäft erledigt hatte.

„Du hast keine Ahnung, wie sie ist", sagte er.

Meg stieß ihn mit dem Ellbogen an. „Du musst sie mal geliebt haben, schließlich hast du sie geheiratet."

„Die Wahrheit ist weniger schmeichelhaft", antwortete er, ohne sie anzusehen. „Wir sind uns auf einer Party begegnet. Sechs Wochen später rief sie an und erzählte mir, sie sei schwanger und das Baby sei von mir. Ich habe sie geheiratet, weil sie es sonst abtreiben wollte. Ich ging auf Tournee und nahm sie nicht mit. Ehrlich gesagt, ich brachte es nicht fertig, sie der Welt als meine über alles geliebte Braut zu präsentieren.

Als ich weg war, hat sie die Presse eingeladen und Fotos von der *Hochzeit* verteilt. Und um mir heimzuzahlen, dass ich sie nicht auf die Tournee mitgenommen habe, hat sie das Baby dann doch abgetrieben."

Der Schmerz war Meg anzusehen. Er ahnte, was sie dachte – dass er auch sie nur aus Pflichtbewusstsein geheiratet hätte. Doch dann sagte sie etwas, das ihn zutiefst überraschte.

„Es tut mir leid, Brad. Bestimmt wärst du gern Vater geworden."

Er pfiff nach Willie. Der Hund schaffte es ohne Hilfe auf die Veranda. „Bravo!", lobte Brad.

„Du, ich habe eine Idee!", verkündete Meg.

Er sah sie an. „Was für eine?"

„Wir könnten deine Liebesszene proben – nur damit du sie vor der Kamera gut hinbekommst."

„Bist du denn kein bisschen eifersüchtig?", fragte er erstaunt.

„Worauf?"

„Ich soll Cynthia küssen und mich nackt mit ihr herumwälzen. Macht dir das nichts aus?"

„Ich halte mir so lange die Augen zu", scherzte sie und wurde wieder ernst. „Falls Cynthia dir jedoch noch etwas bedeutet, solltest du es mir sagen – jetzt."

Er legte die Hände auf ihre Schultern. „*Du* bedeutest mir etwas, Meg McKettrick. Ich habe es immer mit anderen Frauen versucht, mit Valerie und sogar mit Cynthia, aber ich musste immer an dich denken. Ich habe den Wirtschaftsteil der Zeitungen gelesen, meine Schwestern ausgefragt und auf der Homepage von *McKettrickCo* nachgesehen. Jedes Mal, wenn ich deinen Namen las, wurde mir ganz flau im Magen. Dauernd habe ich damit gerechnet, deine Verlobungsanzeige zu sehen."

„Was hättest du dann getan?", fragte sie gespannt.

„Die Hochzeit verhindert", gab er unumwunden zu. „Ich hätte dir eine Szene gemacht, die in die Geschichte von Indian Rock und Stone Creek eingegangen wäre." Er lächelte verlegen.

„Ha, meine Cousins hätten dich aus der Kirche geworfen."

„Ich hätte mich gewehrt und nach dir gerufen wie Stanley nach Stella in *Endstation Sehnsucht*."

„Du bist unmöglich."

„Und verrückt nach dir. Aber das willst du ja nicht hören."

„Stell mich doch auf die Probe."

„Na gut! Ich liebe dich, Meg McKettrick. Das habe ich immer getan, und das werde ich immer tun."

„Du hattest recht – das wollte ich wirklich nicht hören."

„Dann probieren wir die Liebesszene also doch nicht?"

Lächelnd stellte Meg sich auf die Zehenspitzen und küsste ihn aufs Kinn. „*Das* habe ich nicht gesagt."

Brad senkte den Kopf und knabberte an ihrer Lippe. „Dann lass uns gleich anfangen."

Meg schreckte aus einem erschöpften Schlaf hoch, stützte sich auf die Ellbogen, schaute auf die Uhr an Brads Bett und schrie auf.

„Was ist?", fragte er und war schlagartig hellwach.

„Sieh dir an, wie spät es ist! Carly hat in fünfzehn Minuten Schulschluss!"

Brad tastete nach dem Telefonhörer und reichte ihn ihr. „Ruf an und sag, dass du später kommst."

Meg wählte die Auskunft und ließ sich mit der Middle School in Indian Rock verbinden.

Als sie eine Dreiviertelstunde später dort eintraf, saß Carly betrübt im Büro des Direktors. Ihre Miene erhellte sich, als sie sah, dass Meg nicht allein kam.

„Na fein!", sagte sie. „Brad O'Ballivan holt mich persönlich von der Schule ab, und außer den Idioten, die nachsitzen müssen, sieht es niemand. Und wer glaubt denen schon?"

Brad lachte. „Habe ich dir schon erzählt, dass ich einer der *Idioten* war, die dauernd nachsitzen mussten?"

„Im Ernst?"

„Komm jetzt nicht plötzlich auf die Idee, dass Nachsitzen cool ist!", warnte Meg.

Carly verdrehte die Augen.

Auf der Fahrt nach Flagstaff redete das Mädchen ohne Unterbrechung, doch je näher sie dem Krankenhaus kamen, desto stiller wurde es.

Ted sah schlimmer aus als jemals zuvor. Mit eingefallenen Wangen, angeschlossen an viele Schläuche und Geräte, lag er da. Meg erschien es, als hätte ihr Vater seine letzte Kraft dazu verwendet, Carly ein Zuhause zu verschaffen. Zum ersten Mal begriff sie wirklich, dass er nicht mehr lange zu leben hatte.

Brad schob Meg unauffällig näher zum Bett hin.

„Wie wäre es mit einem Milchshake in der Cafeteria?“, hörte sie ihn zu Carly sagen.

Dann gingen die beiden hinaus, und Meg war allein mit dem Mann, der sie vor so langer Zeit verlassen hatte.

„Der junge Mann ist in dich verliebt“, sagte Ted.

„Er hat mich auch verlassen“, erwiderte sie. „Es ist ein Muster in meinem Leben – erst du, dann Brad.“

„Tu dir einen Gefallen und steck ihn nicht mit mir in eine Schublade. Und lass nicht zu, dass Carly den gleichen Fehler begeht, wenn sie alt genug dafür ist. Ich kann nicht mehr wiedergutmachen, was ich dir angetan habe, aber *er* kann es. Gib ihm die Chance dazu.“

Meg kamen die Tränen. „Ich will nicht, dass du stirbst“, sagte sie mit erstickter Stimme.

Ted streckte eine Hand aus. „Ich auch nicht. Komm her, Kind.“

Sie nahm die Hand und legte ihre Stirn an seine. Die grauen Stoppeln an seinen Wangen waren feucht, und sie wusste nicht, ob es seine oder ihre Tränen waren. Vielleicht weinten sie beide.

„Wenn ich mehr Zeit hätte, könnte ich dir beweisen, dass ich dich immer geliebt habe“, flüsterte Ted. „Leider habe ich die Beweise nicht, deshalb musst du es mir einfach glauben.“

Meg brachte kein Wort heraus.

„Und halte Brad O’Ballivan fest. Schluck bloß deinen verdammten McKettrick-Stolz herunter.“

„Er hat gesagt, dass er mich liebt.“

„Glaubst du ihm?“

„Ich weiß es nicht", gab sie zu.

„Liebst du ihn denn?"

Meg nickte.

„Hast du es ihm gesagt?"

„Irgendwie schon."

Ted lächelte matt. „Das reicht nicht. *Irgendwie schon* ist nie gut genug." Er betrachtete sie, als wollte er sich ihr Gesicht einprägen. „Rufst du die Schwester, bitte? Das Schmerzmittel wirkt nicht richtig."

Meg läutete. Sekunden später war Hilfe da, und sie eilte in die Cafeteria. Als sie mit Carly und Brad zurückkehrte, war das Zimmer voller Schwestern und Ärzte.

Carly riss sich von Meg los, drängte sich ans Bett und griff nach der Hand ihres Vaters.

Eine Krankenschwester wollte sie wegschieben, doch Brad ließ es nicht zu. „Lassen Sie das Mädchen!", befahl er.

„Dad!?", flüsterte Carly verzweifelt. „Dad, geh nicht!"

Sekunden später war es vorbei. Auf dem Monitor war kein Herzschlag mehr zu erkennen.

Schluchzend warf Carly sich nicht in Megs Arme, sondern in die von Brad. Er hielt das Mädchen fest und zog auch Meg an seine Seite.

Benommen ließ sich Carly aus dem Krankenhaus führen. In Teds Zimmer war sie untröstlich gewesen, jetzt weinte sie nicht mehr, sondern starrte nur stumm vor sich hin.

Brad fuhr mit ihnen nicht zur Triple M zurück, sondern brachte sie auf seine eigene Ranch. Er rief erst Eve und dann Jesse an. Wie durch dichten Nebel hindurch hörte Meg, wie er ihren Cousin bat, sich um die Pferde zu kümmern.

Er telefonierte auch mit anderen, doch das nahm sie nicht mehr richtig wahr. Sie saß am Tisch und beobachtete, wie Carly neben Willie kniete und das Gesicht in sein Fell presste.

Brad musste Olivia darum gebeten haben, denn sie kam mit einem Stapel Pizzaschachteln. Sie stellte sie ab, wusch sich die Hände im Spülbecken und begann, den Tisch zu decken.

„Ich habe keinen Hunger", sagte Carly leise.

„Ich auch nicht", fügte Meg hinzu.

„Tut mir den Gefallen, okay?", bat Olivia.

Die Pizza schmeckte wie Pappe, aber Meg war froh, etwas zu tun zu haben. Carly schien es ähnlich zu gehen.

Mit großen Augen sah das Mädchen Brad an. „Bleiben wir heute Nacht hier?"

„Ja", antwortete Olivia für ihn.

„Wer sind Sie?"

„Ich bin Livie, Brads Schwester."

„Die Tierärztin?"

Olivia nickte.

„Mein Dad ist heute gestorben."

Olivias Augen füllten sich mit Tränen. „Ich weiß."

Meg schluckte, sagte jedoch nichts. Brad nahm ihre Hand und drückte sie.

„Sind Sie gern Tierärztin?", fragte Carly.

„Ich liebe meinen Beruf, aber manchmal ist es schwer. Zum Beispiel wenn man alles tut, um einem Tier zu helfen, und es trotzdem nicht wieder gesund wird."

„Ich dachte, mein Dad wird wieder gesund, aber das wurde er nicht."

„Unser Dad ist auch gestorben", erzählte Olivia nach einem Blick in Brads Richtung. „Er wurde bei einem Viehtrieb vom Blitz getroffen. Zuerst dachte ich, das muss ein Missverständnis sein – dass er in Phoenix bei einer Viehauktion ist oder in den Bergen nach entlaufenen Kälbern sucht."

„Hört es je auf, wehzutun?", fragte Carly mit leiser zitternder Stimme.

Meg schloss die Augen. *Hört es je auf, wehzutun?*

„Du wirst deinen Dad nie vergessen, falls du das meinst", erwiderte Olivia, „aber es wird leichter werden. Brad, unsere Schwestern und ich hatten Glück. Wir hatten Big John, unseren Großvater – so, wie du Meg hast."

Brad schob seinen Stuhl zurück, ging ans Fenster über der Spüle und schaute hinaus.

„Big John ist auch gestorben", fuhr Olivia fort, „aber da waren wir alle schon erwachsen. Er war für uns da, als es darauf ankam, und jetzt haben wir uns."

Carly sah Meg an. „Du stirbst doch nicht auch, oder? Du stirbst nicht und lässt mich allein?"

Meg erhob sich und umarmte das Mädchen. „Ich bin für dich da!", versprach sie.

Erst nach einem langen Moment löste Carly sich von ihr. „Wo soll ich schlafen?"

„Wie wäre es mit meinem Zimmer?", antwortete Olivia. „Es hat zwei Betten. Du kannst das am Fenster haben, wenn du möchtest."

„Sie bleiben auch?"

„Ja, bis morgen", erwiderte Olivia.

Carly wirkte erleichtert, denn sie wollte nicht allein schlafen. Je mehr Menschen um sie herum waren, desto sicherer fühlte sie sich. „Ich glaube, ich lege mich jetzt hin. Darf Willie bei mir schlafen?"

„Ja, aber ich glaube, er muss erst mal nach draußen."

Wortlos ging Brad mit dem Hund ins Freie, kehrte schnell wieder zurück und sah dem Hund nach, als er hinter dem Mädchen die Treppe hinaufstieg. Olivia folgte den beiden.

„Danke", sagte Meg, als sie mit Brad allein war. „Du warst wunderbar."

Er machte sich daran, den Tisch abzuräumen.

Sie hielt seinen Arm fest. „Brad, was …"

„Mein Großvater", sagte er. „Mir ist gerade bewusst geworden, wie sehr ich ihn vermisse. Und wie viel ich bereue."

Sie nickte und wartete ab.

„Es tut mir leid, Meg, dass dein Dad fort ist und du keine Chance hattest, ihn richtig kennenzulernen. Dass du es mit Carly schwer haben wirst. Aber vor allem tut mir leid, dass *ich* nichts tun kann, um dir die Situation zu erleichtern."

„Du könntest mich halten!", sagte Meg.

Behutsam zog er sie an sich und küsste sie auf die Stirn. „Ja, das könnte ich."

Sie hätte ihn gern gefragt, ob er es ernst gemeint hatte, dass er sie liebte, aber wenn er seine Worte zurücknahm oder irgendwie einschränkte, würde sie es nicht ertragen – nicht jetzt, während sie um den Vater trauerte, den sie schon vor vielen Jahren verloren hatte.

Eine Weile standen sie reglos da, dann räumten sie zusammen die Küche auf. Danach löschte Brad das Licht, und Meg wartete an der Treppe auf ihn.

In seinem Zimmer zogen sie sich aus, gingen zu Bett und schmiegten sich aneinander.

Ich liebe dich, dachte Meg.

Sie schliefen nicht miteinander, und sie sprachen nicht.

Dennoch spürte Meg, wie in ihr etwas vorging, und als sie die Augen schloss, war sie fest überzeugt, dass trotzdem alles gut werden würde.

Beim Einschlafen musste sie an Angus denken.

Er hatte sich ihr lange nicht mehr gezeigt. Wo mochte der alte Cowboy jetzt sein?

10. KAPITEL

Zur Verärgerung der Filmleute schneite es in diesem Jahr früher als sonst. Brad war oft in Flagstaff, um Szenen in einem Studio zu drehen. Widerwillig hatte er zugeben müssen, dass Cynthia recht hatte – sie war tatsächlich ideal für die Rolle der Sarah Jane Stone. Meg kam hin und wieder ans Set, hielt sich jedoch fern, wenn die Liebesszenen auf dem Plan standen.

Ihr gingen so viele andere Dinge durch den Kopf. Langsam, aber sicher fanden sie und Carly zueinander. Es war ein beschwerlicher Prozess, denn es gab auch Rückschläge, doch mit der Hilfe eines Familientherapeuten tasteten sie sich vorwärts.

Und dann kam der Tag, an dem Carlys Filmszene aufgenommen wurde. Das Mädchen spielte eine namenlose junge Frau, die Brad auf einer Party ein Glas Punsch brachte. Immer wieder hatte Carly ihren Text gelernt. „Gern geschehen, Mister", erwiderte sie auf sein *Danke*. Sie war fest davon überzeugt, dass es keine kleinen Rollen gab, sondern nur kleine Schauspieler.

Der kurze Auftritt vor der Kamera war etwas, an das sie sich an den schweren Tagen nach Teds Tod klammern konnte, und Meg würde Brad ewig dafür dankbar sein, dass er Carly die Rolle besorgt hatte. Außerdem verbrachten die beiden Schwestern viel Zeit in seinem Haus, wenn er nicht da war, und kümmerten sich um Willie. Mehr und mehr fühlten sie sich dort heimisch.

Ransom und seine Stuten weideten ganz in der Nähe. Olivia und Meg brachten ihnen täglich Heu und wurden gute Freundinnen. Carly saß auf einem Strohballen und genoss die Weite der Landschaft.

Im Frühjahr, wenn im Hochland kein Schnee mehr lag und frisches Gras wuchs, würde die kleine Herde der stolzen Pferde in die Freiheit entlassen werden.

„Du wirst ihn vermissen", sagte Meg einmal, als Olivia gerade Heuballen von der Ladefläche des Pick-ups warf, nachdem Carly die Bindfäden durchgeschnitten hatte, die das Stroh zusammenhielten.

Olivia schluckte und nickte. Bewundernd betrachtete sie den stolzen Hengst, der mit geblähten Nüstern zu den Bergen hinüberschaute und auf den Duft von Frühling und Freiheit zu warten schien. An warmen Tagen war er besonders rastlos und galoppierte mit wehendem Schweif am Zaun entlang.

Meg wusste, dass Olivia und Brad den legendären Hengst längst hätten verkaufen können. Verschiedene Züchter hatten atemberaubende Summen für ihn geboten, aber das kam für die beiden nicht infrage. Ransom brauchte die Freiheit, und wenn seine Wunden erst verheilt waren, würde kein noch so hoher Zaun ihn aufhalten. Doch er schien zu spüren, dass es noch nicht so weit war. Bei den O'Ballivans gab es reichlich Futter und leicht zugängliche Wasserstellen, und dort oben in den Hügeln wäre er im Winter noch zu schwach, um die Wölfe abzuwehren. Trotzdem sehnte er sich nach dem Leben, für das er geboren war.

Meg wollte nicht an den Tag denken, an dem sie sich von dem Pferd verabschieden musste.

Wie Olivia und Carly tröstete auch sie sich damit, dass Brad aus der Ranch ein Heim für herrenlose Maultiere, Esel und Pferde machen wollte. Auch Vollblüter, die im Rennsport oder in der Zucht aussortiert worden waren, hieß er willkommen. Im Frühjahr würden die zuständigen Behörden und diverse Tierschutzvereine die ersten Schützlinge nach Stone Creek vermitteln.

„Was meinst du, wo Angus ist?", fragte Carly, nachdem sie erst Brad besucht und dann ihre eigenen Pferde auf der Triple M versorgt hatten. „Ich habe ihn seit Monaten nicht mehr gesehen."

„Schwer zu wissen", erwiderte Meg vorsichtig.

„Vielleicht hat er auf der anderen Seite zu tun. Schließlich muss er meinem Dad alles zeigen und so."

„Das kann sein." Wie oft hatte sie gewünscht, Angus würde

sie endlich in Ruhe lassen. Aber jetzt, da er fort war, vermisste sie ihn.

„Schade, dass er nicht mehr kommt“, sagte Carly leise. „Ich würde ihn gern fragen, ob er meinen Dad gesehen hat.“

Meg legte den Arm um ihre kleine Schwester. „Ich bin sicher, deinem … *unserem* Vater geht es gut. Er hat jetzt keine Schmerzen mehr.“

Carly lächelte traurig. „Das stimmt.“

Im Haus wuschen sie sich rasch – Meg in der Küche und Carly im Badezimmer – und bereiteten das Abendessen zu. Sie ließen sich Salat und eine leckere Pastete schmecken. Meg räumte den Tisch ab und belud den Geschirrspüler, während Carly sich an ihre Schulaufgaben machte.

Wie die meisten Kinder in ihrem Alter neigte sie dazu, aus heiterem Himmel Fragen zu stellen, die Meg überraschten. „Heiratest du Brad O'Ballivan?“, wollte sie dieses Mal wissen. „Wir sind oft bei ihm, und du übernachtest bei ihm, wenn ich bei Eve schlafe. Oder er kommt hierher.“

Im Moment lief es zwischen Meg und Brad sehr gut – wahrscheinlich, weil er so viel mit seinem Film zu tun hatte. Wenn sie Zeit füreinander hatten, nutzten sie jede Gelegenheit, um miteinander Sex zu haben.

„Er hat mir noch keinen Antrag gemacht“, antwortete Meg unbeschwerter, als sie sich fühlte. „Das ist übrigens eine ziemlich indiskrete Frage. Du bist erst zwölf, Carly!“

„Ja, ich bin zwölf“, erwiderte Carly, „aber ich bin nicht dumm.“

„Du bist ganz sicher nicht dumm“, bestätigte Meg und lachte, obwohl ihr nicht danach zumute war. Ihre sonst so regelmäßige Periode war seit zwei Wochen überfällig. Sie hatte bereits einen Schwangerschaftstest gekauft – vorsichtshalber in einer Drogerie in Flagstaff, denn in Indian Rock kannte sie fast jeder, und es hätte sich sofort herumgesprochen. Aber noch hatte sie nicht den Mut aufgebracht, ihn auch durchzuführen.

Sosehr sie sich ein Kind wünschte, so inständig hoffte sie, dass der Test negativ ausfallen würde. Sie wusste genau, was geschehen würde, wenn sie schwanger war. Sie würde es Brad erzählen, und er würde darauf bestehen, sie zu heiraten, wie er es bei Valerie und Cynthia getan hatte. Und sie würde sich für den Rest ihres Lebens fragen, ob er sie aus reinem Pflichtgefühl geheiratet hatte oder aber, weil er sie liebte.

Dennoch durfte sie ihm das Testergebnis nicht verschweigen. Sie war kein Teenager mehr, und er würde es ihr nie verzeihen, wenn sie ihn ein zweites Mal hinterging. Selbst die tiefste Liebe musste scheitern, wenn sie nicht auf Vertrauen gründete.

Manchmal schien Carly zu spüren, was Meg dachte.

„Ich habe den Schwangerschaftstest gesehen!“, verkündete sie unvermittelt.

Meg war gerade dabei, das Spülbecken auszuwischen, und erstarrte.

„Ich wollte nicht herumschnüffeln“, versicherte Carly. „Ich hatte keine Zahnpasta mehr und wollte mir welche aus deinem Badezimmer holen, da habe ich die Schachtel entdeckt.“

Seufzend setzte Meg sich zu ihr.

„Bist du jetzt sauer auf mich?“, fragte das Mädchen.

„Nein. Und selbst wenn ich es wäre, würde ich dich nicht fortschicken. Das musst du wissen.“

„Okay.“ Carly klang nicht überzeugt. Vermutlich würde es lange dauern, bis sie sich wirklich geborgen fühlte. Doch plötzlich strahlte sie. „Ein Baby wäre cool!“, platzte es aus ihr heraus.

Meg lächelte. „Ja, das wäre es.“

„Wo ist dann das Problem? Warum findest du nicht heraus, ob du wirklich eins bekommst?“

„Brad ist im Moment sehr beschäftigt. Vielleicht warte ich auf den richtigen Zeitpunkt, es ihm zu sagen.“

Wie aufs Stichwort hielt draußen ein Wagen.

Carly eilte ans Fenster. „Er ist hier!“, jubelte sie. „Und Willie ist bei ihm!“

Meg schloss die Augen.

Ihre kleine Schwester riss die Hintertür auf. Zusammen mit Brad und dem Hund wehte kalter Wind in die Küche.

„Hier", sagte Brad und gab Carly eine DVD, „deine große Szene, komplett mit Dialog und Musik."

Carly schnappte sich die DVD und rannte ins Arbeitszimmer, in dem der einzige Fernseher stand. Aufgeregt bellend folgte Willie.

Meg wusste, was auf dem Spiel stand. Wenn das Gespräch, das sie und Brad jetzt führen mussten, kein gutes Ende nahm, würden das Mädchen und sogar der Hund darunter leiden.

„Setz dich", lud sie ihn ein, nachdem er seine Jacke an einen der Haken neben der Tür gehängt hatte.

„Du klingst so ernst", erwiderte er. „Hat Carly wieder Ärger in der Schule?"

Meg schluckte mühsam. „Nein."

Stirnrunzelnd setzte er sich zu ihr. „Meg, was ist los?"

„Ich habe einen Test gekauft", begann sie zaghaft.

„Einen *Test*?" Die Falten über seiner Nase vertieften sich. Dann begriff er. „Ah, einen *Test*!"

„Es kann sein, dass ich schwanger bin, Brad."

Sein Lächeln machte ihr Hoffnung, doch er wurde sofort wieder ernst. „Du klingst nicht gerade begeistert. Wann hast du den Test gemacht?"

„Das ist der Punkt. Ich habe ihn noch nicht gemacht, weil ich Angst habe."

„*Angst?* Wovor?"

„Zwischen uns läuft es gerade so gut und …"

Er nahm ihre Hand und streichelte sie. „Und *was*?", fragte er heiser.

„Ich weiß, dass du mich heiraten würdest. Falls der Test positiv ausfällt, meine ich. Und dann werde ich mich immer fragen, ob du das Gefühl hast, in die Falle gelockt worden zu sein. Wie bei Cynthia."

Brad dachte kurz nach. „Na gut", begann er schließlich, „dann sollten wir heiraten, *bevor* du den Test machst. Denn ich will auf jeden Fall, dass du meine Frau wirst – ob mit oder ohne Baby."

Meg musterte ihn. „Vielleicht sollten wir erst mal eine Weile zusammenleben …"

„Kommt nicht infrage, McKettrick. Ich weiß, viele Paare ziehen zusammen, ohne verheiratet zu sein, aber ich bin nun mal altmodisch."

„Das würdest du wirklich tun? Mich heiraten, ohne zu wissen, was der Schwangerschaftstest ergibt? Und wenn er nun negativ ist?"

„Dann arbeiten wir daran, ihn positiv zu machen", erwiderte er lächelnd.

Meg biss sich auf die Lippe. Nach einem Moment stand sie auf. „Warte hier."

Sie ging zur Treppe und kehrte noch einmal zu ihm zurück.

„Die McKettrick-Frauen ändern ihren Namen nicht, wenn sie heiraten!", erinnerte sie ihn, obwohl sie beide wussten, dass Sierra mit dieser Tradition gebrochen hatte.

„Nenn dich, wie du willst", sagte Brad, „im ersten Jahr. Wenn wir danach sicher sind, dass wir zusammenpassen, heißt du O'Ballivan. Abgemacht?"

Sie zögerte. „Abgemacht", antwortete sie, bevor sie nach oben ging, im Bad verschwand und sich mit klopfendem Herzen gegen die geschlossene Tür lehnte. Aus dem Spiegel über dem Waschbecken schaute ihr ein blasses Gesicht entgegen.

Na los, McKettrick! befahl sie sich. *Ich muss es hinter mich bringen.*

Fünf Minuten später starrte sie ängstlich, aber auch erwartungsvoll auf den Teststreifen.

Es klopfte leise an der Tür, und Brad kam herein.

„Die Spannung bringt mich um!", gab er zu.

Meg zeigte ihm den Teststreifen.

Und sein Jubel hallte von jeder Wand des ehrwürdigen alten Hauses wider.

„Ich glaube, ich habe eine Zukunft im Showbusiness", vertraute Carly später am Abend Brad an, als sie in die Küche kam, um Gute Nacht zu sagen. Sie hatte sich ihre Szene mindestens vierzehn Mal angeschaut.

„Ich glaube, du hast eine Zukunft in der achten Klasse!", erwiderte Meg lächelnd.

„Und wenn meine Szene auf dem Fußboden im Schneideraum landet?" Offenbar hatte Carly sich im Internet übers Filmemachen informiert.

„Das lasse ich nicht zu", versprach Brad, „und jetzt ab ins Bett, Carly. Schauspielerinnen brauchen ihren Schönheitsschlaf, weißt du doch."

Das Mädchen nickte und ging mit seiner DVD nach oben. Willie, der Carly den ganzen Abend gefolgt war, seufzte betrübt und ließ sich zu Brads Füßen nieder, den Kopf auf den Vorderpfoten.

Brad streichelte den Hund. „Sieht aus, als hätte Carly schon einen treuen Fan."

Meg lachte. „Mehr als *einen*. Ich bin einer, und du auch, und Eve verwöhnt die Kleine, und für die Mädchen von Rance und Keegan ist Carly die Berühmtheit schlechthin in der Familie."

„Hol sie hin und wieder auf die Erde zurück", riet Brad.

Obwohl die Themen Baby und Heirat in der Luft lagen, unterhielten sie sich über andere Dinge. Brad war das recht – sie hatten noch genug Zeit, Pläne zu schmieden.

„Ihre Lehrer haben mir erzählt, dass sie ein technisches Genie ist. Letzte Woche hat sie die Uhr am DVD-Player repariert", berichtete Meg.

„Schon nächste Woche sind wir mit dem Film fertig." Er trank seinen Kaffee aus. „Jedenfalls mit den Innenaufnahmen. Den Überfall auf die Postkutsche und den Rest müssen wir im Frühjahr drehen. Meinst du, du könntest in deinem Terminplan eine Hochzeit unterbringen?"

Sie errötete, sah dabei sehr anmutig aus und nickte.

„Ich würde jetzt gern bei dir bleiben, aber ich muss morgen früh ins Studio", sagte er. Sie waren sich einig, nicht miteinander zu schlafen, wenn Carly im Haus war – das würde sich ändern, sobald sie verheiratet waren.

„Ich verstehe", erwiderte Meg.

„Wirklich, Meg?", fragte er leise. „Ich liebe dich. Ich will dich heiraten und hätte es auch getan, wenn du nicht schwanger wärst."

Und dann sprach sie die Worte aus, auf die er wartete. Bisher hatte sie es nur getan, wenn sie in seinen Armen lag.

„Ich liebe dich auch, Brad O'Ballivan."

Er stand auf, zog sie an sich und küsste sie voller Zärtlichkeit.

„Aber da ist noch etwas, das du wissen musst", meinte Meg danach.

Brad erstarrte und sah sie gespannt an.

„Als kleines Mädchen habe ich Angus McKettrick zum ersten Mal gesehen", begann sie leise. „Jetzt ist er auch hier."

Er dachte an den Blick, den sie vorhin über seine Schulter geworfen hatte. Und an den seltsamen Ausdruck in ihren Augen. Er hatte sich umgedreht, aber nichts Ungewöhnliches gesehen.

„Wenn du meinst", sagte er nach einem Moment. „Ich glaube es dir."

Meg strahlte ihn an. „Wirklich?"

„Wirklich", bestätigte er, obwohl es nicht ganz stimmte. Er *wollte* ihr glauben und hoffte, dass er es irgendwann auch konnte.

Sie stellte sich auf die Zehenspitzen und küsste ihn. „Ich würde dich ja gern bitten, bei mir zu übernachten. Immerhin sind wir verlobt", flüsterte sie. „Aber Angus ist sogar noch altmodischer als du."

Brad lachte fröhlich, wünschte ihr eine gute Nacht und schaute zu Willie hinunter.

Der Hund wedelte freudig mit dem Schwanz und sah zu jemandem hoch, der nicht da war.

Kein Zweifel, dachte Brad, als er in den Wagen stieg, um zur Stone-Creek-Ranch zurückfahren, zwischen Himmel und Erde gibt es mehr Dinge, als unser Verstand es sich träumen lässt.

„Wo bist du gewesen?", fragte Meg und wusste nicht, ob sie erleichtert oder verärgert sein sollte.

„Du hast immer gewusst, dass ich nicht für immer bleiben kann", antwortete Angus. Er sah älter, aber auch zufriedener aus als jemals zuvor. „Ich dachte mir, du solltest dich daran gewöhnen, dass ich nicht mehr da bin."

Megs Augen wurden feucht, und sie blinzelte heftig. Einerseits tat es weh, dass er ging. Andererseits hatte er recht – sie hatte geahnt, dass er sie eines Tages verlassen würde.

„Ich bekomme ein Baby", sagte sie und wehrte sich gegen die Tränen. „Ich werde dich brauchen. Das Baby und Carly werden dich brauchen."

Angus berührte sie nur selten, doch jetzt umfasste er mit einer Hand ihr Kinn. Seine Haut fühlte sich warm und lebendig an, nicht kalt und vergänglich. „Nein", widersprach er. „Ihr braucht nur euch selbst und einander. Ab jetzt wird alles gut, Meg. Verlass dich darauf."

Mühsam schluckte sie, wollte sich an ihn klammern und ihn festhalten. Aber das wäre falsch. Er hatte sein eigenes Leben, jenseits der unsichtbaren Grenze, wo andere auf ihn warteten.

„Warum bist du gekommen?", wollte sie wissen. „Als ich klein war, meine ich."

„Du hast mich gebraucht."

„Das stimmt." Trotz all der Kindermädchen, Tanten und Onkel war sie einsam gewesen. Sie hatte es ihrer Mutter nie vorgeworfen, allerdings war ihr jetzt klar, dass sie es ohne Angus niemals geschafft hätte.

Er hielt seinen Hut in der linken Hand und setzte ihn auf. „Sag Carly Lebewohl von mir. Und sag ihr auch, dass es ihrem Dad dort, wo er jetzt ist, gut geht."

Meg nickte bloß. Sie brachte kein Wort heraus.

Verlegen beugte Angus sich vor und küsste sie auf die Stirn. „Wenn du das Ende deines Wegs erreichst, bin ich da, um dich willkommen zu heißen, das verspreche ich dir. Aber du hast noch ein langes Leben vor dir."

Noch immer brachte sie kein Wort heraus, nicht mal zum Abschied. Erneut nickte sie stumm.

Sie schloss kurz die Augen, und als sie sie wieder aufschlug, war Angus fort.

In dieser Nacht weinte sie, war traurig und glücklich zugleich.

Doch als sie am Morgen erwachte, wusste sie, dass Angus recht gehabt hatte.

Sie brauchte ihn nicht mehr.

Es war eine kleine schlichte Hochzeit, an der nur die Familien und ein paar enge Freunde teilnahmen. Meg und Carly zogen mit sämtlichen Pferden auf die Stone-Creek-Ranch. Trotzdem nannte sich Meg noch immer Meg McKettrick. Hin und wieder fuhr sie auf die Triple M und sortierte mit Sierras Hilfe alte Fotos und Tagebücher zu so etwas wie einem Familienarchiv.

Eve war es leid, im Hotel zu wohnen, und hatte vor, wieder auf die Ranch der McKettricks zu ziehen. Eine Großmutter – so behauptete sie mit der ihr eigenen Logik – musste auf dem Land leben, Kuchen und Kekse backen und die Kinder der Familie ab und zu unter ihre Fittiche nehmen.

Meg lächelte jedes Mal, wenn sie sich ihre reiche, kultivierte und weit gereiste Mutter in Backschürze und bequemen Schuhen vorstellte, aber sie musste zugeben, dass Eve ein spektakuläres Weihnachtsfest im traditionellen Stil organisiert hatte. Es gab einen großen, mit alten Erbstücken geschmückten Baum voller Lichter, volle Geschenkstrümpfe für Carly, Liam und den kleinen Brody sowie ein opulentes Truthahnessen, das nur zum Teil von einem Partyservice stammte.

Eve hatte bereits das Elternschlafzimmer auf der Triple M bezogen und ihre beiden preisgekrönten Springpferde aus dem Stall in San Antonio geholt und in der Scheune untergebracht. Bei jeder Gelegenheit ritt sie aus, oft mit Brad und Carly, manchmal mit Jesse, Rance und Keegan zusammen.

Da Meg schwanger war und lange nicht mehr im Sattel gesessen hatte, sah sie meistens von ihrem Stammplatz am Weidezaun aus zu. Sie war nicht ängstlich und wollte nicht übervorsichtig sein, aber das Baby bedeutete ihr und Brad sehr viel, daher ging sie lieber kein Risiko ein.

Meg staubte ein altes Foto ihrer Vorfahren ab und stellte es auf den Kaminsims. Als sie ein paar Schritte zurücktrat, um es zu bewundern, hörte sie ihre Mutter durch die Hintertür kommen.

„Meg? Bist du da?"

„Im Arbeitszimmer!", rief Meg.

Eve kam herein. „Hast du nostalgische Anwandlungen?", fragte sie mit einem Blick auf das Foto.

Seufzend setzte Meg sich in den alten Ledersessel am Kamin. „Vielleicht gehört das zur Schwangerschaft und liegt an den Hormonen."

Eve zog ihre Jacke aus, legte sie auf die Sofalehne und machte Feuer. Erst als es kräftig brannte, drehte sie sich zu ihrer Tochter um und musterte sie nachdenklich.

„Bist du glücklich, Meg? Mit Brad, meine ich."

War sie *glücklich*? Brad und sie waren noch immer dabei, unbekannte Gebiete zu erkunden. Dabei lernten sie neue Dinge übereinander und erlebten oft kleine, manchmal auch große Überraschungen. Noch immer erschien Meg ihre Beziehung nicht so gefestigt, wie sie es sich wünschte.

„Ja, ich bin glücklich", sagte sie dennoch.

„Aber?", entgegnete Eve. Sie stand mit dem Rücken zum Feuer und wirkte in ihrer taillierten Hose und dem Seidenpullover alles andere als großmütterlich.

„Es fühlt sich … na ja, *zu gut* an, um wahr zu sein."

Ihre Mutter zog einen Stuhl neben den Ledersessel und setzte sich zu ihr. „Du bringst noch nicht alles von dir in die Ehe ein, nicht wahr? Du hältst noch etwas zurück, habe ich recht?"

„Ja, das tue ich wohl", gestand Meg. „Es ist wie damals an dem ersten Tag, an dem wir im Teich schwimmen durften. Im späten Frühling, als Jesse, Rance, Keegan und ich noch Kinder waren. Das Wasser war immer eiskalt. Ich habe einen Zeh ins Wasser gesteckt und frierend am Rand gestanden, während die Jungen hineinsprangen, fröhlich jubelten und versuchten, mich nass zu spritzen." Sie schüttelte sich. „Ich kann mich noch an den Schock erinnern. Wenn ich mich dann doch hineintraute, blieb mir die Luft weg."

Eve lächelte. Vermutlich hatte sie es als Kind nicht anders erlebt, wenn auch mit anderen McKettrick-Cousins. „Aber dann hast du dich an die Wassertemperatur gewöhnt und hattest genauso viel Spaß wie die Jungen, stimmt's!?"

Meg nickte.

„Es ist nicht klug, sich vor den Schocks zu drücken, die das Leben nun mal mit sich bringt, Meg. Überraschungen gehören nun mal dazu, gute wie böse. Es kommt auf die Mischung an, und sich davor zu drücken, macht es nur noch schwerer, so paradox das auch klingen mag."

Meg schwieg eine Weile. „Eine McKettrick zu sein, ist nicht gerade leicht", sagte sie schließlich. „Alle diese Erinnerungen und Traditionen können manchmal eine Last sein."

„Du musst nach vorn schauen", riet Eve, „in die Zukunft. Dann verblasst die Vergangenheit nämlich. Außerdem bist du jetzt eine O'Ballivan, und dein Baby wird auch ein O'Ballivan sein."

Erstaunt sah Meg ihre Mutter an. Eve war nicht erfreut gewesen, als Sierra den Nachnamen ihres Ehemanns angenommen hatte. Tradition sei nicht mehr das, was sie einmal gewesen sei, hatte ihre Schwester erklärt.

„Aber ich bin und bleibe eine McKettrick, oder nicht?", fragte Meg leise.

„Natürlich." Eve drückte die Hand ihrer Tochter. „Es kommt nicht darauf an, wie man heißt. Wichtig ist, dass man so lebt, wie die McKettricks es immer getan haben – mit Vollgas, auch wenn der Weg beschwerlich und kurvenreich ist. Man nimmt alles so, wie es kommt, auch die Veränderungen. Übrigens, heutzutage behalten die meisten verheirateten Frauen ihren Nachnamen. Den des Mannes anzunehmen, ist eher die Ausnahme." Eve lächelte verständnisvoll. „Ich weiß, was dir im Weg steht. Du hast Angst, nicht mehr die Meg McKettrick von heute zu sein, weil du glaubst, du würdest mit deinem Namen einen Teil deiner Identität verlieren und müsstest ein komplett neuer Mensch werden."

Meg wurde klar, dass sie längst ein neuer Mensch war – und zugleich im Kern sie selbst geblieben war. Sie war jetzt eine Ehefrau für Brad, für Carly eine Schwester und eine Mutterfigur. Sobald das Baby auf der Welt war, würde eine weitere Ebene hinzukommen.

„Ich glaube, ich habe mich immer hinter dem Namen McKettrick versteckt“, sagte sie, mehr zu sich selbst als zu ihrer Mutter.

„Es ist ein guter Name“, erwiderte Eve. „Wir sind stolz darauf – manchmal vielleicht *zu* stolz.“

„Würdest du den Namen deines Ehemanns annehmen, wenn du noch mal heiratest?“, fragte Meg.

Eve dachte einen Moment nach, dann schüttelte sie den Kopf. „Nein, ich glaube nicht, dass ich es tun würde. Ich bin schon so lange eine McKettrick, ich könnte niemand anderes sein.“

Meg lächelte. „Und du willst nicht, dass es mir ebenso ergeht?“

„Ich will, dass du *glücklich* bist. Steh nicht fröstelnd am Ufer, Meg, spring einfach ins kalte Wasser. Trau dich, nass zu werden.“

„Warst du glücklich, Mom?“ Das war die entscheidende Frage. Mit angehaltenem Atem wartete Meg auf die Antwort.

„Meistens ja“, erwiderte Eve. „Als Hank mit deiner Halbschwester Sierra verschwand, war ich am Boden zerstört. Wenn du nicht gewesen wärst, hätte ich es wahrscheinlich nicht überstanden. Auch wenn es dir vermutlich nicht so vorkam, du hast meinem Leben einen Sinn gegeben. Du und die Hoffnung, Sierra eines Tages zurückzubekommen. Es tut mir so leid, Meg, dass ich damals nicht stärker war. Dass ich nicht immer für dich da war.“

„Das habe ich dir niemals übel genommen, Mom. Auch wenn ich noch jung war, ich wusste immer, dass du mich liebst. Und was auch passiert ist, es hat daran nichts geändert.“

Die Uhr auf dem Kaminsims tickte laut und zeigte die Stunden, Minuten und Sekunden an wie seit über hundert Jahren. Das Geräusch erinnerte Meg an etwas, das sie immer gewusst hatte – das Leben erschien einem lang, doch es war vergänglich. Eines Tages würde ein zukünftiger McKettrick am Kamin sitzen und dieses Ticken hören. Und sie selbst wäre nur noch eine Erinnerung. Eine Vorfahrin auf einem vergilbten Foto.

„Ich muss Carly von der Schule abholen“, sagte sie und stand auf.

Es war höchste Zeit, zu Brad zu gehen und sich ihm als seine Ehefrau vorzustellen.

„Hallo", würde sie sagen, als wäre es ihre erste Begegnung. „Mein Name ist Meg O'Ballivan."

Es war ein kühler, windiger Tag im späten März, aber die Luft war frisch und duftete nach Pinien. Brad, Meg und Carly beobachteten aus sicherer Entfernung, wie Olivia tief durchatmete und die Schultern straffte. Dann gab sie sich einen Ruck, ging zum Tor und öffnete es, um Ransom herauszulassen.

Insgeheim hoffte Meg, dass er auf der Weide bleiben würde, doch sie hoffte vergebens.

Vorsichtig näherte sich der Hengst dem Weg in die Freiheit. Hinter ihm drängten sich die Stuten, noch ein wenig zottelig in ihrem Winterfell.

Als Ransom an Olivia vorbeiging, blieb er stehen. Wiehernd warf er den Kopf in den Nacken, als wollte er ihr Lebewohl sagen. Tränen rannen über Olivias Wangen, und sie machte gar nicht erst den Versuch, sie fortzuwischen. Sie war zum Frühstück auf die Ranch gekommen und hatte behauptet, dass Ransom ihr gesagt habe, es sei Zeit.

Meg zweifelte nicht daran, dass ihre Schwägerin mit Tieren kommunizieren konnte. Und selbst Brad, der allem Übersinnlichen skeptisch gegenüberstand, konnte es nicht als Zufall abtun, dass seine Schwester zum richtigen Zeitpunkt auf der Stone-Creek-Ranch erschienen war.

Mit tränenfeuchtem Gesicht schmiegte sich Carly an Brad. Meg unterdrückte ein Schluchzen und versuchte, tapfer zu sein.

Er legte einen Arm um sie und den anderen um das Mädchen. Als Meg ihm ins Gesicht schaute, sah sie darin nicht die Wehmut, die Carly und Olivia empfanden, sondern Faszination und ungläubiges Staunen.

Der Hengst ging durchs Tor, machte noch ein paar Schritte, bäumte sich auf und rief seine Stuten mit einem lauten Wiehern. Es war ein wunderschöner Anblick, als die Pferde mit wehenden Mähnen davongaloppierten.

Der Kloß in Megs Hals war so dick, dass sie kein Wort herausbrachte. Stattdessen legte sie den Kopf an Brads Schulter und beobachtete gebannt, wie Ransoms Silhouette immer kleiner wurde.

Olivia sah den Wildpferden nach, bis sie zwischen den Bergen verschwanden. Dann seufzte sie schwer, straffte noch einmal die Schultern und schloss langsam das Tor.

Meg wollte zu ihr eilen, doch Brad griff nach ihrer Hand. Er hielt sie zurück.

Olivia ging an ihnen vorbei, als wären sie unsichtbar, kletterte geschmeidig über den inneren Zaun und steuerte ihren wie immer staubigen Kombi an.

„Sie kommt damit klar", versicherte Brad leise, ohne seine Schwester aus den Augen zu lassen.

Als Olivia davonfuhr, kehrten Brad, Carly und Meg ins Haus zurück. Keiner von ihnen sprach viel.

Das Leben ging weiter – Willie musste nach draußen gelassen werden. Das Telefon läutete beharrlich. Das Faxgerät in Brads Arbeitszimmer druckte eine Seite nach der anderen aus.

Alles wie immer, dachte Meg erleichtert, obwohl ihr Ransom und seine Stuten schon jetzt fehlten. Wie Brad und ganz sicher auch Olivia wusste sie, dass sie die Mustangs, die ihnen so sehr ans Herz gewachsen waren, nie wiedersehen würden.

„Ich nehme nicht an, dass ich heute ausnahmsweise mal *nicht* in die Schule muss, oder!?", fragte Carly, als Brad ans Telefon ging und Meg frischen Kaffee kochte.

Draußen verkündete ein Hupen, dass der Schulbus vor der Haustür stand. Brad zeigte mit dem Daumen zur Tür, und Meg warf dem Mädchen einen vielsagenden Blick zu.

Carly seufzte melodramatisch, als wollte sie Brads Verdacht bestätigen, dass sie von einem Oscar träumte. Aber dann schnappte sie sich doch ihren Schulrucksack und verließ das Haus.

„Auf keinen Fall, Phil!", sagte Brad in den Telefonhörer. „Ich trete nicht in Las Vegas auf. Mir ist völlig egal, wie sich der Film auf den Vorverkauf auswirkt …"

Meg lächelte.

Er verdrehte die Augen und lauschte kurz. „Ich finde es überhaupt nicht gut, dass du mir Cynthia als Hauptdarstellerin aufgedrückt hast", fuhr er fort. „Also halt dich in Zukunft etwas zurück."

Doch nachdem er das Gespräch beendet hatte, holte er seine Gitarre heraus, setzte sich in einen Sessel im Wohnzimmer und spielte ein paar leise melancholische Akkorde, während er auf das weite Land hinausschaute.

Er brauchte nichts zu sagen. Meg wusste auch so, dass er an einem neuen Song arbeitete. Sie liebte es, ihm zuzuhören, und fand es herrlich, seine Ehefrau zu sein. Zwar blieb er strikt dabei, nie wieder auf Tournee zu gehen, aber seit Wochen brüteten sie gemeinsam über den Plänen für ein Aufnahmestudio, das sie hinter dem Haus bauen wollten. Brad O'Ballivan steckte voller Musik und musste sie herauslassen.

Trotzdem schien er sich nicht nach seinem alten Leben zu sehnen, denn er war vor allem ein Familienmensch. Er und Meg hatten Carly offiziell adoptiert, auch wenn sie ihn noch immer mit Brad und niemals mit Dad ansprach – Ted Ledger würde für immer ihr Vater bleiben. Wie Meg freute auch Brad sich riesig auf die Geburt des Babys. Voller Stolz hatte er die erste Ultraschallaufnahme einrahmen lassen.

Gesund und kräftig wuchs ihr Sohn McKettrick *Mac* O'Ballivan in Megs Bauch heran. Er sollte am 4. Juli – dem Nationalfeiertag – zur Welt kommen.

Meg stellte sich neben Brad und küsste ihn auf den Kopf.

Er sah auf, lächelte ihr zu, spielte weiter auf der Gitarre und flüsterte einen Text dazu.

Als es wenig später an der Haustür klopfte, knurrte Willie leise, erhob sich jedoch nicht von seinem Lieblingsplatz auf dem weichen Teppich vor dem Kamin.

Meg ging nach vorn, öffnete und zuckte zusammen. Vor ihr stand ein Fremder. Doch als sie genauer hinsah, war ihr, als hätte sie das markante Gesicht schon einmal gesehen.

Der Mann war etwa Mitte dreißig und hatte dunkles Haar

und dunkle Augen. Und dennoch sah er Jesse verblüffend ähnlich, als er lächelnd den Hut abnahm.

„Meg McKettrick?“, fragte er und ließ dabei strahlend weiße Zähne aufblitzen.

„Meg O’Ballivan“, verbesserte sie.

Brad erschien hinter ihr. Neugierig musterte er den wie ein Cowboy gekleideten Mann.

„Mein Name ist Logan Creed“, sagte der Besucher zu Meg, „und ich glaube, wir beide sind entfernt miteinander verwandt.“

– ENDE –

MIRA IST ONLINE FÜR SIE!
www.mira-taschenbuch.de
MIRA – Home
http://www.mira-taschenbuch.de/
IMPRESSUM DATENSCHUTZ AGB KONTAKT
MIRA TASCHENBUCH
BESTSELLERLISTE WIR ÜBER UNS AUTOREN HANDEL PRESSE NEWSLETTER
NEU IM AUGUST
PROGRAMM FRÜHJAHR / SOMMER 2010
PROGRAMM HERBST / WINTER 2010 / 2011
GESAMTPROGRAMM
SONDEREDITIONEN
Unser Sommer-Buchhighlight
Susan Wiggs: Am Anfang wartet das Glück
Genau das Richtige für romantische Sommerabende.
mehr
TRAILER DES MONATS
» Video-Archiv
UNSERE MIRA BESTSELLER-LISTE
News & Aktuelles
Neuigkeiten bei MIRA Taschenbuch
AUF EINEN BLICK - DAS MIRA GESAMTPR
NORA ROBERTS Liebesmärchen in New York
TESS GERRITSEN SAG NIEMALS STIRB
JENNIFER SKULLY Eine magische Begegnung
CHRIS JORDAN Sektenkind
Immer aktuell:
News und Neuerscheinungen
direkt auf der Startseite!
Das gesamte
Taschenbuchprogramm
übersichtlich nach Kategorien!
MIRA TASCHENBUCH

Susan Wiggs

Weihnachtsengel gibt es doch

Maureen liebt Weihnachten über alles! Deshalb ist sie auch überglücklich, dass sie dieses Jahr das große Krippenspiel organisieren darf. Leider wird ihr dabei Eddie Haven zur Seite gestellt, der größte Weihnachtszyniker der Welt. Als sie aber die furchtbare Nachricht erhält, daß ihre kleine Bibliothek geschlossen werden soll, hätte sie nie damit gerechnet, dass ihr rettender Weihnachtsengel ausgerechnet der Mann ist, der dieses Fest überhaupt nicht leiden kann!

Band-Nr. 25626

8,99 € (D)

ISBN: 978-3-86278-473-8

eBook: 978-3-86278-543-8

Susan Wiggs

Was der Winter verschwieg

Nie hätte Sophie gedacht, dass sie je ihre Arbeit als Anwältin aufgeben würde. Bis zu dem Tag, der ihr gesamtes Leben verändert. Über Stunden wird sie von Terroristen als Geisel festgehalten – und nach ihrer glücklichen Rettung hat sie nur noch einen Wunsch. Sie möchte bei ihrer Familie sein. Dank deren Liebe und der Fürsorge ihres attraktiven Nachbarn Noah fangen die Wunden langsam an zu heilen …

Band-Nr. 25640

8,99 € (D)

ISBN: 978-3-86278-492-9

eBook: 978-3-86278-565-0

„Herzerfrischend von der ersten bis zur letzten Seite.“
Library Journal

Band-Nr. 25633
7,99 € (D)
ISBN: 978-3-86278-483-7
208 Seiten

Lisa Kleypas
Das Winterwunder von Friday Harbor

MAGIC MIRRORS – In goldenen Lettern prangt der Name über dem Schaufenster. Und dieser Spielzeugladen bedeutet Maggie Collins alles. Nachdem ihr Mann vor zwei Jahren gestorben ist, wagt sie in Friday Harbor einen Neuanfang. Als dann der attraktive Mark mit seiner kleinen Nichte Holly das Geschäft betritt, ist Maggie wie verzaubert. Viel mehr als Spielzeug wünscht das kleine Mädchen sich eine Mami! Und ihr charmanter Onkel … Kann es sein, dass das Schicksal Maggie diesen Mann geschickt hat? Aber nein, Mark ist allem Anschein nach vergeben …